BASTEI
LÜBBE

JASON DARKS SONDERAUSGABEN IM TASCHENBUCH-PROGRAMM:

Paperback
73500 Hexenküsse

Jumbo-Bände
73 952 Die Hölle auf Erden
73 953 Grüße aus dem Fegefeuer
73 955 Jenseits der Angst
73 956 Wenn aus Freunden Monster werden
73 957 Hexen – Geister – Teufelsdiener
73 958 Wenn die Hölle dich verschlingt
73 959 Rückkehr aus dem Reich der Toten
73 960 Baphomet II
73 961 Das Schicksal des Templers
73 962 Im Namen des schwarzen Tods
73 963 Hexenfluch
73 964 Der dunkle Gral
73 965 Morganas wilde Meute

Kultausgaben

73 966 Wie alles begann
73 967 Die Conollys
73 968 Suko und Shao
73 969 Jane Collins – Privatdetektivin
73 970 Die Hexe Jane Collins

JASON DARK

Die Welt des

JOHN SINCLAIR

GLENDA PERKINS

VIER SPANNENDE KULTGESCHICHTEN

BASTEI
LÜBBE

BASTEI LÜBBE TASCHENBUCH
Band 73 971

1. Auflage: März 2008

Vollständige Taschenbuchausgabe

Bastei Lübbe Taschenbücher
in der
Verlagsgruppe Lübbe

Die Veröffentlichung dieses Werkes erfolgt durch Vermittlung
der Autoren- und Verlagsagentur Peter Molden, Köln.
Lektorat: Rainer Delfs
Titelbild: Panther Media/Thomas Nagel
Umschlaggestaltung: Tanja Østlyngen
Satz: Wildpanner, München
Druck und Verarbeitung:
Nørhaven Paperback A/S
Printed in Denmark
ISBN 978-3-404-73971-4

Inhalt

DIE HEXE VOM HYDE PARK

»Und es ist eine verdammte Schande, was in diesem Land geschieht!«, rief der Mann, reckte seinen Arm und ballte die Hand. »Irgendwann wird es uns alle treffen, dann bricht die Wirtschaft zusammen. Krawalle, Straßenschlachten, Jugendliche, die keinen Arbeitsplatz haben, der Verfall von Sitte und Moral, all das vereinigt sich zu einem mächtigen Wirbel, der uns irgendwann in das große Chaos stürzen wird. Hört auf meine Worte, Leute, heftet sie euch an die Fahnen, denn jetzt ist es noch möglich. Stürzen wir die Regierung, reißen wir das Steuer herum und denken an die Zeiten, als unser good old England noch eine starke Nation war. Stark, einig und auf der Welt einmalig. Diese Zeiten sollen und müssen zurückkehren. God save the Queen!«

Das waren die letzten gesprochenen Worte des Redners, denn einen Augenblick später begann er, die Nationalhymne anzustimmen. Er sang sie laut und kräftig, riss seinen Mund weit auf. Der Wind fuhr ihm durch das schon lichte Haar und stellte es hoch.

Die Zuhörer grinsten.

Meist waren es die Einheimischen, die sich abwandten und gingen, während die Touristen noch blieben und mit offenem Mund dastanden und lauschten.

Viele hatten wohl in ihren Schulbüchern von den berühmten Speakers im Hyde Park gehört. Hier gab es Ecken, wo jeder seine Meinung sagen konnte, wo er über die Regierung schimpfte, über die Konservativen oder die Linken – egal: Speaker's Corner gab jedem das Recht der freien Meinungsäußerung.

Und daran hatte sich der Mann gehalten. Nicht mehr und nicht weniger.

Er stand auf einer kleinen Kiste und sang noch immer. Ein paar Jugendliche, die in der Nähe auf dem Rasen lagen und sich die Julisonne auf den Bauch scheinen ließen, standen auf. Sie grinsten sich zu, und wie auf Kommando stimmten sie ein Gegenlied an.

Es war die Internationale.

Jetzt lachten die Zuhörer, nur der einsame Sänger nicht. Er brach bei der zweiten Strophe ab und drehte sich wütend um.

Als er die Jugendlichen sah, wurde sein Gesicht noch roter. Diesmal nicht vor Anstrengung, sondern vor Ärger. Ja, er ärgerte sich maßlos über diese Bande, die es wagte, gegen ihn anzusingen. Und dann noch mit so einem in seinen Augen Schundlied.

»Euch wird das dreckige Maul noch gestopft!«, schrie er. »Wartet nur ab, bald kommt die Zeit, wo ihr reif seid. England wird zu seiner wahren …« Ein Hustenanfall unterbrach die Rede, was abermals einen Lacher hervorrief. »Verschwindet!«, brüllte der Mann, nachdem er dreimal tief Luft geholt hatte. »Haut ab, Mensch!«

Die Jugendlichen klatschten, und die Zuschauer schauten ihnen voller Begeisterung zu.

Es waren Männer und Frauen, Kinder und Alte. Ein gemischtes Publikum, sommerlich angezogen. Viele hatten schon Feierabend, sie wollten jedoch die letzten Sonnenstrahlen genießen und gingen deshalb im Park spazieren.

Niemand beachtete die schwarzhaarige junge Frau, die sich ebenfalls unter die Zuhörer gemischt hatte. Hätte sich das Publikum nicht auf den Redner und die Jugendlichen konzentriert, so wäre ihnen die junge Frau ganz sicher aufgefallen, denn sie war außergewöhnlich hübsch. Sie hatte einen braunen Teint, dunkle Augen und trug das schwarze Haar sehr lang. Es reichte ihr bis zur Taille. Nur ihre Kleidung war ein wenig seltsam, aber darauf achtete heutzutage auch niemand, denn ein direktes Modediktat gab es ja nicht, vor allen Dingen nicht bei jüngeren Leuten.

Die junge Frau hörte nur zu. Sie lachte nicht. Vielleicht war sie sogar die Einzige, die ernst blieb. Sie schob ihre Hände nur in die Ärmelausschnitte der Bluse, die aus einem groben Leinenstoff bestand und eigentlich heute nicht mehr getragen wurde. Fast schien es, dass die Kleidung uralt war. Der Rock zeigte sogar an verschiedenen Stellen einige Flicken. Bis zu den Waden reichte das Kleidungsstück. Die Beine darunter waren nackt, und die Füße steckten in Sandalen.

Als die Jugendlichen aufhörten zu singen, da sah der Redner seine große Stunde gekommen.

»Da, schaut genau hin. Sie haben aufgegeben. Aber so ist es immer. Erst die große Klappe und dann doch kein Stehvermögen. Ich bin sicher, dass sie noch nie in ihrem Leben gearbeitet haben.«

Einige Zuhörer nickten beifällig. Sie standen jetzt nicht mehr so gedrängt, der Menschenring war lockerer geworden, und so konnte sich die junge Frau an den anderen vorbeimogeln und in die erste Reihe gelangen.

Sie sah zu dem Mann hoch.

Der holte erneut Luft, um zu einer weiteren Tirade anzusetzen, als sein Blick zufällig nach unten fiel und das Gesicht der Schwarzhaarigen traf, das sich zu einem Lächeln verzog.

Irritiert zwinkerte der Mann mit den Augen. Was wollte die Kleine? Ihn vielleicht bezirzen?

Da reagierte das Mädchen. Es griff unter ihre Bluse und holte etwas hervor, was der Redner im ersten Moment nicht erkennen konnte. Es war ein rundlicher Gegenstand, und die Frau hielt ihn mit zwei Händen umfasst.

»Hier«, sagte sie. »Schau her!«

Der Mann senkte den Kopf.

»Du stehst auf meinem Platz«, erklärte das Mädchen mit sehr ernster Stimme. Sie hatte das Wort kaum ausgesprochen, als sie den Gegenstand auf den Mann zuwarf.

Instinktiv streckte der die Arme aus und fing ihn auf. Plötzlich sah er, was er in der Hand hielt.

Einen Totenschädel!

Seine Gesichtszüge schienen einzufrieren. Es schüttelte ihn durch, als würden Stromstöße durch seinen Körper zucken, und er schrie krächzend auf.

Dann explodierte der Schädel.

Es gab keinen Krach, nur einen puffenden Laut. Es schoss jedoch ein roter Blitz aus dem Schädel hoch, der den Mann schräg in die Brust traf.

Eine Szene wie im Film entstand, als hätte jemand eine rote Fackel angezündet.

Der Mann schrie noch, nur schemenhaft war sein Körper zu erkennen, dann sah man ihn gar nicht mehr.

Der Platz auf der Kiste war leer.

Schon beim ersten Blitz waren die Menschen schreiend davongestoben. Als die zweite Explosion erfolgte, rannte auch der mutige Rest, doch keinem passierte etwas.

Nur den Redner gab es nicht mehr. Verschwunden waren auch der kleine Totenkopf und das schwarzhaarige Mädchen …

Mit dem Taxi war sie zum Park gefahren, denn an diesem warmen Tag musste man einfach rausgehen. Und sie hatte keine Lust, in Mayfair spazieren zu gehen, denn da sah sie doch immer dieselben Leute, die sie kannte und mit denen sie sich unterhalten musste, wollte sie nicht unhöflich sein.

Der Hyde Park war groß, niemand fiel ihr dort auf den Wecker, und einen Bekannten konnte sie sich jederzeit aussuchen.

So sah sie die Sache.

Und deshalb ging sie spazieren.

Sie, das war keine geringere als Sarah Goldwyn, Insidern auch unter dem Begriff Horror-Oma bekannt. Am Wellington Museum, wo sich die Grenze zum Green Park befindet, hatte sie das Gelände betreten und sich regelrecht über den Trubel gefreut, der hier herrschte.

Da gingen Frauen mit ihren Kindern spazieren, da schoben die Ehemänner die Kinderwagen vor sich her, da lagen Liebespärchen auf dem Rasen oder spielten Jungen Fußball.

Im Hyde Park konnte jeder tun und lassen, was er wollte. Leider gab es da auch die Dealerszene, und die Horror-Oma sah mit geschultem Blick, wer süchtig war und wer nicht.

Dann presste sie jedes Mal die Lippen fest zusammen. Am liebsten hätte sie die Jugendlichen mitgenommen und in eine Entziehungskur gesteckt, aber das war schlecht möglich.

Unter einer alten Eiche, um deren Stamm eine Bank herumlief, ließ sie sich nieder.

Sarah Goldwyn wollte ein wenig ausruhen, denn es lag noch eine weite Gehstrecke vor ihr.

Sie hatte sich neben ein junges Ehepaar gesetzt, das seinen beiden kleinen Sprösslingen zuschaute, die mit ihren Schaufeln den Boden aufgruben und nach Regenwürmern suchten.

Sarah Goldwyn zählte zwar schon über siebzig Lenze, aber sie hatte oft mehr Energie als manch Zwanzigjährige. Das Leben meisterte sie mit einer wahren Pracht. Finanzielle Sorgen hatte sie keine, denn ihre drei verstorbenen Männer hatten ihr ein beträchtliches Vermögen hinterlassen.

Wichtig war für sie nur ihr Hobby. Und das waren Horror und Krimi. In ihrem Haus in Mayfair gab es eine sagenhafte Bibliothek, wo all die Romane und populärwissenschaftlichen Bücher über die Gebiete Horror und Krimi standen. Auch Scotland Yard bediente sich hin und wieder ihrer umfangreichen Auswahl.

Sarah Goldwyn war beim Friseur gewesen. Er hatte das graue Haar hochgesteckt und im Nacken zu einem Knoten gebunden. So sah eigentlich ihre typische Frisur aus. Sarah Goldwyn hatte ein schmales Gesicht und gutmütige Augen, die von einem Kranz von Falten umgeben waren.

Lachfältchen, sagte die Horror-Oma immer, denn sie war eine Frau, die gern lachte.

Auch heute war sie nicht ohne ihre Ketten losgezogen. Vierfach hingen sie um ihren Hals, und wenn sie sich bewegte, klirrten sie gegeneinander. Da hingen Perlenketten neben Metallketten. Gerade die Mischung fand die Horror-Oma gut, und sie freute sich, wenn andere über die Ketten den Kopf schüttelten.

Da gab es noch etwas, das von Sarah Goldwyn nicht wegzudenken war. Ihr Stock.

Auf ihn verließ sie sich immer. Er war Hilfe und Stütze zugleich. So mancher Schädel hatte bereits Bekanntschaft mit dem bleigefütterten Knauf gemacht. Sarah hatte den Stock ein paar Mal einsetzen müssen. Sei es in der Subway gewesen oder auf einem Bahnhof. Es gab eben einige Typen, die sie als leichtes Opfer ansahen. Hinterher wunderten sich die Knaben dann, wie böse das Erwachen war.

Aber daran dachte die Horror-Oma nicht, als sie auf der Bank saß und den spielenden Kindern zuschaute. Sarah Goldwyn liebte Kinder. Eigene waren ihr verwehrt gewesen, sodass sie sich immer mit anderen hatte zufrieden geben müssen.

Sie schaute ihnen zu, wie sie den Dreck in die Luft warfen und sich darunter stellten.

Die Mutter schimpfte ein wenig, aber das störte die Kleinen nicht. Der Vater las in einem Comic-Heft.

Sarah Goldwyn wollte schon ein Gespräch mit der jungen Frau anfangen, als sie das Heulen von Polizeisirenen hörte. Sofort änderte sich ihr Augenausdruck. So etwas wie Spannung war darin zu lesen. Wenn die Sirenen ertönten, war irgendetwas passiert.

Die Horror-Oma stand auf. Der Wind erfasste ihr beiges Kleid und ließ den Stoff flattern. Sarah wunderte sich. Zwei Streifenwagen schossen querbeet, sie hielten sich nicht an die Wege und passierten den Baum in etwa zwanzig Yards Entfernung.

Da musste wirklich etwas Schlimmes geschehen sein, wenn die Polizisten so losrasten.

Sarahs Neugierde steigerte sich noch. Sie drehte sich einmal kurz um, nickte dem Ehepaar zu und ging dorthin, wo die Wagen hingefahren waren.

Zahlreiche Augenpaare starrten den Fahrzeugen nach. Die Räder hatten Staub aufgewirbelt, der wie lange Fahnen in der Luft schwebte. Den Gesprächen der Menschen entnahm Sarah Goldwyn, dass niemand wusste, worum es sich handelte.

Sarah packte den Griff ihres Stockes fester und rückte ihren breitkrempigen Strohhut zurecht, dessen Rand sie dann in die Stirn drückte. So machte die Horror-Oma einen richtig entschlossenen Eindruck. Sie ging nicht schnell, aber auch nicht langsam, dafür sehr zielstrebig. So kam es, dass sie Leute überholte, die zuerst an ihr vorbeigegangen waren.

Dann sah sie die Wagen wieder. Sie parkten mitten auf dem Rasen. Die Beamten waren ausgestiegen und standen irgendwie ratlos herum. Einige hoben sogar die Schultern.

Zwei Leute sprachen mit den umstehenden Zuschauern. Sie redeten auf sie ein, erhielten auch Antworten, aber zufrieden schien keiner der Beamten zu sein.

Einer suchte den Boden ab. Er tat dies wie Sherlock Holmes, nur ohne Lupe.

Der Mann hätte Lady Sarah fast umgerannt. Im letzten Augenblick sah er das Hindernis und schaute überrascht auf. Er wollte anfangen zu schimpfen, doch Lady Sarah lächelte so freundlich, dass er die Luft anhielt und nichts sagte.

»Guten Abend«, sagte die Horror-Oma und wollte vorbei.

»Halt, halt!«, rief der Polizist. »Haben Sie etwas gesehen, Madam?«

»Einiges.«

»Ja, was denn?« Hoffnung leuchtete in den Augen des Beamten.

»Ich habe gesehen, dass Sie und Ihre Kollegen wie die Verrückten über den schönen Rasen gefahren sind, obwohl meiner Ansicht nach gar kein Grund dafür bestand, denn Sie stehen jetzt ratlos herum und wissen nicht, was …«

»Seien Sie ruhig. Ich lasse mich von Ihnen nicht auf den Arm nehmen«, schnaufte der Beamte.

»Das hätte ich in meinem Alter auch gar nicht mehr geschafft«, erklärte die Frau.

Der Polizist winkte unwirsch ab und ging weiter. Sarah Goldwyn aber schritt dem Tatort zu, wo gar nichts zu sehen war. Nur eine umgestürzte kleine Bank, wie sie von den Speakers benutzt wurde, war der einzige Hinweis.

Die Horror-Oma spitzte die Ohren. Und sie stellte fest, dass es doch Zeugen eines zumindest sehr ungewöhnlichen Vorfalls gab. Sie näherte sich einer Gruppe von Menschen, die von zwei Polizisten befragt wurden. Alles redete durcheinander, bis der Beamte einen bestimmte. Es war ein Mann im mittleren Alter.

»Also, das war so«, sagte er. »Zuerst redete der Knabe gegen die Regierung, gegen den Krieg, gegen den Verfall von Moral und Sitten …«

»Kommen Sie zur Sache.«
»Ich bin ja dabei, Officer!«
»Weiter.«
»Und dann sang er die Nationalhymne.« Der Mann grinste. »Ehrlich, er sang.«
»Ja und?«
»Das hörten einige Jugendliche, die in der Nähe auf dem Rasen lagen. Sie standen auf und sangen die Internationale dagegen. Wir haben vielleicht gelacht. Der einzelne Sänger hat sich ungeheuer aufgeregt. Schließlich hörten die Jugendlichen auf, er aber wollte weiterreden. Ein paar Sätze hat er auch geschafft, dann geschah etwas, was ich kaum gesehen habe.«
»Reden Sie schon.«
»Jemand warf dem Mann etwas zu.«
»Aha«, sagte der Polizist. »Und was war das?«
»Ein Ball.«
Der Beamte schluckte. »Wie sagten Sie?«
»Nein, das war kein Ball«, meldete sich eine Frau im roten Kleid. »Das war ein kleiner Totenschädel.«
Jetzt fingen die anderen an zu lachen.
Die Frau wurde sauer. »Ihr verdammten Ignoranten. Ich habe das selbst gesehen. Der Mann fing den Schädel auf, dann gab es eine schwache Explosion, einen roten Blitz, der mich blendete, und schließlich war der Kerl verschwunden.«
»Und wer hat diesen Totenkopf geworfen?«, wollte der Polizist wissen.
»Das habe ich nicht gesehen.«
»Die spinnt«, meinte ein anderer.
»Wie können Sie das behaupten?«
»Wer schleudert schon Totenköpfe?«
Daraufhin lachten die Umstehenden wieder. Auch der Polizist musste schmunzeln.
Nur Sarah Goldwyn lachte nicht. Die Sicherheit der Frau beeindruckte sie irgendwie, und Sarah glaubte ihr. Die hatte bestimmt etwas gesehen. Aber man nahm sie nicht ernst. Schließlich wandte sich die Frau brüsk ab und ging weiter.

Lady Sarah folgte ihr. Die Person interessierte sie. Nach wenigen Yards schon holte die Horror-Oma die Zeugin ein.

»Entschuldigen Sie«, sagte Lady Sarah, »aber kann ich einige Minuten mit Ihnen sprechen?«

»Nein.«

»Warum nicht?«

»Gehören Sie auch zu den Ignoranten?«

»Im Gegenteil, ich glaube Ihnen.«

Die Frau blieb stehen. Sie mochte etwa vierzig sein, hatte schwarz gefärbtes Haar, ein verlebt wirkendes Gesicht und eine ziemlich dralle Figur.

»Was haben Sie denn damit zu tun? Sie in Ihrem Alter?«

»Ich interessiere mich eben für ungewöhnliche Dinge. Und hier ist doch etwas Ungewöhnliches passiert oder nicht?«

»Schon.«

»Sehen Sie.«

»Ich habe ja alles gesagt.«

»Sie haben tatsächlich nicht gesehen, wer diesen Totenschädel geworfen hat?«

»Wirklich nicht.«

»War es ein Mann oder eine Frau?«

»Keine Ahnung.«

»Und der Redner verschwand?«

»Ja doch.«

»Danke für Ihre Auskünfte, Madam. Einen schönen Abend wünsche ich Ihnen noch.«

Sarah Goldwyn wandte sich ab. Sie spürte das Kribbeln in ihren Fingerspitzen. Für sie ein Zeichen, dass mal wieder etwas im Busch war. Irgendwie konnte es sein, dass finstere Mächte ihre Hände im Spiel hatten, davon war Lady Sarah überzeugt.

In den letzten Wochen hatte sie sich zwar einige Horrorfilme angesehen und sie auch als Videokassetten gekauft, um zu Hause die Streifen noch einmal anzuschauen, aber das waren alles Kinostücke, aufgemotzt und publikumsgerecht serviert. Die Wirklichkeit war für Lady Sarah viel spannender.

Sie dachte schon daran, ihren Bekannten John Sinclair zu informieren, ließ es jedoch vorerst bleiben, da sie zu wenig Fakten in den Händen hielt. Sie wollte selbst noch einige Nachforschungen anstellen.

Als sie zu den Polizisten zurückkehrte, waren die ebenso ratlos wie zuvor. Sie wussten nicht weiter.

Das mit dem Totenkopf glaubte niemand.

Die Horror-Oma ging weiter. Dabei überlegte sie genau. War dies nur eine einzelne Demonstration gewesen, oder würde sich so etwas wiederholen?

Wenn, ja – wann?

Lady Sarah hoffte, dass es in naher Zukunft geschehen würde. Möglichst dann, wenn sie sich noch im Park befand. Es blieb ja lange hell, der Abend hatte eben erst begonnen.

Sie passierte auch die Stelle, wo die Jugendlichen gesessen und gegen den einzelnen Sänger angebrüllt hatten. Jetzt war der Platz leer. Die jungen Leute hatten sich verzogen. Waren sie vielleicht noch gute Zeugen?

Die Horror-Oma verließ den Rasen und schritt auf dem Weg weiter. Nach wie vor herrschte Trubel im Hyde Park. Keine Angst war bei den Menschen zu spüren, sie vergnügten sich und freuten sich über den warmen Sonnenschein.

Nichts Ungewöhnliches fiel der Horror-Oma auf. Und doch hatte sie das Gefühl, dass irgendetwas in der Luft lag. Hier stimmte was nicht. Das Kribbeln in ihren Fingerspitzen bewies es.

Viele junge Menschen kamen ihr entgegen. Es waren auch Pärchen darunter, luftig gekleidete Mädchen, die sich eng an ihre Freunde schmiegten.

Plötzlich stutzte die Horror-Oma. Ihr war ein Paar aufgefallen, von dem sie einen Teil kannte, den weiblichen.

Die junge Frau hatte pechschwarzes Haar, trug enge weiße Leinenjeans und ein ebenfalls weißes T-Shirt, das deutlich ihre gute Oberweite nachmodellierte.

Die Frau kannte sie doch. Nur der junge Mann war ihr unbekannt.

Auch die Frau hatte Lady Sarah gesehen. Sie blieb stehen.

»Mrs Goldwyn?«, fragte sie.
»Natürlich.«
»Was machen Sie denn hier?«
Sarah schüttelte den Kopf. »Lassen Sie mich überlegen, wo ich Sie hinstecken soll«, erwiderte die Horror-Oma. Dann hellte sich ihr Gesicht auf.
»Ich hab's, Sie sind Glenda Perkins, die Sekretärin von John Sinclair …«
»Stimmt genau«, sagte die schwarzhaarige Glenda und lachte. »Sie haben ein gutes Gedächtnis, obwohl Sie doch nur einmal in Mr Sinclairs Büro waren.«
»Das stimmt.«
»Und, Mrs Goldwyn? Was treibt Sie hierher?«
»Das schöne Wetter.«
Glenda lachte. »Ich dachte schon, es wäre ein Fall.« Sie wandte sich an den Mann an ihrer Seite. »Darf ich Ihnen meinen Begleiter vorstellen. Er heißt Rod Farrington und ist ein Bekannter aus dem Squash-Club.«
»Sie spielen Squash?«
»Man muss ja was für die schlanke Linie tun.«
»Da sagen Sie was.« Sarah Goldwyn reichte dem Mann die Hand. Er gehörte zum Typ Aufreißer. Breit in den Schultern, schmale Hüften, ein ewiges Siegerlächeln und lässig gekleidet. Das hellblonde Haar trug er halblang.
»Ich habe mir heute einen freien Tag genommen«, erklärte Glenda, »das schöne Wetter muss man ausnutzen.«
»Da haben Sie recht.« Lady Sarah legte beide Hände auf den Schirmgriff. »Was macht denn mein junger Freund John Sinclair?«
Als Rod Farrington den Namen hörte, wandte er sich ab und schaute zwei anderen Mädchen nach.
»John ist sauer.«
»Gibt es da einen Grund?«
»Ja, er muss heute noch einige Berichte schreiben.«
»Und das bei dem Wetter.« Lady Sarah lachte. »Da kann ich mir seine Laune vorstellen.«
»Sollen wir nicht weitergehen?«, fragte Glendas Beglei-

ter. »Ich dachte, du hättest Urlaub, aber jetzt redest du vom Betrieb.«

»Sei doch nicht so ungeduldig. Wir kommen noch früh genug zum Essen.«

»Dann will ich Sie auch nicht länger aufhalten«, sagte die alte Dame.

»Kommen Sie doch einfach mit«, schlug Glenda vor. »Rod wird sicherlich nichts dagegen haben – oder?«

»Nein!«, knirschte Rod Farrington und lächelte dabei wie ein hungriger Wolf.

Lady Sarah schüttelte den Kopf. »Nein, euch junge Leute soll man allein lassen. Ich störe nur.«

»Ach woher. Kommen Sie.«

»Und Ihr Begleiter?«

»Wird sich schon mit der neuen Lage abfinden. Ich kenne hier ein nettes Gartenlokal.«

»Gut, ich bin dabei«, erklärte die Horror-Oma kurz entschlossen.

Rod Farrington brummte etwas in seinen nicht vorhandenen Bart, das keiner verstand.

Glenda lächelte mokant. »Passt es dir nicht, Rod, dass Mrs Goldwyn uns begleitet?«

»Nein, ich mag keine Altersheime.«

Glenda wurde blass, und Sarah Goldwyn presste hart die Lippen zusammen. Das war eine Beleidigung.

»Dafür entschuldigst du dich«, sagte Glenda. »Und zwar hier und auf der Stelle.«

»Sehe ich doch gar nicht ein.« Farrington schob seine Sonnenbrille von der Stirn vor die Augen. »Ich verschwinde jetzt. Du kannst ja mit deiner Oma allein weitergehen. Ich dachte, wir wollten uns einen heißen Abend machen, aber so …«

»Deine Tour kenne ich.«

Farrington breitete beide Arme aus. »Okay, ist ja gut …« Dann ging er und lachte dabei.

»Den bin ich los«, stöhnte Glenda.

»Durch meine Schuld.«

»Von Schuld kann man da nicht reden. Ich bin sogar froh darüber, dass er nicht mehr hier ist.«

»Sie haben aber mit ihm Squash gespielt.«

»Das ist auch alles. Und weil das Wetter so schön war, habe ich mich eben zu einem Spaziergang überreden lassen. Kommen Sie, Mrs Goldwyn, jetzt trinken wir aber einen Schluck. Außerdem habe ich Hunger.«

Die beiden altersmäßig so unterschiedlichen Frauen gingen nebeneinander her und steuerten ein Lokal an, wo auch draußen serviert wurde. Fast alle Tische waren besetzt. Schließlich entdeckte Lady Sarah noch einen freien Tisch direkt an der Holzbarriere. Schnell nahmen sie die beiden Stühle in Beschlag.

Zufällig kam der Kellner vorbei, und sie bestellten zweimal Mineralwasser.

»Und das Essen?«, fragte Lady Sarah.

»Können wir später bestellen. Ich nehme sowieso nur einen Salat.« Glenda lehnte sich zurück. »Morgen soll es auch so warm werden, und ich sitze im Büro.«

»Wie John Sinclair.«

»Genau.«

»Hat er keinen aktuellen Fall?«

»Nein, so viel ich weiß, nicht.«

Lady Sarah nahm einen Schluck von dem kalten Wasser. »John gefällt Ihnen besser als dieser Farrington, wie?«

»Das stimmt«, gab Glenda zu, wobei sie nicht einmal rot wurde.

»Aber glauben Sie denn, dass jemals etwas daraus wird?«

»Ich habe keine Ahnung. Da ist noch Jane Collins. Sie würde mir die Augen auskratzen.«

»Na ja, so schlimm wird es nicht werden.«

»Ich weiß nicht.« Glenda hob die Schultern. »Aber reden wir von etwas anderem. Wie geht es Ihnen denn so?«

»Wie soll es einer alten Frau schon gehen?«

»Alt?« Glenda lachte. »Jetzt machen Sie mal einen Punkt. Sie sind jünger als die meisten Leute.«

»Keine falschen Komplimente.«

Glenda trank und nickte gleichzeitig. »Ich meine es ehrlich, Mrs Goldwyn.«

»Dann bedanke ich mich.«

Die nächsten beiden Minuten vergingen schweigend. Glenda hatte die Augen halb geschlossen und ließ sich die Sonne aufs Gesicht scheinen, während Sarah Goldwyn immer noch über den rätselhaften Vorgang nachdachte, der in Speaker's Corner passiert war.

Jemand hatte einen Totenkopf geworfen, und dann verschwand der Mann einfach.

Das war ein Phänomen!

Die Blicke der Horror-Oma glitten über die Rasenfläche, wo einige alte Bäume standen und ihr gewaltiges Astwerk Schatten spendend ausbreiteten. Unter den Bäumen saßen ganze Familien. Kinder spielten, lachten, tobten. Alles wirkte völlig normal.

Und doch spürte Lady Sarah wieder das Kribbeln. Da lag was in der Luft, wie sie meinte.

Glenda öffnete die Augen. »Es ist herrlich«, sagte sie. »Man kann so richtig abschalten.«

»Das stimmt.« Lady Sarah schaute wieder zu den Bäumen hin. Da fiel ihr etwas auf.

Ein Mädchen.

Die Horror-Oma warf der am Tisch sitzenden Glenda noch einen schnellen Blick zu, doch die hielt die Augen wieder geschlossen, sodass sich Lady Sarah auf das zweite Girl konzentrieren konnte.

Irgendwie passte es nicht in den übrigen Rahmen hier. Es trug keine moderne Kleidung, sondern Sachen, die man schon als alt und lumpig bezeichnen könnte. Wie verloren stand es da und hatte den Kopf gesenkt, sodass sein volles schwarzes Haar wie ein Vorhang über das Gesicht fiel und Sarah Goldwyn nichts erkennen konnte.

Wer war dieses Mädchen?

Jetzt ging es langsam vor.

Es war wohl nur die Horror-Oma, die die Kleine beobachtete und auch mitbekam, wie sie den Kopf hob. Die Haare fielen zur Seite.

Das Gesicht schien von einem Bildhauer modelliert worden zu sein, so ebenmäßig war es. Der sonnenbraune Teint passte dazu, die Bewegungen waren geschmeidig und erinnerten irgendwie an die einer jungen Tänzerin.

Die Unbekannte blieb stehen. Sarah Goldwyn sah sehr deutlich, wie sie auf die im Gartenrestaurant sitzenden Menschen blickte. Und plötzlich spürte die Horror-Oma auch die Blicke des Mädchens auf sich gerichtet.

Ein seltsames Gefühl überkam sie, und abermals verspürte sie das Kribbeln in den Fingerspitzen.

In diesem Moment öffnete Glenda die Augen. Sie bemerkte, dass Sarah Goldwyn nach links schaute, und drehte ebenfalls den Kopf.

Auch sie sah die Unbekannte.

»Kennen Sie das Mädchen?«, fragte Glenda.

»Nein.«

»Komisch«, murmelte Glenda.

»Was ist komisch?«

»Mir ist so, als hätte ich die Schwarzhaarige schon irgendwo einmal gesehen. Ich weiß nur nicht, wo es war. Aber bekannt kommt sie mir vor.« Glenda trank einen Schluck. »Jetzt schaut sie mich genau an.«

»Und?«

Glenda verzog das Gesicht. »Ich weiß nicht …«

»Was haben Sie denn?«

»Nichts, Mrs Goldwyn. Es ist schon vorbei. Mir schien es nur so, als hätten soeben fremde Gedanken meine eigenen überdeckt. Doch das war sicherlich eine Täuschung.«

»Vielleicht.«

»Sie sind so ernst«, sagte Glenda.

»Mit dieser Fremden stimmt etwas nicht«, erklärte Sarah Goldwyn in fester Überzeugung.

»Das bilden Sie sich ein.«

»Nein, da bin ich sicher.«

»Und wieso?«

»Ein Gefühl. Ein komisches Gefühl sogar. Man kann vor der Kleinen direkt Angst bekommen.«

»Sie und Angst?«

Sarah Goldwyn blickte ihr Gegenüber sehr ernst an. »Ja, Glenda. Ich habe Angst. Das Mädchen strahlt etwas Unheimliches aus, das ich nicht begreife.«

»Jetzt kommt sie sogar auf uns zu«, bemerkte Glenda. »Ich glaube, die will etwas von uns.«

Sie hatte nicht gelogen, wie Mrs Goldwyn schnell feststellte. Das Mädchen kam tatsächlich, und es hatte beide Hände in die weit geschnittenen Ärmel seiner Bluse gesteckt.

Die Unbekannte ging nicht schnell, allerdings sehr zielstrebig. Es würde nicht mehr lange dauern, dann hatte sie ihr Ziel erreicht. Noch drei Schritte trennten sie von dem weißen Gatter, als sie stehen blieb.

Schweigend schaute sie auf Lady Sarah und Glenda Perkins.

»Kennen wir uns?«, fragte die Horror-Oma.

»Ihr sitzt falsch«, sagte die Unbekannte.

»Wieso?«

»Das ist mein Platz. Mir hat hier alles gehört. Und jetzt gehört es mir wieder.«

Da begann Glenda zu lachen. »Jetzt machen Sie aber mal einen Punkt. Wenn Sie etwas trinken wollen und kein Geld haben, lade ich Sie gern ein, aber dass wir auf Ihrem Platz sitzen, kann ich nicht glauben. Das hier ist ein öffentliches Lokal, hier kann sich jeder hinsetzen, wo er will.«

»Du irrst!«

Die Fremde sagte dies mit einer so großen Bestimmtheit, dass Glenda irritiert war.

»Wollen Sie uns das nicht genauer erklären, Miss …«, fragte Sarah Goldwyn.

»Gern.« Sie trat näher. Nach zwei Schritten blieb sie stehen. Dabei starrte sie nur Glenda an. »Dich habe ich gesucht und endlich gefunden«, flüsterte sie.

»Sie haben mich gesucht?« Glenda lächelte ungläubig. »Aber wir kennen uns nicht.«

»Doch.«

»Nein, ich würde mich daran erinnern. Wo haben wir uns denn kennen gelernt?«

»Du siehst aus wie sie. Du musst eine von ihnen sein.«

Sarah Goldwyn mischte sich ein. »Reden Sie doch endlich mal im Klartext, junge Frau. Wir verstehen Sie nicht. Was wollen Sie genau sagen?«

Das Mädchen hob den Arm und streckte den Zeigefinger aus. »Ich will sie.« Der Finger deutete auf Glenda Perkins.

Glenda zog die Stirn kraus. Sie versuchte zu lächeln, doch daraus wurde nichts, das fremde Mädchen vor ihr wirkte unheimlich. Eine wirklich seltsame Person. »Was wollen Sie von mir?«

»Du musst mitkommen.«

»Wohin?«

»Zu mir.«

Da lachte Glenda. »Ich kann nicht mit dir gehen. Ich weiß nicht einmal, wo du wohnst.«

»Das wirst du schon sehen.«

Lady Sarah war der Unterhaltung bisher schweigend gefolgt. Nun mischte sie sich ein. »Jetzt hören Sie mal zu, mein liebes Kind. Ich weiß nicht, wer Sie sind oder wie Sie heißen. Aber Sie können nicht einfach herkommen und uns stören, dabei seltsame Antworten geben, die keiner versteht, und zudem noch verlangen, dass meine Begleiterin mit Ihnen geht. Das verstößt gegen die guten Sitten.«

»Schade«, sagte das Mädchen. »Ich habe gedacht, Sie wären vernünftiger. Aber so …«

»Wer sind Sie?«, fragte Lady Sarah.

»Larissa!«

»Und weiter?«

»Das dürfte reichen.«

Die Horror-Oma und Glenda Perkins schauten sich an. Beide hoben sie die Schultern. Mit diesem Namen konnten weder Glenda noch Sarah Goldwyn etwas anfangen.

»Ich kenne Sie nicht«, erklärte Glenda. »Bitte lassen Sie uns jetzt allein.«

Larissa schüttelte den Kopf. »Schade, sehr schade. So muss ich zu anderen Mitteln greifen.«

»Und?«

Larissa behielt ihr Lächeln bei, als sie die Hände aus den Blusenärmeln nahm. Nur waren sie nicht leer. Etwas Rundes schimmerte gelblich zwischen ihnen.

Lady Sarah bemerkte es zuerst. »Der Totenschädel!«, flüsterte sie.

Da passierte es schon ...

Sie kennen das bestimmt. Es gibt Tage im Sommer, wo man überhaupt keine Lust hat, hinter dem Schreibtisch zu sitzen, und ich hockte noch nach Feierabend in meinem Büro, brütete über einigen Berichten und wurde einfach nicht fertig. Da hatte es Glenda besser. Sie hatte kurzerhand einen Urlaubstag genommen, um das schöne Wetter zu genießen. Jane Collins war auch nicht da, sondern tummelte sich irgendwo an der See.

Suko und Shao waren auch nicht zu Hause, sondern irgendwo aufs Land gefahren. Jetzt war es eine Wohltat, mit der Harley durch die Gegend zu brausen.

Nur ich Esel saß hinter meinem Schreibtisch und bekam langsam lange Zähne vor Hunger.

Es wurde Zeit, den knurrenden Magen mit einem kleinen Imbiss zu verwöhnen. Durst hatte ich auch.

Mit einer Verwünschung klappte ich den Schnellhefter zu. Daran würde ich am nächsten Tag weiterarbeiten. Jetzt wollte ich etwas essen. Seufzend griff ich zum leichten Jackett. Es war eine Qual, die Jacke überzustreifen, doch das musste sein, denn sonst fiel meine Beretta auf, die in einem Holster am Hosengürtel steckte. Und wer zeigt sich schon gern mit einer Waffe in der Öffentlichkeit?

Die Türklinke hielt ich bereits in der Hand, als das Telefon anschlug. Sollte ich oder sollte ich nicht? Beim vierten Klingeln hatte ich mich entschieden.

Für das Pflichtbewusstsein.

Ich nahm den Hörer. Mein »Sinclair« klang nicht gerade begeistert, denn am anderen Ende der Leitung vernahm ich ein verlegenes Räuspern.

»Oberinspektor Sinclair?«, vergewisserte sich der Anrufer.

»Ja.«

»Ich bin Sergeant Bennet, Sir, und möchte Ihnen von einem Vorgang Meldung machen, der uns sehr mysteriös erscheint.«

Ich ließ mich auf der Schreibtischkante nieder. »Schießen Sie los, Sergeant.«

»Die Sache hat sich im Hyde Park abgespielt …«

Dann redete er, und ich lieh ihm mein Ohr. Ein bisschen seltsam war das Ganze schon, was er mir da mitteilte, deshalb fragte ich, als er seinen Bericht beendet hatte: »Sagen Sie mal, Sergeant, Sie selbst waren nicht dabei?«

»Nein.«

»Dann haben Sie sich nur auf die Aussagen von Zeugen verlassen?«

»So ist es, Sir.«

»Und einen Sonnenstich hatten die Leute nicht?«

»Danach sahen sie mir nicht aus, Sir. Ich hätte Sie auch nicht angerufen, wenn nicht diese Anordnung bestehen würde, weil die Sache mir selbst sehr suspekt ist.«

Die Anordnung kannte ich. Sie stammte von Sir James Powell, meinem direkten Vorgesetzten. Sämtliche aus dem Rahmen fallende Fälle waren augenblicklich seiner Abteilung zu melden, so hatte es der Alte befohlen.

Den Erfolg sah ich jetzt.

»Ich danke Ihnen auf jeden Fall, dass Sie mich informiert haben«, lobte ich Sergeant Bennet.

»Werden Sie sich um den Fall kümmern, Sir?«

Ich schaute auf die Uhr. Ein Abend im Hyde Park – das war keine schlechte Idee. »Ja, ich fahre hin. Wo ist das eigentlich genau passiert?«

Er erklärte mir die Stelle.

»Danke.«

Ob ich nun in einem schwülen Lokal etwas aß oder mich in den Park setzte, das war im Endeffekt egal. So fuhr ich nach unten und ging zum Parkplatz, der an der Rückseite des Yard liegt. Dort stand mein Bentley.

Nein, es war unmöglich, sich sofort in den Wagen zu setzen. Da drinnen war die reinste Hölle. Das Fahrzeug war zwar mit einer Klimaanlage ausgerüstet, aber bis die die Hitze aus dem Fahrzeug vertrieben hatte, würde ich schon durchgeschwitzt sein.

So wartete ich ein paar Minuten. Dann konnte ich auf dem Leder Platz nehmen, ohne mir die Schenkel zu verbrennen.

Sehr weit hatte ich es nicht bis zum Hyde Park. Es gab drei Parks, die praktisch ineinander übergingen. Der St. James Park, der Green Park und der Hyde Park.

Über den Birdcage Walk rollte ich am St. James Park vorbei, passierte Buckingham Palace am Green Park, schlug den Bogen an der Südspitze vorbei und über den Grosvenor Place auf Hyde Park Corner zu.

Die Scheibe an der Fahrerseite hatte ich nach unten fahren lassen. Der schwüle Wind brachte kaum Kühle. Ich sah zu, dass ich für den Bentley einen Parkplatz fand, und bewältigte das letzte Stück auf Schusters Rappen.

Es herrschte noch reger Betrieb. Man konnte meinen, halb London wäre auf den Beinen.

Sehr schnell fand ich die Stelle, wo das seltsame Ereignis geschehen war. Und noch immer standen Menschen herum und diskutierten darüber. Ich fing Gesprächsfetzen auf und hörte Sätze wie:

»Der ist einfach verschwunden.«

»Stimmt, das habe ich auch gesehen.«

»Ich glaube das nicht.«

Und für mich war es auch sehr schwer vorstellbar, obwohl ich in meinem Job eigentlich mit allem rechnen musste. Ich ging ein paar Mal im Kreis und ließ mir die Abendsonne in den Nacken scheinen. Nichts kam dabei heraus. Auch mein Kreuz zeigte keinerlei Reaktionen. Es erwärmte sich nicht.

Sollte hier tatsächlich ein magisches Ereignis stattgefunden haben, so war die Magie jetzt längst verschwunden. Da konnte ich nichts machen.

Leider hatte mir der Sergeant nichts sagen können. Ich lief praktisch ohne Anhaltspunkte umher, doch die sollte ich bekommen. Schon in den nächsten Sekunden, und das auf eine sehr drastische Art und Weise …

»Vorsicht!«, rief Sarah Goldwyn. Ihre Stimme war so laut, dass die Menschen an den Nebentischen aufmerksam wurden.

Die Warnung kam zu spät. Larissa hatte den kleinen Totenkopf bereits geschleudert.

Er flog genau auf Glenda Perkins zu.

Das schwarzhaarige Mädchen hatte sich nicht verrechnet. Glenda reagierte so, wie sie es haben wollte. Instinktiv fing sie den Totenkopf auf und schaute auf ihre Hände.

Der rote Blitz folgte einen Atemzug später. Plötzlich war er da, gleichzeitig erfolgte diese puffende Explosion, und rötlich schimmernder Rauch hüllte Glenda ein.

Sie schrie.

Noch während sie schrie, packte eine gewaltige Druckwelle die an den Nebentischen sitzenden Menschen und schleuderte sie wie Puppen von ihren Stühlen.

Niemand konnte sich mehr halten. Stühle flogen um, die Tische ebenfalls. Dabei wurden sie leer geräumt. Gläser, Flaschen, Teller und Schalen landeten am Boden, wo sie zerbrachen. Auf die Scherben fielen die völlig überraschten Menschen, und bildeten ein wirres Knäuel aus mehreren Körpern.

Sarah Goldwyn fiel nicht. Sie hatte sich instinktiv mit beiden Händen an der Balustrade festgehalten. Zwar spürte auch sie die Einwirkung der Explosion, weil Kräfte an ihrem Körper zerrten, aber sie konnte sich halten.

Und sie sah, was mit Glenda Perkins geschah. Noch immer wurde diese von der roten Wolke umgeben. Doch ihr Schreien wurde leiser.

Und das hatte einen makabren Grund.

Glenda verschwand!

Ja, sie löste sich buchstäblich vor den Augen der entsetzten Sarah Goldwyn auf. Ihr Körper wurde durchscheinend und war nur noch ein Nebelstreif, bis auch der verweht wurde.

Dann hörte sie das Lachen.

Larissa stand noch immer neben ihr. Ihre Augen glänzten, der Mund war halb geöffnet.

»Ich hole mir alle«, flüsterte sie. »Alle, die dazugehören. Denkt an die Hexe vom Hyde Park. Vergesst sie nicht, sie kommt zurück, und dann wird es schlimm ...«

Das waren ihre letzten Worte. Danach wurde auch sie zu einem Nebelstreif, der sich verflüchtigte.

Sarah Goldwyn stöhnte auf. Sie schüttelte den Kopf, als könnte sie nichts begreifen. Der Stuhl, auf dem Glenda gesessen hatte, stand noch dort. Er hatte der Explosion wie zum Hohn getrotzt.

Aber Glenda blieb verschwunden, daran ließ sich nichts ändern. Die ersten Menschen erhoben sich wieder. Stöhnend und ächzend kamen sie auf die Beine und befühlten ihre Körper, ob ihnen auch nichts geschehen war.

Es gab keine Verletzten, nur Geschockte.

Man schrie durcheinander, einige verzogen sich, ohne die Rechnung zu bezahlen, und schließlich saß Sarah Goldwyn allein in einem Chaos aus umgestürzten Tischen, Stühlen, Tellern und Gefäßen.

Sie, die schon einiges erlebt und mitgemacht hatte, begriff überhaupt nichts mehr ...

Ich hörte zwar keine Explosion, dafür aber die Schreie der überraschten Menschen. Sie übertönten sogar noch das Stimmengewirr, das mich umschwirrte.

Sofort zuckte mein Kopf herum.

Wenn ich an einigen Bäumen vorbeiblickte, fiel mein Blick auf die Terrasse eines Gartenrestaurants. Und dort waren die Schreie aufgeklungen.

Welche Szenen sich im Einzelnen da abspielten, war nicht zu erkennen. Ich sah jedoch, dass Menschen die Arme hochrissen und zwischen die Tische oder Stühle fielen.

Jetzt hielt mich nichts mehr. Trotz der Hitze rannte ich mit Riesenschritten los. Menschen kamen mir in wilder Panik entgegen. In ihren Gesichtern las ich die Angst und den Schrecken, den die Menschen empfanden.

Ich musste einigen Leuten ausweichen, ansonsten hätten sie mich buchstäblich umgerannt.

Keuchend erreichte ich den Ort des Geschehens. Diese kurze Rennstrecke hatte mich verdammt geschafft. Ich war in Schweiß gebadet, fiel fast gegen die Abgrenzung, schaute in das Chaos aus Stühlen und Tischen und sah eine Frau, die ich nie im Leben hier vermutet hätte.

Sarah Goldwyn, die Horror-Oma!

Aufrecht saß sie in all dem Trubel und hatte beide Hände auf den Griff ihres Schirms gelegt.

»John Sinclair«, sagte sie. »Der Himmel schickt Sie, mein Junge!«

Ich schüttelte den Kopf. Reden konnte ich vor Überraschung nicht. Dann wischte ich mir über die Augen.

»Ja, ich bin es wirklich«, sagte sie.

»Was ist los?«

»Sollen wir das hier besprechen?«

»Nein, natürlich nicht.«

Sarah Goldwyn stand auf, stieg mit staksigen Schritten über die Scherben und Möbelstücke und schritt auf ein kleines Tor zu, durch das sie die Terrasse verlassen konnte.

Ich wartete auf sie.

»Es war schlimm«, sagte sie.

»Tote oder Verletzte hat es nicht gegeben – oder?«

»Das nicht, aber jemand ist verschwunden. Eine Person, die Sie gut kennen.«

»Wer?«

»Glenda Perkins.«

Das war der zweite Hammer innerhalb einer Minute. »Was?«, keuchte ich. »Sie waren mit Glenda zusammen?«

»Ja.«

»Jetzt verstehe ich überhaupt nichts mehr.«

Die Horror-Oma lächelte. »Das wird sich sehr bald ändern, mein Junge.« Anschließend berichtete sie, was sie bisher erlebt hatte. Ich hörte aufmerksam zu und nickte hin und wieder. Und ich wusste, dass der Sergeant nicht gelogen hatte oder einer Einbildung irgendwelcher Zeugen zum Opfer gefallen war. Alles, auch der erste Fall, musste sich so abgespielt haben wie der zweite.

Hier war eine ungemein kräftige und gefährliche dämonische Kraft am Werk.

Wie konnten wir sie stoppen?

Ich fragte die Lady noch nach den Worten, die ihr die Hexe gesagt hatte.

Sie überlegte kurz. »Ich hole mir alle. Alle, die dazugehören. Denkt an die Hexe vom Hyde Park – oder so ähnlich.«

»Eine nähere Erklärung hat sie nicht abgegeben?«

»Nein, John, die müssten wir schon finden.«

»Wir?«

»Natürlich. Glauben Sie denn im Ernst, dass ich Sie allein lasse? Jetzt habe ich Blut geleckt, wie man so schön sagt. Das ist endlich wieder ein Fall für mich. Im Sommer ist ja meist die Saure-Gurken-Zeit, wie man so schön sagt.«

»Aber leider nicht für Dämonen«, erwiderte ich. »Das haben wir jetzt erlebt.«

Ich hörte die Polizeisirenen. Im Hyde Park selbst gibt es ein Revier. Von dort kamen die Beamten.

»Wollen Sie mit denen sprechen?«, fragte Lady Sarah.

»Nicht unbedingt.«

»Was dann?«

»Diese Larissa hat mit ihren Worten doch etwas verraten. Irgendwo muss es eine historische Bindung geben, ein Glied, das die Kette der Geheimnisse schließt.«

»Dann fahren wir doch zu mir, John. Ich kann mich schließlich rühmen, eine der besten Bibliotheken zu besitzen.«

Da hatte sie recht. Die Horror-Oma zeigte sich sehr optimistisch. Ich teilte dieses Gefühl nicht. Die Worte der Hexe hatten an Deutlichkeit nichts zu wünschen übrig gelassen.

Und Glenda befand sich in Larissas Gewalt …

Zum ersten Mal in ihrem Leben erlebte Glenda Perkins am eigenen Leibe einen Dimensionssprung. Sie sah, wie die Umgebung um sie herum verblasste, wie die Menschen verschwanden, als würde auf einer Leinwand der Film schwächer und schwächer.

Sie wollte noch die Arme ausstrecken, um nach Sarah Goldwyn zu greifen, doch das gelang ihr nicht mehr.

Die andere Kraft war stärker.

Dann kamen die Dunkelheit, das Grauen, die unheimlichen Kräfte, die nicht mehr kontrollierbar waren und an Glenda zerrten. Sie wurde hineingerissen in den gewaltigen Tunnel der Dimensionen, wo die Zeit stillstand und das absolute Nichts herrschte.

Raum und Zeit waren aufgehoben.

Die Vergangenheit wurde zur Gegenwart, Welten verschoben sich, doch davon merkte Glenda nichts.

Sie sah sich völlig allein gelassen in einer unendlichen Leere und Vergessenheit.

Sie hatte auf einmal das Gefühl, ihr Körper wäre in eine Presse geraten, die langsam, aber fortlaufend zugedrückt wurde. Glenda bekam keine Luft mehr, sie wollte schreien, doch nicht ein Laut drang aus ihrem Mund.

Dann kam das, was sie in ihrer Qual erhoffte.

Die Bewusstlosigkeit.

Schlagartig erlosch ihr Denken, und Glenda wusste von nichts mehr. Sie wurde erst wieder wach, als etwas über ihre Wangen strich, das sich anfühlte wie ein dünnes Spinnennetz.

Glenda öffnete die Augen. Vor ihr zuckte ein Schatten zurück, dann vernahm sie ein Kichern.

Du träumst, dachte sie und wollte die Augen wieder schließen, doch die Stimme ließ sie innehalten.

»Schlafen Sie nicht mehr weiter, Miss. Der ewige Schlaf wird sowieso bald kommen. Hihihi ...«

Da richtete sich Glenda auf.

Verwirrt schaute sie sich um. Nein, sie befand sich nicht im Bett ihrer Wohnung. Das war auch kein Traum, was sie hier erlebte, sondern Wirklichkeit.

Sie war gefangen.

Gefangen in einer Welt, die sie nicht kannte.

Seltsam, dass sie so denken konnte. So realistisch und auch ohne Angst. Glenda wusste plötzlich, was passiert war, und ihre Gedanken glitten zurück in die Vergangenheit. Sie sah sich mit Sarah Goldwyn am Tisch sitzen, dann war das Mädchen Larissa aufgetaucht. Es hatte seltsame Andeutungen gemacht, und auf einmal war alles anders gewesen.

»Lady Sarah?« Als Glenda den Namen aussprach, ahnte sie, dass sie sich doch noch nicht zurechtfand.

Aus der Düsternis vor ihr antwortete ihr eine Männerstimme. »Ich bin nicht Lady Sarah, sondern heiße Trevor Bingham, schöne Frau.«

»Ich kenne Sie nicht, Mr Bingham. Mein Gott, was ist überhaupt geschehen?«

»Wir werden uns noch kennen lernen. Warten Sie, ich komme zu Ihnen.«

Der Mann ging nicht, er kroch, denn so hoch, um aufrecht zu stehen, war der Raum nicht.

Jetzt sah Glenda ihn besser. Er war fast doppelt so alt wie sie, hatte nur noch wenig Haare auf dem Kopf und ein rundes Gesicht. Die Ohren standen ab, die Nase war nach oben gebogen, die Augen klein. Er trug eine graue Hose und ein blaues Hemd, auf dem die hellen Hosenträger besonders auffielen.

»Wie kommen Sie hierher, Mr Bingham?«

Der Mann kroch noch näher. Glenda roch seine unangenehmen Schweißausdünstungen. »Ich weiß es selbst nicht so recht. Ich habe im Hyde Park gestanden ...«

»Sie auch?«

»Ja, auf einem Podest. Ich habe lange gebraucht, um die

Rede vorzubereiten, sie musste fertig werden. Sie wurde auch fertig, und dann passierte es. Da stand diese Frau plötzlich vor mir. Ein tolles Mädchen schaute mich an, lächelte sogar, und sie warf etwas. Einen Totenschädel, den ich auffing.«

»Danach kam der Blitz, nicht?«, fragte Glenda.

»Genau. Woher wissen Sie?«

»Ich selbst habe das Gleiche erlebt. Auch bei mir erschien das schwarzhaarige Mädchen …«

»Wissen Sie den Namen?«

»Larissa.«

»Nie gehört.«

»Auch nicht unter dem Begriff Hexe vom Hyde Park?«

»Nein, wirklich nicht.« Der Mann leckte sich Schweißtropfen von den Lippen, und Glenda verzog das Gesicht. Auch sah sie die Angst in den Augen des anderen. Als sie einen Blick auf seine Hände warf, bemerkte sie das heftige Zittern.

»Jetzt sind wir sicher bei ihr«, sagte Glenda.

»Wo meinen Sie?«

»Bei der Hexe.«

Trevor Bingham nickte. »Bestimmt.« Er fasste nach Glendas Schulter. »Irgendwie bewundere ich Sie, meine Liebe. Sie haben einen ungeheuren Mut, ehrlich.«

»Ach, das scheint nur so.«

»Nein, nein, haben Sie keine Angst?«

Doch, sie hatte Angst. Das gab Glenda gern zu. Aber sie wollte dieses Gefühl nicht zeigen. Was nützte es ihr, wenn sie schrie und sich wie eine Tobsüchtige aufführte? Das alles hatte keinen Zweck. Sie musste sich mit den Tatsachen abfinden. Vielleicht war sie auch deshalb so gelassen, weil sie sich auf die neue Situation noch nicht richtig eingestellt hatte. Glenda begriff sie gar nicht. Man bedrohte sie nicht unmittelbar. Geschah das, würde sie sicherlich anders reagieren.

»Ich warte noch auf Ihre Antwort«, sagte der Mann.

»Meine Angst hält sich in Grenzen.«

Da lachte Bingham. »Sie würden ganz anders reden, wenn sie es wüssten …«

»Wenn ich was wüsste?«

Bingham drehte den Kopf und duckte sich zusammen. Fahrig fuhr er sich über den Mund, bevor er antwortete: »Wenn Sie wüssten, dass Sie nicht mehr lange zu leben haben, Miss ...«

Das war wirklich eine makabre Eröffnung. Glenda wusste darauf keine Antwort.

Bingham nickte. »Sehen Sie, jetzt haben Sie Angst.«

»Warum will man mich töten?«

»Sie machen die Hexenprobe.«

Glendas Herz klopfte schneller. »Wer ist sie?«

»Diese Larissa und andere. Glauben Sie nur nicht, dass sie allein ist. Da sind die Schergen, die gefährlichen Henker. Die bringen Sie um, genau wie sie mich umbringen werden. Und da sind die wilden Bestien, die unser Gefängnis bewachen. Hier kommen wir nicht raus, das sage ich Ihnen.«

»Welche Henker, welche Schergen?« Es war ein bisschen viel auf einmal, was Glenda da verkraften musste.

»Ich habe sie gesehen, sie lauern draußen.« Er streckte den Arm aus und deutete in die Düsternis.

Erst jetzt wurde es der Gefangenen bewusst, dass sie sich ihr eigentliches Gefängnis noch gar nicht angesehen hatte. Sie wusste nur, dass sie sich in einem Verlies befand, das zwar relativ groß, aber nicht sehr hoch war.

Und wo befand sich die Tür?

Glenda richtete sich auf und zuckte sofort zusammen, als sie mit dem Kopf gegen die Decke stieß. Sie bestand aus harten Holzbohlen, sogar Splitter waren vorhanden, die sich in ihrem Haar verfingen.

Glenda bewegte sich auf Händen und Füßen in die von Bingham angezeigte Richtung.

Zum ersten Mal sah sie auch die Ritzen in den Wänden, durch die das Dämmerlicht fiel. Es reichte kaum aus, um das Verlies zu erhellen.

Sie fand die Tür. Sie war sehr niedrig und erinnerte sie an eine Luke.

Glenda ertastete sogar einen Türgriff. Es geschah aus reiner Routine, dass sie den Griff nach unten drückte. Deshalb war Glenda doppelt überrascht, als sie merkte, dass die Tür nicht verschlossen war. Sie konnte sie aufziehen, wobei ihr das hässliche Kreischen und Knarren der rostigen Angeln schwer auf die Nerven fiel.

Glenda ließ die Tür spaltbreit offen und drehte sich dann zu Bingham um. »Kommen Sie, wir können verschwinden!«

»Nein, nein.«

»Machen Sie schon.«

Bingham wollte nicht. Glenda dachte auch nicht näher darüber nach, sondern öffnete die Tür weiter und warf einen Blick nach draußen.

Sie sah einen dunklen Pfad. Gegenüber stand ein Gebäude, mehr eine Ruine, dahinter schimmerte es dunkel und trotzdem seltsam hell und mit Reflexen. Das war Wasser.

Die junge Frau zögerte keinen Augenblick länger. Wenn Bingham die Chance nicht wahrnehmen wollte, dann bitte. Sie würde dieses ungastliche Verlies auf jeden Fall verlassen.

Glenda zog die Tür bis zum Anschlag auf, streckte ihren Kopf nach draußen und hörte das Geräusch.

Sehen konnte sie die Gefahr nicht, nur hören.

Ein Klatschen, ein wildes Hecheln, dann waren die Bestien schon heran.

Sie lösten sich aus dem Dunkel der Ruine und sprangen auf Glenda zu. Zwei gewaltige Schatten, die man als regelrechte Muskel- und Kraftpakete bezeichnen konnte. Mit zwei Sprüngen überwanden sie die Distanz, Glenda sah die gelben, schräg gestellten Augen und dachte sofort an Bluthunde.

Das also waren die Bestien.

Sie zuckte zurück.

Im selben Augenblick spürte sie Binghams Hände um ihre Taille. Der Mann riss sie nach hinten, weg von den Bestien, die wild aufheulten, sich duckten, mit ihren kräftigen Pfoten scharrten und ihre Köpfe durch die offene Tür steckten.

Glenda hörte das Knurren und Hecheln. Weit hingen die blassroten Zungen aus den Mäulern. Zähne blitzten wie gefährliche Messer in den Rachen der beiden Bestien.

Trevor Bingham zog Glenda noch weiter zurück. Erst jetzt erfolgte bei ihr die Reaktion. Plötzlich zitterte sie am ganzen Leib. Ihre Zähne klapperten vor Angst aufeinander. Sie fror und schwitzte zugleich und schüttelte wild den Kopf.

Der Mund des Mannes befand sich dicht an ihrem linken Ohr. »Ich habe es Ihnen doch gesagt, wir kommen gegen die nicht an. Die werden Sie zerreißen. Sie sind auf Menschen dressiert. Was das bedeutet, können Sie sich ja denken.«

Glenda nickte stumm. Sie konnte nicht sprechen. Wie zugeschnürt war ihre Kehle.

Anscheinend hatten die Tiere den Befehl, nicht in das Verlies einzudringen, denn sie blieben dort, wo sie standen.

Sie beobachteten nur. Die gnadenlosen gelben Augen waren auf Glenda gerichtet, und sie hatte das Gefühl, hier keine normalen Hunde vor sich zu haben.

Die sahen anders aus.

Flache Schnauzen, die zu gewaltigen Mäulern wurden, wenn die Tiere sie öffneten, ein Fell, das glatt war.

»Da haben Sie's«, flüsterte Trevor Bingham. »Ich wollte es auch versuchen, aber da waren sofort die Biester da.«

Glenda nickte. Hastig zog sie ihre Beine an, weil eine der Bestien danach schnappte. Es gab ein klackendes Geräusch, als die Zähne des Tiers aufeinander schlugen.

»Mit denen möchte ich keine nähere Bekanntschaft machen«, sagte Bingham.

Glenda schwieg. Sie rückte noch ein Stück zurück und blieb hocken.

»Was machen wir?«, fragte Bingham.

»Nichts.«

Er lachte. »Das hätte ich mir auch sagen können. Aber wir müssen hier raus, bevor die Hexe kommt und uns umbringt.«

»Was macht Sie da so sicher?«

»Alles.«

»Noch hat sie es mir nicht gesagt. Ich weiß nicht, was sie alles vorhat.«

»Da gibt es doch nur eins, Miss. Die killen uns, die machen uns fertig. Wir haben keine Chance.« Bingham nickte heftig, seine Zähne knirschten. Schweiß tropfte von seiner Stirn. Das Gesicht glänzte wie eine Speckschwarte. »Da, jetzt verschwinden sie!«, zischelte er plötzlich.

Er meinte die Bestien und hatte sogar recht. Die Tiere scharrten noch ein letztes Mal mit ihren Pfoten den Boden auf, schleuderten Dreck zurück und verzogen sich.

»Endlich!«, stöhnte der Mann auf.

Glenda lachte. Sie musste einfach lachen, obwohl sie es gar nicht wollte. Das war die Erleichterung, es noch einmal geschafft zu haben.

»Wollen Sie es noch mal versuchen?«, fragte Trevor Bingham.

»Was?«

»Den Ausbruch.«

»Nein, davon habe ich die Nase voll.«

»Sehen Sie.« Bingham hockte sich nieder und schlug mit der flachen Hand auf den platt gewalzten Lehmboden, sodass es klatschte. »Sie hätten es gar nicht erst versuchen sollen.«

»Das haben Sie schon einmal gesagt«, konterte Glenda. So langsam fiel ihr der Knabe auf den Geist.

»Wirklich?«

»Ja.«

»Ich werde älter, leider. Aber das werden wir ja alle mal.« Er atmete tief durch und wollte noch etwas sagen, doch mehr als ein »Pssst« kam nicht über seine Lippen.

Glenda drehte den Kopf. »Was ist?«

»Hören Sie nicht die Schritte?«

»Nein, wo?«

Bingham streckte den rechten Zeigefinger in die Höhe und deutete zur Decke. »Dort habe ich die Schritte gehört. Wissen Sie was, jetzt holen sie uns.«

»Die Hexe?«

»Nein, die nicht. Das tun andere. Ich bin sicher, dass die

Hexe nur zuschaut.« Er brachte seinen Mund wieder dicht an Glendas Ohr. »Die Henker«, wisperte er.

Glenda schaute ihn an. Ihr gefiel einiges nicht an dem Mann. Nichts, was mit körperlichen Dingen zu tun hätte, nein, der Ausdruck in seinem Gesicht war es, der sie störte.

Bingham hatte eine ungeheure Angst. Deshalb redete er auch so viel. Und der Ausdruck in seinen Augen war irgendwie glänzend, die Pupillen waren, so glaubte Glenda, leicht verdreht. Stand Bingham vielleicht dicht vor dem Wahnsinn?

Das fehlte noch. Glenda hatte keine Lust, ihr Gefängnis mit einer Person zu teilen, die durchdrehte. Es kostete sie selbst schon ein Übermaß an Nerven, um überhaupt dem Druck standzuhalten. Sie waren von Feinden umgeben, wurden belauert, und jetzt fehlte es noch, wenn einer von ihnen durchdrehte.

Glenda schluckte. Sie wusste auch nicht, was sie sagen sollte, denn jetzt kroch Bingham von ihr weg. Er streckte seine Hand aus und berührte die Decke. Flach lag der Handteller am Holz.

»Da zittert etwas«, meldete er mit leiser Stimme.

»Und was?«

»Schritte, Miss. Ich höre Schritte. Ehrlich.« Er wandte den Kopf. Plötzlich zitterte er. »Sie holen uns. Die Henker kommen. Darauf haben sie gewartet.«

»Reißen Sie sich zusammen!«, fuhr Glenda den Mann an. Sie versuchte, sein Geschwätz zu verdrängen, wollte es einfach nicht wahrhaben. Aber Bingham hatte recht.

Da waren Schritte.

Und sie verstummten direkt über ihnen.

Glenda hielt den Atem an, während Bingham etwas vor sich hinbrabbelte, was nicht zu verstehen war.

Über ihnen bewegte sich die Holzdecke. Etwas schabte und knirschte. Staub fiel nach unten, vermischt mit winzigen Sandkörnern. Das Knarren ging Glenda durch Mark und Bein. Im nächsten Moment fiel ein schwacher, violett und rötlich schimmernder Lichtschein über sie und ließ ihre Gesichter seltsam starr erscheinen.

Glenda wagte kaum, den Blick zu heben. Als sie es doch tat, sah sie eine breite Öffnung.

An der Decke hatte man eine Luke hochgezogen.

Rechts und links der Öffnung standen sie.

Die beiden Henker.

Und sie hielten jeweils fertig geknüpfte Schlingen in den kräftigen Händen.

Eine für Bingham – eine für Glenda …

Auf dem Speicher der Horror-Oma herrschte eine schon pervers zu nennende Hitze.

Ich bekam kaum Luft.

Durch die schmalen, schrägen Fenster fiel nicht genügend Helligkeit, sodass Lady Sarah das Licht angeschaltet hatte. Auch sie war mit mir hochgestiegen, um mir beim Suchen des Buches zu helfen.

»Wo suchen wir?« Ich sah mich um, denn auf dem Speicher stand nicht nur Gerümpel herum, hier hatte sich Lady Sarah auch Regale anbringen lassen, um all ihre Bücher zu verstauen. Zudem standen dort noch große Holzkisten, auf denen der Staub fast fingerdick lag. An die Kisten war lange Zeit niemand mehr herangegangen.

Ihren Stock trug Lady Sarah bei sich. Sie hob ihn an, und die Spitze wies auf das Regal an der gegenüberliegenden Seite. »Dort müsste das Buch stehen.«

»Sie sind aber nicht sicher?«

»So gut wie.«

»Okay, fangen wir an. Wissen Sie den Titel, Mrs Goldwyn?«

»Nein, das können mehrere sein.«

Ich grinste. »Ist ja wie Weihnachten. Jedes Buch eine Überraschung.«

»Ihnen fehlt die sittliche Reife, mein Junge.« Lady Sarah nickte bedächtig. »Man merkt, dass Sie noch sehr jung sind. Kommen Sie erst mal in meine Jahre, dann sehen Sie das anders. Los, Oberinspektor, ran an den Feind. Packen wir's an!« Wie ein Feldwebel schritt sie los und stand bereits vor mir am Regal.

Die Horror-Oma hatte heute wieder Dynamit im Leib, das war zu spüren.

Vor dem Regal blieb sie stehen, nahm ihre Brille, die an einer Kette hing, und klemmte sie sich auf die Nase. Dann sah sie sich die Buchrücken an, wobei ihr Kopf von links nach rechts wanderte und sie ihre Lippen bewegte.

»Ich glaube, da oben«, sagte sie.

»Wo?«

»Letzte Reihe.«

Ich musste mich recken, um an das Buch zu gelangen. Es war ein alter Wälzer, ziemlich schwer und in Leder eingebunden.

»Noch eine Hinterlassenschaft meines seligen ersten Mannes«, erklärte mir die Horror-Oma.

Ich nahm das Buch, ging ein paar Schritte zur Seite und legte es auf einen kleinen Tisch. Zuerst einmal blies ich den Staub vom Einband und schlug es dann auf.

History of London, so lautete der Titel. Natürlich war nicht die gesamte Historie der Riesenstadt darin verewigt, sondern nur ein kleiner Teil. Und der beschäftigte sich ausschließlich mit dem Hyde Park.

Ich will Sie nicht lange mit Daten und Fakten langweilen, das interessierte mich auch nicht. Für mich war gewissermaßen nur der Anhang von Bedeutung. Da wurde in kurzen Kapiteln von Vorgängen berichtet, die sich innerhalb des Hyde Parks mal zugetragen hatten. Und zwar rätselhafte Vorgänge, die von zahlreichen Menschen in das Reich der Fabeln und Sagen verwiesen wurden.

»Wie hieß die Hexe noch?«, fragte Lady Sarah.

»Larissa.«

»Sehen Sie doch mal im Sachverzeichnis unter diesem Stichwort nach.«

Lady Sarahs Idee war gut. Ich schlug das Verzeichnis auf und suchte den Buchstaben L.

Die Horror-Oma schaute mir über die Schulter. »Ha«, rief sie, »da ist er ja!«

Sie hatte recht. Dort stand der Name tatsächlich. Dahinter war die Seitenzahl angegeben, die wir aufzuschlagen hatten.

»Siebzehnhundertvierunddreißig«, murmelte Sarah Goldwyn. »Machen Sie schnell, John.«

»Ja, ja.« Ich schlug die Seite auf. Dort stand tatsächlich eine Geschichte mit der Überschrift DIE HEXE VOM HYDE PARK.

»Das ist es«, jubelte die Horror-Oma.

Gemeinsam begannen wir zu lesen. Ich fasse an dieser Stelle hier nur zusammen. Es ging im Prinzip um Folgendes: Vor rund 250 Jahren war der Hyde Park nicht das, was er heute ist. Es gab zwar schon die Grünfläche, aber keine direkten Parkanlagen. Die Gewässer wie »The Serpentine« existierten schon. Und ganz in der Nähe hatten einige Häuser gestanden, von denen eins von der Familie Perkinson bewohnt war. Der Mann hatte eine Frau und zwei Töchter. Die eine hieß Elizabeth, die andere Larissa. Beide Mädchen sollen sehr hübsch gewesen sein, und es gab viele Männer, die um sie warben. Elizabeth heiratete schließlich einen Kaufmann und zog mit ihm weg, seinen Namen allerdings nahm sie nicht an. Larissa blieb bei ihren Eltern wohnen. Ihr war kein Mann gut genug. Das merkten sich die Bewerber, und einer, der von ihr abgewiesen worden war, beschloss, sich fürchterlich zu rächen. Er beauftragte einen Hexenjäger namens Bingham und setzte außerdem das Gerücht in die Welt, dass Larissa kein normales Mädchen war, sondern eine Hexe. Nachdem der Hexenjäger seinen Lohn erhalten hatte, ritt er zum Hyde Park, um der Familie einen Besuch abzustatten. Zufällig war auch Elizabeth anwesend, als der Hexenjäger und zwei seiner Folterknechte eintrafen. Larissa befand sich ebenfalls im Hause.

Als Bingham eintraf und seine Anschuldigungen vorbrachte, wollte der Vater des Mädchens seine Tochter verteidigen. Er wurde getötet. Die Mutter ebenfalls. Elizabeth konnte fliehen. Der Sage nach soll Larissa geschrien haben: »Bleib doch da!« Aber Elizabeth floh. Teils aus Angst, aber sie wollte auch Hilfe holen. Ihr Mann besaß Einfluss.

Als er mit einigen Männern an dem Ort des Geschehens

eintraf, da war es bereits zu spät. Man hatte mit Larissa die Hexenprobe gemacht. Sie war gestorben. Da drehten die Männer durch. Sie töteten die beiden Henker, doch Bingham konnte in dem allgemeinen Durcheinander entkommen und war auch nicht wieder aufzufinden. Irgendwann in der folgenden Nacht hatte Elizabeth einen Traum. Ihre Schwester erschien an der Seite der beiden Henker und sprach von einer furchtbaren Rache, die auch sie treffen sollte.

So weit die Geschichte. Ich schaute Lady Sarah an, während ich das Buch zuklappte.

»Fällt Ihnen etwas auf?«, fragte mich die alte Dame.

»Ja und wie. Der Name Perkinson.«

»Ist kein weiter Weg bis zu Perkins«, meinte die Horror-Oma und nickte bedeutungsvoll.

Der Meinung war ich auch. Es war also kein Zufall, dass es Glenda getroffen hatte. Sie musste eine Nachfahrin dieser Elizabeth Perkinson sein, die damals von ihrer Schwester mit glühendem Hass verfolgt worden war, weil sie ihr nicht hatte helfen wollen.

Und nun rächte sie sich.

War Larissa wirklich eine Hexe gewesen, oder hatte man sie erst dazu gemacht? Diese Frage musste ich beantworten, und die Antwort würde ich wohl nur im Hyde Park finden.

Dann war da noch dieser Hexenjäger Bingham. Nicht nur Glenda war verschwunden, sondern auch ein Mann, einer dieser Redner. Ich wurde das Gefühl nicht los, dass auch seine Person mit der Vergangenheit verknüpft war. Wahrscheinlich war sein Ahnherr dieser Hexenjäger Bingham gewesen.

»Denken Sie an Bingham?«, fragte mich die Horror-Oma.

»Ja.«

»Ich auch. Vielleicht finden wir über ihn eine Spur.«

»Wie haben Sie sich das vorgestellt?«

»Nun, mein Junge, wir wissen immerhin den Namen. Oder sind uns fast sicher. Da könnten wir doch …«

Es war zwar nicht höflich, aber ich tat es trotzdem und unterbrach Mrs Goldwyn. »Wissen Sie eigentlich, wie viele Binghams hier in London herumlaufen?«

Da senkte die Horror-Oma den Kopf. »Sorry, John, daran habe ich nicht gedacht. Das unterscheidet eben den Amateur vom Profi.«

Ich lachte. »Es wäre aber eine Möglichkeit gewesen, die allerdings Zeit gekostet hätte.«

»Natürlich. Und Zeit haben wir nicht.« Sie schaute mich an. »Was machen wir jetzt?«

Ich stellte das Buch wieder ins Regal. »Die Lösung lässt sich an sich nur im Hyde Park finden.«

»Was gibt Ihnen die Sicherheit?«

Ich hob die Schultern. »Gefühl, Intuition, nennen Sie es, wie Sie wollen.«

»Möglich. Nur frage ich mich, wo Miss Perkins und dieser Bingham, falls er so heißt, stecken könnten.«

»Darüber denke ich auch die ganze Zeit nach.«

»In einer anderen Dimension?«

»Oder in der Vergangenheit. Was im Prinzip das Gleiche wäre.«

»Dann müssten wir die Vergangenheit zur Gegenwart werden lassen«, folgerte die Horror-Oma sehr richtig.

»Schaffen Sie das mal.«

»Vielleicht das Kreuz.«

Ich schüttelte den Kopf. »Es wird den Austausch eher stoppen, glaube ich.«

»Vertrauen wir auf das Glück.«

Ich lachte und schlug vor, erst einmal den Speicher zu verlassen, denn hier war es wirklich zu warm. Unten im Haus herrschten angenehmere Temperaturen. Ich spürte einen mörderischen Durst und bat Lady Sarah um einen Schluck Wasser.

»Wasser gebe ich Ihnen nicht, doch ich habe einen wunderbar kalten, mit Zitrone angereicherten Tee, der Ihnen sicherlich hervorragend schmecken wird.«

Er war wirklich gut. Als ich ihn in langsamen Schlucken trank, sagte Lady Sarah: »Es ist doch klar, dass ich mit Ihnen fahre, John. Oder haben Sie etwas dagegen?«

Eigentlich ja. Aber das traute ich mich nicht, ihr zu sagen.

Sie wäre mir sonst heimlich gefolgt. »Natürlich nicht, Mrs Goldwyn. Was sollte ich denn dagegen haben?«

Da lachte sie und erwiderte: »Schlecht lügen können Sie gut, mein Junge …«

Bingham hatte recht behalten.

Über ihnen standen die beiden Henker, und sie boten ein Abziehbild des Schreckens.

Dadurch, dass Glenda und Bingham mehr lagen als saßen, kamen ihnen die Gestalten noch makabrer und größer vor. Sie hatten beide kahl geschorene Köpfe, über deren Schädelplatten sich lange Narben zogen, so als wären sie schon einmal gespalten und dann wieder zusammengenäht worden. Ihre Oberkörper waren nackt. Sie trugen nur Hosen aus derbem Leinen und keine Stiefel oder Schuhe. Ihre Gesichter waren breit, flach und ausdruckslos. Das kam sicherlich daher, dass jegliches Leben in den Pupillen erloschen war.

Sie standen da wie zwei Denkmäler, nur die fertig geknüpften Schlingen schaukelten langsam hin und her. Eine streifte mit ihrer Unterseite Glendas Haar, und das schwarzhaarige Girl zuckte zusammen, als es die Berührung verspürte.

Glenda bekam Angst. Sie merkte jetzt, dass ihre Forschheit vorhin nur Tünche gewesen war, die langsam aber sicher abblätterte. Nun regierte das andere Gefühl.

Sie riss sich so weit zusammen, dass kein Laut über ihre Lippen drang. Glenda wollte den beiden Henkern kein Schauspiel bieten.

Anders Trevor Bingham. Dieser Mann zitterte wie das berühmte Espenlaub. Er hatte die Arme halb erhoben und verdeckte damit sein Gesicht.

»Nicht töten!«, jammerte er. »Ich habe euch doch nichts getan. Bitte, lasst mich!«

Die Henker sagten kein einziges Wort. Stumm standen sie da, starrten und schienen auf irgendetwas zu warten.

»Reißen Sie sich zusammen!«, fuhr Glenda den Mann an und überwand ihre eigene Angst.

»Sie haben gut reden.«

»Denken Sie vielleicht, ich würde ungeschoren davonkommen, Mr Bingham?«

Da schwieg der Mann.

Glenda atmete tief ein. Ihren ersten Schrecken hatte sie inzwischen überwunden, und sie fragte sich, wie es nun weitergehen sollte. Noch rührte sich nichts, standen die beiden Henker unbeweglich, reizten die Nerven der Gefangenen noch mehr, doch es würde die Zeit kommen, wo sie ihren Platz verlassen mussten.

Bingham lachte wieder. »Es kann sein, dass sie es sich anders überlegt haben«, flüsterte er. Der Mann suchte nach jeder Hoffnung, nach dem kleinsten Strohhalm.

Glenda hob die Schultern. Sie konnte nicht so recht an Trevor Binghams Worte glauben.

Doch er hatte Unrecht. Die nächsten Sekunden bewiesen es, denn abermals hörten die beiden Menschen Schritte.

Diesmal schnellere und leichtere.

Von einer Frau.

Beide hatten sie den gleichen Gedanken, nur Bingham sprach ihn aus. »Jetzt kommt sie. Bald ist es vorbei, dann werden wir beide sterben. O mein Gott ...«

Glenda gab keine Antwort mehr. Sie konzentrierte sich auf die Schritte, die über ihnen an der linken Seite aufgeklungen waren und sich immer mehr dem Ziel näherten.

Die beiden Henker bewegten sich. Sie traten jeweils einen Schritt zur Seite, sodass genügend Platz entstand, um sie durchzulassen.

Es war Larissa, die sich den beiden Gefangenen zeigte. Dicht vor der Luke blieb sie stehen. Sie sprach kein einziges Wort, während sie nach unten schaute.

Glenda wich dem Blick nicht aus, während Bingham auf dem Boden hockte und sich zusammengekauert hatte wie ein Häufchen Elend.

Die Hexe hatte sich umgezogen. Sie trug nicht mehr die Lumpenkleidung, sondern ein schwarzes, langes, wie Leder glänzendes Kleid, das bis zu ihren Füßen reichte. Es war weit ausgeschnitten und wurde an den Schultern von zwei breiten Trägern gehalten. Um die Taille hatte sie einen goldenen Gürtel mit einem roten flachen Stein geschlungen.

Darunter war die Fratze des Teufels auf dem Kleid abgebildet. Sie schillerte in einem geheimnisvollen Blutrot.

Glenda sah noch etwas.

Die Hexe hielt ihren Totenschädel in der Hand, der mit einer so rätselhaften und unbekannten Magie aufgeladen war. Der Schädel hatte überhaupt erst die geheimnisvolle Reise bewirkt, und Glenda wünschte sich, dass sie ihn zerstören könnte.

Es war wirklich nur ein Wunschtraum, denn ihre Gegner hielten sämtliche Trümpfe in der Hand.

Nachdem einige Zeit vergangen war, umspielte ein leichtes Lächeln die Lippen der Hexe. Dann öffnete sie den Mund und fragte: »Na, wie fühlst du dich?«

Damit war Glenda gemeint. Sie schwieg. Dafür reagierte Bingham. Hastig hob er den Kopf. Sein Gesicht verzerrte sich, tief holte er Luft und schrie dann mit überschnappender Stimme: »Was willst du eigentlich von uns? Lasst uns frei! Was haben wir euch getan?«

»Genug, um mich zu rächen!«

»Verdammt, ich kenne Sie doch gar nicht!«

»Das spielt auch keine Rolle. Du wirst so oder so sterben. Das Versprechen muss eingelöst werden!«

»Welches Versprechen denn?« Trevor Bingham war außer sich. Er rang die Hände.

»Das ich einem gewissen Hayden Bingham gegeben habe.«

Der Mann schwieg. »Hayden Bingham?«, wiederholte er nach einer Weile. »Den Namen kenne ich nicht.«

»Du solltest ihn aber kennen.«

»Ich habe keinen Bruder und auch keinen Vetter, der Hayden heißt. Ich bin der einzige meiner Familie, und ich lebe als Junggeselle.«

»Das weiß ich. Deshalb wirst du ja sterben. Die Binghams sollen nicht mehr weiter bestehen.«

Trevor schluckte hart. Sein Adamsapfel hüpfte auf und nieder. »Warum soll die Familie denn ausgelöscht werden?«

»Weil ich es so will.«

»Nur so?«

»Nein, es gibt einen Grund.«

»Dann sag ihn, verdammt!«, schrie Trevor.

»Es gab vor fast dreihundert Jahren einen Mann. Er hieß ebenfalls Bingham. Und er übte einen Beruf aus, der damals sehr gefürchtet war: Hexenjäger. Dieser Mann mit dem Namen Bingham ist in den Hyde Park gekommen, um mich zu jagen. Er hat nicht nur mich vernichtet, sondern auch meine Eltern. Sie tötete er zuerst, dann war ich an der Reihe. Sie nahmen mich fest, schändeten mich und banden mich danach auf ein Brett, um mit mir die Hexenprobe zu machen. Diese teuflische Methode, die das Opfer auf jeden Fall getötet hätte, brachte auch mich um. Ich starb durch seine und durch die Hände der Henker, die aber auch ihr Leben verloren und ebenfalls eingingen in ein Zwischenreich, wo die Seelen der Dämonen hausen und auf ihre Zeit warten. Meine Zeit ist nun gekommen. Ich werde mich fürchterlich rächen, und mit dir mache ich den Anfang. Die Henker, die dir damals gehorcht haben, sollen nun ihrem Herrn den Tod bringen. So habe ich es beschlossen, so werde ich es auch durchführen, und nichts kann mich von meiner Rache abhalten. Der letzte Bingham muss ausgelöscht werden!«

Es waren harte Worte. Jedes einzelne traf den unter Schock stehenden Mann wie ein Hammerschlag.

Aus ungläubigen Augen starrte er der Frau ins Gesicht und schüttelte immer wieder den Kopf.

Er konnte es nicht fassen.

»Das – das ist doch nicht wahr, oder?«, fragte er.

»Es ist wahr.«

»Und ich soll sterben?«

»Ja.«

Bingham schaute auf Glenda. »Was ist mit ihr? Warum willst du sie töten? Sie ist keine Bingham.«

»Nein, aber das hat dich nicht zu interessieren. Mit ihr werde ich nach deinem Tod abrechnen.«

»Sagen Sie mir den Grund!«, forderte Glenda die Frau auf. »Los, reden Sie schon!«

»Nein!«

Es war eine Antwort, die irgendwie endgültig klang, das merkte Glenda genau, und deshalb stellte sie vorerst keine Fragen mehr.

Der Mann hockte neben ihr auf dem Boden, schüttelte den Kopf und hob die Schultern. »Ich kann es einfach nicht begreifen!«, flüsterte er. »Das ist nicht möglich. So etwas träumt man nur …« Er hob den Kopf und blickte Glenda mitleidig an. »Oder was meinen Sie?«

Glenda sah nicht ein, warum sie lügen sollte. »Es ist kein Traum, Mr Bingham. Leider«, fügte sie noch hinzu.

»Aber ich will nicht sterben!«, schrie er plötzlich, nachdem er noch mehr zusammengesunken war. »Ich will es nicht!« Er sprang auf, dachte nicht mehr an die niedrige Decke und stieß sich hart den Kopf. Sein Schreien wurde zu einem Wehlaut, und er brach zusammen.

Die Hexe lachte. »Packt ihn!«, befahl sie dann.

Die beiden Henker warfen die Schlingen. Und sie hätten es sogar geschafft und getroffen, doch Glenda Perkins griff blitzschnell zu und schleuderte die erste Schlinge zur Seite.

»Hier wird niemand gehenkt!«, schrie sie und wunderte sich, woher sie den Mut nahm.

»Bring sie zur Ruhe!«, sagte die Hexe kalt.

Der zweite Henker sprang. Glenda hatte Angst, dass er auf sie springen würde, doch er landete dicht neben ihr.

Dann schlug er zu.

Hart wurde Glenda getroffen und fiel zurück. Tränen schossen ihr in die Augen, sie blieb auf dem Rücken liegen und sah durch einen Schleier, wie der Henker seinen Arm zum dritten Mal hob.

Da griff die Hexe ein. »Nein!«, befahl sie. »Lass sie in Ruhe. Sie soll noch leiden.«

Glenda Perkins erhielt eine Galgenfrist. Eine Schonfrist, die sehr schnell ablaufen würde.

Die Henker ließen sich jetzt nicht mehr aufhalten. Der eine, der nach unten gesprungen war, kroch auf Händen und Füßen zu Bingham hin, der sich in eine Ecke verzogen hatte und den Rücken gegen die Wand presste.

Der Mann bebte vor Angst. Er hatte den Mund aufgerissen, unartikulierte Laute drangen daraus hervor, und seine beiden Arme waren weit ausgestreckt, als ob er so den Henker aufhalten könnte.

Der trat näher. Unbewegt das Gesicht, die rote Narbe auf dem Schädel schien zu glühen, eiskalt blickten die Augen, der Mund war grausam verzogen.

In der rechten Hand hielt er die Schlinge. Sie pendelte im Rhythmus seiner Bewegungen.

Die Schlinge warf durch das von oben einfallende Licht einen Schatten, der sich wiederum quer über Glendas Gesicht legte und sie mit den Augen zucken ließ.

Sie richtete sich halb auf.

Das hatte Larissa gesehen. »Bleib liegen!«, peitschte ihre scharfe Stimme.

Glenda zuckte zusammen und gehorchte tatsächlich. Sie wollte nicht noch einmal geschlagen werden.

Mit einem beinahe lässig anmutenden Schlag drosch der Henker die Arme des Mannes zur Seite, sodass er jetzt freie Bahn auf sein Opfer hatte.

Dann griff er zu.

Eine Pranke wühlte sich in die Kleidung Binghams. Trevor schrie. Der Henker schlug ihm die Schlinge quer über den Mund, und der Schrei des Verzweifelten erstickte.

Nur noch ein Schluchzen war zu hören.

»Schaff ihn her!«, befahl die Hexe.

Der Henker befolgte Larissas Befehl auf der Stelle. Er drehte den Mann herum und schleifte ihn über den Boden, wobei er die Schlinge sorgfältig festhielt.

Dann befanden sich die beiden unter der Öffnung.

»Hoch mit ihm!«

Bingham fing an zu zappeln und zu schreien. Es nutzte ihm nichts. Er wurde hochgestemmt, was für den Henker ein Leichtes war, denn er hatte gewaltige Kräfte.

Schließlich war er oben.

Der zweite Henker bückte sich und legte Bingham blitzschnell die Schlinge um den Hals.

Sie passte haargenau.

Wie unter Zwang öffnete Glenda Perkins die Augen. Obwohl die Tränen ihren Blick noch verschleierten, sah sie, wie Bingham über ihr zur Seite gezerrt wurde.

Sie hörte sein Schreien und Röcheln, sein Wimmern und Flehen, und sie biss so hart die Zähne zusammen, dass es knirschte. Glenda fühlte sich sehr hilflos. Wenn sie eine Waffe gehabt hätte, dann hätte sie eingegriffen, aber so war sie den unheimlichen Gestalten wehrlos ausgeliefert.

Plötzlich wurde es still. Auch Glenda hielt den Atem an.

Dann die Stimme der Hexe. Kalt klang sie und voller Triumph. »Hängt ihn auf!«

Glenda hielt sich die Ohren zu. Sie wollte einfach nichts mehr hören.

Doch sie hätte auch die Augen schließen müssen. Sie sah zwar nicht den Mann, aber dessen Schatten.

Gespenstisch zuckte er am Lukenrand hin und her …

Wir waren wieder zum Hyde Park gefahren. Inzwischen hatte sich die Dunkelheit über London gelegt, was aber nicht hieß, dass die Stadt zur Ruhe kommen würde. Jetzt begann das zweite Leben der Millionenstadt. Da wurde in manchen Stadtteilen die Nacht zum Tage. Besonders in Soho schlugen die Wellen nun über.

Der Hyde Park selbst hatte sich geleert. Bei Dunkelheit trieben sich nur noch wenige Spaziergänger herum oder Pärchen, die lauschige Ecken suchten. Es war allerdings auch gefährlich, die riesige Anlage bei Dunkelheit zu durchqueren, denn in den versteckten Winkeln und Nischen lauerten zahlreiche Dealer und nicht selten Gewaltverbrecher.

Das alles wusste ich natürlich, aber ich konnte mich meiner Haut auch wehren.

Wir hatten meinen Bentley genommen und fuhren die Serpentine Road entlang. Lady Sarah hockte neben mir, ließ ihr Gesicht vom kühlen Luftzug streicheln und lächelte still vor sich hin. Ihr gefiel die Fahrt.

»Was ist denn?«, fragte ich sie. »Warum freuen Sie sich so?«

»Ich musste gerade an meinen zweiten verstorbenen Mann denken, der große Lord habe ihn selig. Er fuhr zwar keinen Bentley, aber einen sehr guten Rolls. In diesem Wagen roch es ähnlich wie bei Ihnen hier.«

»Wie denn?«

»Nach Leder.«

Ich hatte in der Tat Ledersitze, aber daran dachte ich gar nicht mehr. Ich hatte mich so an das alte Schätzchen gewöhnt, dass ich so etwas überging.

Der Bentley hatte tatsächlich seine Jahre auf dem Buckel, doch um mir einen neuen zu kaufen, fehlte mir das Geld. Es war schon der zweite. Ich hatte mir vorgenommen, ihn mindestens zwölf Jahre zu fahren.

Im Park war es im Vergleich zum Nachmittag still. Wir hörten sogar das Zwitschern der Vögel. Nur einmal wurden wir von vier Motorradfahrern überholt. Doch die belaubten Bäume schluckten sehr schnell das Knattern der Maschinen.

Seidenweich rollte der Wagen. Wir konnten sogar das Zirpen der Grillen vernehmen, dieses schrille Konzert, das im Sommer den einsamen Spaziergänger begleitet.

Ich hatte mir vorgenommen, bis dicht an den See zu fahren und dort den Wagen abzustellen. Aus dem Buch wussten wir, dass sich der makabre Vorgang dort abgespielt hatte.

Ich musste mich erst an das Bild gewöhnen, das meine Beifahrerin bot. Normalerweise hockte Suko immer auf dem zweiten Sitz, wenn es gegen unsere Feinde ging, aber heute hatte ich Lady Sarah Goldwyn mit. Eine wirklich seltene Ausnahme.

Bei dem Gedanken an Suko fiel mir etwas ein. Ich nahm den Hörer des Autotelefons und tippte die Nummer.

»Rufen Sie jetzt Ihre Freundin an?«, fragte mich die Horror-Oma.

»Nein, einen Freund.«

»Noch schlimmer.«

Ich lachte. Bei Suko hob niemand ab. Kein Wunder. Er und Shao wollten nicht nur den Tag auskosten, sondern auch die schwüle Nacht. Ich gönnte es ihnen.

Links von uns glitzerte das Wasser des schlauchförmig verlaufenden Sees. Das von einem blassen Halbmond abgegebene Licht fiel auf die Oberfläche und schuf blitzende Reflexe auf den Wellen, die entstanden, wenn der leichte Wind über das Wasser fuhr.

»Da vorn ist eine Lücke«, sagte die Horror-Oma.

Auch ich hatte sie gesehen. Im Schein der blassen Scheinwerfer, in dem zahlreiche Insekten ihre Tänze aufführten, hatte ich eine Abzweigung gesehen. Direkt an der Ecke stand das bekannte Schild, das auf einen Parkplatz hinweist.

Ich betätigte den Blinker und lenkte den Wagen in den schmalen Weg, der sehr schnell einen Knick nach links machte und auf einer etwas sandigen Fläche endete – dem Parkplatz.

Wir waren nicht die Einzigen. Ich hätte auch besser die Scheinwerfer abschalten sollen, denn als das Licht über eine Reihe von Wagen huschte, zuckte ein Pärchen zusammen, und für einen Moment sah ich den nackten Rücken eines Mädchens.

Dann umgab uns wieder die Dunkelheit, denn ich hatte die Lampen tatsächlich gelöscht.

Natürlich hatte auch Lady Sarah die beiden gesehen. Sie schüttelte den Kopf. »Die jungen Leute heute …«

»Wie haben Sie das denn immer gemacht?«

Da lächelte sie verschmitzt, schaute mich an und sagte: »Nicht anders, John. Aber sagen Sie's niemandem.«

»Ehrenwort.«

»Nur hatten meine Freunde keine Autos. Bei uns brauchte man noch etwas mehr Fantasie. Wir sind von manchem Regenschauer überrascht worden.«

Ich musste lachen.

Gemeinsam schlenderten wir zurück. Das aufgeschreckte Pärchen war wieder mit sich selbst beschäftigt.

Dunkel lag der See vor uns. Obwohl er ziemlich schmal ist, konnten wir das andere Ufer nicht sehen. Wir vernahmen Musik und Stimmen. In zahlreichen Lokalen wurde noch gefeiert. Das ging so bis zum frühen Morgen.

Wo wir uns aufhielten, war es still. Kaum ein Mensch ging den Weg, vielleicht wegen der vielen Mücken oder der Polizisten, die plötzlich vor uns auftauchten.

Wir blieben stehen und wurden angeleuchtet.

»Nehmen Sie die Lampe runter, Officer«, sagte ich.

»Ein seltsames Paar. Ist das Ihre Oma, Mister?«

»Werden Sie nicht unverschämt!«, schimpfte Sarah Goldwyn. Ihre Stimme übertönte das Flüstern des anderen Polizisten, der seinem Kollegen etwas mitteilte.

Der räusperte sich verlegen und fragte mich dann: »Sind Sie wirklich Oberinspektor Sinclair?«

»Ja, in Lebensgröße sogar.«

»Dann entschuldigen Sie vielmals, ich …«

»Geschenkt. Aber seien Sie in Zukunft etwas höflicher zu den Passanten. Die bezahlen schließlich Ihr Gehalt. Genau wie das meine.«

Damit ließ ich die Polizisten stehen und ging mit der Horror-Oma davon, die sich leise lachend die Hände rieb.

»Denen haben Sie es aber gegeben«, sagte sie.

Ich hob nur die Schultern.

Wir gingen weiter. Eigentlich ist es Unsinn, hier herumzuspazieren, dachte ich. Was suchten wir eigentlich? Eine Hexe, die vielleicht in eine ganz andere Dimension geflohen war und sich dort ins Fäustchen lachte?

Ich dachte wieder an Glenda. Sie war in einen Strudel hineingeraten, aus dem sie allein nicht mehr herauskam. Nur, wie sollte ich ihr behilflich sein? Wir hatten wirklich so gut wie keinen Anhaltspunkt, und die Geschichte mit dem Hexenjäger hatte sich vor mehr als 200 Jahren abgespielt. Wie sollte man da heute noch Spuren finden?

Plötzlich merkte ich es und blieb stehen.

Sarah Goldwyn ging einen Schritt weiter, dann drehte sie sich um. »Was ist, John?«

»Mein Kreuz reagiert.«

»Was?«

»Ja, hier muss sich irgendwo ein magisches Feld befinden, das mit den Kräften des Kreuzes in Widerspruch steht. Auf jeden Fall ist es in der Nähe.«

»Dann wird es durch das Kreuz vielleicht zerstört«, vermutete die Horror-Oma.

»Das will ich nicht hoffen.« Vorsichtig ging ich weiter. Setzte langsam einen Fuß vor den anderen und spürte, dass die Intensität der Wärme zunahm.

Abermals blieb ich stehen.

Diesmal reagierte Lady Sarah. »Mein Gott, John, mir ist auf einmal so schwindlig.« Sie stützte sich auf ihren Stock und konnte sich doch nicht halten.

Blitzschnell war ich bei ihr.

Da sah ich die Bescherung. Sarah Goldwyn wurde unter meinen Händen durchsichtig. Die Umrisse verschwammen, und die Horror-Oma löste sich vor meinen Augen auf.

Die Hexe vom Hyde Park hatte ihr drittes Opfer!

Glenda wurde befohlen, aufzustehen.

Sie gehorchte und stellte sich unter die Luke. Dabei stieß sie nicht mit dem Kopf an.

Sie wagte nicht, den Blick nach links zu wenden, denn dort hing Trevor Bingham.

Er war tot!

In der Gegenwart gelebt und ausgelöscht in der Vergangenheit. Ein Zeitphänomen …

»Stemm dich hoch!«, befahl die Hexe.

Das tat Glenda. Sie legte ihre Hände auf und stieß sich ab. Danach befand sie sich auf einem geräumigen Speicher des Hauses, wo wesentlich mehr Platz war als in dem darunter liegenden Raum. Glenda konnte sogar aufrecht gehen.

Die Henker ließen sie nicht aus den Augen. Auch nach dem Mord blieben ihre Blicke ohne Gefühl und eiskalt.

Auf ein Kopfnicken der Hexe hin nahmen die beiden Henker Glenda in die Mitte und marschierten mit ihr los. Vorbei an dem Toten, den Glenda nun doch richtig sah. Allerdings schloss sie die Augen. Nur das Gesicht würde sie nie im Leben vergessen können. Darin spiegelte sich all das wider, was Trevor Bingham in den letzten Sekunden seines Lebens empfunden hatte.

Sie gingen quer durch den Speicher und gelangten an eine Tür, die ins Freie führte.

Larissa persönlich öffnete die Tür. Glenda hatte befürchtet, springen zu müssen, aber das brauchte sie nicht. Hinter der Tür begann eine Holzleiter, die zum Erdboden führte.

»Da hinunter!«, befahl die Hexe.

Glenda ging. Es war gar nicht so einfach, die steile Leiter hinabzusteigen.

Ihre Knie zitterten. Die Angst wurde stärker und verdichtete sich zu einem drückenden Gefühl in der Magengegend.

Glenda schaute nach unten. Ihr Blick fiel auf den dunklen Boden und auch auf die Ruine und den See.

Sollte sie springen und weglaufen?

Der Gedanke war kaum in ihrem Kopf aufgezuckt, als er schon wieder verlöschte. Die Bestien tauchten auf. Schattenhaft wischten sie um die Hausecke, knurrten und hechelten. Dann bauten sie sich zu beiden Seiten der Leiter auf, legten die Köpfe in den Nacken und öffneten die Mäuler, sodass Glenda die gefährlichen Reißzähne sah.

Sie schüttelte sich.

»Geh weiter!«, zischte man hinter ihr. »Los, beeil dich. Ich will dein Leben!«

Glenda schüttelte den Kopf. Andere Gedanken durchströmten ihr Gehirn. Wenn sie jetzt in der Vergangenheit getötet würde, dann dürfte es sie in der Gegenwart ja gar nicht gegeben haben. Darüber nachzudenken glich wirklich einem leichten Wahnsinn. Es war so gut wie nicht zu begreifen, und Glenda wusste nicht mehr weiter.

Schließlich stand sie unten.

Genau zwischen den Hunden blieb sie stocksteif stehen und rührte sich nicht. Die Bestien umschlichen sie hechelnd und mit gesträubtem Fell.

Die beiden Henker sprangen an Glenda vorbei. Weil einem von ihnen ein Tier im Wege war, holte er aus und trat zu. Von der Wucht überschlug sich die Bestie einmal und kam wieder jaulend auf die Füße.

Sie kuschte aber.

Als Letzte verließ Larissa die Leiter. Sie gab den Henkern einen Wink. Sie nahmen Glenda in die Mitte und schleiften sie weg.

Man führte sie zum See.

Obwohl sie sich ein paar Mal in den Boden stemmte, war sie gegen die Kräfte der Henker machtlos. Roh wurde sie weitergezerrt, und die Hexe ging vor. Sie kümmerte sich um nichts.

Schon bald rutschten Glendas Schuhe über die feuchte Uferwiese, wo sie breite Streifen in das Gras zogen. Der Boden wurde dann noch sumpfiger. Sie gingen durch einen Morast, der tückisch war und widerlich roch.

»Lasst sie los!«, befahl die Hexe.

Glenda wurde zu Boden geschleudert. Sofort waren die Bestien da und umkreisten sie, sodass sie es nicht wagte, sich auf die Füße zu stemmen.

»Holt das Brett!«, befahl Larissa.

Einer ging weg. Der zweite Henker blieb zurück und ließ kein Auge von Glenda.

Glenda erschauerte vor Angst. Sie hatte den Befehl genau verstanden. Das Brett wurde benötigt, um sie darauf festzuschnallen. Man fesselte sie und warf sie anschließend ins Wasser.

So sah es das Ritual der Hexenprobe vor.

Glenda hatte einiges darüber gelesen, sie wusste, wie grausam diese Probe war, und noch nie hatte jemand sie lebendig überstanden. Blieb sie an der Oberfläche, dann hieß es, sie wäre mit dem Teufel im Bunde. Ging sie unter, dann war sie eine gute Frau. Doch dann war sie ertrunken, denn mit eigenen Kräften konnte sich niemand von dem Brett befreien. Manche waren damals sogar mit Nägeln bestückt worden, um die Qualen der Opfer zu erhöhen.

Damals …

Glenda zuckte zusammen, als sie über dieses Wort näher nachdachte. War dieses Damals nicht das Heute? Hoben sich die beiden Begriffe eigentlich jetzt auf? War sie wirklich in die Vergangenheit gereist, oder befand sie sich woanders?

»Worüber denkst du nach?«, erkundigte sich Larissa.

»Ich möchte wissen, wo ich bin.«

Die Hexe lachte. »Bei mir.«

»In der Vergangenheit?«

»Vielleicht.«

»Das geht doch nicht. Wenn ihr mich jetzt tötet, habe ich ja nie gelebt.«

Larissa beugte sich vor. »Gut, kleine Glenda. Gut erfasst. Aber so dumm bin ich nicht. Ich habe dich nicht in die Vergangenheit geführt, sondern in eine Parallelwelt, wo ich die lange Zeit verbracht habe und wo alles so ist, wie es auch damals war. Verstehst du? Du, Glenda Perkins, befindest dich in einer dämonischen Welt, die parallel neben der Gegenwart besteht. Ich kann dich töten!«

Da brachen Glendas Hoffnungen zusammen. Sie merkte, wie es ihr heiß in der Kehle hochstieg, und reden konnte sie nicht mehr.

Der Henker kam zurück. Er trug das Brett unter dem Arm und schleuderte es neben Glenda zu Boden.

Das Brett war so breit wie ihre Schultern. Stricke hatte der Henker ebenfalls mitgebracht, es würde alles vorschriftsmäßig vonstatten gehen. Diese Hexe war eine wahre Teufelin.

»Stehst du mit der Teufelstochter Asmodina im Bunde?«, fragte Glenda.

»Nein, die interessiert mich nicht. Ich habe hier meine eigene Rache zu erfüllen.«

»Und warum willst du mich umbringen?« Wieder stellte Glenda diese Frage.

Da lachte Larissa laut auf. »Das möchtest du gern wissen, wie?« Sie wartete Glendas Antwort nicht ab, sondern drehte sich tänzelnd im Kreis. »Ja, warum sollst du sterben, kleine Glenda? Ich will dir einen Hinweis geben. Bisher hast du nur meinen Vornamen erfahren. Weißt du, wie ich damals mit Nachnamen hieß?«

»Nein.«

»Perkinson. Ich hieß oder heiße Larissa Perkinson. Und jetzt brauchst du nur zu denken.«

»Ich heiße Perkins«, murmelte Glenda. »Meine Güte, gibt es da vielleicht eine Verbindung?«

»Und wie. Du bist nämlich die Nachfahrin meiner verdammten Schwester Elizabeth …«

Das war wirklich ein Schlag.

Plötzlich wirbelte alles in Glendas Kopf. Sie konnte kaum noch einen klaren Gedanken fassen.

Hier Perkins – da Perkinson!

Glenda begriff. Und sie dachte an die Worte ihres verstorbenen Vaters. Er hatte Ahnenforschung betrieben, war in der Zeit ziemlich weit zurückgegangen und dabei auch auf den Namen Perkinson gestoßen. Im Laufe der Zeit war dieser lange Name dann zu Perkins abgekürzt worden.

Jetzt hatte Glenda den Beweis.

Elizabeth Perkinson hatte ihre Urahnin geheißen. Und sie war eine Schwester dieser Larissa gewesen. Ein nahezu unglaubliches Geschehen, mit dem Glenda hier konfrontiert wurde.

»Begreifst du jetzt?«, fragte die Hexe.

»Ich verstehe«, flüsterte Glenda. »Wir sind also verwandt, und du bist tot und lebst trotzdem. Ich stehe hier also der Vergangenheit meiner Familie gegenüber. Das ist unwahrscheinlich und kaum zu fassen. Aber warum willst du mich dann töten? Was habe ich dir getan?«

»Du nichts, kleine Glenda. Aber meine Schwester, deine Ahnherrin. Als dieser verfluchte Bingham kam und meine

Eltern tötete, da hat sich meine Schwester feige aus dem Staub gemacht und ist zu ihrem Mann geritten. Mich hat sie allein zurückgelassen.« Sie deutete auf die beiden Henker. »Die beiden haben mich geschändet, und danach beschäftigte sich Bingham mit mir. Er hat die Hexenprobe bei mir vorgenommen, mich auf das Brett gebunden, und ich ertrank. Aber ich starb nicht. Was die anderen nur vermutet hatten, war Wirklichkeit. Ich habe mit dem Teufel gebuhlt, ich war eine Hexe und eine Dienerin des Satans, und er gab mir die Kraft, weiterzuleben. Ich ging nicht ein in das absolute Reich des Todes, sondern gelangte in die Dimensionen des Grauens und des Schreckens. Dort lauerte ich auf meine Chance. Ich befand mich in einer Warteposition. Und nun ist der Tag der Rache gekommen. Und du, Glenda, sollst so sterben, wie ich damals gestorben bin.«

Sie schauten sich an.

Zum ersten Mal sah Glenda die Augen der Hexe aus der Nähe. Sie waren dunkel, aber nicht klar, sondern zeigten einen verschwommenen Ausdruck, als würden sie sich vor etwas schämen.

»Willst du noch mehr wissen?«

»Ja, über Elizabeth. Warum ist sie verschwunden? Hatte sie so große Angst?«

»Nein, sie wollte Hilfe holen.«

»Schaffte sie es?«

»Ja.«

»Dann hat sie dir doch zur Seite gestanden.«

Larissa lachte. »Unsinn, sie kam viel zu spät zurück. Ich trieb schon tot auf dem Weiher, Bingham war verschwunden, und nur noch die beiden Henker waren da. Sie liefen in die Falle der Häscher. Die Männer töteten die beiden Henker. Sie schlugen ihnen ihre Degen über die Schädel, was jetzt noch zu sehen ist. Aber der Teufel gab sie mir zurück. Er wollte sie nicht haben, und sie mussten mir dienen. An meiner Seite lebten sie im Zwischenreich, bis ich den Zeitpunkt für günstig hielt, zurückzuschlagen. Der ist nun gekommen.«

»In der Vergangenheit.«

»Nein, du befindest dich nicht in der Vergangenheit, kleine Glenda. Sondern in einem Dämonenreich, wie ich es dir schon einmal gesagt habe.«

»Und wenn ich sterbe, was machst du dann?«

»Dann werde ich deine Leiche wieder in die Gegenwart schleudern. Man wird sie irgendwo im Hyde Park finden, und ich schaue aus meiner Dimension zu.«

Glenda wusste nun alles. Sie hatte den Schrecken erfahren. Ihr war bekannt, weshalb man sie umbringen wollte und wer ihre Mörderin war. Eigentlich hätte sie vor Angst vergehen müssen, aber sie riss sich zusammen und fragte nach Bingham.

»Ihn schleudere ich auch wieder in die normale Zeit zurück. Die Leute werden sich wundern.« Die Hexe kicherte und strich sacht über ihren Totenschädel.

»Was ist das?«, fragte Glenda.

»Ein Schädel.«

»Aber welche Funktion hat er?«

»Es ist ein Hexenschädel. So wie ein Zauberer seinen Stab besitzt, so besitzen manche Hexen ihre Zauberschädel. Mit ihm, mit seiner Hilfe kann ich einen Übergang zu anderen Zeiten und vor allen Dingen Dimensionen schaffen. Schon sehr oft habe ich Zeitsprünge gemacht und war in deiner Zeit. Dort habe ich mich umgeschaut und vieles gelernt, was ich jetzt verwerten kann. Ich habe dich ein paar Mal beobachtet und weiß auch, wo du arbeitest.«

John Sinclair!, schoss es Glenda durch den Kopf. Dann ist sie auch über ihn informiert.

Aber die Hexe erwähnte den Namen mit keinem Wort. Sie wollte nur, dass die Probe endlich durchgeführt wurde.

Larissa lachte Glenda an. »Wenn du untergehst, bist du keine Hexe. Bleibst du an der Oberfläche, stehst du mit dem Teufel im Bunde, dann bist du eine Hexe.«

»Und was geschieht dann mit mir?«, erkundigte sich Glenda.

Da lachte Larissa. »Sieh dir meine beiden Freunde an. Sie werden dich töten, falls es nicht schon Warrash getan hat.«

»Wer ist Warrash?«

»Habe ich dir davon nicht erzählt?«, fragte Larissa scheinheilig. »Warrash ist ein Fisch, der in dem Weiher lebt. Er hat eine besondere Eigenschaft, denn er ernährt sich von Menschen. Ich weiß nicht, ob er satt ist, wenn ich dich der Hexenprobe unterziehe.«

Larissa stieß ein girrendes Lachen aus, was bei Glenda eine Gänsehaut erzeugte. Immer neue Überraschungen hatte dieses Weib auf Lager, sodass Glenda auch ihre letzte Chance entschwinden sah, mit dem Leben davonzukommen.

Larissa würde ihre Drohung wahr machen. Sie steckte voller Hass. Und vielleicht war nur dieser Hass der Grund gewesen, weshalb der Teufel sie hatte leben lassen. Denn für den Satan zählte nur der Hass, nicht die Liebe oder irgendetwas anderes.

»Bindet sie fest!«

Dieser Befehl galt den beiden Henkern. Augenblicklich befolgten sie ihn. Sie scheuchten die gefährlichen Bestien zur Seite, bückten sich und packten Glenda. Ihre Finger waren wie Stifte, die sich hart in Glendas Fleisch bohrten.

Das Girl stöhnte auf. Es spürte die Schmerzen, doch die beiden Folterknechte zeigten kein Erbarmen. Sie hatten den Befehl erhalten und führten ihn aus.

Das Brett war so breit, dass es rechts und links neben Glendas Körper noch überstand. Sie wagte sich nicht zu rühren, auch dann nicht, als die Henker sie losgelassen hatten, denn die Tiere standen zu beiden Seiten in Kopfhöhe und hatten ihre Schnauzen aufgerissen. Bei der geringsten verdächtigen Bewegung würden sie zubeißen.

Glenda lag starr da. Sie wollte eigentlich die Augen schließen, doch wie unter Zwang hielt sie sie offen und schaute dabei die Hexe an.

Larissa wich dem Blick nicht aus. Gelassen hielt sie ihm stand und lächelte sogar spöttisch und mit herabgezogenen Mundwinkeln. Für sie war Glenda schon so gut wie tot. Diese Frau hatte kein Mitleid, sie wollte nur ihre Rache.

Am Anfang hatte Glenda noch gezweifelt, nun war sie aber sicher, eine Hexe vor sich zu haben.

Die Henker hatten die Stricke hervorgeholt. Jeder von ihnen trug jetzt ein Seil in der Hand. Neben Glenda blieben die beiden Gestalten stehen, drehten die Stricke auseinander, ließen sie fallen und führten sie unter dem Brett hindurch.

Dann wurde Glenda gefesselt.

Man verschnürte sie regelrecht. Am Hals fing das an, ging weiter über den Oberkörper, die Schenkel, die Beine, die Waden und hörte an den Füßen auf.

Zum Schluss knoteten sie die Stricke zusammen, sodass sie wirklich so fest saßen wie Metallbänder.

Glenda konnte sich nicht mehr rühren.

»Fertig?«, fragte die Hexe.

Die Henker nickten.

Larissa lachte. »Dann packt das Brett und werft es in den Weiher. Warrash wird sich freuen.«

Als Glenda das hörte, stieg die Angst in ihr hoch. Sie wollte etwas sagen und spürte den Druck des Seils an ihrem Hals. Die raue Faser scheuerte über das Fleisch.

Dann jedoch geschah etwas, womit wohl keiner gerechnet hatte. Nicht Larissa, nicht die Henker und am allerwenigsten Glenda Perkins. Die Bestien wurden plötzlich unruhig. Sie tappten zur Seite, rissen ihre Mäuler noch weiter auf und knurrten drohend.

Irritiert schaute Larissa auf.

Irgendetwas war geschehen.

Sie zischte ihren beiden Henkern einen Befehl zu. Die Glatzköpfigen nahmen sofort eine lauernde Haltung an.

Im nächsten Moment sah jeder den Grund für die Unruhe der Bestien.

Die Luft zwischen den beiden Hunden begann zu flimmern. Sie glänzte irgendwie silbrig, ein regelrechter Trichter entstand, ein Sog, und in diesem Sog waren die Umrisse einer Gestalt zu erkennen.

Einer Frauengestalt.

Lady Sarah Goldwyn materialisierte!

Ich musste wirklich dumm aus der Wäsche geschaut haben. Leider hatte ich keinen Spiegel bei mir, so konnte ich mein Gesicht nicht sehen, aber die Stelle, wo Lady Sarah gestanden hatte, war leer.

Da gab es nichts mehr.

Ich wollte es nicht, aber ich stöhnte auf, fühlte nach meinem Kreuz und bemerkte die Wärme.

Die fremde Magie war noch vorhanden, wenigstens Reste von ihr, nur packte sie mich nicht.

Sarah Goldwyn war verschwunden, davon biss keine Maus den Faden ab. Ich wusste auch nicht, wo ich suchen sollte, schritt aber um den Ort herum, wo sich dieses geheimnisvolle Geschehen abgespielt hatte. Ich kreiste ihn ein, wobei ich mein geweihtes Kreuz in der rechten Hand hielt.

Mein Bemühen war erfolglos.

Dann hörte ich ein leises Lachen und drehte mich um. Zwei junge Männer standen auf dem Weg und machten sich lustig über mich. Auf ihren nackten Oberkörpern trugen sie Lederjacken, an den Gürteln glänzten die schweren Fahrradketten.

Das waren so genannte Hyde-Park-Mugger, Banditen der Nacht, die harmlose Passanten ausnahmen.

»Hast du Geld verloren?«, wurde ich angesprochen.

»Verschwindet«, erwiderte ich und zeigte gleichzeitig meinen Ausweis, den ich sogar noch anleuchtete.

»Ein Bulle«, sagte einer der beiden fast andächtig.

»Wie schön«, meinte der andere.

Die beiden machten keine Anstalten zu verschwinden. Sie waren auf Streit aus.

»Es wundert mich, dass sich ein Bulle allein hier herumtreibt«, sagte der vor mir stehende Rocker. »Der will sicherlich was erleben. Ob wir ihm dabei helfen?«

»Klar.«

Das »Helfen« war mir schon ein Begriff. Sie würden ihre Waffen nehmen und auf mich eindreschen.

Schon zogen sie ihre Ketten.

Ich war wirklich nicht in der Stimmung, mich mit diesen

Typen lange herumzuschlagen, deshalb machte ich es kurz und zog meine Beretta.

»Das ist die letzte Warnung«, sagte ich scharf. »Seht zu, dass ihr verschwindet. Hier gibt es für euch nichts zu holen!«

Sie blieben stehen und wurden tatsächlich still. Gebannt schauten sie in die Mündung.

»Typisch Bulle«, sagte der eine. »Kann sich nur mit einer Kanone verteidigen.«

»Weg mit euch.«

Einer hob den Arm und drohte nur. »Irgendwann sehen wir uns wieder, Bulle. Und dann schlagen wir dir die Zähne einzeln aus.«

Die beiden hätte ich am liebsten hinter Gitter gesteckt. Mir fehlte nur die Zeit, ich hatte hier andere Aufgaben zu erledigen und konnte mich um so ein Pack nicht kümmern.

Sie nickten mir noch einmal böse zu, machten kehrt und verschwanden. Dabei gingen sie nicht über den Weg, sondern schlugen sich in die Büsche. Es wäre ja auch zu viel verlangt gewesen, wenn sie sich an die Regeln gehalten hätten.

Die Zweige schlugen hinter ihnen zusammen. So ganz traute ich dem Braten nicht, deshalb blieb ich stehen und steckte auch meine Beretta nicht weg.

Dann hörte ich den Schrei.

Einer der Mugger musste ihn ausgestoßen haben, denn er drang aus dem Gebüsch, in dem die beiden Schläger verschwunden waren. Zuerst dachte ich an eine Falle, doch der Schrei hatte verdammt echt geklungen.

Da war was passiert.

Sekunden später schleuderte ich die Zweige zur Seite und drang in die Büsche ein.

Ich brauchte nicht weit zu gehen. Hinter dem Buschwerk begann ein kleiner Platz, auf dem mehrere Bäume wuchsen. Sie standen dicht beieinander. Allerdings nicht so dicht, dass nicht noch Platz gewesen wäre, um jemanden aufzuhängen …

Die Leiche schaukelte leicht hin und her. Sie war männlich. Ich schaute genau hin, obwohl mich der Anblick abstieß, aber ich musste sie näher untersuchen. Zuerst fiel mir die Halbglatze auf. Und sofort dachte ich an die Beschreibung, die mir Sarah Goldwyn von dem verschwundenen Mann gegeben hatte.

Das musste der Redner sein!

Nur – wie kam er hierher?

Ich drehte mich um.

Die Mugger waren doch nicht so abgebrüht. Sie standen auf dem Fleck, beide ziemlich käsig im Gesicht und starrten den Gehängten an. Als sie meinen Blick sahen, schüttelten sie wie auf Kommando den Kopf.

»Wir waren es nicht.«

»Das habe ich auch nicht gesagt.«

Der Größere der beiden deutete auf den Toten. »Wir – ich bin gegen ihn gelaufen. Er hing schon da, als wir durch das Gebüsch brachen. Wirklich, Mister.«

»Schon gut. Kennen Sie den Mann?«

Ein zögerndes Nicken von beiden. »Und? Wie heißt er?«

»Das wissen wir nicht, aber wir haben ihn heute gesehen. Und zwar hier im Park.«

»Wo?«

»Speaker's Corner. Da hat er dummes Zeug geredet.«

Jetzt war ich mir sicher, den so plötzlich Verschwundenen vor mir zu sehen.

»Es ist gut«, sagte ich. »Ihr könnt abhauen.«

Ungläubig starrten sie mich an.

»Na los, haut ab.«

Ein zweites Mal brauchte ich meine Aufforderung nicht zu wiederholen. Sie machten kehrt wie zwei Soldaten und verschwanden tatsächlich. Ich hörte noch das Brechen der Äste und Zweige, dann nichts mehr.

Ich atmete tief durch. Abermals hatte ich es mit einem nicht erklärbaren Phänomen zu tun. Dieser Tote musste aus einer anderen Dimension gekommen sein, er war quasi durch ein Zeitloch gerutscht. Vielleicht durch das gleiche, durch das er auch weggeschafft worden war. Dabei dachte ich automatisch an Glenda Perkins und Sarah Goldwyn. Auch sie waren verschwunden.

Würden sie auf die gleiche Art und Weise zurückkehren wie dieser unbekannte Mann?

Wenn ich daran dachte, bildete sich ein Klumpen in meinem Magen. Ich fühlte mich so ungemein hilflos. Als Einziger war ich noch übrig geblieben und stand hier herum. Unternehmen konnte ich nichts. Ich wusste nicht Bescheid.

Befand sich vielleicht um ihn herum noch ein magisches Kraftfeld, das ich aktivieren konnte?

Ich umkreiste den Baum. Das Kreuz hielt ich in der rechten Hand, wobei ich darauf achtete, ob es sich stärker erwärmte.

Nichts …

Mutlos blieb ich wieder an meinem alten Platz vor dem Baum stehen. Ein frischer Wind fuhr durch die Büsche und bewegte raschelnd die Blätter.

Warum hatte sich die Hexe die anderen geholt und nicht mich? Das musste doch einen Grund haben, zum Teufel. Hatte die Hexe Angst vor mir? Wusste sie von meiner Aufgabe? Bestimmt, denn dass ich ein Feind der Dämonen war, hatte sich bei den Kreaturen der Nacht inzwischen herumgesprochen.

Ziemlich niedergeschlagen verließ ich den Ort des Schreckens und ging zurück auf den Weg. Ich wollte meine Kollegen später anrufen. Vielleicht fand ich doch noch eine Möglichkeit, irgendwie einzugreifen.

Automatisch führte mich mein Weg in Richtung Wasser. Es war inzwischen Nacht geworden. Nur wenige Lichter schimmerten im Park. Zahlreiche Lokale hatten ihre Pforten jetzt geschlossen. Wer sich noch vergnügen wollte, ging woanders hin.

Das Wasser war eine dunkle Fläche. Ab und zu strich der Widerschein eines Scheinwerfers darüber, wenn in der Nähe ein Wagen vorbeifuhr. Ansonsten war es still.

Einsam stand ich am Ufer und starrte auf das Wasser.

Hier irgendwo musste sich die Lösung des Rätsels finden lassen.

Und da war auch was.

Auf einmal spürte ich es.

Unbekannte, magische Kräfte schienen von allen Seiten her auf mich einzustürzen. Sie griffen nach mir, zerrten an mir, und ich sah, wie sich die Gegend um mich herum veränderte, aber trotzdem die gleiche blieb.

Dann traf mich ein harter Schlag, der aus dem Unsichtbaren kam und mit einem magischen Ansturm zu vergleichen war. Ich schaffte es nicht mehr, mich auf den Beinen zu halten und fiel hin.

Im nächsten Moment verlöschten bei mir alle Lichter …

»Lady Sarah!«

Glenda Perkins stieß die Worte hervor, als sie die alte Dame sah, die sich ganz in ihrer Nähe materialisierte.

Bevor Mrs Goldwyn noch irgendetwas antworten konnte, waren die Bestien da.

Eine sprang sofort auf Lady Sarah zu.

Nun zeigte sich, wie gut die alte Dame reagieren konnte. Bevor diese Abart von Hund sie erreicht hatte, schlug sie mit ihrem Schirm zu. Es war ein harter Hieb und zielgenau.

Die Krücke traf die Schnauze der Bestie und knackte direkt drei Zähne. Das Wesen heulte auf, es hatte auch noch etwas gegen die Nase bekommen und winselte, wobei es auf dem Boden lag und mit allen vier Beinen scharrte.

Einen zweiten Angriff hätte auch Lady Sarah nicht überstanden, aber da griff Larissa ein.

Sie sagte einige Worte, die weder Lady Sarah noch Glenda verstanden. Sofort zogen sich die Bestien zurück. Sie behielten die Frau jedoch genau im Auge.

Wenn Lady Sarah überrascht war, dann zeigte sie es wenigstens nicht. Sie sagte nur: »So trifft man sich also wieder. Ich hatte Sie schon vermisst, Larissa.«

»Wirklich?«

»Ja, denn ich möchte noch eine Erklärung haben.«
»Welche Erklärung?«
»Was das hier alles soll. Und aus welchem Grunde Sie Glenda Perkins auf dieses Brett geschnallt haben.«
»Mit ihr führe ich die Hexenprobe durch.«
»Sie ist keine Hexe. Im Gegensatz zu Ihnen«, erklärte die Horror-Oma mit fester Stimme. Wenn sie Angst hatte, so zeigte sie sie wenigstens nicht.
»Aber sie wird sterben«, entgegnete Larissa.
»Morden Sie gern?«
»Man hat mir keine Wahl gelassen.«
»Erzählen Sie doch nichts. Der Teufel hat Sie unter seine Fittiche genommen, und so mächtig, wie Sie uns weismachen wollen, sind Sie überhaupt nicht.«
»Ich kann es Ihnen beweisen.«
Innerlich frohlockte die Horror-Oma. Sie hatte die Hexe jetzt da, wo sie sie haben wollte.
»Wo sind die Beweise?«
»Ich zeige sie Ihnen. Kommen Sie mit.«
Larissa ging vor. Sie ließ ihre beiden Henker zurück, damit die auf Glenda achteten. Dann schritt sie mit Lady Sarah auf das Haus zu, wo Glenda und Bingham gefangen gehalten worden waren. Sie stiegen die Leiter hoch, was Lady Sarah wirklich mit großer Geschicklichkeit schaffte, und standen schließlich auf dem Speicher, wo noch immer der Gehängte hing.
»Er ist schon tot«, erklärte die Hexe.
Lady Sarah lief ein Schauer über den Rücken. »Das sehe ich«, erwiderte sie, und ihre Stimme klang jetzt doch ein wenig zittrig. »Dann haben Sie Ihre Rache ja vollendet.«
»Nein, Glenda fehlt noch. Und du auch«, fügte Larissa lächelnd hinzu.
»Ich soll auch sterben?«
»Ja, du bist in mein magisches Feld geraten. Es tut mir leid, ich habe keine andere Wahl.«
Da hatte die Horror-Oma eine gute Idee, wie sie fand. »Geht das auch umgekehrt?«
»Was?«

»Dass man Menschen oder Gegenstände von hier in die normale Zeit schafft?«

»Natürlich. Aber wir sind hier nicht in einer anderen Zeit, sondern in einer anderen Dimension. Das solltest du dir merken, alte Frau. Ich kann ihn verschwinden lassen.«

»Dann bitte. Überzeugen Sie mich.«

Für diese Demonstration benötigte die Hexe den Totenschädel. Sie umfasste ihn mit beiden Händen und hielt ihn dabei so fest wie ein kostbares Kleinod. Die Augen des Schädels waren auf den Gehängten gerichtet, als würde aus ihnen die Kraft strömen, die ein Verschwinden möglich machte.

Lady Sarah beobachtete die Hexe genau. Larissas Gesicht zeigte Spannung und Entspannung zugleich. In ihren Augen funkelte es, und ein düsteres Glühen überzog die Pupillen, als würde jemand in den Augenhöhlen Kohlenstücke verbrennen.

Larissa öffnete den Mund. Ihre Lippen formten dabei Worte, die Lady Sarah nicht verstand. Sie waren kaum hörbar, nur gehaucht, aber sie verfehlten ihre Wirkung nicht.

Der Gehängte verschwand.

Es war wie bei Lady Sarah selbst. Sie hatte es ja am eigenen Leibe erfahren müssen. Die Körperform wurde durchsichtig, und es entstand ein Flimmern innerhalb des Erhängten.

Im nächsten Augenblick war er samt Strick verschwunden.

Larissa drehte sich um und lächelte. »Genügt das?«, fragte sie mit spöttischer Stimme.

»Ja, das reicht.«

Es reichte wirklich. Die Horror-Oma dachte darüber nach. Für sie war das so etwas wie ein Teilsieg und ein Zeichen. Denn sie ging davon aus, dass sich der Erhängte im Hyde Park materialisiert hatte. Und dort trieb sich noch John Sinclair herum.

Wenn er den Toten sah, dann verstand er das Zeichen sicherlich.

Nur nicht aufgeben, John!, dachte die Horror-Oma.

»Gehen wir zu den anderen«, sagte Larissa. »Wir wollen sie nicht länger warten lassen.«

Sarah Goldwyn musste vorangehen. Auch ihr blieb die Leiter nicht erspart. Sie meisterte die Sprossen jedoch mit Geschick und auch Glück. Ihr war längst klar geworden, dass sie gegen die Hexe mit rein körperlichen Kräften nichts ausrichten konnte. Magische Kenntnisse besaß die Horror-Oma kaum, aber sie verfügte über eine große Portion Schläue und auch Geschick. Sie hatte es nicht umsonst geschafft, dass die Hexe bewies, wie mächtig sie war. Ein erstes Zeichen für John Sinclair, und Sarah Goldwyn hatte beschlossen, auch noch ein zweites, markanteres zu setzen, falls die Hexe mitspielte.

Glenda lag noch immer gefesselt und an das Brett gebunden auf der feuchten Uferwiese. Die beiden glatzköpfigen Henker umstanden sie.

Lady Sarah lächelte ihr aufmunternd zu, obwohl das auch nichts half, denn Larissa war fest entschlossen, die Hexenprobe durchzuführen.

Sie nickte den Henkern zu. »Werft sie in den Weiher!«, befahl sie dann.

Die Gestalten bückten sich. Auch die Hunde hatten sich aufgerichtet, sie knurrten leise.

»Moment noch!« Lady Sarahs Stimme klang klar und hell. Gar nicht ängstlich.

Die Henker hielten tatsächlich inne. Sie schauten Larissa ebenso an wie die Horror-Oma.

»Was willst du, alte Frau?«, zischte die Hexe.

»Ich denke noch über deine Demonstration nach«, erwiderte die Horror-Oma.

»War sie dir nicht mächtig genug?«

Lady Sarah wiegte den Kopf. »Ja und nein«, erklärte sie.

Larissa verzog das Gesicht. Mit zwei Schritten stand sie vor Sarah Goldwyn und starrte sie aus brennenden Augen an. »Was willst du noch, alte Frau?«

»Einen weiteren Beweis deiner Kraft.«

Larissa zuckte zurück. »Hat dir der eine nicht gereicht?«

»Nein, Larissa. Ich habe viel über Hexen gelesen. Nun stehe ich kurz vor meinem Tod zum ersten Mal einer gegenüber.

Und ich wollte dich fragen, ob die Hexen wirklich so starke Fähigkeiten besitzen, wie immer gesagt wird.«

»Das habe ich dir gezeigt.«

Da lächelte die Horror-Oma etwas verschmitzt und auch hintergründig. »War diese Kunst des Verschwindenlassens nicht eine ganz simple Sache? Eigentlich deiner unwürdig.«

»Du riskierst eine große Lippe«, stellte die Hexe fest.

Da legte die Horror-Oma den Kopf schief und hob die Augenbrauen in die Höhe. »Ist mir das nicht gestattet so kurz vor meinem Tod? Ich habe doch keine Chance mehr.«

Sie sagte dies mit einer Sicherheit, über die sich nicht nur sie selbst wunderte, sondern auch Glenda Perkins. Glenda hatte der Mut fast verlassen, doch als sie die Worte der alten Dame vernahm, konnte sie nur noch staunen, und ein wenig Hoffnung glomm wieder in ihr auf.

Diese Sarah Goldwyn war wirklich ein Phänomen. Sie zeigte keine Furcht, obwohl sie sicherlich Angst hatte. Auch Glenda merkte, dass die Horror-Oma versuchte, die Hexe Larissa auszutricksen.

»Sag, was du willst«, forderte Larissa.

»Das ist nicht schwer. Es sollte wenigstens für eine Hexe nicht schwer sein. Du hast es vor meinen Augen geschafft, den Gehängten verschwinden zu lassen, nun frage ich mich, ob du es auch schaffst, uns verschwinden zu lassen.« Bevor Larissa etwas sagen konnte, vollführte Sarah Goldwyn eine umfassende Armbewegung. »Ich meine es so, dass wir alle hier in eine andere Zeit – in die Gegenwart – versetzt werden.«

»Was bezweckst du damit?«, zischte Larissa, und ihre Augen wurden zu schmalen Sicheln.

»Jeder Todeskandidat hat einen letzten Wunsch«, erklärte Lady Sarah, nachdem sie tief Luft geholt hatte. »So auch ich. Es ist mir ein Gräuel, dass ich in irgendeinem Dämonenreich sterben soll. Ich möchte, wenn ich schon sterben muss, dass dies in meiner Zeit geschieht. In der Gegenwart der Erde. Ist das so schlimm und so unverständlich? Wer die

Kräfte besitzt, der sollte den Wunsch einer alten Frau auch erfüllen.«

»Da ist ein Trick dabei!«

Sarahs Augen wurden groß. »Welcher Trick? Fürchtest du dich vor mir, Larissa?«

»Nein.«

»Da siehst du es.«

»Du willst also in der Gegenwart sterben, nicht wahr?«

»Ja.«

»Wie hast du dir das vorgestellt?«

»Schlage eine magische Brücke in die Gegenwart. Das dürfte dir doch nicht schwerfallen. Schaffe all das hier in die Gegenwart, in meine Zeit und ...«

»Wir sind nicht in der Vergangenheit.«

Sarah nickte. »Das hatte ich vergessen, entschuldige. Aber bring uns in meine Welt. Das allein ist wichtig. Bringe uns mit allem hinüber, was hier ist. Bilde eine magische Insel im Hyde Park und beweise den anderen deine Macht.«

Nach diesen Worten schwieg die Horror-Oma. Sie setzte ein gleichgültiges Gesicht auf, obwohl sie innerlich fieberte. Hatte die Gegenseite ihren Bluff geschluckt?

Das war die große Frage, und Lady Sarah drückte sich und Glenda beide Daumen, dass es klappte.

Larissa überlegte. Anscheinend hatte Sarah Goldwyn einen wunden Punkt bei ihr getroffen, den der Machtbesessenheit oder der Eitelkeit. Sie wollte sich beweisen und vor allen Dingen den überheblichen Menschen ihre Macht demonstrieren und ihnen zeigen, dass sie noch nichts an Kräften eingebüßt hatte. Wenn sie den Vorschlag aus der Sicht betrachtete, war er gar nicht mal so schlecht.

Und was konnte ihr passieren? Nichts. Die Menschen schreckten sie nicht. Sie waren dumm und arrogant in ihrer Überheblichkeit. Die packten es nicht, nein, sie war viel stärker. Sie beherrschte die Hexenkunst, von denen die Menschen viel gelesen und auch geträumt hatten. Als sie daran dachte, umspielte ein Lächeln ihre Lippen, das auch von der Horror-Oma bemerkt wurde.

Hatte sie gesiegt?

»Ich werde es so machen, wie du es dir gewünscht hast, alte Frau«, sagte sie.

»Du willst uns alle hier in die Gegenwart schaffen?«

»Da sind wir bereits. Ich brauche nur die Magie zu verändern, und schon ist alles so, wie du es dir gewünscht hast. Aber glaube nur nicht, dass ich dir eine Chance zur Flucht gebe. Niemand wird dir helfen können.«

»Das weiß ich.« Sarah senkte den Kopf. Sie kniff Glenda Perkins dabei ein Auge zu.

Larissa redete weiter. »Natürlich nehme ich auch Warrash mit in eure Welt. Während dieser Vorgang geschieht, wird sie«, dabei deutete Larissa auf Glenda Perkins, »auf dem Weiher schwimmen und die Hexenprobe durchmachen. Wie gefällt euch das?«

Lady Sarah hatte Mühe, sich zu beherrschen. Es gelang ihr tatsächlich, ihre Angst nicht zu zeigen. Sie schluckte nur und sagte: »Es ist mir klar, da wir sowieso keine Chance haben. Ich lege unser beider Schicksal in deine Hand.«

Die kleine Flamme der Hoffnung verlosch. Glenda wurde wieder von Angst gepackt. Und die steigerte sich noch mehr, als sich die beiden Henker auf ein Kopfnicken der Hexe hin bückten, das Brett packten und es hochhoben.

»In den Weiher mit ihr!«, befahl Larissa und streckte dabei den rechten Arm aus.

Augenblicklich gehorchten die beiden makabren Gestalten und hoben das Brett an.

Glendas flehender Blick war auf Sarah Goldwyn gerichtet, die auch nichts mehr für sie tun konnte. Doch ihre Augen sprachen Glenda Mut zu.

Halte durch!, schienen sie zu sagen. Nur nicht aufgeben. Es wird alles wieder gut werden.

Wellen kräuselten das Wasser. Ansonsten lag die Oberfläche still und dunkel da.

Die beiden Bestien hatten sich erhoben und begleiteten die Henker mit ihrer menschlichen Last.

Schon wurden die Füße der Hexendiener vom Wasser

umspült. Sie bückten sich, legten das Brett auf die Oberfläche und gaben ihm einen Stoß.

Es glitt davon und trieb langsam auf die Mitte des Weihers zu, wo Warrash lauerte …

Etwas knirschte zwischen meinen Zähnen. Es waren Dreckkrümel, die ich spürte und die auch als raue Schicht auf meiner Zunge lagen. Das Schlucken fiel mir schwer, ich räusperte mich und hustete, wobei ich den Kopf schüttelte.

Lange war ich bestimmt nicht abgetreten, höchstens einen kurzen Moment. Und langsam wurde ich wieder klar, setzte mich auf und schaute mich um.

Ich befand mich noch immer an der gleichen Stelle, und doch hatte sie sich verändert. Wo zuvor Bäume gestanden hatten, entdeckte ich nun eine Ruine. Hinter mir befand sich ein Haus, unter mir war der Boden ziemlich feucht.

Ich war noch ein wenig durcheinander, sodass ich nicht sofort die Lösung dieses Rätsels fand. Nur langsam dämmerte mir, was geschehen war.

Die Umgebung, in der ich mich aufhielt, war durch einen magischen Einfluss verändert worden.

Vielleicht in die Vergangenheit versetzt?

So konnte es ausgesehen haben. Ich tastete nach meinem Kreuz und bemerkte die leichte Erwärmung. In der Tat befand ich mich innerhalb eines magischen Zentrums.

Meine Ohren waren ein wenig taub, ich war noch nicht wieder voll auf der Höhe. Vielleicht war das der Grund, weshalb ich das Knurren überhörte.

Dann nahm ich den Schatten wahr.

Ich flirrte herum. Schon sah ich sie.

Zwei gewaltige Bestien waren es, die auf mich zusprangen. Eine Mischung aus Hund und Wolf, weit aufgerissen die Rachen mit den spitzen Zähnen.

Ich dachte nicht lange darüber nach, woher die Bestien gekommen waren, ich nahm einfach hin, dass sie existierten und dass sie mir ans Leder wollten.

Das erste Tier sprang.

Mir blieb keine Zeit mehr, meine Beretta zu ziehen. Ich musste mich mit bloßen Händen gegen die Bestie verteidigen. Ein Schlag mit dem Ellbogen traf das Tier mitten auf die Schnauze. Es kam nicht mehr dazu, die Zähne in meinen Arm zu hacken. Empfindlich getroffen fiel es zu Boden und jaulte.

Das zweite Tier warf mich um.

Ich hätte mich vielleicht breitbeinig hinstellen sollen, so aber war ich dem Ansturm nicht gewachsen und merkte jetzt, welch eine immense Kraft in diesem Tier steckte.

Als ich zu Boden fiel, war das Tier schon über mir. Es setzte seine Pfoten auf meine Brust und stieß den Schädel vor, um die Zähne in meinen Hals zu hacken.

Doch auf der Brust lag das Kreuz.

Und das Tier berührte es mit der Pfote.

Zuerst hörte ich das Zischen, dann hieb ein Blitzstrahl, vom Kreuz ausgesandt, in den Körper der wilden Bestie.

Die weiße Magie spaltete das Tier fast. Es hatte gerade noch Kraft, zurückzuspringen, bevor eine stinkende Wolke aus seinem Fell drang und sich in skurrilen Figuren auflöste. Das Fell aber fiel von den Knochen des Tieres. Wie ein alter Lappen rollte es sich auf, sodass eine skelettierte Bestie vor mir stand.

Ich hatte mich aufgesetzt.

Die zweite Bestie traute sich nicht recht.

Bevor sie es sich anders überlegen konnte, schleuderte ich das Kreuz, traf das Biest und zog gleichzeitig meine Beretta, denn sicher war sicher.

Die Kugel konnte ich mir sparen, das Kreuz tat seine Wirkung. Auch das zweite Tier verging in einer stinkenden Wolke, und nur Knochen blieben von ihm übrig.

Ich sprang schwungvoll auf die Füße und nahm das Kreuz wieder an mich. Ich blickte mich um. Kein anderes Biest griff mich an.

Aber diese Angriffe hatten mir gezeigt, dass ich nicht mehr allein war. In der Nähe lauerten Lebewesen, ich musste praktisch mit allem rechnen, mit Monstertieren oder Dämonen. Das hier war nichts Normales mehr, ich befand mich inmitten einer magischen Zone.

Über die Ursache verschwendete ich keinen Gedanken, sondern nahm es so, wie es war.

Die Ruine stach mir ins Auge. Sie eignete sich hervorragend als Versteck für irgendwelche Gegner.

Ich lief darauf zu.

Einen Eingang brauchte ich nicht. Es gab Löcher genug, durch die ich die Ruine betreten konnte. Dabei musste ich über Trümmer und Mauerreste steigen, und als ich mich inmitten dieses verfallenen Bauwerks befand, da entdeckte ich, dass das Dach völlig fehlte. Nur ein paar Reste standen noch.

Die Ruine war leer.

Ich sah nichts, was auf irgendeinen Gegner hingedeutet hätte. Kein Monster, kein Dämon, keine mutierten Wesen.

Als ich ein paar Schritte zur Seite ging, blieb ich vor dem Teil einer Treppe stehen, die in die Höhe führte und noch ziemlich stabil aussah. Von dort oben hatte ich einen besseren Blick und riskierte es.

Die Stufen hielten tatsächlich. Sie schwankten zwar, das alte Holz ächzte, aber ich konnte dann mit einem großen Schritt zur Seite gehen und blieb auf einem Mauerrest stehen, wo ich einen ausgezeichneten Überblick hatte.

Vor mir schimmerte das Wasser. Schwarz sah es aus, nur hin und wieder von helleren Tupfern bedeckt. Eigentlich nichts Besonderes, nur dass es eben keine weiteren Lichter gab, wie es im normalen Hyde Park der Fall gewesen wäre.

Ich wollte den Blick schon weiterschweifen lassen, als mir etwas auffiel.

Da trieb ein länglicher Gegenstand auf dem Wasser. Ich sah ihn auch nur, weil der Gegenstand hell war und sich von der dunklen Oberfläche abhob. Was konnte das sein?

Hell und länglich!

Ein Mensch!

Plötzlich hatte ich die Lösung des Rätsels, und ich sah auch, dass in der Nähe des treibenden Gegenstands das Wasser mit einem Mal aufgewühlt wurde.

Im nächsten Augenblick hörte ich den gellenden Hilfeschrei.

Eine Frau hatte ihn ausgestoßen.

Und verdammt noch mal, ich kannte die Stimme. Sie gehörte meiner Sekretärin Glenda Perkins.

Es kam jetzt auf jede Sekunde an. Zögern bedeutete größere Lebensgefahr für Glenda. Ich konnte es mir auch nicht mehr erlauben und erst groß die Treppe hinunterzusteigen.

Ich sprang von der Mauer.

Der Boden war weich, ich federte in den Knien und lief einige Schritte, vom eigenen Schwung vorangetrieben.

Schon stand ich am Ufer.

Als ich den nächsten Schrei vernahm, befand ich mich bereits in der Luft.

Mein Körper beschrieb einen Bogen, und dann tauchte ich mit dem Kopf zuerst ein …

Glenda stand Höllenängste durch.

Als würde das Brett, auf dem sie lag, von unsichtbaren Händen geschoben, so näherte es sich immer mehr der Mitte des geheimnisvollen Weihers, wo Warrash hausen sollte.

Wer war Warrash?

Ein Monster? Ein Dämon, ein Ungeheuer vielleicht? Oder ein mutierter Mensch?

In den Dimensionen des Schreckens war alles möglich, und sie trugen nicht umsonst diesen Beinamen.

Glenda konnte sich auf dem schmalen Brett nicht rühren. Die Fesseln schnitten in ihre Haut. Sie hatte versucht, sie zu lösen, doch es war unmöglich gewesen. Nur die Haut an ihren Gelenken war in Mitleidenschaft gezogen worden. Glenda hatte sie sich aufgescheuert, jetzt blutete sie an einigen Stellen.

Das Brett trieb weiter.

Vor sich sah Glenda die Wasserfläche. Aus ihrer Perspektive sah sie aus wie ein gewaltiges Meer. Die leichten Wellen rollten heran und überschwemmten manchmal das Brett. Glenda war längst nass geworden. Sie fror, und die Kleidung klebte an ihrem Körper.

Glenda fror nicht nur wegen der kühleren Temperatur, sondern auch vor Angst. Die Hoffnung hatte sie verlassen, nachdem sie einige Male aufgezuckt war, als die Horror-Oma mit raffinierten Tricks versucht hatte, die Hexe zu leimen. Es war ihr nicht gelungen. Larissa hatte zwar auf sie gehört, aber sie würde auch in der normalen Welt als Siegerin dastehen.

So sah es aus, und es gab niemanden mehr, der jetzt noch etwas unternehmen konnte.

Glenda selbst war dieser verfluchten Hexenprobe hilflos ausgeliefert.

Sie passte nicht auf, öffnete den Mund, und eine Welle rollte heran, die ihr Gesicht überspülte.

Wasser drang in Glendas Mund. Es geriet in die falsche Kehle, und Glenda musste husten. Sie spie den größten Teil des schmutzigen Seewassers wieder aus.

Durch das Husten geriet das Brett ins Schwanken. Es rollte ein paar Mal auf und nieder, wankte und beruhigte sich dann wieder.

Hinter ihr war alles still geblieben. Kein Triumphgeschrei, kein Hohnlachen – nichts. Ihre Feinde warteten ab und lauerten, was Warrash wohl mit ihr anstellen würde.

Warrash!

Wieder dachte sie daran. Glenda hatte keine Vorstellung von ihm, aber er schien sehr gefährlich zu sein. Sie schielte nach allen Seiten.

Zeigte sich Warrash?

Bisher war er nicht zu sehen gewesen, das Wasser blieb ruhig, nur wenn der Wind mal etwas stärker über den Weiher fuhr, dann kräuselte er die Wellen, und sie überschwemmten die Gefangene.

Glenda spürte ihr Herz pochen. Der Puls dröhnte im Gehirn. Sie hatte heftige Kopfschmerzen, und sie dachte daran zu schreien, doch was hätte es genützt?

Niemand kümmerte sich um sie. Sarah Goldwyn konnte ihr auch nicht mehr helfen.

So trieb sie weiter.

Je mehr sie sich vom Ufer entfernte, umso größer wurde ihre Angst. Jede Minute konnte Warrash auftauchen und sie verschlingen, denn daran glaubte Glenda fest.

Hatte man ihr nicht gesagt, dass Warrash eine Menschen fressende Bestie war?

Und er war von Larissa auf sie angesetzt worden. Von Larissa Perkinson, einer Ahnherrin von ihr, die man damals hingerichtet hatte und die tatsächlich eine Hexe gewesen war.

Bisher hatte sich Glenda aus den gefährlichen Abenteuern heraushalten können. Sie unterstützte John Sinclair im Büro.

Glenda war zwar ein paar Mal mit dem Grauen konfrontiert worden, aber jetzt fühlte sie sich so schrecklich allein. Da war niemand, der ihr helfen oder zur Seite stehen konnte.

Lady Sarah Goldwyn hatte zwar alles versucht – umsonst, wie Glenda bitter feststellte.

Das Brett schaukelte ein paar Mal auf und nieder. Glenda zuckte zusammen und erschrak, denn bisher war das Wasser ruhig geblieben. Geriet sie nun in die Nähe des Monsters?

Ihre Nerven wurden noch stärker gepeinigt. Die Nässe auf ihrer Stirn vermischte sich mit dem aus den Poren tretenden Schweiß. Wasser drang in ihre Augen und verschleierte sekundenlang ihren Blick. Panik stieg in ihr hoch, sie wollte sich aufrichten, dachte dabei nicht mehr an die Fesseln, und durch die hastige Bewegung wäre das Brett fast gekippt.

Das war die zweite große Gefahr, in der sich Glenda Perkins befand. Wenn sie durch eine unbedachte Bewegung das Brett zum Kippen brachte, geriet sie unter Wasser, und ob sich das Brett dann wieder aufrichtete, war die große Frage.

Doch sie hatte Glück. Das Brett schwamm weiter auf der Oberfläche und mit ihm Glenda Perkins.

Sie näherte sich Yard für Yard der Mitte des Weihers. Dort war das Gewässer am tiefsten, da hatte Warrash einen Platz, wo er lauern konnte und man ihn nicht sah.

Und er wusste bereits, dass ihm ein Opfer gebracht werden sollte. Im tiefen Schlamm hatte er sich verborgen gehalten, doch mit fein ausgeprägten Sinnen merkte er, wer da auf der Oberfläche des Weihers schwamm.

Er bewegte sich.

Der Schlamm auf dem Grund wurde aufgewühlt. Gewaltige, dunkle Wolken zogen durch das Wasser, in die Warrash eintauchte wie in einen Tunnel.

Nur kurz hätte ein Beobachter seinen gewaltigen Leib sehen können, und die Person hätte sich wirklich erschreckt.

Warrash war ein regelrechtes Ungeheuer. Eine Mischung aus Aal und Seeschlange. Breit wie eine Tonne war sein Körper, der in seinem oberen Ende fast nur aus Maul bestand, das noch größer wurde, wenn er es aufriss.

Warrash glitt der Oberfläche entgegen. Er bewegte sich träge, aber doch mit einer zielstrebigen Geschmeidigkeit. Sein Leib war nicht einmal sehr lang, er hatte vielleicht die doppelte Größe eines ausgewachsenen Menschen, aber dieses Monster verschlang alles.

Warrash roch das Opfer und konnte sich kaum noch beherrschen. Sein hinteres Ende peitschte das Wasser auf, Strudel bildeten sich, die erste Unruhe entstand an der Oberfläche.

Glenda merkte, dass etwas nicht stimmte. Gefährlich schwankte das Brett.

Sie hielt den Atem an.

Im nächsten Moment gischtete vor ihr das Wasser zu einer regelrechten Fontäne hoch, Schaum entstand, und ein gewaltiger Schatten, wie ein Riesenwurm anzusehen, stieg aus dem Wasser.

Warrash war da.

Glenda sah ihn, wie er säulenartig in der Luft stand und sein Maul aufriss.

Sie erkannte die gefährlichen Reißer. Dicht an dicht steckten sie im Gaumen, sie würden alles zermalmen, da hatte sie keine Chance mehr.

Bisher hatte sie es ausgehalten, doch nun schrie sie verzweifelt auf …

Sie schauten dem davontreibenden Brett nach.

Larissa, ihre beiden Henker und auch Sarah Goldwyn. Die Horror-Oma hatte die Lippen so fest aufeinander gepresst, dass sie nicht dicker waren als ein Messerrücken.

In ihrem Innern tobte der Zorn. Den Wechsel in die normale Welt hatte sie gut überstanden. Sie befanden sich jetzt im Hyde Park der Gegenwart, allerdings irgendwie abgetrennt von den anderen Teilen, denn sie sah keine Lichter und hörte auch keinerlei Geräusche, obwohl der Park auch des Nachts nicht zur Ruhe kam.

Die schwarze Magie umhüllte sie wie ein Mantel.

»Nun?«, fragte Larissa. »Hast du erreicht, was du wolltest?«

»Zum Teil.«

Da lachte die Hexe und deutete auf das Wasser. »Du wolltest sie retten, nicht?«

»Möglich.«

»Nicht nur möglich, sondern es stimmt. Schau dir die kleine Glenda an, wie sie auf die Seemitte zutreibt. Dort lauert Warrash im tiefen Schlamm. Er wird sie wittern, und er wird an die Oberfläche kommen, um sie zu zerreißen …«

»Hör auf!«

»Das könnt ihr Menschen nicht hören.« Larissa nickte. »So habe ich mir das immer vorgestellt. Ihr seid noch ebenso feige wie damals.«

»Wie hätten wir uns denn wehren können?«, erkundigte sich Mrs Goldwyn. »Wir haben doch nicht die Macht und besitzen auch nicht die Waffen.«

»Die hattet ihr früher auch nicht.«

»Du lebst ja noch.«

»Aber auch nur, weil ich den Teufel als Bräutigam genommen habe. Nur aus diesem Grunde lebe ich. Und ich werde ewig leben, das schwöre ich dir. Es ist der Lohn, den der Satan mir gezahlt hat. Niemand kann mich töten.«

Larissa war überheblich wie alle Dämonen und Wesen der Finsternis. Sie vertraute nur auf ihre eigene Stärke und dachte nicht, dass es Menschen geben konnte, die ihr die Stirn boten.

Lady Sarah ließ sie in dem Glauben. Ihre Gedanken drehten sich um John Sinclair. Wenn er sich tatsächlich noch hier in der Nähe aufgehalten hatte, dann musste er doch bald erscheinen. Oder war er so weit außerhalb, dass ihn die magische Zone nicht erreichte? Traf das zu, gab es keine Rettung mehr.

Lady Sarah warf wieder einen Blick auf das Wasser. Glenda trieb weiter davon. Ihre weiße Kleidung bildete einen hellen Fleck auf dem dunklen Wasser. Es dauerte nicht mehr lange, dann hatte sie die Mitte des Sees erreicht – und damit Warrash.

Die Horror-Oma wandte den Kopf.

Beide Henker standen um sie herum. Und sie hatten nur Augen für die Frau. Machte Mrs Goldwyn eine falsche Bewegung, würden sie eingreifen und sie töten.

»Welchen Tod hast du dir für mich ausgedacht?«, fragte sie die schwarzhaarige Hexe.

Larissa drehte ihr Gesicht der Horror-Oma zu. Dabei fielen ihr die Haare wie ein Vorhang vor die Augen. »Du wirst ertränkt. Aber nicht zuvor auf das Brett gelegt, sondern von meinen beiden Freunden hier. Sie drücken dich unter Wasser, so lange, bis …«

»Hör auf!«

Larissa lachte. »Ich wollte dir nur eine Antwort auf deine Frage geben.« Sie drehte sich wieder um. »Sieh lieber aufs Wasser. Deine kleine Freundin hat inzwischen die Stelle erreicht, wo Warrash lauert. Es kann nur noch Sekunden dauern, dann ist es so weit.«

Larissa hatte nicht gelogen. Selbst aus dieser Entfernung war zu erkennen, wie das Wasser aufschäumte.

Und wie unter Hypnose stehend musste Lady Sarah

Goldwyn mit ansehen, wie der Fisch aus dem Wasser stieg. Ein gewaltiges Monster, das Glenda Perkins verschlingen wollte …

Ich tauchte elegant ein.

Das Wasser war sogar ziemlich warm, ich verspürte keinen Schock wie bei kaltem Meerwasser, in das ich schon des Öfteren gesprungen war. Noch in der Luft hatte ich Atem geholt, sodass ich die erste Zeit unter Wasser weiterschwimmen konnte.

Es war eine trübe Brühe. Obwohl ich die Augen aufriss, konnte ich nichts sehen. Nur Algen und andere Gewächse streiften mein Gesicht, als würden glitschige Finger darüber gleiten.

Ich schwamm mit ruhigen, kräftigen Zügen, wollte so weit vom Ufer weg wie möglich.

Ich hielt so lange die Luft an, bis es nicht mehr ging. Dann tauchte ich auf, schleuderte mir das Wasser aus dem Haar und hörte das Wimmern und Schreien.

Ich musste den Kopf drehen, um Glenda sehen zu können. Um sie herum gischtete das Wasser auf, und ich erkannte einen gewaltigen Schatten, der aus dem See stieg.

Fast stockte mir der Herzschlag. Dieser Schatten war so gewaltig, dass mir der Atem wegblieb. Er erinnerte mich an einen riesigen Aal, war aber wesentlich breiter. Er warf seinen Leib von einer Seite zur anderen.

Auch sah ich in seinem Rachen etwas schimmern. Das waren die Zähne, mit denen er sein Opfer reißen wollte.

Ich wusste nun, was mit Glenda Perkins geschehen sollte, welches Schicksal man ihr zugedacht hatte.

Das alles hatte nur wenige Sekunden gedauert, dann schwamm ich weiter. Nicht mehr als Brustschwimmer, sondern nun als Krauler.

Meine Arme schlugen das Wasser. Ich musste so nahe wie möglich an das Monster heran und Glenda retten. Ihre Schreie gellten in meinen Ohren. Wasser schwappte mir ins

Gesicht und machte mich manchmal blind. Ich wischte es weg und schwamm weiter.

Dann hörte ich die Schreie nicht mehr.

War Glenda etwa …?

Fast blieb mir das Herz vor Schreck stehen. Ich hechtete aus dem Wasser und sah, dass das verdammte Brett, auf dem Glenda Perkins lag, umgekippt war.

Gefahr!

Glenda konnte ertrinken, denn sie selbst würde kaum die Kraft aufbringen, das Brett wieder aufzurichten. Zudem war sie gefesselt und konnte sich nicht rühren.

Das Untier war noch da.

Ich jedoch musste mich zuerst um Glenda Perkins kümmern und tauchte. Dicht unter der Wasseroberfläche glitt ich dahin, änderte ein wenig die Richtung und hatte Glück, dass ich das Brett mit Glenda Perkins sofort erwischte.

Mit beiden Händen griff ich zu und drehte das Brett so herum, dass Glenda wieder oben lag. Neben ihr tauchte ich aus dem Wasser. Unsere Köpfe befanden sich fast in gleicher Höhe.

Glenda war nicht bewusstlos. Sie hatte die Augen geöffnet und starrte mich an. Dem Blick entnahm ich, dass meine Sekretärin kaum aufnahmefähig war. Der in den letzten Minuten ausgestandene Schrecken hatte sie ziemlich mitgenommen.

Sie hustete. Wasser quoll aus ihrem Mund. Ich war froh, dass sie noch so reagieren konnte, gab dem Brett einen Stoß, sodass es zur Seite trieb, und wälzte mich herum.

Dann sah ich das Ungeheuer und hörte gleichzeitig Glendas Worte.

»Warrash will mich fressen!«

Das war mir auch schon klar gewesen. Ich wusste, dass mir keine andere Wahl blieb, als mich dem Ungeheuer zu stellen.

Jetzt schnellte es noch weiter aus dem Wasser. Es ragte wie ein Turm vor mir auf, öffnete weit sein Maul, und wenn ich die Zähne sah, packte mich das Grausen.

Die waren mörderisch.

Ich trat Wasser.

Meine Kleidung hatte sich voll gesaugt, ich trug auch noch meine Schuhe, und beides zerrte mich nach unten. Für mich war es gar nicht so einfach, an der Oberfläche zu bleiben und noch zu kämpfen.

Wenn früher die Waffen nass wurden, dann taugten sie meistens nichts mehr. Heute ist das anders. Ich konnte auf meine Beretta vertrauen, sie würde mich auch nicht im Stich lassen, obwohl sie mit Wasser in Berührung gekommen war.

Ich zog die Pistole hervor, genau in dem Augenblick, als sich das Monster auf mich warf.

Hastig drückte ich ab.

Vergebens!

Kein Schuss löste sich aus der Waffe.

Die Beretta hatte versagt! So etwas war noch nie vorgekommen, und ich musste erst einen heißen Schrecken überwinden.

Das konnte doch nicht sein!

Nicht eine Sekunde Zeit blieb mir zum Überlegen. Warrash nahm auf mich keinerlei Rücksicht.

Er wuchtete seinen Körper auf mich zu, und er war verdammt beweglich. Ich sackte weg. Verzweifelt ließ ich mich in die Tiefe gleiten, wobei ich mich noch zur Seite drehte.

Seine Zähne erwischten mich nicht, dafür aber sein rauer, schuppiger Leib. Ich erhielt einen Schlag gegen Rücken und Hüfte, der mich sogar noch im Wasser weiterschleuderte.

Sekundenlang hatte ich mit dem Schmerz zu kämpfen und biss eisern die Zähne zusammen. Instinktiv vollführte ich Schwimmbewegungen und verließ den Ort des Geschehens, um an anderer Stelle wieder aufzutauchen.

Hoffentlich kümmerte sich das Monster jetzt nicht um Glenda.

Meine Hoffnung erfüllte sich zum Glück.

Das Untier war mir gefolgt. Halb schwamm es über Wasser. Es hatte sein Maul aufgerissen, sodass durch die Strömung Wasser in den Rachen gespült wurde.

Die Beretta hatte ich weggesteckt. Sie konnte ich im Augenblick vergessen.

Blieb noch das Kreuz!

Wenn ich mit dem Kruzifix an das Untier herankam, dann musste es sterben.

Wieder tauchte ich, blieb aber dicht unter der Oberfläche, sodass ich meinen Gegner sehen konnte.

Dann stieß ich vor.

Ich schwamm jetzt tiefer, wollte Warrash von unten her angreifen und kam auch bis an sein Maul heran, als er ebenfalls tiefer stieß. Jetzt konnte er mich erwischen.

Diesmal war ich schneller.

Bevor der Rachen zuklappte, hatte ich mein Kreuz gegen Warrash gepresst. Dicht unter das Maul drückte ich das Kruzifix und hoffte, dass ich Warrash damit erledigen konnte.

Der riesige Dämonenfisch drehte durch. So ähnlich musste es einem Taucher ergehen, wenn er mit einem Hai kämpft.

Plötzlich wuchtete Warrash seinen Körper hoch. Der Schwanz hieb zuerst aus dem Wasser. Wie ein gewaltiger Stamm schleuderte er hoch, während das Maul dicht vor meinem Gesicht zuklappte und das Monster selbst in die Tiefe stieß. Es musste sich in den Grund gebohrt haben, denn im nächsten Augenblick umhüllte mich eine Wolke aus Schlamm und hochgewirbelten Partikeln.

Warrash war wie von Sinnen. Er schlug um sich. Ich hatte großes Glück, dass ich nicht getroffen wurde. Das Wasser gischtete auf, wurde zu einer regelrechten sprudelnden, kochenden Hölle, und ich schwamm auf Glenda Perkins zu, deren Brett auf den Wellen hüpfte und jeden Augenblick umkippen konnte.

Warrash kämpfte seinen letzten Kampf. Noch einmal löste er sich aus dem Schlamm, drehte sich unter Wasser und schleuderte seinen gewaltigen Körper hoch.

Er löste sich bereits auf.

Ich sah ihn für einen Moment in der Luft und erkannte jetzt, dass Warrash Knochen hatte, von denen sich die Haut zu lösen begann. Vor mir sah ich einen halb skelettierten Riesenfisch, der kurz vor dem Ende stand.

Ich atmete auf.

Als er wieder zurück ins Wasser klatschte, rollten die Wellen auf mich und Glenda zu. Sie überspülten uns beide. Dann war von Warrash nichts mehr zu sehen.

Ich hatte ihn erledigt.

Endlich konnte ich Glenda ansprechen.

»Sind Sie okay?«, fragte ich sie.

Ich verstand die Antwort nicht und holte mein Taschenmesser hervor. Ich zog die Klinge aus dem Schaft, umfasste das Brett und säbelte von unten die Stricke durch.

Sie rissen, fielen ab, und dann rutschte auch Glenda vom Brett und mir in die Arme.

Sie war völlig erledigt. Ich erkundigte mich, ob sie schwimmen konnte, aber sie hatte meine Frage überhaupt nicht gehört. So blieb mir nichts anderes übrig, als sie unterzuhaken und sie zum rettenden Ufer zu schleppen.

Ich lag dabei auf dem Rücken und hatte Glenda in den Schleppgriff genommen. Als ich merkte, dass es ihr besser ging, atmete ich auf. Sie machte nach einiger Zeit selbst Schwimmbewegungen, und schon bald konnte ich sie loslassen.

»John!«, krächzte Glenda und musste husten, weil ihr Wasser in den Mund gedrungen war.

Ich drehte den Kopf. »Reden Sie jetzt nicht.«

»Doch, John, ich muss. Ich – ich bin nicht allein verschleppt worden. Am Ufer steht noch Sarah Goldwyn. Und sie ist mit der Hexe und zwei ihrer Henker allein ...«

Das war eine verdammt unangenehme Überraschung. Für einen Augenblick hatte ich mich nicht unter Kontrolle, bekam Wasser in den Mund und musste husten.

»Wir müssen ihr helfen!«, keuchte Glenda.

Innerhalb von zwei Sekunden hatte ich einen Plan gefasst, allerdings musste Glenda dabei mitspielen.

»Können Sie allein zum Ufer schwimmen?«

»Ja.«

Ich schaute sie mir noch einmal an. Ihre Schwimmbewegungen waren zwar matter als normal, aber die kurze Strecke würde sie schaffen. »Und sehen Sie zu, dass Sie nicht genau dort auftauchen, wo sich die Hexe und die anderen aufhalten.«

»Nein, nein.«

Ich tauchte wieder. Unter Wasser glitt ich dem Ufer des Sees zu. Hoffentlich hatte sich die Horror-Oma noch verteidigen können …

Es war ein Bild, das die Hexe faszinierte und Sarah Goldwyn abstieß. Der gefräßige Riesenfisch schien mit seinem Opfer zu spielen, denn noch hatte er nicht zugebissen. Fast schien es, als wollte er den Zuschauern ein Schauspiel bieten.

Larissa lachte. »Da siehst du es!«, fuhr sie Mrs Goldwyn an. »Sie hat keine Chance.«

Sarah Goldwyn schwieg, während die Hexe weiterhin auf den See starrte und gleichzeitig ein gemeines, auch siegessicheres Lächeln ihre Lippen umspielte.

Die Horror-Oma blickte zu Boden. Sie hatte getan, was in ihren Kräften stand – zu wenig. Sie faltete die Hände. Es war das Einzige, was sie jetzt noch tun konnte.

Ein Fluch schreckte sie aus ihrer Andacht und Angst. Larissa hatte ihn ausgestoßen.

Als die Horror-Oma sie anschaute, da bemerkte sie, dass sich das Gesicht der Hexe verzerrt hatte. Es war zu einer Grimasse verzogen, und sie hatte die Hände geballt.

Sarah Goldwyn erkannte auch den Grund.

Jemand schwamm auf Glenda Perkins zu. Und dieser Schwimmer war verflixt schnell.

»John Sinclair!«, flüsterte die alte Dame. Plötzlich leuchteten ihre Augen wieder.

Larissa fuhr herum. »Was sagst du da?«

»John Sinclair!«

Die Hexe starrte sie einen Augenblick lang an, dann senkte sie den Blick.

Die Henker wurden unruhig. Sie schienen zu riechen, dass etwas nicht stimmte, sie witterten den Fremden wie Tiere.

»Er ist euer Feind«, knirschte die Hexe, ohne ihren Blick von der Wasseroberfläche zu nehmen.

»Sollen wir ihn töten?«

»Wenn Warrash es nicht schafft, dann seid ihr an der Reihe«, erwiderte die Hexe.

Die Henker nickten.

Ansonsten beobachteten sie weiter. Auch Larissa und vor allen Dingen Sarah Goldwyn. Sie drückte dem blonden Mann die Daumen, der mit gewaltigen Arm- und Beinbewegungen das Wasser durchpflügte.

Dann kippte das Brett um.

Sarah Goldwyn sah es deutlich, denn plötzlich schimmerte Glendas helle Kleidung nicht mehr auf dem dunklen Wasser.

Auch Larissa hatte es bemerkt. »Jetzt wird sie ersaufen«, zischte sie durch die Zähne.

Sarah Goldwyn schluckte nur, enthielt sich ansonsten eines Kommentars. In den nächsten Sekunden beobachteten sie den Kampf zwischen Mensch und Bestie.

»Er verliert!«, kreischte die Hexe, als sie sah, dass Sinclair von einem Schlag zur Seite geschleudert wurde.

Der Horror-Oma blieb fast das Herz stehen. Ihre Angst um John und Glenda steigerte sich, doch da tauchte der Geisterjäger bereits wieder auf. Lady Sarah glaubte sogar das Blitzen des Kreuzes zu sehen, als John Sinclair zuschlug. Sie biss sich vor Aufregung fast die Lippen blutig und bekam mit, wie Warrash verging.

John Sinclair hatte ihn besiegt.

Auch Larissa sah es.

Ihre Reaktion war genau das Gegenteil. Sie stampfte vor Wut mit dem Fuß auf, knirschte mit den Zähnen und schüttelte heftig den Kopf, sodass die langen Haare um ihr Gesicht peitschten.

»Er hat ihn getötet!«, flüsterte sie. »Verflucht, er hat ihn getötet. Warrash galt als unbesiegbar!«

Sarah Goldwyn sagte nichts dazu, obwohl sie ihren Triumph gern der Hexe ins Gesicht geschrien hätte.

»Ich mache ihn fertig«, sagte Larissa zischend. »Ich werde ihn vernichten, diesen Hund!«

Das waren keine leeren Worte, denn die Hexe setzte den Vorsatz sofort in die Tat um.

Ihr Helfer war dabei der Totenschädel. Sie hob ihn hoch, wobei sie das skelettierte Gesicht auf das Wasser richtete, damit die Magie des Schädels die beiden Schwimmer treffen sollte.

Lady Sarah wusste nicht, wie stark der Totenkopf reagieren würde. Sie konnte sich aber vorstellen, dass eine Frau wie Glenda Perkins, die nicht durch eine Gegenmagie, wie sie das Kreuz hervorbrachte, geschützt war, dem Ansturm schwarzer Magie nicht standhalten würde.

»Vernichten werde ich euch!«, keuchte die Hexe. »Vernichten!«

Da griff die Horror-Oma ein!

Der Stock war zwar keine gefährliche Waffe, aber er hatte Lady Sarah schon des Öfteren gute Dienste erwiesen.

Bevor die beiden Henker und auch die Hexe eingreifen konnten, hatte die Horror-Oma ihn angehoben und schlug mit dem bleigefüllten Griff zu.

Die Krücke traf genau den Totenschädel.

Larissa hielt ihn zwar zwischen den Händen, doch sie hatte ihn nicht so fest gepackt, dass er dem Schlag widerstanden hätte. Der Schädel rutschte ihr aus den Fingern, fiel zu Boden und blieb dicht neben Lady Sarahs Füßen liegen. Blitzschnell drehte die Horror-Oma den Stock herum und benutzte ihn quasi als Golfschläger. Sie hieb die Krücke gegen den Schädel, der wie ein Ball nach vorn geschleudert wurde und ins Wasser klatschte.

Dann hatten ihre Gegner den Schrecken überwunden. Heulend fuhr die Hexe herum.

Lady Sarah kam in Form. Als sich Larissa noch in der Bewegung befand, hatte die Horror-Oma bereits zugeschlagen und das Gesicht der Hexe getroffen.

Vielleicht empfand Larissa keine Schmerzen, aber der Hieb hatte ihre Nase deformiert. Selbst die Horror-Oma hörte das Knacken und hielt sich nicht länger auf, sondern traf mit einem Rundschlag den ihr am nächsten stehenden Henker am Kinn.

Der guckte dumm aus der Wäsche.

Den anderen traf sie nicht mehr. Er griff zu und schleuderte Sarah Goldwyn zur Seite. Auf dem etwas glatten Boden rutschte sie aus und fiel der Länge nach hin.

Bevor sie sich wieder aufrichten konnte, war einer der Henker bei ihr und setzte ihr einen Fuß auf den Hals. Lady Sarah spürte den Druck und merkte, dass sie keine Luft mehr bekam, so blieb sie liegen. Der andere wand ihr den Stock aus der Hand und schleuderte ihn davon.

Jetzt hatten sie die Frau.

Larissa wandte sich um. Sie sagte nichts, aber ihre Blicke sprachen Bände. Aus ihnen leuchtete die reine Mordlust, das spürte auch Sarah Goldwyn.

Noch immer schweigend machte Larissa kehrt, bückte sich und hob den Totenschädel auf. Er hatte den Schlag gut überstanden, nicht ein Riss zeigte sich in der Schädelplatte.

Die Hexe kam auf Lady Sarah zu, die bewegungslos am Boden lag und noch immer den Fuß des Henkers auf ihrer Kehle spürte.

»Eine alte Frau bist du?«, höhnte die Hexe. »Darunter stelle ich mir etwas anderes vor, du verdammtes Weib!« Dann trat sie zu.

Zum ersten Mal spürte Sarah Goldwyn die Grausamkeit der Hexe am eigenen Leibe. Sie wollte nicht aufschreien, aber es ließ sich einfach nicht vermeiden.

Dann traf sie der zweite Schock. Aus den Augenhöhlen des Schädels schoss ein blaues Licht, das sie wie ein Kleid einhüllte. Lady Sarah glaubte, innerlich zu verbrennen. Sie bäumte ihren Unterkörper auf, die Wellen der Bewusstlosigkeit wollten über ihr zusammenschlagen, doch sie schaffte es und blieb bei Verstand.

Der Schmerz ebbte ab.

»Nur eine kleine Kostprobe!«, zischte die Hexe. »Was hatte ich dir versprochen, Alte?«

Die Horror-Oma war nicht fähig, eine Antwort zu geben. Sie konnte froh sein, dass man ihr etwas Luft zum Atmen ließ.

»Ersäufen sollte ich dich. Ertränken wie eine Ratte!«, zischte die Hexe. »Und das setze ich in die Tat um, du verdammtes altes Weib!«

Die beiden Henker erhielten einen entsprechenden Befehl. Lady Sarah Goldwyn konnte gar nichts tun. Die Hexendiener rissen sie hoch, umklammerten sie fest und schleiften sie auf das Wasser zu.

Die Hexe schaute dabei zu. Dann spitzte sie die Lippen und stieß einen Pfiff aus.

Niemand reagierte.

»Wo sind die Hunde?«, schrie sie.

Die Henker hielten inne. Keiner von ihnen wusste eine Antwort. Larissa ballte voller Wut die Hände. Sie lief ein paar Schritte am Ufer entlang und pfiff ein zweites Mal.

Diesmal allerdings lauter.

Die Hunde meldeten sich nicht. Geduckt blieb Larissa stehen. Ihre Augen wurden schmal. Sie überlegte, was geschehen sein könnte, und wandte sich dann an Lady Sarah.

»Hast du gesehen, was mit ihnen geschehen ist?«

»Nein!«, krächzte die Horror-Oma, denn das Sprechen fiel ihr schwer.

»Wenn sie sich nicht melden, sind sie tot!«, flüsterte Larissa. »Aber wer kann sie umgebracht haben?« Sie gab sich selbst eine Antwort auf die Frage. »Dieser verfluchte Sinclair. Der verdammte Hund. Er hat sie getötet!« Abermals stampfte sie mit dem Fuß auf. »Es ist egal, du wirst davon nichts mehr haben, Alte. Dich werden wir ertränken. Schafft sie endlich ins Wasser!«

Lady Sarah stemmte sich in den Boden, doch die Kräfte

der Henker waren zu stark. Ihnen hatte sie nichts entgegenzusetzen.

Würgende Angst setzte sich in ihrer Kehle fest, als die ersten Wellen ihre Füße umspielten. Der rechts neben ihr stehende Mann löste seinen Griff und schlug stattdessen die Finger wie eine Schraubzange in ihren Nacken. Lady Sarah stöhnte. Dann drückte der Henker sie tiefer. Der andere trat ihr die Beine weg.

Lady Sarah fiel. Mit dem Gesicht landete sie im feuchten Schlamm. Sofort zerrten die beiden Henker sie weiter. Wie lange, gierige Arme griffen die Wellen nach ihr, überspülten ihren Kopf und auch schon die Hälfte des Körpers. Lady Sarah hörte nichts mehr, sie sah nichts mehr. Sie fühlte nur das Wasser und den Schlamm, in dem ihr Gesicht steckte …

Ich hatte Glück im Unglück. Als ich zum ersten Mal auftauchte, um Luft zu holen, stieß ich mit dem Kopf genau unter das auf dem Wasser treibende Brett.

Zuerst wollte ich einen Fluch ausstoßen, doch nach einer blitzschnellen Überlegung erkannte ich die Chance, die das Brett mir bot. Ich konnte es als Deckung benutzen. Wenn ich mich daran festklammerte und mich dahinter hielt, wurde ich von den Personen am Ufer sicherlich nicht so rasch bemerkt.

Der Gedanke war kaum in meinem Gehirn aufgeflammt, als ich ihn schon in die Tat umsetzte. Mit beiden Händen umfasste ich das hintere schmale Ende des Bretts und schwamm nur noch mit den Beinen, wobei ich mich am Holz festhielt.

Bevor ich etwas untertauchte, warf ich noch einen Blick über das Wasser. Glenda war nicht zu sehen. Hoffentlich hatte sie meinen Ratschlag befolgt und schwamm auf das gegenüberliegende Ufer zu.

Ich bewegte mich weiter. Zuerst hatte ich leichte Schwierigkeiten, dann ging es besser. Ich gewöhnte mich an das Brett, das ich so leicht vor mir her schob.

Hin und wieder brachte ich den Kopf über Wasser, um Luft zu holen. Dabei fiel mein Blick zum Ufer.

Es war dunkel, aber ich sah die Gestalten trotzdem. Die schmale Person zwischen den breitschultrigen Kerlen, das musste Sarah Goldwyn sein. Wie es aussah, wurde sie zum Ufer und damit ins Wasser gezerrt. Was die Henker vorhatten, war nicht schwer zu erraten. Sie wollten Sarah töten.

Die Horror-Oma war in der letzten Zeit nicht nur zu einer guten Freundin, sondern manchmal sogar zu einer Partnerin geworden. Ich musste ihr helfen.

Ich schaffte es tatsächlich, noch schneller zu schwimmen. Jetzt kam es auf jede Sekunde an.

Die Gestalten, die Sarah Goldwyn festhielten, kannten kein Erbarmen. Sie nahmen keine Rücksicht auf das Alter der Frau, sie wollten ihren Tod.

Meine Füße fanden bereits Grund. Ich watete im Schlamm, der hinauf bis zu den Schienbeinen reichte und durch meine Schritte weiter aufgewühlt wurde.

Wolkenförmig trieben die kleinen Teile an die Oberfläche, das Wasser wurde schmutziger. Ich duckte mich, weil ich bereits über das Brett schauen konnte.

Da genau drückten die verdammten Peiniger das Gesicht der Sarah Goldwyn ins flache Wasser.

Aus war es mit der Tarnung. Nun ging es um das nackte Leben der alten Lady.

Ich schleuderte das Brett zur Seite, warf mich vor, stolperte durch das Wasser, das hoch spritzte.

»Da!«, schrie die Hexe, denn nun hatte sie mich entdeckt.

Ich stürzte bereits auf den ersten Henker zu. Beide Fäuste wuchtete ich in seinen Nacken.

Der Hieb hätte einen Ochsen gefällt, aber vor mir stand kein Mensch, sondern ein dämonisches Wesen. Es wurde zwar zurückgeworfen, knickte auch ein, aber es kam wieder hoch.

Dem anderen trat ich gegen die Schulter.

Es vollführte einen Salto und klatschte in den Schlamm, erhob sich jedoch sofort wieder.

Ich nutzte die winzige Zeitspanne aus und kümmerte mich um Sarah Goldwyn. Sie hatte einfach nicht mehr die Kraft, sich herumzudrehen. Das tat ich, sodass sie atmen konnte und nicht mehr mit dem Gesicht im Wasser lag.

Ich hörte, wie sie Luft holte. Für mich ein Beweis, dass sie am Leben war.

Die Henker wollten mich von zwei Seiten angreifen, doch ein Befehl der Hexe hielt sie zurück.

»Nein, lasst ihn mir!« Sie stoppten.

Ich schaute die Hexe an. Das Gesicht musste mal reizvoll gewesen sein, doch nun hatte es sich durch einen Schlag auf die Nase verändert. Sie saß schief. Die Hexe trug ein langes Kleid mit dem Aufdruck eines Teufelskopfes.

Der Satan war ihr Herr.

Und sie hielt den so wichtigen Totenschädel in beiden Händen. Auch ein Blendwerk des Teufels, aber mit Schwarzer Magie prall gefüllt, die mich plötzlich wie ein Sturmwind traf.

Ich spürte die unheimlichen Kräfte, die an meinem Körper zerrten, merkte jedoch gleichzeitig, dass mein Kreuz reagierte und eine Gegenmagie aufbaute.

Ein Strahlenkranz bildete sich, breitete sich aus und stand vor mir wie eine flimmernde Wand.

»Fahr zur Hölle!«, schrie die Hexe.

Den Gefallen tat ich ihr nicht, mein Kreuz schützte mich. Und sie merkte es auch. Ihre Flüche waren wild und gemein. Sie sah ein, dass sie mir so nichts anhaben konnte, senkte den Totenschädel und schickte die Henker vor.

»Tötet ihn!«, giftete sie.

Die beiden waren darauf gedrillt zu morden. Es waren schreckliche Gestalten mit kahlen Köpfen, über die sich jeweils eine blutrote Narbe zog.

Einer hob einen Strick auf, der bereits zu einer Schlinge geknüpft war.

Der Zweite trat in den Boden und schleuderte mir Dreck ins Gesicht. Verdammt, damit hatte ich nicht gerechnet. So nahm ich die Ladung voll und war erst einmal blind.

Bevor ich mir den Dreck aus den Augen reiben konnte, trat er mir gegen die Beine, und ich fiel hin.

Ich hörte das wilde Schreien der Hexe, als mein Gesicht in den Schlamm klatschte.

Sofort warf ich mich herum.

Da hatte bereits einer der Henker mein linkes Bein gepackt und hielt es eisern fest.

Jetzt wurde es gefährlich.

Die beiden hüteten sich, in die unmittelbare Nähe des Kreuzes zu geraten, denn wenn sie es anfassten, waren sie verloren. Dafür gelangte der mit der Schlinge in meinen Rücken.

Und an meinen Hals!

Der verdammte Henker hatte es tatsächlich geschafft, sie blitzschnell über meinen Kopf zu streifen. Ich wollte noch das Kinn anziehen, schaffte es aber nur halb, denn da rutschte die Schlinge bereits über meine Haut und zog sich unter dem Kinn zu.

Jetzt hatten sie mich.

Der eine hielt mein Bein, der andere stand hinter mir und zog die Schlinge immer enger.

Mir wurde die Luft verdammt knapp. Ich riss den Mund auf, aber kein Atem drang mehr in meine Lungen. Schwindel erfasste mich, ich spürte den Ruck, und der verdammte Henker zog mich wieder ins Wasser, wobei er mich strangulieren wollte.

Ein Bein hatte ich noch frei. Und meine Hände. Mit dem linken Bein trat ich zu, traf auch, und gleichzeitig umschlossen meine Hände das Kreuz, um es über die Schulter zu schleudern. Das misslang.

Aber das Kreuz traf den Arm des Henkers.

Sein Aufbrüllen zeigte mir, welch einen Erfolg ich damit errungen hatte. Der Henker ließ den Strick los und wankte zurück. Seine Füße platschten durch das Wasser.

Ich wuchtete meinen Oberkörper vor, streifte gleichzeitig die Kette über den Kopf und schleuderte das Kreuz auf den zweiten Henker zu.

Ich konnte ihn gar nicht verfehlen. Er stand zu nahe vor mir.

Er schaffte es nicht mehr, dem Kreuz auszuweichen. Das silberne Kruzifix klatschte gegen seinen Oberkörper und entfaltete augenblicklich seine Kräfte.

Mir fiel ein, dass ich für einen Moment ungedeckt war und mich die magische Kraft des Totenkopfs voll treffen konnte, deshalb hechtete ich vor und riss das Kreuz wieder an mich.

Dabei berührte ich die Haut des Henkers. Sie fühlte sich schon lappig an und war bereits in Verwesung übergegangen.

Der Hexendiener lag am Boden und brüllte. Er alterte innerhalb von Sekunden, wurde zum Greis und dann zu einer Mumie. Wie auch sein Artgenosse.

Ihn sah ich, als ich mich umdrehte.

Er lag im Wasser. Auch dieser Schwarzblüter hatte die Berührung mit dem Kreuz nicht überstanden. Die anrollenden Wellen überspülten ihn, und es sah so aus, als würden sie die letzten Hautreste von der mumienhaften Gestalt lösen.

Blieb die Hexe!

Sie hatte es raffiniert angestellt, die Zeit ausgenutzt und sich zurückgezogen.

Ich sah sie laufen.

»Hinterher, mein Junge! Pack sie dir!« Diese Worte schrie Sarah Goldwyn.

Sie bot ein Bild, über das ich trotz des Ernstes der Lage lächeln musste. Mit Schlamm bedeckt hockte sie am Boden, hatte den rechten Arm erhoben und drohte hinter Larissa her.

»Ihr Wunsch ist mir Befehl, Lady Sarah!«, rief ich und nahm sofort die Verfolgung auf.

Sarah Goldwyn stand auf. Sie schwankte zwar etwas, doch das verging schnell. Als sie dann ihren Stock sah, fühlte sie sich wohler. Noch fehlte jemand.

Glenda Perkins.

Sarah Goldwyn blickte sich um. Auf ihrem Gesicht schien die Sonne aufzugehen, als sie Glenda aus dem Wasser klettern sah.

Erschöpft zwar, doch ansonsten okay.
Und das war die Hauptsache!

Ich hatte mir die Richtung gemerkt, in die sich Larissa absetzen wollte. Die Hexe lief auf die Ruine zu. Es konnte durchaus sein, dass sie mir entwischte, denn wenn sie die Kunst beherrschte, sich unsichtbar zu machen oder sich aufzulösen, sah es ziemlich alt aus.

Sie stand mit dem Satan im Bunde. Er gab ihr Schutz, er war ihr großer Helfer, und deshalb musste ich mich so beeilen, dass er nicht schneller war.

Leider war die Sicht nicht die beste, sodass ich die Hexe nicht entdecken konnte.

Aber ich hörte sie.

Larissas Füße schlugen auf den feuchten Boden und verursachten dort dumpfe Geräusche. Es war ein Takt, ein Gleichklang, der abrupt stoppte.

Die Hexe war verschwunden!

Ich blieb auch stehen. Etwa dreißig Schritte vor mir wuchs die Ruine in die Höhe. Ich hatte mich schon einmal dort herumgetrieben, kannte mich also ein wenig aus. Und irgendwo zwischen den abgebrannten Mauern hielt sich die Hexe versteckt und lauerte auf mich. Und sie hatte sicherlich noch weitere Tricks in der Hinterhand.

Ich beging nicht den Fehler und rannte wie ein Wilder auf das Gemäuer zu, sondern schritt wesentlich langsamer weiter, wobei ich versuchte, so wenig Geräusche wie möglich zu verursachen. Wahrscheinlich beobachtete sie mich bereits. Obwohl ich mit meinen Blicken die Vorderfront der Ruine absuchte, sah ich von Larissa jedoch keine Haarspitze.

Die Außenmauern waren noch am höchsten. Ich erkannte auch den Eingang, doch ich kletterte an der Stelle über die Mauer, wo sie am niedrigsten war.

Auf der Krone blieb ich stehen. Neben mir war die Mauer weggebrochen. Ein paar letzte Steine ragten im Zickzackmuster aus dem Verbund. Sie sahen aus wie eine kleine Treppe.

Ich sprang. Meine Füße verschwanden im hohen Gras, das hier wild wuchs, vermischt mit Unkraut.

Da traf mich der erste Angriff.

Wieder spürte ich den Anprall der schwarzen Magie. Allerdings streifte er mich diesmal nur, und das hatte auch seinen Grund, denn er war nicht für mich gedacht, sondern für das hinter mir befindliche Mauerfragment.

Ich vernahm das Knirschen, drehte mich um und rechnete damit, dass die Mauer zusammenbrechen würde.

Das geschah nicht.

Stattdessen schlug Feuer aus den Steinen. Ich sah zu, dass ich wegkam, und hetzte mit Riesenschritten voran, dann warf ich mich zu Boden.

Zum Glück, denn hinter mir explodierte die Mauer in einem wahren Inferno. Glühende Teile zischten durch die Luft und fielen als Regen nieder.

Meine Augen wurden groß vor Entsetzen. Die Steine waren so weit geflogen, dass sie mich unweigerlich treffen mussten, als sie auf mich herabfielen.

Doch das Kreuz schützte mich.

Von allein baute es die Gegenmagie auf. Das wiederum zeigte mir, dass hier die elementaren Gegensätze – Gut und Böse – aufeinandertrafen.

Es war nicht immer so. Ich hatte in der letzten Zeit Fälle erlebt, wo mir auch das Kreuz nicht helfen konnte, weil die Magie von einer ganz anderen Art war.

Bevor die glühenden Teile mich treffen konnten, verlöschten sie nicht nur, sondern lösten sich auf. Ein paar Rauchwolken, das war alles, was von ihnen übrig blieb.

Und die taten keinem weh.

Ich sprang wieder auf die Füße und suchte die Hexe. Wo hielt sie sich verborgen? Sie musste gesehen haben, dass sie mit ihrer Attacke nichts ausgerichtet hatte. Welchen Trick ließ sie sich nun einfallen?

Ich war auf alles gefasst, aber sie hielt sich zurück. Vielleicht musste sie sich erst noch von dem Schock erholen, den sie erlitten hatte.

Beim ersten Betreten hatte ich die Ruine gar nicht so genau gesehen. Nun stellte ich fest, dass sie doch größer war, als es im Moment den Anschein hatte. Zum See hin sah ich weitere Trümmer, und es standen auch noch Teile der Decke.

Darunter herzugehen traute ich mich nicht. Sie sahen mir sowieso schon wacklig genug aus. Wenn die Hexe bemerkte, dass ich mich unter ihnen befand, würde sie mit ihrer Kraft die Dinger zum Einsturz bringen.

Sie schickte eine andere Gefahr.

Und zwar sich selbst.

Plötzlich erschien sie zwischen zwei Mauerresten, stand sekundenlang unbeweglich, und dann lösten sich ihre Haare vom Kopf. Diese herrliche schwarze Mähne, auf die so manche Frau stolz gewesen wäre, wischte auf mich zu.

Aber nicht als Haare, sondern als schwarze, tückische und gefährliche Schlangen.

Ich dachte an die Medusa, gegen die ich einmal gekämpft hatte. Auch auf ihrem Kopf wuchsen Schlangen, nur hatten die mich nicht angegriffen.

Hier jedoch war das der Fall.

Rasch nahm ich mein Kreuz in die Hand und auch die Beretta. Ich wollte es noch einmal versuchen, drückte ab und sah die Mündungsflamme fahl aufleuchten. Diesmal funktionierte die Beretta.

Im nächsten Augenblick hieb die erste Kugel in den fliegenden Schlangenpulk.

Sofort setzte ich das zweite Geschoss hinterher. Beide Kugeln rissen ein Loch.

Es zischte, ein halbes Dutzend Schlangen fingen Feuer und verbrannten in einem wahren Sprühregen.

Ich opferte noch zwei Kugeln.

Abermals wurden die Schlangen getroffen und vergingen. Einige jedoch erreichten mich. Vier klatschten gegen meine Brust, kamen mit dem Kreuz in Berührung und vergingen.

Und eine schaffte es, sich um meinen Hals zu legen. Sofort zog sie ihren Körper zusammen. Mir wurde die Luft knapp, die Haut begann zu brennen, und ich hörte das Lachen der Hexe.

»Jetzt bist du an der Reihe, Sinclair!«

Ich ging in die Knie. Es bereitete mir Mühe, den linken Arm anzuheben, das Kreuz war auf einmal viel zu schwer. Wie durch einen Schleier sah ich die Hexe auf mich zukommen. Sie wollte ein Ende bereiten, und ich brachte endlich meinen Arm so hoch, dass das Kreuz die Schlange berührte.

Dicht vor meinem Gesicht sprühte es auf, blendete mich, ich kriegte wieder Luft – und sah die glatzköpfige Hexe mit dem vor Wut erstarrten Gesicht dicht vor mir.

Aber noch etwas erkannte ich.

Hinter ihr glühte es dunkelrot auf. Ein gewaltiges, feuerrotes Gesicht schwebte am dunklen Himmel. Die Fratze war dreieckig geschnitten, aus der Stirn wuchsen Hörner, das breite Maul war zu einem Grinsen verzogen, sodass ich die stiftförmigen Hauer erkannte, die das Gebiss bildeten.

Das war Asmodis!

Er kam seiner Dienerin zu Hilfe. Wenn ich jetzt zögerte, war ich verloren. Gegen zwei kam ich nicht an, vor allen Dingen nicht gegen den Teufel, den ich für den höchsten der Dämonen hielt. Wenigstens war es damals so …

Frontal griff ich Larissa an.

Ich wuchtete auf sie zu, packte sie und schleuderte sie zu Boden, wobei ich gleich mit hinfiel. Sie schrie und kreischte. Ineinander verkeilt rollten wir über den Boden. Zwangsläufig berührte sie das Kreuz.

Ihr Schreien wurde noch lauter. Es hallte von den Wandresten wider, und ich merkte, wie Larissa, die Hexe vom Hyde Park, unter meinen Fingern erschlaffte.

Es war ein schauriges Bild, das ich dicht vor meinen Augen sah. Die glatzköpfige Hexe schrumpfte zusammen. Das begann oben am Kopf, setzte sich rasch weiter fort, und aus dem blanken Schädel wurde die Fratze eines Skeletts, wobei mir der widerliche Verwesungsgeruch in die Nasenlöcher stieg.

Ich drückte sie von mir weg.

Sie war leicht, und als ich in der Hocke blieb, sah ich den Totenschädel, den ihre Hände noch immer umklammerten. Ich riss ihn ihr aus den Fingern, schaute nach oben in die

Fratze des Teufels, steckte das Kreuz in ein leeres Auge des Schädels und schleuderte ihn Asmodis entgegen.

»Da, nimm ihn, Satan!«, brüllte ich.

Plötzlich zerplatzte der Schädel in zahlreiche Teile, und ich vernahm ein ungeheures Wutgebrüll. Schlagartig verschwand die Teufelsfratze vom Himmel, und ein letzter Blick war mir auf die tote Hexe gestattet, bevor sich die Umgebung veränderte.

Bilder verschoben sich, die Ruine trat zurück, Bäume entstanden, ich fühlte einen Schwindel, schloss unwillkürlich die Augen, und als ich sie wieder öffnete, war alles vorbei.

Ich stand im Hyde Park. Vor mir lag das Kreuz im Gras und glänzte hell.

Von hinten berührte mich etwas an der Schulter.

Ich drehte mich um und erschrak.

Es waren die Füße des Gehängten, die mich angestoßen hatten. Für mich ein makabres Zeichen, dass dieser Fall kein Traum gewesen war, sondern Wirklichkeit.

Leider …

Wir trafen uns am Ufer.

Lady Sarah Goldwyn, Glenda und ich. Alle drei waren wir nass, aber kerngesund.

Auch Glenda hatte sich wieder erholt.

Die Horror-Oma schimpfte. Ins Wasser geworfen hatte sie noch niemand. Sie hätte der Hexe am liebsten das Geld für die Reinigung des Kleides in Rechnung gestellt.

Glenda fror.

»Wärmen Sie das Kind doch endlich!«, fuhr Lady Sarah mich an. »Seien Sie einmal Kavalier.«

Ich tat es und legte meinen Arm um Glendas Schultern. Sie presste ihr Gesicht an meine Wange.

Keiner von uns hatte ein schlechtes Gewissen dabei. Denn es wäre ja mehr als unhöflich gewesen, einer Dame wie Lady Sarah Goldwyn einen Wunsch abzuschlagen …

ENDE

IM JENSEITS VERURTEILT

Das Schwert mit der goldenen Klinge fuhr schräg von oben nach unten. Ein pfeifendes Geräusch entstand, als es durch die Luft schnitt. Der Schatten versuchte zwar noch auszuweichen, doch die Klinge war schneller.

In einem Lichtreflex sah man das Funkeln ihrer Schneide, dann traf sie mit tödlicher Sicherheit ins Ziel. Der Schatten wurde buchstäblich an die Wand genagelt. Ein Schrei ertönte. Ein Schrei aus der Schwärze, der in einem Röcheln endete.

Sofort wirbelte die Frau herum. Sie wusste, dass noch ein Zweiter in der Nähe lauerte, und sie sah sich nicht getäuscht. Dieser Schatten befand sich dicht an der Tür, und er wurde von einer kleinen Person mit grüner Haut in Schach gehalten.

Von Myxin, dem Magier!

Er stand vor dem Gebilde, hatte die Arme ausgestreckt und seine Finger gespreizt. Aus den Kuppen stießen zehn blasse Strahlen, die an der Wand die bizarre Form des Schattens genau nachzeichneten und der dadurch heller wirkte, als er in Wirklichkeit war.

Der Schatten kam nicht weg. Myxins magische Kraft hatte ihn gebannt. Die Frau mit dem Schwert trat näher. Wieder blinkte das Restlicht auf der Klinge und ließ erkennen, wie wertvoll diese Waffe war. Leicht gebogen präsentierte sich das edle Metall, dessen Alter fast unschätzbar war, denn schon in vorchristlicher Zeit hatte dieses Schwert existiert. Die Frau mit den langen schwarzen Haaren, dem schmalen Gesicht und den großen Augen war nur der Erbe des Schwerts. Ihr Vater hatte es ihr vermacht.

Sie hieß Kara, war die Schöne aus dem Totenreich und immer auf der Suche nach dem Trank des Vergessens, den sie irgendwann zu finden hoffte, wobei ihr Myxin, der kleine Magier, half, mit dem sie vor 10000 Jahren verfeindet gewesen war.

»Du hast ihn sicher, nicht?« Es war mehr eine Feststellung als eine Frage, und Myxin bewegte den Kopf.

»Soll ich ihn lassen?«

»Nein«, erwiderte Kara und trat noch näher, damit die

Spitze des goldenen Schwerts den Schatten berühren konnte, wenn sie den Arm ausstreckte.

Der Schatten war ein Wesen aus dem Reich des Spuks. Es kam nicht oft vor, dass der Spuk einen seiner Diener entließ. Wenn dies eintrat, musste es einen besonderen Grund haben.

Den wollten Kara und Myxin erfahren!

Der Schatten oder vielmehr beide waren in ihre magische Falle gelaufen. Es gab auf der Welt gewisse Punkte, wo sich die Dimensionen überlappten. Und an solchen Punkten hatten Kara und Myxin ihre Fallen aufgestellt. Manche Dämonen umgingen sie, doch die Schatten waren unvorsichtig gewesen und voll hineingetappt.

Einer existierte nicht mehr. Kara hatte ihn bewusst vor den Augen des anderen getötet, damit dieser merkte, was ihm bevorstand, wenn er sich weigerte zu reden.

Und er würde reden, dessen waren sich Kara und Myxin sicher. Denn Dämonen sind im Grunde ihres höllischen Daseins feige und hinterlistig. Wenn Stärkere kamen, zogen sie sich meist zurück, wimmerten um Gnade und taten alles, was man von ihnen wollte.

Schatten können nicht sprechen, und Schatten konnte man auch nicht töten. Im Normalfall nicht, doch wer eine Waffe wie Kara besaß, der schaffte auch dies.

Ein penetranter Schwefelgeruch durchzog das schmale Verlies. Er stammte von dem erledigten Schatten, der sich aufgelöst hatte und nicht mehr dazu gekommen war, seine Zweitgestalt anzunehmen, die eines echsenköpfigen Wesens.

Nur wenn die Schatten Gestalt angenommen hatten, dann konnte man auch mit ihnen reden.

Das wusste Kara. Deshalb wollte sie ihren Gegner zwingen, sich zu verwandeln.

»Du siehst mein Schwert«, sagte sie. »Du kannst es dir genau anschauen. Es riecht noch nach dem Tod deines Artgenossen. Und dir wird es ebenso ergehen, falls du nicht genau das tust, was ich von dir verlange, Dämon!«

Reden konnte der Schatten nicht, aber er vibrierte innerlich stärker. Ein Zeichen, dass er verstanden hatte.

Kara drehte den Kopf und nickte Myxin zu.

Der verstand. Seine Hände ballten sich zur Faust, und im selben Augenblick waren auch die Strahlen verschwunden. Natürlich trauten weder Kara noch Myxin dem Schatten. Damit er nicht in seine Dimension fliehen konnte, drehte die Schöne aus dem Totenreich die Klinge gedankenschnell herum, sodass die flache Seite den Schatten berührte und ihn weiterhin bannte.

Kara zog die Klinge von oben nach unten. Dabei murmelte sie eine uralte Beschwörung, die ihr Vater sie gelehrt hatte. Sie hoffte, dass sie damit etwas erreichte, und hatte tatsächlich Erfolg.

Der Schatten veränderte seine Gestalt.

Zuerst plusterte er sich auf, nahm einen grünlichen Schimmer an, dann zog er sich zusammen und wurde wenig später in die Länge gezogen, als würden unsichtbare Hände an ihm reißen und ihm seine Form geben, die Kara wollte.

Neue Dimensionen entstanden.

Drei insgesamt.

Länge, Breite und Höhe.

Ja, der Schatten wurde dreidimensional, und er nahm die Gestalt eines echsenköpfigen Monsters an. Allerdings war der Schädel nicht so flach, er sah mehr nach einer Kreuzung zwischen Feuersalamander und dem Kopf eines Sauriers aus.

Kara trat einen Schritt zurück. Sie und Myxin mussten die Köpfe in den Nacken legen, denn das echsenköpfige, grünlich schimmernde, schuppige Wesen überragte sie beide.

Es hatte lange Beine und gleichfalls lange Arme. Mit Fingern, die in Krallen endeten. In seinem Maul steckten scharfe Zähne, und normalerweise, im Reiche des Spuks, waren diese Wesen mit langen Lanzen bewaffnet.

Jetzt aber nicht. Er hatte sich auf die Erde gewagt und war in die Falle gelaufen.

Myxin hatte sich zur Seite bewegt und eine kleine Lampe angezündet. In ihrem Licht wurde ein etwas groteskes Bild sichtbar. Da war einmal das große Ungeheuer mit dem Echsenkopf, und davor standen Kara und Myxin, zwei wesentlich kleinere Personen, vor denen sich der andere jedoch fürchtete, denn in seinen schmalen Augen funkelte es. Die Blicke waren auf das Schwert gerichtet.

Der Dämon hatte Angst vor der Waffe. Dies zu recht, denn Kara sagte es ihm auch noch einmal: »Du wirst Ärger bekommen, wenn du uns nicht verrätst, was dich in diese Welt getrieben hat. Wer hat dich geschickt?«

»Der Spuk.«

Die Worte waren zu verstehen, denn Dämonen, die in die normale Welt gelangten, redeten automatisch auch die Sprache der Menschen. Das musste so sein.

»Und was will der Spuk?«

»Ich weiß es nicht.«

Kara verzog die vollen Lippen. Sie fasste diese Antwort als eine Lüge auf und reagierte entsprechend. Wieder schwang sie die Waffe herum, sodass die Spitze des Schwerts auf den Hals des echsenköpfigen Ungeheuers zeigte. »Noch eine falsche Antwort, und ich werde dich vernichten. Verlass dich drauf.«

Der Dämon wand sich. »Ich weiß es einfach nicht. Es geht um eine große Sache.«

»Um welche?«

»Der – der Spuk und Asmodina haben sich verbündet. Sie – sie wollen endlich herausfinden, wo sich Dr. Tod und seine Mordliga aufhalten. Es muss was geschehen …«

»Und warum kommt der Spuk nicht selbst?«

»Keine Ahnung.«

»Wo wolltet ihr den Hebel ansetzen? Wen solltet ihr fragen? Und warum das alles?«

»Man hat uns nicht eingeweiht.«

»Lüg nicht. Was braut sich in eurem Reich zusammen? Was wollen der Spuk und Asmodina? Wie sieht es mit der Mordliga aus? Ist sie euch zu mächtig geworden?«

»Ich kann nichts sagen!«

Kara war fast geneigt, dem Echsenwesen zu glauben, denn normalerweise weihten die oberen Dämonen ihre Diener nicht in die großen Pläne ein. Sie bekamen nur immer Bruchstücke zu hören, die wie ein Puzzle zusammengesetzt werden mussten, um ein Ganzes zu werden. Und dieser Dämon musste einfach wissen, wo er den Hebel ansetzen sollte. Denn ohne einen fest umrissenen Auftrag schickte man ihn nie auf die normale Welt.

»Wen solltest du fragen? Und über was?«

»Costello!«

»Aha, jetzt kommen wir der Sache schon näher.« Kara wusste natürlich, dass der große Londoner Unterweltboss Logan Costello in Wirklichkeit für Solo Morasso, alias Dr. Tod arbeitete. Vielleicht sollte er gezwungen werden, seine Verbindungen zu Dr. Tod bekannt zu geben, denn Costello musste wissen, wie man Solo Morasso erreichte.

»Und was genau solltest du diesem Logan Costello bestellen?«, fragte Kara.

»Ich – ich sollte ihn warnen …«

»Gut. Und wovor?«

»Er – er soll sich – seine Männer müssen die …« Der ehemalige Schatten sprach nicht mehr weiter, dafür riss er sein Maul auf und brüllte so laut, dass Kara und Myxin erschreckt zurückwichen.

Da sahen sie, was geschehen war.

Hinter ihm war die Wand zu einer glühenden Hölle geworden. Sie schimmerte dunkelrot, und aus ihr stießen zwei lange, tentakelartige Arme hervor, die die Echse umklammerten. Sie drückten so hart zu, dass die grüne Haut brach und der Körper in der Mitte geteilt wurde.

Myxin und Kara wollten dem Wesen noch zu Hilfe eilen, es war bereits zu spät.

Die Strahlen des kleinen Magiers umschwirrten schon einen Toten, und als Kara mit ihrem Schwert gegen den linken Tentakelarm schlagen wollte, war dieser bereits wieder verschwunden. Blitzschnell hatte er sich zurückgezogen, die Klinge klirrte gegen die Wand.

Diese Wand war auch eine Verbindung in eine andere Welt, in eine fremde Dimension.

Leer lag sie vor Myxin und Kara.

Nein, doch nicht.

Ein Schatten war darin zu sehen. Er steckte tief im Gestein, und sie hörten auch eine Stimme. »Ihr funkt mir nicht dazwischen. Wer unsere Pläne stört, ist verloren ...«

Sie hatten die Stimme erkannt. Sie gehörte einem der mächtigsten Herrscher im Dämonenreich, dem Herrn über die toten Seelen – genauer gesagt, dem Spuk!

Die Worte waren kaum verklungen, als sich der Schatten auch schon zurückzog. Er hinterließ eine völlig normale Wand, auf der nichts an das geheimnisvolle Tor zu einer Jenseitswelt erinnerte.

Sekundenlang stand das Schweigen zwischen Myxin und Kara wie eine Mauer. Schließlich meinte der kleine Magier: »Sie haben etwas Großes vor, das wissen wir inzwischen.«

»Ja, aber was?« Kara hatte den Blick gesenkt. Sie schritt auf und ab. Das Schwert hielt sie noch immer fest.

»Es muss mit Costello zusammenhängen.«

Die Schöne aus dem Totenreich blieb stehen. »Nicht nur das, mein Lieber. Diese Sache zieht Kreise, weite Kreise. Sie ist bestimmt von langer Hand vorbereitet. Der Spuk und Asmodina stecken dahinter. Sie wollen zum großen Schlag ausholen. Gegen Costello und damit auch gegen Dr. Tod!«

»Warum haben sie dann nur die Diener geschickt?«, fragte Myxin.

»Stimmt auch wieder.« Kara ballte die linke Hand. »Das Spiel ist sehr verworren.«

»Dann entwirren wir es.«

»Aber wie?«

»Zuerst einmal müssten wir John Sinclair Bescheid geben. Ich kann mir nicht vorstellen, dass er in diesen großen Plänen keine Rolle spielt. Vielleicht suchten die anderen nach einer besonderen Art und Weise, ihn zu töten.«

Kara schaute den kleinen Magier an. »Ja, das kann durchaus möglich sein.«

Beide ahnten nicht, wie sehr sie sich irrten. Denn diesmal hatten sich die Mächte der Finsternis etwas völlig anderes ausgedacht, und es war in seiner Raffinesse undurchschaubar …

In der Londoner Unterwelt nannten sie ihn Bonzo. Das war auch der richtige Name für den kleiderschrankbreiten Typ mit den fettigen schwarzen Haaren. Bonzo hatte nicht mehr Gefühl als eine ausrangierte Dampflok, und als er vor zwei Jahren versuchte, ins Zuhältergeschäft einzusteigen, wurde er von seinen eigenen Kollegen so fertiggemacht, dass er nie mehr einen Gedanken an den Job verschwendete. Die Mädchen, die für ihn liefen, waren ihr Leben lang gezeichnet.

Mit diesen einfachen Worten war Bonzo zu charakterisieren. Dass er trotzdem der Unterwelt von London treu blieb, lag nicht zuletzt an Logan Costello. Der Mafioso stellte Bonzo in seine Dienste. Dieser Killer und Totschläger war für Jobs gut, für die sich andere zu schade waren. Zumeist arbeitete er für einen Kredithai und trieb Geld bei zahlungsunwilligen oder armen Ausländern ein. Schon oft hatte es Tote gegeben, aber um Einwanderer kümmerte sich niemand hier in London. Sie fanden immer einen Platz in der Themse.

Bonzo einen Mann zur Seite zu stellen hatte keinen Sinn. Das wäre nicht einen Tag gut gegangen, Bonzo hätte den anderen sicherlich erschlagen.

Und nun hatte er einen neuen Job. Sogar einen ziemlich attraktiven. Er sollte jemanden beobachten, dann festnehmen und mit dieser Person zu einem bestimmten Platz fahren. Was er dort mit ihr anstellte, war egal. Da es sich um eine Frau handelte, lief bei Bonzo so etwas immer auf eine Vergewaltigung hinaus.

Er hatte sein Opfer bereits im Auge. Nur gut, dass es sich zu Fuß durch die Straßen bewegte, eine Verfolgung mit dem Wagen wäre im dichten Verkehr der Vorweihnachtszeit ziemlich schwer gewesen.

Passanten, die Bonzo entgegenkamen und ihn anschauten, traten zur Seite. Mit dem wollte niemand Ärger bekommen. Der sah nicht nur brutal aus, der war es auch.

Die schwarzen, fettigen Haare hatte er in der Mitte gescheitelt. Sie fielen rechts und links bis auf die Ohren. Die hohe Stirn allerdings wollte nicht so recht zu seiner kleinen Nase passen, bei der besonders die großen Nasenlöcher auffielen. Darunter lag der Mund mit den dicken Lippen, und das harte Kinn sprang vor wie ein kleiner Felsbrocken.

Es kam ja selten vor, dass Bonzo schlechte Laune hatte, aber bei diesem Wetter näherte sich seine Laune bereits dem absoluten Tiefpunkt. Da konnte das Opfer noch so hübsch sein, das er verfolgte und nicht aus den Augen ließ. Im Sommer machte der Job wesentlich mehr Spaß. Da schlug einem kein feuchter Schneeregen ins Gesicht, wenn man durch die Straßen von Soho ging.

In Soho befand er sich. In einer Straße, die ziemlich eng und zudem überfüllt war. Alle Welt schien auf den Beinen zu sein, um Weihnachtsgeschenke zu kaufen. Auch sein Opfer, denn es trug bereits zwei Einkaufstüten mit weihnachtlichem Aufdruck mit sich.

Die kleinen Geschäfte in dieser Straße hatten die Schaufenster vorweihnachtlich dekoriert, und nicht nur die Glocken der Ladentüren klingelten, sondern auch die Kassen der Besitzer. Die Käufer schienen doch mehr Geld zu haben, als es die offizielle Statistik behauptete.

Wieder blieb sein Opfer stehen. Bonzo drückte sich an die Hauswand. Das Geschäft, vor dem sein Opfer stand, kannte Bonzo ganz gut. Hier hatte er mal abkassiert, und der Sohn des Besitzers verdankte ihm einen gebrochenen Arm.

Würde die Frau das Geschäft betreten?

Sie zögerte noch. Dann gab sie sich einen Ruck, ging zwei Schritte vor und stieß die Ladentür auf.

Über Bonzos Lippen huschte ein gemeines, teuflisches Grinsen. Leichter hätte es ihm sein Opfer wirklich nicht machen können. Jetzt saß es in der Falle.

Gemächlich setzte sich der Killer in Bewegung …

Es war einfach nicht zu schaffen, nach Feierabend loszuziehen und Weihnachtsgeschenke einzukaufen. Wer in Ruhe aussuchen wollte, musste sich als berufstätige Frau Urlaub nehmen.

Das hatte Glenda Perkins getan. Sie arbeitete bei Scotland Yard als Sekretärin des Geisterjägers John Sinclair und seit kurzer Zeit auch für den Chinesen Suko, der ebenfalls beim Yard angestellt war. Und zwar im Range eines Inspektors.

Glenda wollte für ihre Mutter ein passendes Geschenk suchen. Der Vater lebte nicht mehr, und Glenda wusste, dass die Mutter altes Zinn sammelte.

In London gab es genug Trödlerläden. Im Winter, wenn die Flohmärkte kaum belegt waren, dann fand man die entsprechenden Händler in Soho, wo sie ihre kleinen Geschäfte hatten, manchmal nicht größer als eine Wohnstube.

Nicht jeder Laden hatte auch ein Schaufenster. Oft genug wiesen Schilder an den Hauswänden darauf hin, wer alles in dem entsprechenden Gebäude verkaufte.

Selbst Soho war weihnachtlich eingestimmt. Wenigstens dort, wo sich die Läden befanden. Jeder Besitzer grüßte seine Käufer mit einem »Merry Christmas« und wünschte ihm nur das Beste. Vor allem aber sich selbst und seiner Kasse, aber das sprach er nicht aus.

Es herrschte ein unwahrscheinlicher Betrieb. Nicht nur Einheimische wälzten durch die schmalen Straßen, auch Touristen, die zum vorweihnachtlichen Shopping nach London gekommen waren.

Trotz des Menschengewühls war Glenda Perkins schon zweimal der gleiche Typ aufgefallen.

Ein Kerl, den sie nicht mochte.

Mit schwarzen, fettigen Haaren und einem Gesicht, das unsympathisch wirkte. So stellte man sich die Schläger und Killer der Londoner Unterwelt vor.

Glenda arbeitete nicht umsonst bei der Polizei. Als sie den Kerl ein drittes Mal sah und auch bemerkte, dass er sie anstarrte, da beschloss sie, von nun an auf der Hut zu sein.

Sie achtete jetzt bewusst auf eine Verfolgung.

Glenda hatte Pech oder Glück, das kam auf die Auslegung an. Von dem Mann war nichts zu sehen. Er hatte sich entweder abgesetzt oder verfolgte Glenda so raffiniert weiter, dass sie nichts davon bemerkte. Möglich war alles.

Eine halbe Stunde später hatte sie ihn wieder vergessen, denn bei diesem Trubel war es so gut wie unmöglich, sich zu konzentrieren. Zudem wollte sie noch Geschenke aussuchen. An mehreren Läden, die Zinngeschirr anboten, war sie bereits vorbeigekommen. Es war nie das Richtige.

In einer Seitenstraße, wo über die Fahrbahn ein paar Girlanden hingen und bunte Glühbirnen in Glockenform einen zuckenden Tanz aufführten, entdeckte sie dann in einem Geschäft, was sie suchte. Auf einem alten Holzstuhl stand eine wunderschöne Zinnkanne.

Glenda presste die Nase an die leicht beschlagene Schaufensterscheibe, aber trotz intensiver Suche konnte sie kein Preisschild entdecken.

Wahrscheinlich war die Kanne ziemlich teuer, sodass sich der Verkäufer geschämt hatte, sie auszuzeichnen.

Glenda gefiel die Kanne so gut, dass sie trotzdem nachfragen wollte. Vielleicht ließ der Mann auch mit sich handeln. Das wäre nicht unüblich in solchen Geschäften gewesen.

Sie ging die zwei Stufen zur Tür hoch, stieß sie auf und hörte eine Glocke bimmeln. Soeben verließ ein Kunde den Laden. Der Mann nickte Glenda zu und verschwand.

Der Verkäufer, ein Mann um die Sechzig, lächelte, als sich Glenda ein wenig umschaute und dabei unschlüssig stehen blieb.

»Sehr nette und ausgefallene Dinge habe ich hier, junge Frau. Sehen Sie sich ruhig ein wenig um.«

»Danke.«

Glendas Blick schweifte in die Runde. Hier wurde nicht nur Zinn verkauft, sondern auch anderes Geschirr, sei es aus Ton oder Metall.

Alles sah ziemlich alt aus, doch Glenda fragte sich, ob es auch wirklich alt war oder nur nachgemacht.

»Die Kanne dort«, sagte Glenda.

»Ein wunderschönes Stück, wirklich.« Der Verkäufer geriet ins Schwärmen. »Wenn nicht sogar mein Lieblingsstück.« Seine Augen glänzten. Hätte nur noch gefehlt, dass er in Tränen ausgebrochen wäre, aber er sagte nur den Preis. »Vierzig Pfund, meine Dame. Nicht ganz billig, aber sie ist es wert.«

Glenda zuckte zusammen. »Wie viel?«

»Vierzig Pfund.«

»Finden Sie das nicht unverschämt?«

»Ich bitte Sie.« Der Mann hob die Schultern. »Es ist ein wirklich altes Stück, zudem noch sehr gut erhalten, und ich selbst hänge daran, weil ich es …«

Glenda winkte ab. »Hören Sie auf. Diese und ähnliche Sprüche kenne ich. Die erzählt mir jeder Trödler.«

»Um Himmels willen, ich bin kein Trödler. Ich arbeite hier als Antiquitätenhändler.«

»Wie auch immer, Mister. Vierzig Pfund sind mir zu viel. Das müssen Sie verstehen.«

»Ja, das verstehe ich. Man könnte über den Preis ja noch einmal reden.«

Innerlich lächelte Glenda. Genau das hatte sie erreichen wollen. »Dann machen Sie ein Angebot.«

»Siebenunddreißig.«

Glenda lachte. »Das ist für mich kein Angebot, sondern einfach zum Lachen.«

Der Antiquitätenhändler schaute Glenda an. Was er sah, schien ihm zu gefallen, und nicht nur ihm, denn Glenda war wirklich eine Augenweide. Sie hatte dunkles, volles Haar, ein hübsches Gesicht und große Augen. Viele verglichen sie mit der jungen Liz Taylor, was gar nicht so weit hergeholt war. Auch der blaue Mantel konnte nicht verbergen, dass sie eine gute Figur hatte.

»Was würden Sie denn zahlen?«, fragte der Mann.

»Dreißig.«

»Was?«

»Ja, dreißig Pfund.«

»Um Himmels willen, wollen Sie mich an den Rand des Ruins bringen, Miss?«

»Nein, da machen Sie noch immer ein gutes Geschäft, glauben Sie mir.«

Der Verkäufer schüttelte den Kopf und schaute dabei auf die Schrift, die allen Käufern ein Frohes Fest wünschte. »Nein, das kann ich nicht. Ich würde sie unter meinem Einkaufspreis abgeben. Und das ist kein Geschäftsgebaren.«

»Dann tut es mir leid«, lächelte Glenda. Sie blieb gleich bleibend freundlich, aber hart in der Sache.

»Was soll ich dazu sagen?«

Er brauchte nicht weiterzusprechen, denn die Tür wurde ziemlich hart aufgestoßen. Am Glockenklang zu erkennen, denn er hörte sich ziemlich hektisch an.

Glenda wandte den Kopf.

Ein Mann hatte den Laden betreten.

Genau der Kerl, den sie schon zweimal gesehen hatte und vor dem sie sich fürchtete.

»Mein Gott.« Glenda hörte genau die Worte des Besitzers und sah, wie er blass wurde.

Wie fortgewischt war die weihnachtliche Stimmung. Dafür hatte die Angst ihren Einzug gehalten.

Der Kerl blieb dicht hinter der Tür stehen und grinste breit. Seine rechte Hand steckte in der Jackentasche. Sie wurde dadurch ziemlich kantig ausgebeult, und Glenda konnte sich gut vorstellen, was der Typ dort umklammerte.

»Was wollen Sie denn noch?«, rief der Besitzer. »Ich habe doch meine Schulden bezahlt. Bitte, verschwinden Sie. Reicht es Ihnen denn nicht, dass Sie meinen Sohn ...«

»Halts Maul, Alter. Von dir will ich nichts, sondern von der Kleinen hier.«

Glenda hatte das Gefühl, als wäre ein Eissplitter in ihr Herz gefahren. Sie schluckte und wurde blass. Schlagartig strömte das Blut aus ihrem Gesicht. Im ersten Moment war sie unfähig, etwas zu sagen. Sie hatte sich schon des Öfteren in gefährlichen Situationen befunden, aber diesmal fürchtete sie sich besonders. Sie wusste selbst nicht, wieso. Dieser Mann war kein Dämon oder ein Abgesandter der Hölle, aber er strömte eine Aura von Gewalt aus.

»Du kommst mit«, sagte er zu Glenda.

»Sind Sie wahnsinnig?« Glendas Stimme zitterte, als sie diese Worte hervorpresste.

»Nein«, sagte der Mann und zog seine Hand aus der Tasche. Jetzt richtete er die Mündung einer Waffe auf Glenda Perkins. Nun wusste Glenda genau, dass dies kein Spaß war.

Auch der Besitzer begann zu zittern. Er bewegte seinen Mund, doch nicht ein Wort drang über seine Lippen. Er war ebenso bleich im Gesicht wie Glenda.

Der Eindringling bewegte sich einen Schritt zu Seite, sodass er neben einem Regal stand. Dort lagen alte Kissen in den einzelnen Fächern. Eins davon schnappte er sich und presste es blitzschnell vor die Mündung, um den Abschussknall der Waffe zu dämpfen.

Glenda kannte die Spielregeln. Sie wusste genau, was dieser Kerl vorhatte.

»Nein!«, schrie sie.

Da drückte der Mann ab.

Das Kissen dämpfte den Abschussknall des Revolvers tatsächlich. Aber es hinderte die Kugel nicht daran, ihr Ziel zu finden. Der Antiquitätenhändler warf beide Arme hoch, und auf seiner Brust breitete sich plötzlich ein roter Fleck aus. Er torkelte bis gegen den Verkaufstresen, und da gaben seine Beine nach.

Schwer fiel er zu Boden. Auf der Seite blieb er liegen und rührte sich nicht mehr.

Das brutale Verbrechen hatte Glenda Perkins geschockt. Vor ihren Augen war es geschehen, und sie hatte den Mord nicht verhindern können, zudem der Mann seinen rechten Arm schwenkte, sodass die Mündung des Revolvers nun auf Glenda Perkins wies.

»Du siehst, dass ich nicht spaße, Süße. Also sei vernünftig.«

Glenda schluckte. Die Angst hatte sich in ihrem Körper regelrecht festgefressen. Es dauerte eine Weile, bis sie fähig war, eine Frage zu formulieren. »Was wollen Sie von mir?«

»Du kommst mit.«

»Und wohin?«

»Wirst du schon sehen.« Der Mann ließ die Waffe wieder in seiner rechten Jackentasche verschwinden, aber die Mündung zeigte weiter auf Glenda.

»Geh raus!«

Mit zitternden Knien verließ Glenda den Laden, in dem ein Toter zurück blieb. Allein das bewies der jungen Frau, wie gnadenlos und kalt dieser Eindringling war. Er wusste genau, was er zu tun hatte. Eiskalt ging er vor. Er hinterließ keine Zeugen. Für Glenda ein Beweis, dass er auch sie nicht am Leben lassen würde, wenn er das bekommen hatte, was er wollte.

Sie traten auf die Straße. Draußen fielen erste Schneeflocken, die nach wenigen Sekunden so stark zunahmen, dass die Straße aussah, als wäre sie in einen weißen, tanzenden Vorhang getaucht. Genau das richtige Wetter für Bonzo und seinen Plan, denn bei diesem Schneefall achtete niemand auf den anderen.

Er hielt sich dicht bei Glenda. Einen halben Schritt ging er hinter ihr, wobei er allerdings so auf Tuchfühlung blieb, dass Glenda immer den Druck der Waffenmündung spüren konnte.

Sie schritten gemeinsam über den Gehsteig und auf die nächste kreuzende Straße zu, wo das Vergnügungsviertel begann.

Kurz vor der Einmündung erreichten sie ein Haus, dessen Fassade jemand gelb gestrichen hatte. Vier Stockwerke hatte der Bau, und rechts neben dem Eingang führte ein schmaler Weg zu einem Hinterhof und zur Rückseite des Gebäudes. Allerdings war der Weg durch eine Holztür versperrt. Bonzo dirigierte Glenda so, dass sie vor der Tür stehen blieb. Er selbst blies ihr seinen warmen Atem in den Nacken. Mit der linken Hand holte er einen Schlüssel hervor und drückte ihn Glenda zwischen die Finger. »Los, aufschließen!«

»Und dann?«

»Mach schon, verdammt! Du bist hier nicht in der Lage, Fragen zu stellen!«

Glenda nickte. Dieser Kerl hatte recht. Sie befand sich wirklich nicht in der Situation, Fragen zu stellen. Sie musste froh sein, wenn sie mit dem Leben davonkam. Der Schlüsselbart fuhr über das Holz, bevor er seinen Weg ins Schloss fand.

Die Passanten kümmerten sich nicht um die beiden. Sie hasteten vorbei. Jeder war mit sich selbst und seinen eigenen Problemen beschäftigt.

Glenda hatte natürlich daran gedacht, um Hilfe zu rufen. Es hätte nichts geholfen. Sie schätzte den Typ hinter sich so ein, dass er eiskalt abdrücken würde.

»Offen?«

»Ja.«

»Dann geh vor!«

Noch zögerte Glenda. Wenn sie jetzt in dieser düsteren schmalen Einfahrt verschwand, dann war sie verloren, das wusste sie genau. Deshalb versteifte sie sich, doch der Mann mit der Waffe ließ ihr keine Chance.

Er verstärkte den Druck, und Glenda blieb nichts anderes übrig, als zu gehorchen.

Der dunkle Schlauch nahm sie auf. Im ersten Augenblick konnte sie nichts erkennen. Als dann die Tür hinter ihr mit einem Fußtritt des Mannes wieder zugedrückt wurde, da war ihr, als hätte sie eine andere Welt betreten, denn die Geräusche um sie herum verstummten. Meilenweit schien der Weihnachtstrubel entfernt zu sein.

Ihre Angst steigerte sich.

Ja, sie hatte Furcht, und sie spürte den Druck im Magen, der sich immer stärker ausbreitete und bis hoch zum Herzen kroch, als wäre er eine Hand und würde dort alles zusammenpressen.

»Geh schneller!«

Glenda stolperte voran. Der Boden unter ihr war mit Unrat bedeckt. Mehr als einmal stieß sie mit der Schuhspitze gegen leere Konservendosen oder alte Kartons, die nach vorn schlitterten und wenige Schritte weiter durch einen erneuten Stoß der Schuhspitzen vorwärts getrieben wurden. Vereinzelte Schneeflocken verirrten sich in den düsteren Schlauch, tupften gegen Glendas erhitztes Gesicht und kühlten die Haut. Sie hielt die Lippen fest zusammengepresst und atmete nur durch die Nase. Inzwischen hatten sich ihre Augen an die Lichtverhältnisse gewöhnt, und weiter vorn erkannte sie, dass der Gang auf einem Hof endete, genau dort, wo das Haus mit seiner Rückseite die Abtrennung zum Hof bildete.

Vereinzelte Lichter, die nie so recht das Schneetreiben durchdringen konnten, erinnerten Glenda daran, dass es noch eine andere Welt gab als diese hier. Nur schien sie so weit entfernt wie der Mond zu sein.

Sie erreichten den Hinterhof. Eingehüllt in einen Flockenwirbel und schrecklich allein.

»Geh links rüber!«

Das hatte Bonzo nicht umsonst gesagt, denn dort sah Glenda die Umrisse eines Schuppens. Der Schnee hatte bereits eine dünne weiße Haube auf sein Dach gelegt. An den Scheiben schmolzen die Flocken und rannen als Wasserstreifen nach unten.

Die Schuppentür war nicht verschlossen. Glenda brauchte sie nur aufzuziehen. Kaum hatte sie das getan, als sie einen Stoß in den Rücken erhielt, der sie über die Schwelle beförderte.

Sie stolperte in einen dunklen Raum, in dem es feucht und nach faulem Holz oder Papier stank. Als sie sich gefangen hatte und umdrehte, hörte sie hinter sich ein klackendes Geräusch. Augenblicklich wurde es heller, denn unter der hölzernen Decke flammte eine Lampe auf.

Bonzo grinste schief. Er hatte seine Hand aus der Tasche genommen. Die Revolvermündung zeigte auf Glenda.

»Zuvor möchte ich etwas klarstellen«, sagte der Verbrecher, »du kannst schreien, du kannst dich aufführen wie eine Furie, aber es hilft dir nichts. Dein Schreien wird niemand hören.«

Glenda nickte. Sie war bleich vor Angst geworden. Es kostete sie Mühe, die nächsten Worte zu formulieren. »Was wollen Sie eigentlich von mir, Mister?«

»Einiges.«

»Und warum haben Sie mich entführt?«

»Weil man mir den Auftrag gab.«

Glenda wunderte sich, wie gesprächig sich dieser Mann zeigte, deshalb wollte sie den Dialog auch nicht abbrechen und dadurch Zeit gewinnen. »Und wer hat Ihnen den Auftrag gegeben?«

»Einer, der dich nicht leiden kann, Süße. Ich habe freie Hand. Vorerst. Ich habe mir auch schon einen Plan ausgedacht, Süße.« Er leckte über seine dicken Lippen, zog die Nase hoch, und ein gewisses Funkeln trat in seine Augen. »Kannst du es dir nicht denken?«

Doch, Glenda konnte sich vorstellen, was dieser Typ von ihr wollte. Sie wagte jedoch nicht, es auszusprechen.

Dafür aber Bonzo.

»Zieh dich aus!«, verlangte er.

»Dieses Parfüm hat einen Duft, der einmalig ist, mein Herr. Wenn Sie es der Dame Ihres Herzens schenken, wird sie es Ihnen sehr danken. Sie wissen schon, was ich damit meine.«

Ich grinste. Klar, wusste ich es. Meine Antwort musste einfach kommen. »Und wenn ich es Ihnen schenke, danken Sie es mir dann auch auf diese Art und Weise?«

Die Frau mit dem künstlichen blonden Haar und dem weinroten Kostüm schnappte nach Luft. »Also – also ...«

»Sorry«, sagte ich, »aber Sie haben mich erst durch Ihre Worte auf diesen Gedanken gebracht. Oder stimmt das nicht, was Sie mir da unter die Weste jubeln wollten?«

»Nein – ja ...«

»Was denn nun?«

Sie holte tief Luft. Natürlich mit allen möglichen Düften angereichert, denn in einer Parfümerie riecht es nun mal komisch. »Der Name, Sir, müsste Ihnen eigentlich genug sagen. Nuit noir. Schwarze Nacht. Das ist doch etwas.«

»Ja, da fällt der Vorhang«, erwiderte ich. »Was soll der Spaß denn kosten?«

»Die kleine Flasche elf Pfund, die größere zwanzig.«

Ich kniff ein Auge zu. »Billiger haben Sie es nicht?«

»Sir, das ist eine Kreation eines wirklich bekannten Pariser Modeschöpfers. Sie bekommen diesen Duft nirgendwo billiger und …«

»Schon gut.« Ich winkte ab. »Packen Sie es ein.«

»Die große oder die kleine Flasche, Sir?«

»Weil Sie es sind, die große.«

»Ich darf mich bedanken, Sir, und gleich links dort ist die Kasse. Dort können Sie die Rechnung begleichen. Soll ich es Ihnen ein wenig weihnachtlich einpacken lassen?«

»Ja. Aber in Duftpapier. Fichtennadeln, wissen Sie. Das riecht so schön nach Wald.«

Sie erlitt fast einen Herzanfall.

»Fichtennadeln«, hörte ich sie im Weggehen murmeln. »Wer kauft denn so etwas. Das ist ja unmöglich!«

Ich hatte auf jeden Fall ein Weihnachtsgeschenk für Jane Collins.

Ich marschierte zur Kasse, stieß zwei Frauen an, die es besonders eilig hatten und sich vordrängten, und dachte daran, dass ich jetzt noch Geschenke für Suko, Shao, Bill, Sheila und auch Glenda Perkins kaufen musste.

Aber nicht an diesem Abend. Ich war jetzt schon sauer, denn der Trubel ging mir gewaltig auf den Wecker.

Suko hatte mal von einem Sturzhelm gesprochen. Sein alter war ziemlich verbeult. Ich wollte ihm einen neuen schenken. Und Shao sollte etwas für ihre Wohnung bekommen. Sie sammelte Gefäße aus sehr dünnem Glas, mundgeblasen. Für Bill hatte ich eine Flasche Whisky ausgesucht, Sheila bekam ein Buch, in dem viel über alte Kunst stand. Für Glenda wusste ich noch nichts.

Als ich an der Kasse stand, fiel mir noch etwas ein. Ich hatte mein Patenkind vergessen, den kleinen Johnny.

Für ihn wollte ich an diesem Abend noch etwas aussuchen. Ein Spielwarenladen befand sich ganz in der Nähe. Unwillkürlich musste ich grinsen. Ein Geisterjäger kauft Spielzeug. Warum nicht? Irgendwann musste man ja Mensch sein.

Ich zahlte. An der Tür stand die blonde Verkäuferin und lächelte. »Beehren Sie uns bald wieder, Sir.«

»Nicht vor dem nächsten Weihnachtsfest. Bis dahin muss das Parfüm nämlich reichen.«

»Das wird es, Sir. Es ist nämlich sehr duftintensiv.«

»Hoffentlich.« Ich verließ den Laden und stellte sofort den Kragen des Burberry hoch, da dicke Schneeflocken durch die Luft tanzten und sich auf meine Kleidung setzten.

Ich musste nach rechts. Im Strom der zahlreichen Passanten ließ ich mich treiben. Es war mal wieder Hochbetrieb, und ich kam mir vor wie in einem Bienenschwarm.

Auch der Spielzeugladen war brechend voll. Bis zu den einzelnen Regalen und Verkaufsständen musste ich mich regelrecht vorkämpfen, und das Personal lief mit schweißbedeckten, verbissenen Gesichtern umher, während aus unter der Decke angebrachten Lautsprechern Weihnachtsmusik rieselte.

Das war nichts für mich. Ich nahm mir vor, im nächsten Jahr mit der Schenkerei aufzuhören. Dann bekam nur noch der kleine Johnny etwas, und damit hatte es sich.

Bill und Sheila hatte Johnny den Grundkasten einer Autorennbahn gekauft, das wusste ich. Deshalb kaufte ich noch Zubehör, musste mich an der Kasse anstellen und verließ mit einem großen Paket den Laden.

Raus, nur raus aus dem Trubel. Sich freiwillig da hineinzustürzen grenzte schon an Wahnsinn. Auch Glenda Perkins war an diesem Abend unterwegs, um einzukaufen. Meine Sekretärin hatte sich sogar dafür frei genommen.

Ich tigerte zur nächsten Subway-Haltestelle, brauchte nicht lange zu warten und bekam schnell einen Zug, der mich zum Yard Building brachte, wo mein Wagen stand.

Ich war nicht der Einzige, der die großen Pakete schleppte. Alle Passagiere waren mehr oder minder bepackt, und sie sahen auch dementsprechend erschöpft aus.

Ins Büro zurückzukehren hatte ich keine Lust mehr. Ich warf die Pakete auf den Rücksitz, klemmte mich hinter das Lenkrad, startete und rollte durch das Verkehrsgewühl.

Tanken musste ich auch noch, und da sich in der Nähe ein Schnellimbiss befand, aß ich noch schnell einen Hamburger. Das Abendessen eines Junggesellen. Zu Hause wollte ich mir mit einer Flasche Bier die Kehle spülen.

Es schneite noch immer. Ein dicker Vorhang aus weißem Stoff schien in der Luft zu hängen. Auf den Gehsteigen glänzte die Nässe, und dicht neben den Häusern lag der erste Matsch. Die zahlreichen bunten Lichter wirkten seltsam verwaschen, und das monotone Geräusch der beiden Wischer machte mich schläfrig. Ich sehnte mich danach, endlich zu Hause zu sein.

Ein paar Mal schon hatte ich gegähnt. So ein Einkaufsbummel schaffte mich mehr als ein harter Tag im Büro oder an der Dämonenfront. Nein, so machte Weihnachten keinen Spaß.

Als ich den Wagen in die Tiefgarage fuhr, atmete ich auf. Endlich ging es mir besser. Und noch besser ging es mir, als ich vor meiner Wohnungstür stand und den Schlüssel aus der Tasche fummelte.

Da schwang die Tür nach innen.

Sofort stand ich sprungbereit. Die Tüten fielen mir aus der Hand, meine Rechte zuckte zur Waffe – und fiel im nächsten Moment wieder nach unten.

Myxin stand vor mir.

»Musstest du mich so erschrecken?«, begrüßte ich den kleinen Magier und hob die Tüten auf.

»Nein.«

»Na eben. Lass mich wenigstens in meine Wohnung, du alter Giftzwerg.«

Den Giftzwerg nahm er mir übel. Ich sah plötzlich ein huschendes Etwas, und schon klatschte ein Schlag gegen meine Wangen. Als ich hingriff, war da nichts mehr.

Myxin grinste.

Ich drohte mit dem Zeigefinger. »Mir scheint, dass deine Kräfte wieder normal werden – oder?«

»Ja, so ist es.«

»Wenn du solche Scherze treibst, passt mir das aber überhaupt nicht.«

»Das sag mal Kara.«

»Ist sie auch hier?« Ich schälte mich aus dem Mantel.

»Ja.«

»Endlich ein Lichtblick an diesem trüben Tag.«

»Du hast eingekauft?«, fragte mich Myxin.

»Ja«, erwiderte ich und zog meine Schuhe aus. In gebückter Haltung schaute ich zu ihm hoch, jetzt war er größer als ich. »Aber sag nur nicht, dass du auch etwas zu Weihnachten haben willst.«

»Weihnachten? Was ist das?«

Ich kam wieder hoch. »Das frage ich mich manchmal auch.«

Zuerst ging ich in die Küche und holte eine Flasche Bier aus dem Kühlschrank. Dann betrat ich den Wohnraum.

Dort saß Kara. Sie hatte auf einer Sessellehne Platz genommen und lächelte mich an, wobei sie ihr schwarzes Haar zurückwarf. Wir begrüßten uns, ich nahm Platz und schenkte mir erst einmal ein Glas ein. Herrlich, wie der Schaum hochstieg. Das war ein regelrechter Vorgenuss. Kara und Myxin ließen mich einen Schluck nehmen, bevor sie zur Sache kamen, denn dass sie irgendetwas auf dem Herzen hatten, war klar, sonst hätten sie mich nicht aufgesucht.

In die Wohnung hineinzukommen, das bedeutete für sie keinerlei Schwierigkeiten. Dank ihrer Magie gehörte das zu ihren leichtesten Übungen.

»Wo drückt denn der Schuh?«, fragte ich.

»Spuk und Asmodina.«

Das war natürlich ein Thema. Ich fragte nach, ob ich Suko herholen sollte, und die beiden nickten.

Wenig später kam Suko. Er hatte Shao in der Wohnung gelassen, weil sie sich um das Essen kümmerte.

»Der Spuk und Asmodina haben sich verbündet«, begann Myxin noch einmal.

Ich nickte. »Das wissen wir.«

»Natürlich, aber jetzt wird es wohl eine besondere Allianz, denn Asmodina will endlich den Aufenthaltsort der Mordliga erfahren, John Sinclair.«

»Oho.« Ich schaute Suko an. Der Chinese verstand den Blick, denn er nickte.

Da lag etwas in der Luft. Asmodina und Dr. Tod, seine Mordliga dabei eingeschlossen, hatten sowieso ein nicht sehr freundschaftliches Verhältnis, obwohl Asmodina eigentlich die Chefin des Dr. Tod war. Sie hatte dafür gesorgt, dass der Spuk seine Seele freiließ, die Platz im Körper des Super-Mafioso Solo Morasso gefunden hatte.

Asmodina rechnete mit Morassos Ergebenheit. Das war am Anfang auch der Fall gewesen, doch dann hatte Dr. Tod seine Mordliga gegründet, er wurde stark, und er sorgte dafür, dass sich seine Macht vergrößerte. Dr. Tod baute sie aus.

Wie es im Leben so ist, will der Lehrling oft von dem Meister nichts mehr wissen. Dabei möchte er die Macht an sich reißen, was Dr. Tod bisher noch nicht gelungen war, denn Asmodina war ungeheuer stark. Sie befehligte in ihrer Dimension Dämonenheere, und sie besaß die Unterstützung des Teufels.

Asmodis hatte sie schließlich in ihrer jetzigen Gestalt geschaffen. Aus der Schlange wurde eine Frau, obwohl sich Asmodina noch immer in die Schlange verwandeln konnte. Wir hatten das ein paar Mal erlebt.

Zu Dr. Tod. Er hatte sich tatsächlich abgesetzt. Es war ihm gelungen, irgendwo auf der Welt ein Versteck zu finden, das Asmodina trotz intensiver Suche noch nicht gefunden hatte. Und Solo Morasso stärkte seine Macht. Er holte sich Helfer. Zuletzt war es ihm gelungen, Xorron zu erwecken.

Xorron verstärkte die Mordliga also. Leider wussten wir zu wenig über ihn, aber er sollte der Herr der Ghouls und Untoten, sprich Zombies, sein. Nach der Erweckung Xorrons erlebte Morasso allerdings auch eine Niederlage. Durch einen Zufall wurde Lady X, die ehemalige Terroristin, zum Vampir. Eigentlich hätte ich in einen dieser Blutsauger verwandelt werden sollen, aber es traf die Scott. Ihr Pech.

Das war ein Rückschlag für Dr. Tod. Ich nahm an, dass er schwer daran zu knacken hatte.

Und nun gab es neue Aktivitäten innerhalb der Dämonenhierarchie, wie Myxin andeutete.

»Was weißt du denn genau?«, fragte ich.

Er und Kara berichteten von dem Diener des Spuks, der ihnen einiges erzählt hatte.

Ich wunderte mich, dass Costello eingeschaltet wurde. »So direkt hat er doch noch nie mitgemischt.«

»Doch.«

Ich schüttelte den Kopf. »Du hast mich falsch verstanden, Myxin. Ich meine natürlich, er hat wohl mitgemacht, aber nicht auf der Seite des Spuks. Bisher stand er doch mehr Dr. Tod zur Verfügung.«

»Aber er wird Informationen haben«, meinte Suko.

»Und zwar über Dr. Tod«, fügte Kara hinzu.

Ich nahm einen Schluck Bier. »Wenn man den Faden weiterspinnt, wird er vielleicht wissen, wo sich Morasso aufhält.«

»Und Asmodina nicht.« Kara lächelte.

»Das wäre eine Möglichkeit.«

Suko legte die Stirn in Falten. Ich merkte, dass es in seinem Kopf arbeitete, und fragte: »Was stört dich?«

»Alles.«

Wir schauten uns an. »Das musst du genauer erklären.«

»Ja, John, es ist schwer und trotzdem einfach. Mir kommt das ganze Spiel verdammt kompliziert vor. Da ist irgendetwas im Busch, da sitzt ein Regisseur hinter den Kulissen und zieht seine Fäden. Ich weiß nur nicht, in welche Richtung sie eigentlich laufen. Und das macht mich ein bisschen unruhig.«

»Uns auch«, gab Myxin zu.

»Vielleicht sollten wir Costello auf den Zahn fühlen«, schlug ich vor.

»Wäre nicht das Schlechteste.« Myxin nickte.

»Nur haben wir nichts in der Hand«, sagte der Chinese.

Ich verzog die Lippen zu einem Grinsen. »Du bist noch nicht lange beim Yard«, sagte ich. »Wie wäre es denn, wenn wir beide in die Nähe von Costellos Burg gingen und die Augen ein wenig offen hielten?«

Suko schaute zum Fenster. Seine Mimik zeigte keine Freude. »Wenn es nicht anders geht, all right.«

»Dann hol mal deine Handschuhe.«

»Hinterher sind wir Schneemänner.«

Gutes Wetter, um etwas zu observieren, war es sicherlich nicht. Aber ich sah im Augenblick keine andere Möglichkeit und fragte sicherheitshalber noch Myxin.

»Wir halten natürlich die Augen offen, aber wir müssen erst einmal abwarten.«

Es war schon schlecht. Da hockte man hier, wusste, dass etwas in der Luft lag, und konnte trotzdem nichts unternehmen, weil die andere Seite zu sehr im Hintergrund arbeitete. Wir mussten uns wirklich etwas einfallen lassen.

»Und wo wollt ihr den Hebel ansetzen?«, fragte ich.

Die Antwort gab Kara. »Vielleicht bei den flaming stones. Wir müssten Beschwörungen versuchen.«

Das war nicht schlecht, denn die Flammenden Steine grenzten ein Quadrat ein, in dem es vor Magie nur so knisterte.

Ich trank den Rest. »Sobald einer von uns eine Information hat, lässt er sie dem anderen zukommen.«

Damit waren alle einverstanden. Ich hoffte nur, dass wir richtig reagiert hatten. Von dem eigentlichen Spiel ahnten weder Kara, Myxin noch Suko oder ich etwas.

Es war viel zu kompliziert und raffiniert. Und irgendwie auch unverdächtig.

Jetzt war es heraus.

Obwohl Glenda im Innern damit gerechnet hatte, zeigte sie sich doch überrascht und geschockt. Gleichzeitig stiegen Trotz und Wut in ihr hoch. Nein, so einfach wollte sie es dem Kerl nicht machen. Sie war zwar nicht bewaffnet, aber sie hatte es gelernt, sich zu wehren. Der würde sich wundern.

»Na, Süße, wie gefällt dir das?«

»Überhaupt nicht.«

Bonzo kicherte. »Kann ich mir denken, aber man hat mir gesagt, dass ich viel mit dir machen kann.«

»Wer?«

»Das brauchst du nicht zu wissen, Süße.«

Trotz ihrer schlechten Karten dachte Glenda noch scharf nach. In solchen Extremsituationen musste man auf jedes Wort des Gegners achtgeben. Und Glenda hatte einen Vorteil für sich aus all den Reden des Entführers herausgehört.

Der Mann hatte zwar den Auftrag, sie zu entführen, aber er sollte sie nicht töten. Jemand brauchte sie noch. Wahrscheinlich als Druckmittel. Und da kam eigentlich nur John Sinclair in Frage, denn ihn konnte man auf diese Art und Weise erpressen. Wer steckte also hinter dem Kerl?

Die andere, die dämonische Seite!

Es war natürlich ein sehr dünner und gläserner Boden, auf dem sich Glenda bewegte. Sie kannte den Typ schließlich nicht. Sie wusste nicht, ob er durchdrehte oder ihr wer weiß was antat, wenn ihn einmal die Wut gepackt hatte, weil sich Glenda wehrte. Dann konnte er unter Umständen seinen eigentlichen Auftrag vergessen und vollends durchdrehen. Deshalb war ihr gar nicht wohl zu Mute.

»Hast du nicht gehört?«, fuhr Bonzo sie an.

»Ja, ja, natürlich.«

»Dann mach schon, oder ich jage dir eine Kugel ins Bein!«

Glendas Herz klopfte schneller. Sie spürte einen säuerlichen Geschmack auf der Zunge. Eine Folge der Angst, die sie mit ihren gewaltigen Krallen umfasst hielt.

Die Beine zitterten, die Hände auch, das sah sie, als sie den Mantel aufknöpfte.

Bonzo wollte etwas sagen, verschluckte die Worte jedoch, als er bemerkte, dass Glenda damit anfing, sich zu entkleiden.

Sie streifte den Mantel über ihre Schultern und ließ ihn einfach zu Boden rutschen. Darunter trug sie einen gelben Pullover und einen grüngrauen Rock, der ziemlich eng geschnitten war. Die dunkelroten Stiefel hörten dicht unter dem Knie auf, und die Strumpfhose glänzte matt auf ihrer Haut.

Bonzo trat einen Schritt zur Seite und nickte. »Gut siehst du aus, verdammt gut. Mit dir hätte ich früher ein kleines Vermögen verdienen können.«

Den Worten entnahm Glenda, dass sie es bei diesem Kerl mit einem ehemaligen Zuhälter zu tun hatte.

Diese Typen waren gefährlich.

Sie stand vor ihm, wobei ihre Arme an beiden Seiten des Körpers herabhingen.

»Los, weiter!«

Glenda schüttelte den Kopf.

»Du willst nicht?« Die Frage klang erstaunt, als könnte der Mann nicht begreifen, dass sich sein Opfer angesichts der Waffe noch widersetzte.

Glenda schwieg.

Da hob Bonzo den rechten Arm. Seine Hand hielt den Revolver umklammert, und Glenda schaute genau in die Mündung, die sich ihr als ein schwarzes Loch präsentierte, aus dem jeden Augenblick Tod und Verderben herausplatzen konnten.

»Wollen Sie mich erschießen?«, fragte Glenda leise.

»Erst ins Bein, wie ich dir versprochen hatte«, gab der Kerl flüsternd zurück und wedelte mit seiner Waffe, als wollte er böse Geister vertreiben, die sich zwischen ihm und Glenda aufgebaut hatten.

»Dann schießen Sie!« Glenda wusste selbst nicht, woher sie den Mut nahm, dies zu sagen. Schon im nächsten Augenblick bereute sie die Worte, doch da war es zu spät.

Der ehemalige Zuhälter drückte ab!

Glenda zuckte zusammen. Sie sah das Mündungslicht, hörte den krachenden Knall und sogar das Pfeifen der Kugel, so dicht fuhr das Geschoss an ihrem Kopf vorbei und hieb irgendwo in die Holzwand hinter ihr.

»Die nächste sitzt«, sagte Bonzo gelassen.

Da wusste Glenda Bescheid, und ein krächzendes »Okay« entrang sich ihrer Kehle.

Ihr Mund war trocken, ihr Hals ebenfalls. Die Angst wurde von Minute zu Minute stärker, und sie bewegte vorsichtig die Arme, wobei ihre Finger den unteren Saum des gelben Pullovers umfassten, um das Kleidungsstück hochzuziehen.

Bonzo lächelte, was Glenda nicht sehen konnte, weil sie ihr Kleidungsstück über den Kopf streifte.

Darunter trug sie einen knappen BH aus weißem Stoff. Er

war wirklich knapp, denn von Glendas Anatomie war ein großer Teil zu sehen.

Bonzo atmete schneller. Er hatte als Zuhälter gearbeitet und schon zahlreiche Frauen unbekleidet gesehen, aber das waren Dirnen gewesen, da achtete man zwar auch auf den Körper, nur sah man diesen mehr geschäftlich. Hier war das etwas völlig anderes. Hier stand eine Frau vor ihm, die einiges zu bieten hatte, das er sich holen wollte.

»Gut«, sagte er rau, »du siehst verdammt gut aus, Kleine. Und jetzt noch den Rock.«

Glendas Finger fanden den Reißverschluss an der Seite und zogen ihn nach unten. Das helle Weiß eines Slips blitzte in dem Stoffspalt. Der Rock rutschte an den Beinen entlang nach unten, und Glenda musste zuerst den rechten, dann den linken Fuß hochheben, um aus dem Kleidungsstück zu steigen.

Sie fror. Nicht nur wegen der kühlen Temperatur, die hier herrschte, sondern auch vor Angst. Unter dem Blick des Mannes schien ihre Haut zu brennen und auch zu frösteln.

»Die Stiefel!«

Glenda musste sich bücken. Dabei bekam Bonzo noch größere Einblicke in den Ausschnitt des Büstenhalters. Seine untere Gesichtspartie bewegte sich. Manchmal stieß die Zungenspitze zuckend aus dem Lippenspalt hervor, dann fuhr sie wieder zurück, und der Mann begann zu grinsen, wobei in seinen Pupillen regelrechte kleine Funken tanzten. Er war äußerst erregt.

»Gut«, sagte er, »du bist gut.« Gleitend kam er näher, und Glenda schleuderte soeben den linken Stiefel zur Seite, sodass er neben der Wand liegen blieb.

»Komm zu mir!«, zischte Bonzo.

»Nein!« Glenda hatte die Arme erhoben und vor der Brust verschränkt. Kalkweiß war sie im Gesicht. Über ihren Körper lief eine Gänsehaut, und sie wich zurück.

Wie oft hatte sie von Vergewaltigungen gehört und gelesen. Durch Aussagen der Opfer wusste sie, welche Hölle die Frauen durchlebt hatten. Eine schreckliche, grausame

Hölle der Erniedrigung, und viele trugen seelische Schäden davon, die irreparabel waren.

Sie wollte dem Kerl nicht zwischen die Finger geraten.

Zwei Schritte trennten ihn von ihr. Die Waffe in seiner rechten Hand zitterte. Der linke Arm stieß plötzlich vor. So schnell, dass Glenda auch mit einem Reflex nicht mehr richtig wegkam. Die Hand des Mannes klatschte auf ihre Schulter.

Kalt fühlte sie sich an. Kalt und trotzdem heiß. Ein Schweißfilm befand sich in der inneren Handfläche, der eine glänzende Spur hinterließ, als die Pranke über Glendas Schulter wanderte und sich ein Finger am Träger des BHs festhakte.

Glenda zuckte zusammen. Das hatte seinen Grund, denn sie spürte das kalte Loch der Mündung dicht über ihren Bauchnabel. Wenn der Mann jetzt den Finger krümmte, dann war es aus.

»Ja«, keuchte er, »ja, so wollte ich dich haben, Kleine! Den Rest erledige ich selbst ...« Er grinste und sprühte Glenda Speichel ins Gesicht, sodass die junge Frau von einem selten erlebten Ekel erfasst wurde. Sie roch diesen Mann, nahm seinen säuerlichen Schweiß wahr und auch das Fett in seinen halblangen, lackschwarzen Haaren. Dieser Typ war schon kein Mensch mehr, er war ...

Ihre Gedanken stockten, weil Bonzo den Träger des Büstenhalters langsam zur Seite schob. Er rutschte über die Schulterrundung und blieb in Höhe des Oberarms hängen.

»Gut«, sagte Bonzo. »Und jetzt ...«

Da wich Glenda zurück. Plötzlich war der Revolverdruck auf ihrem Bauch fort, aber sie spürte noch die Pranke. Und die hielt eisern fest. Mit rohem Griff zwang der Mann Glenda Perkins in die Knie. Ihn störte auch nicht der Aufschrei seines Opfers, im Gegenteil, er machte ihn sogar noch an.

»Dir hilft nichts, Süße!«, keuchte er. »Gar nichts. Ich werde mir das holen, was mir zusteht ...«

Dann schleuderte er Glenda auf den kalten Boden ...

Für Menschen war das Reich tödlich!

Wer einen Fuß hinein setzte, tat dies nie freiwillig. Er war immer ein Entführter, ein Geknechteter, den die andere Seite, die Dämonenbrut, zu sich geholt hatte.

In diesem Reich konnte sich niemand wohl fühlen, es sei denn, er gehörte zu ihnen, zu den Vasallen des Spuks.

Innerhalb der wallenden grauen Nebelwolken waren die Schatten kaum zu erkennen. Nur hin und wieder entstand eine huschende Bewegung, die den grauen Nebel durchdrang. Denn die Schatten waren überall. Sie hüteten das Reich des Spuks, wo die durch Maddox, den Dämonenrichter, verurteilten Dämonenseelen bis in allen Ewigkeiten die Schrecken der Bestrafung erlitten.

Hier war *er* zu Hause. Hier befand sich sein Domizil. Hier redete ihm niemand rein.

Denn er war ein Mächtiger, auf den zahlreiche Dämonen hörten. Er war der Spuk!

Innerhalb des Nebels fühlte er sich pudelwohl. Er bewegte sich selbst wie ein Schatten, weil er völlig konturenlos war. Nur eine schwarze Gestalt, nicht viel mehr als ein Nebelstreif und doch existent.

Irgendwo jammerte der Höllenwind. Es war ein Geräusch, das an das Wehklagen eines Menschen erinnerte und in dieses Reich passte. Schreien, Klagen, Jammern – Dämonenseelen, die für alle Ewigkeiten gefangen gehalten wurden.

Der Spuk war unantastbar. Wenigstens bildete er sich das ein. Er nahm eine Position ein, die ihm niemand streitig machen konnte und auch würde. Das wussten Asmodina ebenso wie andere ranghohe Dämonen, und deshalb gaben sie sich vor ihm nie eine Blöße und zeigten das, was sie wirklich von ihm dachten.

Sie hatten Angst vor ihm und hassten ihn gleichzeitig. Sie mussten mit ihm leben, und manchmal versuchten sie, sich mit ihm zu arrangieren. Wie auch Asmodina.

Sie hatte es als Einzige geschafft, den Spuk dazu zu überreden, dass er eine Seele freiließ.

Die von Dr. Tod!

Aus diesem Grunde glaubte sie, in dem Spuk einen Verbündeten gefunden zu haben, was irgendwie auch stimmte, denn dem mächtigen Spuk ging es im Prinzip um eine Ausweitung des Dämonenreiches. Er wusste, dass die Schwarzblüter irgendwie zusammenhalten mussten.

Jetzt wartete der Spuk auf Asmodina. Es war nicht ihr erster Besuch beim Herrscher im Reich der geknechteten Dämonenseelen. Immer wenn sie erschien, gab es Probleme, und meistens ging es dabei um einen Mann.

John Sinclair, den Geisterjäger!

Ihn hasste Asmodina besonders. Und sie hätte ihn vielleicht auch schon vernichtet, wenn sie ihre gesamte Kraft auf ihn hätte konzentrieren können. Aber da gab es noch Dr. Tod und die Mordliga. Zuerst standen sie auf ihrer Seite, dann aber hatte er sich selbstständig gemacht, weil er in einen regelrechten Machtrausch geraten war, und nun wollte er Asmodina den Platz streitig machen. Das wusste die Teufelstochter haargenau, und sie richtete sich danach.

Sie griff Morasso und seine Mordliga nicht frontal an, nein, sie spannte ein Netz von Intrigen und Fallen. Äußerlich blieb alles ruhig, eine Ruhe vor dem Sturm allerdings, der irgendwann in der nächsten Zeit losbrechen konnte und würde.

Ja, der Sturm würde kommen. Und er würde alles hinwegfegen, wenn ihr Plan gelang. Zu lange schon hatte sie sich von Dr. Tod und seiner Mordliga auf der Nase herumtanzen lassen, nun war endgültig Schluss. Eine Abrechnung war unausweichlich, das hatte auch Asmodis gefordert, dessen Thron irgendwie wackelte, denn andere wollten es auf einmal nicht mehr hinnehmen, dass er sich als oberster Herrscher aufspielte.

Es musste etwas geschehen. Und dieser Besuch beim Spuk sollte die Ouvertüre werden.

Asmodina kam nicht allein, zwei ihrer Todesengel begleiteten sie. Dämonische Frauen mit Flügeln auf dem Rücken. Zwischen ihnen steckte der Köcher, in dem sich die Pfeile für die Bogen befanden, denn die grausamen Engel mit den langen, roten Haaren und der pechschwarzen Kleidung waren mit Pfeil und Bogen bewaffnet. Damit konnten sie ausgezeichnet umgehen.

Die drei tauchten ein in den wallenden Nebel, der das Reich des Spuks umgab. Hin und wieder erschienen die Wächter. Mal nicht als Schatten, sondern als echsenköpfige Wesen, die lange Lanzen in ihren Klauen hielten.

Sie ließen Asmodina und die beiden Todesengel passieren.

Asmodina sah aus wie immer. Kalt und hart das Gesicht. Grausam die Augen, und aus ihrer Stirn stachen zwei Hörner, die in der Mitte mit einer kleinen Kette verbunden waren, die sich aus lauter Totenköpfen zusammensetzte.

Der Nebel lichtete sich ein wenig. Asmodina sah das grauschwarze Gestein der Wände. Es war ein vulkanartiges, poröses Material, und aus seinen Poren drang der ätzende Dampf.

Sie stand vor dem Spuk.

Innerhalb der Nebelschleier bildete er ein schwarzes, sich bewegendes Etwas, eine lange Kutte, die nicht gefüllt zu sein schien, denn einen Körper hatte der Spuk nicht.

Seine Stimme kam irgendwo aus der Schwärze, und sie traf Asmodina.

»Du bist pünktlich.«

»Ja, ich muss mit dir reden.«

Das Gelächter des Spuks drang irgendwo aus dem schwarzen Schatten und erfüllte die nähere Umgebung. Es war sogar so laut, dass es das Jammern und Wehklagen der gemarterten Seelen übertönte, die irgendwo in dieser Welt ihre Bestrafung absaßen.

»Soll ich dir wieder einen Gefallen erweisen?«

»Nein, nicht nur mir, sondern auch dir.«

»Oh, du siehst mich in Gefahr?«

»Noch nicht, aber es könnte so weit kommen, wenn Dr. Tod allzu mächtig wird.«

»Darüber haben wir gesprochen.«

»Sicher, aber gibt es schon einen Erfolg?«

»Nein.«

»Dann haben deine Diener nichts erreicht?«
»Zum Teil. Sie sind in eine Falle gelaufen.«
»Sinclair?«
»Nicht er, sondern Myxin und Kara. Einen haben sie sofort getötet, den anderen wollten sie zum Reden bringen. Bevor es dazu kam, habe ich einen Diener geschickt, der den Schatten tötete.«
»Diese beiden wissen also Bescheid.«
»Kaum.«
»Aber sie können sich etwas zusammenreimen«, stellte Asmodina mit knirschender Stimme fest.
Der Spuk lachte verächtlich. »Wenn schon. Was sollten Sie denn unternehmen?«
»Du scheinst dir deiner Stärke sehr sicher zu sein«, bemerkte die Teufelstochter.
»Das muss ich auch. Sonst hätte man mich in meinem eigenen Reich längst gestürzt.« Nach dieser Antwort entstand eine kleine Pause. »Vielleicht hättest du es sogar versucht.«
»Rede keinen Unsinn.«
Der Spuk lachte dröhnend. »Das ist kein Unsinn. Ich kenne deinen Machthunger. Du wirfst Solo Morasso, deinem Gezücht, das Gleiche vor, das in dir sitzt. Aggression und Machthunger. Aber hüte dich, Asmodina, gegen mich kommst du nicht an. Du wirst die gefangenen Seelen nicht bekommen.«
»Schon gut, schon gut. Wir wollen uns nicht streiten. Schließlich sind wir Partner.«
»Möglich.«
»Also, du hast eine Niederlage erlitten«, stellte die Teufelstochter fest.
»Nein, keine Niederlage. Es läuft alles genau nach Plan. Sinclair wird nicht anders können, als für uns zu arbeiten. Wir stellen ihn in unsere Dienste, und dein Plan, Asmodina wird voll und ganz aufgehen, das verspreche ich.«
Die Teufelstochter zögerte mit einer Zustimmung. Sie hatte schlechte Erfahrungen gesammelt und erinnerte sich nur zu gut daran, als sie hier mit dem Spuk zusammengesessen hatte

und über Pläne redete. Alle waren irgendwie fehlgeschlagen, denn der Geisterjäger hatte einen gewissen Riecher, und er war mutig und geschickt. Zudem konnte er auf eine wahre Fundgrube an Erfahrungen zurückgreifen, aus der er immer wieder neue Ideen holte.

»Was ist?«, fragte der Spuk. »Gefällt dir das nicht?«

»Doch.«

»Aber?«

»Ich weiß nicht. Sinclair kann man nicht so leicht überlisten. Er wird uns nicht folgen, sondern sein eigenes Süppchen kochen. Davon bin ich überzeugt.«

»Es hört sich an, als hättest du Angst.«

»Nein, das nicht, aber ich bin ein gebranntes Kind.«

»Deshalb sind wir auch diesmal vorsichtiger«, sagte der Spuk. »Die anderen Attacken waren zu direkt. Sie brachten nichts, weil sie zu durchsichtig waren. Diesmal schlagen wir echt und hart zu.«

»Ich verlasse mich auf dich«, sagte Asmodina.

»Das kannst du auch.«

»Wie weit bist du jetzt?«

»Komm mit.« Ohne eine Reaktion der Teufelstochter abzuwarten, drehte sich der Spuk um und verschwand. Sein dunkler Schatten wurde von der Nebelwand aufgesaugt und war schon bald nicht mehr zu sehen, weil alles ineinanderfloss.

Asmodina gab ihren beiden Todesengeln einen Wink. Diese blieben bei ihr und rahmten sie ein, als sie dem Spuk folgten.

Er verschwand irgendwo in seinem Reich. Wände öffneten sich, wurden zu nebelhaften Gebilden, sodass sie niemanden aufhalten konnten. Und die Seelen der Geknechteten schrien weiter. Irgendwo im Niemandsland der Dimensionen erklang ihr schauriges Jammern als Begleitmusik für den Spuk und Asmodina.

Dann jedoch blieb der Spuk stehen. Seine nebelhafte Gestalt beugte sich nach unten, und er schaute auf eine pechschwarze, glänzende Platte, die acht Ecken hatte.

»Schau hinein!«, befahl er Asmodina.

Die Teufelstochter kam der Aufforderung nach. Was sie sah, erzeugte in ihrem Innern ein Triumphgefühl.

Irgendwo in London lag ein kaum bekleidetes schwarzhaariges Girl vor einem gewalttätig aussehenden Mann, der sich über sie gebeugt hatte.

Glenda Perkins!

»Du siehst«, hörte die Teufelstochter die Stimme des Spuks. »Alles läuft genau nach Plan ...«

In diesem Augenblick flog die Tür auf!

Glenda Perkins hörte es nicht. Sie vernahm nur einen Knall, wie die Türklinke gegen die Wand prallte und das laute Geräusch durch den Schuppen hallte.

Bonzo wirbelte herum. Dieses Geräusch hatte ihn aus all seinen Träumen gerissen. Vergessen war die Frau, denn jemand hatte es gewagt, ihn zu stören.

Der Mann stand auf der Schwelle. Leicht geduckt, in Combat-Haltung, in der rechten Hand hielt er einen schweren Revolver, und er stützte sein Gelenk durch die Linke ab.

»Weg mit der Kanone!«, peitschte seine Stimme.

Bonzo sprang zur Seite. Sein Gesicht verzerrte sich. Hass flammte in seinem Innern auf. Hass und Zorn. Noch nie hatte er aufgegeben, immer war er der Gewinner gewesen, und so sollte es auch diesmal bleiben, verdammt.

Er schoss.

Laut wummerte die schwere Waffe. Der Revolver in seiner Rechten schien förmlich zu explodieren, und das heiße Blei fauchte dem Eindringling entgegen.

Für einen winzigen Augenblick sah es so aus, als hätte die Kugel getroffen. Der Mann zuckte nämlich zusammen, doch dann glitt ein kaltes Grinsen über sein Gesicht, und er schoss zurück.

Zweimal!

Die Kugeln hämmerten aus dem Lauf, sie pfiffen dem ehemaligen Zuhälter entgegen, der nicht von der Stelle wegkam und das Blei voll mit seinem Körper auffing.

Bonzo wurde durchgeschüttelt. Dicht nebeneinander befanden sich die beiden Einschusslöcher auf seiner Brust, dazu in Herzhöhe. Keine Chance für diesen brutalen Typen.

Er sackte in die Knie. Die Waffe rutschte aus seinen Fingern. Über die Lippen drang ein fürchterliches Röcheln, ein letztes, tiefes Luftholen, dann fiel er zu Boden und war schon tot, als er ihn berührte. Seine gebrochenen Augen starrten Glenda Perkins an, irgendwie anklagend, als trüge sie die Schuld.

Glenda stand wie unter Strom. Die Eskalation der Gewalt hatte sie innerlich zerrissen. Fieber schüttelte sie durch. Entsetzen wurde in ihr hochgetrieben, und sie empfand die nach den Schüssen eingetretene Stille als brutal und nervtötend.

Erst als sie Schritte hörte, hob sie den Kopf, wobei ihr Blick noch flackerte.

Glendas Retter tauchte in den von der Decke fallenden Lichtschein. Sein Lächeln wirkte irgendwie jungenhaft, das Gesicht war keine Maske der Anspannung mehr, sondern präsentierte sich gelöst. Glenda sah, dass dieser Mann grünlich schillernde Augen hatte, dazu dunkelblondes Haar und ein schmales Gesicht. In Seinen Bewegungen erinnerte er irgendwie an John Sinclair, und Glenda, die ihm entgegenblickte, sah die Hand, die der Mann ihr hinhielt.

»Möchten Sie nicht aufstehen?« Seine Stimme war beruhigend, zudem hatte sie einen vollen Klang.

»Ja, ja.« Glenda ergriff die Hand.

Mit einem kraftvollen Ruck zog der Mann sie auf die Beine. Jetzt erst erfolgte bei Glenda die Reaktion. Von den Zehen bis zum Hals peitschte Schüttelfrost ihren Körper. Sie riss den Mund auf, und ein befreiendes Schluchzen drang über ihre Lippen. Sie warf sich an die Brust des Mannes und weinte hemmungslos.

Der Retter ließ sie. Er wusste, was ihr gut tat. Diese junge Frau hatte Schlimmes hinter sich, obwohl es nicht zum Allerschlimmsten gekommen war, woran sie hätte unter Umständen zerbrechen können. Jetzt sollte sie erst einmal weinen und sehen, dass sie den Schock verkraftete.

Die grünen Augen des Mannes waren auf den Toten gerichtet. Er empfand kein Mitleid mit dem Mann, denn der hatte es nicht anders verdient. Seiner Meinung nach.

Es dauerte wirklich Minuten, bis sich Glenda beruhigt hatte, und auch nur auf Drängen des Retters hin, der ihr nahelegte, sich etwas überzuziehen, denn es war ihr inzwischen sicherlich kalt geworden.

»Ja, natürlich«, schluchzte Glenda. »Ich ziehe mir etwas über. Aber ich musste...«

»Mein Verständnis haben Sie«, sagte der Mann.

Glenda ging zur Seite. Sie zitterte noch immer. Zudem vermied sie es, den Toten anzuschauen. Sie wollte ihn einfach nicht mehr sehen, das Erlebnis war zu schrecklich.

Langsam streifte sie die Sachen über, die ihr Retter ihr sogar reichte. Mittlerweile war auch etwas Farbe in ihr Gesicht zurückgekehrt, und sie schaute dem Mann voll ins Gesicht.

»Danke«, flüsterte sie. »Danke.«

Ihr Retter hob die Schultern. »Ach was. Jeder andere an meiner Stelle hätte das Gleiche getan.«

»Kaum, Mister.« Glenda hob den Kopf und warf ihr langes Haar zurück. Die Augen waren ebenso vom Weinen gerötet wie die Wangen. »Dabei weiß ich nicht einmal Ihren Namen.«

»Ich heiße Rick Hunter.«

»Und mein Name ist Glenda Perkins.«

Hunter lächelte. »Er passt zu Ihnen.«

»Wieso?«

»Nur so.«

»Hören Sie auf. Wenn ich daran denke, was dieser Kerl mit mir angestellt hätte ...« Glenda schluckte, bevor sie flüsternd hinzufügte: »Furchtbar ...«

»Ja, das stimmt.«

Glenda Perkins schlüpfte noch in ihren linken Stiefel und zog ihn an der Wade hoch. »Wir – wir müssen die Polizei benachrichtigen, Mr Hunter.«

Rick nickte. »Natürlich, Miss Perkins. Nur machen wir das später.«

»Außerdem kann ich bezeugen, dass Sie in Notwehr gehandelt haben«, erklärte Glenda.

»Sie denken auch an alles.«

»Das bringt der Beruf mit sich.«

»Sind Sie bei der Polizei?«

»Ja, ich arbeite als Sekretärin.«

»Ach so. Und ich bin auch im Staatsdienst tätig. Deshalb trage ich auch eine Waffe.«

»Geheimdienst?«, fragte Glenda.

»Möglich ...«

»Ich verstehe. Kommen Sie, wir wollen diesen Schuppen verlassen.« Sie schüttelte sich.

Vor der Tür traf der nasse Schnee ihre Gesichter. Noch immer fielen die hellen Flocken sehr dicht und bedeckten den Boden mit einem weißen Teppich. Auch in dem engen Schlauch der Einfahrt lag jetzt der Schnee. Er taute zum Teil weg, sodass sich auf dem Boden eine glitschige Fläche gebildet hatte.

Der Mann ging hinter Glenda und hörte sie fragen: »Wie haben Sie mich eigentlich gefunden?«

»Durch Beobachtung. Ich habe gesehen, wie dicht der Mann neben Ihnen ging, und Ihrem Gesicht war abzulesen, dass Sie nicht eben von großer Freude beherrscht wurden. In meinem Beruf muss man auf Kleinigkeiten achten, eben diese fielen mir bei Ihnen auf. Leider hat es ein wenig gedauert, bis ich das Versteck fand, sonst wäre ich sicherlich früher gekommen, das können Sie mir glauben.«

Die beiden hatten die schmale Einfahrt hinter sich gelassen und standen nun auf der Straße. Rick Hunter legte seinen Arm um die Schultern der schwarzhaarigen Glenda, die sich die Berührung gern gefallen ließ, denn bei diesem Mann empfand sie Schutz und Sicherheit.

»Mein Wagen parkt nicht weit von hier. Wenn Sie möchten, kann ich Sie nach Hause fahren.«

»Aber wir müssen erst die Polizei benachrichtigen.«

»Sicher, das machen wir auch noch. Der Fall liegt ja klar. Da wird wohl kaum eine Mordkommission Spuren finden.

Außerdem muss ich das noch mit meiner Dienststelle regeln, und das möchte ich gern vor dem Eintreffen der Polizei.«

Dafür hatte Glenda Verständnis, und so schloss sie sich weiterhin dem Retter an, der sie die Straße hinunterführte und sie zu seinem Wagen brachte.

Der kleine Ford Escort stand in einer schmalen Parklücke halb auf dem Gehsteig. Eine weiße Haube lag auf ihm.

Hunter reinigte die Scheiben vom ärgsten Schnee. Er öffnete Glenda die Beifahrertür und ließ sie einsteigen. Erst dann nahm er hinter dem Lenkrad Platz.

»Jetzt müssen Sie mir nur noch verraten, wo Sie wohnen, dann ist alles klar.«

Glenda nannte die Adresse. Es war für Rick Hunter gar nicht einfach, aus der schmalen Lücke zu scheren. Er musste ein paar Mal rangieren, zudem rutschten die Reifen auf dem Matsch. Schließlich schaffte er es doch und reihte sich in den Verkehr ein.

Glenda hatte sich zurückgelehnt. Die Heizung begann zu arbeiten. Warme Luft strömte aus den Düsen. Angenehm fuhr sie über Glenda Perkins' Haut, und die junge Frau schloss die Augen. Ruhig konnte sie nicht sein, denn immer wieder erschienen vor ihrem geistigen Auge die schrecklichen Bilder.

Sie sah sich selbst am Boden liegen und den Mann neben sich stehen. Ein schreckliches Bild, so demütigend und grausam, einfach furchtbar. Es war sicherlich nicht einfach, diese schrecklichen Minuten aus der Erinnerung zu streichen.

Sie stoppten an einer Ampel. Hunter hatte Glenda das Gesicht zugewandt. Er lächelte.

Auch Glenda schaute den Mann an. Er gefiel ihr. Wirklich. Rick machte einen äußerst sympathischen Eindruck, er war ein Typ, zu dem man Vertrauen haben konnte.

Vor ihnen standen die Wagen. Noch immer fiel Schnee. Dicke, nasse Flocken tupften gegen die Scheibe, wo sie sofort als Wasserstreifen verliefen.

»Geht's wieder?«, fragte Hunter.

»So einigermaßen.«

»Wenn Sie erst einmal geschlafen haben, wird die Sache ganz anders aussehen«, versprach der dunkelblonde Rick Hunter.

»Ich hoffe es.«

Er fuhr wieder an. Dabei bewegte er sich etwas nach vorn, und Glenda sah an seiner linken Seite, genau dort, wo die Hüfte anfing, ein Einschussloch.

Sie versteifte sich und wurde blass.

»Was ist mit Ihnen?« Rick Hunter hatte trotz der Fahrerei bemerkt, dass mit Glenda etwas nicht stimmte.

»Sie – Sie sind ja angeschossen, Mister.«

Hunter musste wieder halten, weil eine nächste Ampel den roten Kreis zeigte. »Na und?«

»Mehr sagen Sie nicht dazu?«

»Nein, warum? Was ist schon ein kleines Kugelloch, liebe Glenda?«

Wir rasten nach Soho!

Rasen ist wirklich der richtige Ausdruck, denn eine Meldung aus der Zentrale hatte mich alarmiert.

Ein Kunde hatte den Mord an einem Antiquitätenhändler entdeckt und sofort die Polizei benachrichtigt. Als die Beamten eintrafen, sahen sie nicht nur die Leiche, sondern entdeckten auch eine am Boden liegende dunkelrote Handtasche. Natürlich wurde die Tasche sofort durchsucht. Man fand einen Ausweis auf den Namen Glenda Perkins.

Einer der Beamten erinnerte sich. Er hatte einmal mit einer Glenda Perkins zu tun gehabt. Es lag schon einige Monate zurück, doch er dachte an den Briefwechsel, der zwischen seinem Revier und Scotland Yard geführt worden war.

Der Mann schaltete schnell und telefonierte mit dem Yard. Dort wurde auch keine Sekunde gezögert. Superintendent Sir James Powell, mein Chef, wurde informiert, und der alarmierte mich natürlich.

Costello musste warten. Jetzt ging es um Glenda Perkins. Suko saß neben mir. Das Fahren in diesem Verkehr war wirklich kein Vergnügen. Hinzu kam der nasse Schnee, und als wir Soho erreichten, da war der Verkehr noch dichter.

Es ging nur ruckartig voran. Ich versuchte alles, sprang in Lücken und orderte schließlich einen Polizisten auf einem Motorrad herbei, der vorausfahren und uns Platz, schaffen sollte.

Es ging etwas besser.

Die Zeit, bis wir unser Ziel erreichten, kam mir wie eine halbe Ewigkeit vor. Am Geschäft fand ich natürlich keinen Parkplatz und stellte den Bentley schräg auf den Gehsteig.

Auf den Stufen zum Geschäft lag Schnee. Wir mussten achtgeben, dass wir nicht ausrutschten. Leiter der Mordkommission war ein alter Bekannter. Chiefinspektor Tanner. Wie immer trug er seinen alten Filz, den sein Großvater wahrscheinlich schon aufgehabt hatte, und diesmal sah der Hut noch schlimmer aus, weil er vor Nässe triefte. Im Mundwinkel hatte Tanner eine Pfeife stecken, und als er uns sah, verzog sich sein zerknittertes Gesicht zu einem schiefen Grinsen.

»Wenn ihr dabei seid, habe ich immer Angst.«

»Warum?«, fragte ich.

»Weil ich dann das Gefühl habe, von Geistern umgeben zu sein.« Dann wandte er sich an Suko und reichte ihm die Hand. »Gratuliere zu Ihrem neuen Beruf, Suko.«

»Ach, das ist nicht so tragisch.«

»Jetzt werden Sie sich an die Launen des alten Powell gewöhnen müssen, mein Lieber.«

Ich unterbrach das Gespräch. »Wo ist die Tasche?«

Tanner deutete zu seinen Mitarbeitern, die das Beweismaterial auf den Verkaufstresen gelegt hatten. Dort befand sich auch die weinrote Handtasche.

Kein Zweifel, sie gehörte Glenda. Oft hatte ich sie bei ihr gesehen. Verpackt war sie in eine durchsichtige Plastiktüte, wie alles, was an Spuren gesichert wurde.

»Und?« Tanner war zu mir getreten. Er schaute mich von der Seite fragend an.

»Kein Zweifel, das ist die Tasche.«

»Sie gehört also Glenda Perkins.«.

»Ja.«

»Frage ist: Was hat man mit ihr gemacht?«

Ich drehte mich um und warf einen Blick auf den am Boden liegenden Mann. Er konnte uns keine Antwort mehr geben. Eine Kugel hatte seinem Leben ein Ende bereitet. Chiefinspektor Tanner schickte zwei Leute, um nach Zeugen zu suchen. Wie auch ich wusste er, dass dies kaum Erfolg haben würde, denn das Spiel war bekannt. Niemand hatte etwas gesehen, und wenn, dann konnte er sich kaum erinnern.

Ich zündete mir eine Zigarette an. Innerlich war ich schrecklich nervös. Ich machte mir Sorgen um Glenda. War sie nun einem normalen Verbrechen zum Opfer gefallen, oder steckte hinter dem Ganzen ein dämonisches System?

Diese Frage quälte mich und würde mich auch weiterhin quälen, denn so leicht würde ich keine Antwort finden. Ein jüngerer Mann traf ein. Als er den am Boden Liegenden sah, begann er zu weinen. Er stand mitten im Laden, stützte eine Hand auf den Verkaufstresen und schluchzte fast lautlos. Es war regelrecht gespenstisch, ihm so zuzusehen.

»Der Sohn«, sagte Tanner leise.

Ich nickte. Vielleicht wusste er mehr. Ein Arzt wollte sich um ihn kümmern, doch der Junior schüttelte den Kopf. Er drehte sich um und schaute uns an.

»Können Sie uns einige Fragen beantworten?«, erkundigte sich der Chiefinspektor.

Nicken.

Klar und präzise stellte Tanner seine Fragen. Er erhielt auch Antworten. So erfuhren wir, dass Vater und Sohn unter einer erpresserischen Bande gelitten hatten. Die Gangster kassierten hier die Geschäftsleute ab. Der Vater hatte sich erst geweigert zu zahlen, bis man dem Sohn den linken Arm brach. Da gab der alte Newman, so hieß der Tote, nach.

Es war schon hart, was wir da zu hören bekamen, und wieder einmal wurden wir mit dem Teufelskreis des Verbrechens konfrontiert. Diese verfluchten Killer ahnten nicht, wie viel Leid und Trauer sie hinterließen.

Ein Name fiel.

Bonzo!

Tanner reagierte sofort. Er gab seinen Leuten Bescheid, und auf telefonischem Wege setzte man sich mit der Zentrale in Verbindung. Die Computer bekamen Arbeit. Sie erledigten das in einer kurzen Zeitspanne, und schon bald hatten wir das Ergebnis.

Bonzo war in der Unterwelt kein unbeschriebenes Blatt. Er hatte mehrere Jahre gesessen, war als Zuhälter bekannt und sollte für einen gewissen Logan Costello arbeiten.

Ich zuckte zusammen, als ich das hörte.

»Da haben wir ja die Verbindung«, sagte Suko.

»Ihr Fall?«, fragte Tanner.

»Möglich.«

Der Chiefinspektor nickte. »Na, dann können wir ja zusammenpacken, wenn das so ist.«

Ich winkte ab. »Moment noch. Wir werden zuerst einmal Logan Costello auf den Zahn fühlen. Das hatten wir sowieso heute vor. Danach sehen wir weiter.«

Tanners Gesicht wurde noch faltiger und verkniffener. »Freunde, das schafft ihr nicht.«

»Was schaffen wir nicht?«

»Costello zu kriegen.«

Ich widersprach nicht einmal. Wie oft hatten wir es versucht, aber diesem Kerl war nichts nachzuweisen. Der war so schlüpfrig, dass er uns immer entwischte. Wir konnten machen, was wir wollten, wir kamen einfach nicht an ihn heran. Zudem hasste er mich besonders, denn er gab mir die Schuld am Tod seines Bruders, obwohl sich der Kerl selbst erschossen hatte.

»Costello wird doch nicht so dumm sein und Glenda Perkins entführen«, sagte Suko.

»Er nicht, aber er wird einen Auftrag erhalten haben.«

»Von wem?«

Ich grinste. »Soll ich dir aufzählen, wer dafür alles in Frage kommt, mein Lieber?«

»Nein, das brauchst du nicht.«

Suko und ich hatten das Gefühl, dass über unseren Köpfen eine Schlinge lag, die sich langsam aber sicher zuzog. Und ich wusste nicht, wo ich die Schlinge hätte packen sollen. Das war ja das Schlimme. Man fühlte sich irgendwie in der Luft hängend.

»Jetzt haben wir erst recht einen Grund, Costello auf den Zahn zu fühlen«, meinte Suko.

»Ich weiß nicht ...«

»Was ist?«

»Vielleicht sollten wir ihn noch im Unklaren darüber, lassen, dass wir schon Bescheid wissen.«

»Das wäre auch eine Möglichkeit«, gab der Chinese zu.

Nur – wo bestand jetzt die Verbindung zwischen dem Auftauchen der beiden Spukdiener und Glendas Entführung? Das wollte mir nicht aus dem Kopf, und ich suchte verzweifelt den Faden.

»Du gehst also davon aus, dass es eine Verbindung geben muss?«, fragte der Chinese.

»Ja.«

Mein Partner schwieg. So ganz hatte ich ihn nicht überzeugen können, das war seinem Gesicht anzusehen. Und doch sollte ich recht behalten.

Einer der Beamten, die draußen Neugierige abhielten, erschien im Geschäft. Auf seinem Helm schmolzen die letzten Schneeflocken. »Sir«, meldete er. »In Ihrem Wagen meldet sich das Telefon. Es scheint dringend zu sein, der Anrufer lässt nicht locker.«

Ich ging.

Suko blieb zurück und hörte zu, wie Chiefinspektor Tanner den jungen Newman vernahm.

Viel konnte er auch nicht sagen, und ob der Zuhälter namens Bonzo den Mord begangen hatte, war ebenfalls nicht sicher, obwohl Suko daran glaubte.

John Sinclair kehrte zurück. Der Chinese sah mir sofort an, dass etwas passiert war. Mein Gesichtsausdruck sagte ihm genug.

»Was ist geschehen, John?«

Ich holte erst einmal tief Luft. »Costello hat bei Sir James angerufen.«

»Was?«

»Ja, und er hat dem Superintendenten bestellen lassen, dass er mich sprechen will. Und zwar allein.«

Schweigen entstand nach meinen Worten. Auch Tanner vergaß vor Überraschung, an seiner Pfeife zu ziehen.

»Weißt du, worum es geht?«, wollte Suko wissen.

»Das können wir uns wohl denken, nicht wahr?«

Suko nickte. Er brauchte den Namen Glenda Perkins wirklich nicht auszusprechen …

In den nächsten Sekunden wurde Glenda einiges klar. Sie war wirklich kein heuriger Hase, sie arbeitete für den Geisterjäger John Sinclair und wusste, dass es Dämonen und Wesen aus anderen Dimensionen gab. Sie wusste ferner, dass normale Bleigeschosse einem Dämon nichts ausmachten.

Der Mann neben ihr, der Retter, war von einem Bleigeschoss getroffen worden, und es hatte ihm nichts getan.

Das musste Glenda erst einmal verdauen und auch das Wissen, vom Regen in die Traufe geraten zu sein. Sie fuhren wieder an. Glenda hoffte, dass der andere nichts bemerkt hatte, und sie schaute geradeaus in den tanzenden, wirbelnden Flockensturm.

»Woran denken Sie jetzt?«, fragte ihr Retter.

»An nichts.«

Der Mann lachte. »Sie lügen schlecht, kleine Glenda. Und zwar sehr schlecht.«

»Wieso?«

»Sie denken über meine Verletzung nach und wieso es kommt, dass ich nicht entkräftet und vielleicht auch schwer verletzt bin. Stimmt es?«

»Möglich.«

»Also ja«, sagte der Mann und schaltete einen Gang höher, weil die Straße freier wurde. »Sind Sie schon zu einem Ergebnis gelangt, meine Liebe?«

»Natürlich.«
»Und das wäre?«
»Lassen Sie mich aussteigen!«
Lachen. Irgendwie boshaft klingend und auch hämisch. »Nein, das können Sie mir nicht antun. Sie wollen doch Ihren Retter nicht vor den Kopf stoßen.«
»Retter?«
»Genau.«
»Ich glaube kaum, dass Sie ein Retter sind, Mr Hunter, oder wie Sie sonst heißen. Ich bin in Ihre Falle gelaufen. Alles war ein abgekartetes Spiel. Wahrscheinlich ist dieser Kerl gar nicht tot. Sie haben nur so getan, um mich in Sicherheit zu wiegen.«
»Nein, ich habe ihn wirklich erschossen.«
Glenda schwieg. Schon längst suchte ihre linke Hand nach dem Griff der Tür. Sie wollte raus, und die Chance bot sich, denn eine Ampel leuchtete wieder rot.
Hunter musste langsamer fahren. Er schaltete zurück und senkte die Geschwindigkeit. Vor ihnen glühten Bremsleuchten auf.
Jetzt stoppte auch der Ford.
Und da probierte Glenda es. Sie riss am Türriegel, drängte ihr Körpergewicht schon nach links, um sich aus dem Ford zu werfen. Doch das war nicht möglich.
Hunter hatte die Tür versperrt.
Glenda hieb gegen die Innenverkleidung, mehr schaffte sie nicht. Die Tür blieb zu.
Hunter lachte. »Nein, Glenda, so haben wir wirklich nicht gewettet. Sie bleiben hier.«
Die junge Frau sank zusammen. Wieder stieg Angst in ihr hoch, dann riss sie den Mund auf, um zu schreien. Andere mussten sie doch hören! Sie wollte sich auch auf den Mann stürzen, sich wehren, die Passanten aufmerksam machen, sie wollte so viel und schaffte nichts, denn nun spielte Hunter seine Macht aus, und Glendas Vorhaben blieben bereits im Ansatz stecken.
Ihr Sitz veränderte sich. Er wurde weicher, dann regel-

recht schwammig. Glenda stellte fest, dass sie nicht mehr hochkam. Schrecken breitete sich auf ihrem Gesicht aus. Als sie nach unten schaute, sah sie, dass sich der Sitz verändert hatte. Er war grünlich geworden, und sie bemerkte, wie sich zwei tentakelartige Arme links und rechts ihrer Beine aus dem Sitz schoben.

Glenda erstarrte vor Entsetzen.

Es gab ein klatschendes Geräusch, und die Arme pressten sich fest auf ihre Oberschenkel. Dann spürte sie den Druck, der sie immer tiefer in den schwammigen Sitz schob, und öffnete den Mund, wobei ein Schrei aus ihrer Kehle stieg.

»Schrei nur!«, lachte Hunter. »Dich hört keiner. Und im Jenseits wird nur geschrien!«

Dumpf drangen die Worte an ihre Ohren. Während sie weiter schrie und um sich schlug, veränderte sich auch die Umgebung. Sie sah die roten Rückleuchten nicht mehr. Wie Luftballons, die platzten, so lösten sie sich auf und verschwanden. Plötzlich waren sie nicht mehr da. Dafür umwallte den Wagen eine grüngraue Wand. Beißender, ätzender Nebelqualm, wie er nur in den Dimensionen des Schreckens zu Hause war.

Der Wagen und mit ihm Glenda Perkins sowie Hunter hatten sich von einer Sekunde zur anderen aufgelöst. Sie waren durch einen zeitlosen Sprung in eine andere Dimension verschwunden.

Die Autofahrer, die hinter dem Ford gehalten hatten, trauten ihren Augen nicht.

Plötzlich war der Wagen weg.

»Ich glaube, ich spinne«, murmelte ein Mann, nahm seine Brille ab und rieb über seine Augen.

Das Bild blieb.

Kein Ford zu sehen.

Und Hunter, der Dämon, sagte in diesem Augenblick zu Glenda Perkins: »Willkommen im Jenseits, meine Liebe …«

Auf der Uferstraße, die zum Schloss der Windsors führte, wollten wir uns treffen.

Logan Costello hatte glasklar seine Bedingungen gestellt. Nur ich sollte im Wagen sitzen, und die Uhrzeit hatte er auch angegeben.

Zwei Stunden vor Mitternacht.

Wie das alles über die Bühne laufen sollte und was genau geschehen würde, davon musste ich mich überraschen lassen.

Natürlich hatte Suko heftig protestiert. Er hätte sich auch im Kofferraum einschließen lassen, wenn es nach ihm gegangen wäre, aber dagegen hatte ich etwas.

Mir war Glenda Perkins' Leben zu wertvoll.

Suko hatte dies auch eingesehen und hielt sich dementsprechend ruhig. Dass Logan Costello mich nicht von seinen Männern ermorden lassen wurde, davon konnte ich ausgehen. Der verfolgte ganz andere Pläne. Außerdem konnte er sich einen Mord zum momentanen Zeitpunkt nicht an den Hals hängen. Zudem hätte dann jeder gewusst, wer dafür verantwortlich war. Nein, Costello musste seinen Hass auf mich zügeln.

Ich fuhr entlang der Themse. Parallel zu dieser Straße lief ein Motorway, davon sah ich hin und wieder nur vereinzelte Lichter zu mir herüber blinken.

Das Wetter war unter aller Kanone. Schnee, jetzt mit Regen vermischt, fiel fast senkrecht vom Himmel. Auf der Straße lag ein Matschfilm, der auch für meine Winterreifen nicht eben angenehm war.

Die Dunkelheit war schlimm.

Da schien kein Mond, nicht ein Stern war zu sehen, und ich hatte das Gefühl, als würde ich durch einen grauen Tunnel fahren. Wären die Scheinwerfer nicht gewesen, hätte ich überhaupt nichts gesehen.

Nach wie vor ging ich davon aus, dass Costello Glenda Perkins hatte entführen lassen. Was er genau vorhatte, würde ich erfahren, aber er sollte sich hüten, der dunkelhaarigen Glenda auch nur ein Haar zu krümmen.

Ich fuhr langsam, weil ich nicht wusste, wann und wie etwas passierte. Man hatte mir nur gesagt, dass ich mich überraschen lassen sollte.

Des Öfteren wurde ich überholt. Dann klatschte Spritzwasser gegen meinen Wagen und die Scheiben des Bentley. Regelrechte Fontänen bildeten sich.

Die Rücklichter der mich überholenden Fahrzeuge verschwanden schnell in der Dunkelheit.

Ich war gespannt, wann sich Costello sehen lassen würde. Hoffentlich ließ er mich nicht zu weit fahren und hatte sich nur einen Scherz erlaubt.

Wieder wurde ich überholt. Ein Motorradfahrer war es, und ich musste unwillkürlich an Suko denken, doch der Chinese war zu Hause geblieben, das hatte er mir versprochen.

Zudem erkannte ich die vermummte Gestalt auf der Maschine nicht. Es war, wenn mich nicht alles täuschte, auch keine Harley Davidson gewesen, die mich überholt hatte.

Dann sah ich das Licht. Ein Mann schwenkte eine Taschenlampe im Kreis, sodass über dem Boden ein fahler Lichtkranz entstand.

Das Zeichen!

Ich senkte die Geschwindigkeit. Meine langen Scheinwerferbahnen erfassten den Mann, der dicke Lederkleidung trug und eine flache Mütze tief in die Stirn gedrückt hatte.

Der Bentley rollte aus. Einen Zoll vor dem Knaben kam er zum Stehen. Der Mann ging um die Kühlerschnauze herum und blieb neben dem Fenster stehen.

Ich ließ die Scheibe nach unten fahren.

»Sinclair?« Seine Stimme klang rau.

»Ja.«

»Steig aus, der Boss will dich sehen.«

Ich überlegte. Wenn ich an dem Mann vorbeischaute, sah ich ein dunkles, flaches Gelände, das sich bis zum Motorway hinzog. Rechts von mir wälzte sich die Themse durch ihr breites Bett.

»All right«, erwiderte ich und öffnete die Tür. Die Scheibe ließ ich wieder hochsurren.

Der Mann trat zur Seite. Die Lampe hielt er so, dass der Lichtkegel auf mich zeigte, jedoch nicht blendete.

»Und wohin?«, fragte ich.

Mit der freien Hand deutete er auf das Feld, wo plötzlich ein Scheinwerferpaar aufstrahlte und sofort wieder verlosch.

»Das ist das Zeichen«, bemerkte mein Bewacher.

»Wofür?«

»Dass alles okay ist.«

Ich grinste. »Und wenn es nicht gewesen wäre?«

Da schwieg der Mann. Er stampfte neben mir her und leuchtete. Der Lampenstrahl hüpfte über unebenen Boden. Furchen, Risse, Pfützen. Matsch- und Schneereste.

Einmal wäre ich fast ausgerutscht, weil sich das Gelände ein wenig senkte.

Dann sah ich den Wagen.

Je näher ich kam, umso besser konnte ich die Farbe erkennen. Gold. Und das sagte mir genug. Costello war mit seinem goldfarbenen Rolls eingetroffen.

Das war seine neueste Errungenschaft. Seit er gesehen hatte, dass ein amerikanischer Zuhälterboss einen goldfarbenen Rolls fuhr, wollte Costello auch einen haben.

Jetzt hatte er ihn.

Natürlich war er nicht allein gekommen. Killerbosse wie Logan Costello kamen nie allein. Sie hatten immer Angst, fürchteten um ihr Leben und brachten stets einige Männer der Leibgarde mit. So auch hier. Nicht nur der Typ, der mich abgeholt hatte, begleitete ihn, sondern noch zwei andere Kerle, die beide ausgestiegen waren. Einer trug eine Maschinenpistole. Der Lauf schaute unter seinem Mantel hervor, wies über die lange Kühlerschnauze und damit auch auf uns.

Ich musste bis zum Fond des Wagens gehen, und als ich neben der Tür stand, ließ Costello die Scheibe nach unten surren.

Allerdings nur zur Hälfte, sodass wir sprechen konnten, ohne zu schreien.

Unsere Blicke trafen sich. Die Scheibe war getönt, und in der Dunkelheit konnte ich ihn nicht genau erkennen. Sein Gesicht erschien mir mehr als ein heller Fleck.

Dafür hörte ich seine Stimme. »Sind Sie allein, Sinclair?«

»Sicher.«

»All right. Kommen wir zur Sache. Ich habe einen Job für Sie.«

Ich war tatsächlich überrascht. »Für mich?«

»Genau.«

Ich gestattete mir ein Grinsen und holte Zigaretten hervor. Erst als das Stäbchen brannte und ich es in der hohlen Hand festhielt, fragte ich: »Wissen Sie nicht, dass ich bereits einen Job habe?«

»Klar, aber Sie werden trotzdem das tun, was ich sage. Es geht nämlich um die kleine Glenda Perkins.«

Er sagte es triumphierend und höhnisch zugleich. Am liebsten hätte ich ihm ins Gesicht geschlagen, aber ich riss mich zusammen und ließ auch meiner Stimme nichts anmerken. »So?«

»Ja, Sie wollen sie doch heil wiedersehen. Und damit dies geschieht, werden Sie uns einen kleinen Gefallen tun, Sinclair.«

»Das steht noch nicht fest.«

»Und wie das feststeht.« Er lachte, und es hörte sich an wie ein Grunzen. »Um Glenda Perkins zurückzubekommen, werden Sie den Aufenthaltsort eines gewissen Solo Morasso herausfinden. So lauten die Bedingungen, Sinclair. Und Sie haben genau zwei Tage Zeit. Wenn Sie sich weigern oder irgendwie falschspielen, sehen Sie Glenda Perkins höchstens noch als Leiche.«

Das war deutlich.

Verdammt deutlich sogar!

Ich zog an meiner Zigarette. Damit hatte ich nun nicht gerechnet. Ich sollte also das Versteck des Solo Morasso, herausfinden, um es Costello zu verraten. Dann bekam ich Glenda zurück. Sicher war das allerdings auch nicht, denn ich traute Costello nicht über den Weg. Er würde Glenda eiskalt über die Klinge springen lassen, so brutal sich das anhört, aber es entsprach Costellos Mentalität. Rücksicht oder Nachgeben kannte ein Mann wie er nicht.

»Haben Sie mich verstanden?«

»Ja.«

»Und? Wie haben Sie sich entschieden?«

»Überhaupt noch nicht.«

»Wieso?«

»Weil ich das Ganze für einen miesen Bluff halte.«

»Die Entführung Ihrer Sekretärin ist kein Bluff, Sinclair.«

»Es wundert mich aber, dass ausgerechnet Sie mir den Vorschlag machen. Sie, Costello, müssten doch am besten wissen, wo Morasso zu finden ist. Schließlich stehen Sie mit ihm in Verbindung.«

»Nein, das ist Ihr Irrtum!«

»Aber Sie arbeiten für ihn.«

»Nehmen Sie die Bedingungen an oder nicht?« Logan Costello ging auf meine Frage nicht weiter ein.

»Was ist, wenn ich mich weigere?«

»Muss ich Ihnen das noch sagen, Sinclair?«

Nein, das brauchte er wirklich nicht. »Ich soll also Dr. Tods Aufenthaltsort herausfinden?«

»Ja.«

»Und wenn ich ihn habe?«

»Geben Sie mir Bescheid, und der Rest regelt sich von allein. Ich kann Ihnen sogar noch eine Hilfe geben, Sinclair, obwohl es mir sehr schwerfällt, dies zu tun. Solo Morasso befindet sich irgendwo auf dieser Erde.«

»Eine tolle Hilfe«, bemerkte ich spöttisch.

»Besser als keine. Sehen Sie zu, dass Sie es schaffen, Geisterjäger. Sie sind doch angeblich so toll. Jetzt können Sie Ihr Meisterstück machen.« Er lachte, und die Scheibe surrte wieder nach oben. Somit war unser Gespräch für ihn beendet.

Auch seine Männer wussten Bescheid. Sie stiegen in den Luxuswagen. Als Letzter der Typ mit der MPi. Er warf mir noch einen scharfen Blick zu und verschwand.

Als der Motor angelassen wurde, hörten wir nur ein Flüstern, so leise war er. Die Reifen wühlten den schlammigen Boden auf und schleuderten auch einige Spritzer in meine Richtung, die ihren Platz an meinen Hosenbeinen fanden.

Der Wagen fuhr davon, und ich blieb allein zurück. Verdammt allein, und ich würde auch allein bleiben, denn dieser Hundesohn hatte Bedingungen gestellt, die so gut wie unerfüllbar waren. Innerhalb von zwei Tagen sollte ich das schaffen, was andere in Monaten nicht vollbracht hatten.

Nein, das war kaum zu erfüllen.

Ich sah, wie die großen Rückleuchten des Rolls verschwanden. Sie wurden von der Schwärze aufgesaugt. Allein blieb ich auf dem Feld zurück. Allein und deprimiert. Der Zigarettenstummel war mir längst aus der Hand gerutscht. Er lag auf dem Boden.

So ähnlich kam ich mir auch vor. Wie ein Zigarettenstummel, der keine Chancen gegen das Wasser hat und von ihm aufgelöst wurde. Der Schnee war jetzt in Regen übergegangen. Ich merkte kaum, wie er in mein Gesicht schlug und die Haut kühlte, ich dachte nur an die Bedingungen, die mir Costello gestellt hatte.

Konnte ich es wirklich schaffen?

Allein sicherlich nicht. Meine Freunde mussten mithelfen. Vor allen Dingen Myxin und Kara. Sie kannten sich besser aus als ich, wussten über die Dämonenhierarchie ausgezeichnet Bescheid, und vielleicht hatten sie etwas von Dr. Tods Versteck gehört.

Eine winzige Hoffnungsflamme, mehr nicht, denn wenn ich genauer darüber nachdachte, dann war diese Annahme reiner Unsinn. Hätten Myxin oder Kara etwas gewusst, dann hätten sie mir sicherlich schon Bescheid gegeben.

Ich ging wieder zurück. Den Kopf hielt ich dabei gesenkt. Ich wusste wirklich nicht, wie es weitergehen sollte. Man hielt Glenda irgendwo gefangen, und zwar nicht auf dieser Welt, wie ich stark annahm. Man hatte sie bestimmt in irgendeine Dimension verschleppt, um mich zu locken.

Die Gegner hatten damit eiskalt die Schwäche des Sinclair-Teams aufgedeckt. Ja, wir waren verwundbar, sogar sehr stark.

Ich erreichte meinen Wagen, setzte mich hinein, startete und wendete.

Zurück nach London. Auf der Fahrt dorthin griff ich zum Autotelefon. Ich alarmierte mit meiner Meldung Sir James Powell. Er musste jetzt Bescheid wissen und auch Suko. Vielleicht hatten wir doch noch eine Chance. Unsere Welt ist schließlich endlich. Wenn sich irgendwo jemand versteckt hält, dann musste er auch zu finden sein, davon ging ich aus.

Doch zwei Tage Galgenfrist sind verdammt wenig Zeit.

Zu wenig …

Wie ein Tier kroch sie über den Boden. Sie hatte die Orientierung verloren, wusste nicht, wo rechts, links, vorn oder hinten war. In ihrem Kopf sammelten sich tausend Gedanken, spielten verrückt und vereinigten sich zu einem gewaltigen Gefühl der Angst.

Und diese Angst war es, die Glenda reagieren ließ.

Sie kam zur Ruhe.

Erst einmal blieb sie liegen. Ihre Nerven waren gespannt, überdreht sogar, und sie fühlte unter ihren Händen einen lauwarmen Stein, der rau und porös war. Als sie die Augen öffnete, konnte sie nichts erkennen, nur einen grauen, wallenden Nebel, der manchmal grünlich schimmerte.

Er war so dick, dass sich Glenda wunderte, überhaupt atmen zu können, aber sie nahm es hin.

Natürlich machte sie sich darüber Gedanken, wo sie sich befinden konnte. Noch einmal ließ sie die letzten Ereignisse vor ihrem geistigen Auge ablaufen.

Sie dachte an die Autofahrt und daran, dass sich ihr Retter plötzlich als Dämon entpuppt hatte.

Rick Hunter, ein Dämon!

Und wenn er sie verschleppt hatte, dann nur in sein Reich. Mit Schrecken wurde Glenda dies klar. Ja, sie befand sich nicht mehr auf der Erde, sondern in einer Dimension des Grauens. Davon musste sie ausgehen, und daran war nichts mehr zu ändern.

Sie wunderte sich nur, dass sie nicht weinen konnte, als sie daran dachte. Sie war noch zu geschockt und musste erst einmal mit sich selbst ins reine kommen.

Glenda stand auf. Normalerweise eine simple Angelegenheit, doch Glenda hatte Mühe. Sie war ziemlich wacklig auf den Beinen und breitete die Arme aus, um das Gleichgewicht zu bewahren.

Dann endlich stand sie.

Erst jetzt fiel ihr auf, dass der Boden unter ihren Füßen vibrierte. Tief in der Erde hörte sie ein unheimlich klingendes Grollen, das ihr wie eine Drohung entgegen strömte und etwas von dem ahnen ließ, was sich hier tat. Diese Welt befand sich in Bewegung. Hier wallte und quirlte nicht nur der Nebel, auch das Gestein, über das Glenda Perkins schritt, schien sich zu heben und senken. Dabei stellte sie fest, dass der Boden leicht abschüssig war. Sie hatte das Gefühl, als würde sie in die Tiefe laufen, wo ein schreckliches Unheil lauerte.

Es war warm.

Viel zu warm für einen Mantel. Glenda merkte kaum, dass sie ihren Mantel auszog und kurzerhand auf dem Boden liegen ließ.

Der Nebel war überall. Er hatte auch einen Geruch. Glenda glaubte, Schwefel zu riechen, wie manchmal bei einem Zündholz, wenn man es anzündete und mit der Nase zu dicht an die Flamme geriet.

Schwefel?

Das erinnerte sie an den Höllenatem. Befand sie sich nahe der Hölle? Sie wusste, dass es Jenseitsmächte gab, dass ein Teufel existierte, der Asmodis genannt wurde, und dass er der Herrscher der Hölle sein sollte. Dann war sie also in seiner Nähe?

Dieser Glauben trieb wieder die Angst in ihr hoch und beschleunigte ihren Herzschlag.

Plötzlich sah sie eine Gestalt.

Sofort blieb Glenda stehen. Ihre Lippen öffneten sich dabei. Ein Schrei drang jedoch nicht aus ihrem Mund, er blieb auf halbem Wege stecken.

Die Gestalt konnte Glenda nicht identifizieren. Sie wurde vom Nebel umwallt, und Glenda erkannte nur, dass sie ein menschliches Aussehen hatte.

Mehr nicht ...

Unheimlich sah sie aus. Glenda kam der Vergleich eines Wächters vor der Höllenpforte in den Sinn. Unwillkürlich schüttelte sie sich und begann zu zittern.

Zudem traf die Gestalt keine Anstalten, sich ihr zu nähern. Sie blieb einfach stehen, und auch Glenda traute sich nicht, weiter vorzugehen.

So verging die Zeit.

Für Glenda waren es Sekunden, in denen ihre Angst noch stärker wurde. Sie spürte einen pelzigen Geschmack im Mund, und es bereitete ihr Mühe, die ersten Worte zu formulieren.

»Wer – wer sind Sie?«

Keine Antwort.

Glenda hob den Arm und presste die Handfläche dorthin, wo unter der Brust das Herz schlug. »Sagen Sie doch was!«

Die Gestalt sagte nichts. Nur der graugrüne Nebel bewegte sich. In Wolken wallte er um den Unheimlichen herum, der sich nicht rührte und wie eine Figur aus Stein dastand.

Schließlich hielt es Glenda nicht mehr länger aus. Sie wollte endlich Gewissheit haben, auch wenn ihre Angst noch so groß war. Sie musste wissen, woran sie war.

Zögernd ging sie vor. Schritt für Schritt näherte sie sich der stummen Gestalt. Und als sie näher kam und den Nebel besser durchschauen konnte, da erkannte sie den anderen auch.

Es war ihr Retter!

Rick Hunter hatte er sich genannt, aber sicherlich hieß er anders, denn er war ein Dämon. Menschen hatten keine Tentakelarme.

Vor ihr stand ein Dämon.

Glenda blieb stehen, als sie nur noch ein Schritt von dem anderen trennte. Sie schaute zu ihm hoch, sah in sein menschliches Gesicht, und auch sonst wirkte er wie ein Mensch.

Selbst seine Arme waren völlig normal. Sie hingen zu beiden Seiten des Körpers herab.

Glenda fasste sich ein Herz und stellte die erste Frage. »Wer – wer sind Sie?«

»Dein Retter!«

Sie schüttelte den Kopf. »Nein, du bist nicht mein Retter. Du hast mich entführt, aber mein Retter bist du nicht. Was soll das alles? Ich will eine Antwort!«

»Die kannst du bekommen.«

»Dann gib sie mir!«, schrie Glenda.

»Nein, von mir nicht«, erwiderte Hunter. »Ein anderer wird sie dir geben.«

»Wer?«

»Lass dich überraschen.«

Überraschen, dachte Glenda. Meine Güte, der sprach, als wären sie irgendwo in einem Lokal und befänden sich nicht in einer Welt voller Grauen und Abscheu.

»Komm mit.«

Glenda zuckte zusammen, als die Stimme ihre Gedanken unterbrach. »Und wohin?«

»Das wirst du sehen.«

»Was ist, wenn ich mich weigere?« Glenda wusste selbst nicht, woher sie den Mut zu dieser Frage nahm.

Der Mann schaute sie nur an. »Dann wirst du die große Hölle erleben.« Mehr sagte er nicht.

Sie senkte den Kopf. Rick Hunter bemerkte ihre Reaktion und nickte zufrieden. Er drehte sich um, dabei streckte er seine Hand aus. »Ich führe dich.«

»Nein!« Glenda dachte an den Tentakelarm. Mit ihm wollte sie nicht noch einmal in Berührung kommen. Sie ekelte sich vor dieser schleimigen Masse.

»Wie du willst.« Der Dämon ließ Glenda vorgehen. »Geh nur immer geradeaus, aber weiche nicht vom Weg ab, hörst du? Weiche nie ab, sonst wird es schlimm.«

»Was kann denn noch schlimmer werden?«, flüsterte Glenda.

Hunter lachte. »Du wirst dich wundern, Kleine. Sogar sehr wundern, das kannst du mir glauben.«

Der Boden unter ihr bestand aus rauem, aber weichem Stein. Kanten, Buckel und auch Spalten, aus denen der Nebel quoll, bildeten gefährliche Stolperfallen.

»Geh weiter!«

Hunter sagte dies beschwörend, und das merkte Glenda auch. Es musste dafür einen Grund geben.

Sie wurde wirklich vorsichtig und schaute auf ihre Stiefelspitzen. Manchmal hatte sie das Gefühl, als würde sie auf einem schmalen Grat balancieren, obwohl sie nichts sehen konnte, denn der Nebel um sie herum war äußerst dicht.

Nach ein paar Schritten hörte sie die Geräusche. Es waren schlimme Laute, die rechts und links von ihr aus der Tiefe drangen.

Heulen, Jaulen, Klagen und Schreien.

So schrecklich und grauenvoll, dass Glenda stehen blieb, ihre Hände hob und sich die Ohren zuhielt.

»Weiter!«, drängte Hunter.

Glenda schüttelte den Kopf. »Nein«, keuchte sie, »ich kann nicht mehr weitergehen. Ich habe nicht mehr die Kraft. Das ist alles so schrecklich, so grauenhaft. Ich bringe es nicht fertig. Wirklich nicht.«

»Du musst!«

Glenda zuckte zusammen, als sie nach dieser Antwort die Berührung in ihrem Rücken spürte. Ein Stromstoß schien durch ihren Körper zu fließen, sie schüttelte sich und versuchte, den Tentakelarmen auszuweichen. Dabei ging sie einen zu schnellen Schritt nach vorn, und schon war es passiert. Nach links rutschte sie ab.

Tatsächlich wanderte sie nur auf einem sehr schmalen Grat dahin. Und da war nichts, an dem sie sich festhalten konnte. Sie fiel nach links und sah noch während des Falls, wie sich eine Nebelspirale gebildet hatte und einen Trichter schuf, in den sie hineinschauen konnte.

Für den Bruchteil einer Sekunde hatte Glenda Perkins einen freien Blick.

Sämtliche Schrecken und Bilder der Hölle taten sich vor

ihr auf. Was sie früher nur von Albträumen her kannte, das wurde nun Wirklichkeit.

Glenda sah schreckliche Gestalten. Monster mit zwei oder mehr Köpfen, Wesen, die eine Mischung zwischen Tier und Mensch darstellten. Kraken mit Menschenköpfen an ihren Fangarmen, riesige Ratten, die an Knochen nagten, gefährliche Wesen mit Fischköpfen und messerscharfen Gebissen. Große Fledermäuse, Werwölfe mit blutbefleckten Schnauzen und schleimige Ghouls auf der Suche nach Aas.

All diese Wesen hielten sich in dem Kessel auf, in dem es brodelte und gärte, wo der reine Schrecken zu Hause war und Albträume zu einer Tatsache wurden.

Sie alle warteten, wollten Opfer. Menschen, wenn möglich.

Und Glenda würde ihnen in die Klauen fallen.

Sie schrie.

Schon schossen zwei mit Menschenköpfen versehene Krakenarme in die Höhe. Glenda sah zwei Mäuler in den Köpfen, die sich öffneten und Vampirzähne zeigten, um beißen zu können, damit der Weg für das Blut frei war.

Mit den Armen ruderte Glenda. Doch sie griff nur in den wallenden Nebel. Halt fand sie nicht.

Den gab ihr Rick Hunter!

Bevor Glenda endgültig in den Schlund fallen konnte und ein Opfer der grässlichen Gestalten wurde, griff er zu. Allerdings nicht mit seinem normalen Arm, sondern mit dem langen Fangarm eines Kraken. Der wickelte sich von unten her gedankenschnell um Glendas Körper, sodass er die Fallende festhalten konnte. Kraft genug besaß er.

Bevor der Menschenkopf zubeißen konnte, wurde Glenda wieder in die Höhe gehievt und auf den relativ sicheren schmalen Steg gestellt.

Jetzt weinte sie.

Die Angst musste sich freie Bahn verschaffen. Zudem zitterte sie am ganzen Körper. Hätte Hunter sie nicht weiterhin festgehalten, wäre sie sicherlich gestürzt.

»Ich habe dir doch gesagt, dass du vorsichtig sein sollst!«, zischte er.

Glenda erwiderte nichts. Sie war nicht in der Lage, auch nur ein Wort hervorzubringen. Sie blieb in den Armen des Dämons und schnappte keuchend nach Luft.

Hunter ließ sie. Er schaute über Glendas Kopf hinweg, und ein teuflisches Lächeln umspielte seine Lippen. Aus reinem Mitgefühl hatte er Glenda nicht gerettet, nein, wenn sie irgendwelche Zicken machte, würde sie den Monstern vorgeworfen werden. Aber zuvor wollte noch jemand anderer sie sehen. Und den Auftrag musste Hunter erfüllen, denn sein Herr, der Spuk, hatte es angeordnet.

Glenda musste weitergehen.

Die Geräusche aus der Tiefe begleiteten sie. Mit der Zeit gewöhnte sie sich daran, und ebenfalls an den Tentakelarm, der sich um ihre Hüfte geschlungen hatte und sie nicht mehr losließ. Hunter wollte nicht, dass Glenda noch einmal das Gleiche passierte wie vorhin.

Manchmal klatschte etwas neben ihr auf den Rand. Dann schälte sich ein Schatten aus dem Nebel hervor und wurde, wenn er näher kam, zu einem grauenvollen Monster.

Doch niemand griff sie an. Hunter schien in dieser Welt eine Respektsperson zu sein, denn vor ihm hatten alle Angst.

Das Zeitgefühl hatte Glenda verloren. Sie befand sich in einem regelrechten Trott, hielt den Blick gesenkt und schaute weder nach rechts noch links.

Sie merkte kaum, dass der Tentakelarm verschwand und sie wieder frei gehen konnte.

»So, die Gefahr ist gebannt«, erklärte Hunter.

Seine Stimme klang plötzlich seltsam. So laut und irgendwie hallend, trotz der wabernden Nebelschwaden. Glenda schien es, als befänden sie sich in einer gewaltigen Höhle, deren Ausmaße kaum zu schätzen waren.

So sehr sie sich auch bemühte, sehen oder erkennen konnte sie kaum etwas.

Auch war der Boden nicht mehr so rau und uneben. Genau das Gegenteil war eingetreten. Eine glatte Fläche befand sich unter Glendas Füßen. Wie aus Marmor geschaffen, und wenn der Nebel mal ein wenig Sicht zuließ, dann kam es Glenda vor, als könnte sie sich in dem Untergrund spiegeln.

»Wir sind da!«, sagte Hunter.

»Wo?« Glendas Stimme zitterte.

Da lachte der Mann. »Am Ziel, kleine Glenda. In seinem Reich. Im Reich des Spuks!«

Jetzt war es heraus. Natürlich wusste Glenda, was es mit dem Spuk auf sich hatte. Er war schließlich der Herr über die geknechteten Dämonenseelen. Er war ihr Meister, er war ihr Aufpasser, er sorgte dafür, dass die Bestrafung bis in alle Ewigkeit fortgeführt wurde. Ein Meister des Grauens, ein Wesen, das sicherlich so mächtig war wie Asmodis.

Und der Nebel verschwand.

Er trat zurück und bildete eine regelrechte Insel, auf die Glenda zuschritt.

Seltsamerweise konnte sie alles sehen, obwohl keine Lichtquelle zu erkennen war. Von irgendwoher strömte das Licht, und es beleuchtete eine Gestalt, die auf einem Stuhl vor einem Tisch saß.

Ein Mensch?

Er sah so aus. Das Gesicht unter den grauen, strähnigen Haaren war verwüstet. Es wirkte wie eine zerfurchte Kraterlandschaft. Kalt und grausam blickten die Augen, und in der rechten Hand hielt der Mann einen Holzhammer.

Trotz der Gefahr, in der sich Glenda befand, begann sie nachzudenken.

Diese Gestalt hatte sie zwar noch nie persönlich gesehen, aber sie wusste, wer vor ihr saß. Und sie erhielt gleich darauf von Hunter die Bestätigung.

»Er wollte dich sehen, Glenda. Ich habe dich zu ihm gebracht, in dieses Refugium des Schreckens. Nun bist du da, und alles läuft genau nach Plan. Weißt du, wer er ist?«

Glenda nickte.

»Wer denn?«

»Maddox!«, flüsterte die schreckensstarre Glenda Perkins. »Maddox, der Dämonenrichter …«

Wir hatten wirklich alles versucht!

Ich erlebte Sir James Powell in absoluter Hochform. Er ließ seine Beziehungen spielen, rief die Geheimdienstzentralen an, machte die NATO mobil und schaffte es, Satellitenaufnahmen zu bekommen. Überall in Europa liefen die Computer heiß, spuckten Informationen aus, verwerteten sie, verglichen und reichten neue Erkenntnisse auf elektronischem Wege weiter.

Die Anlage bei Scotland Yard gehörte zu den modernsten, die es überhaupt gab. Sie war auch mit dem amerikanischen Zentralcomputer des FBI verbunden, aber auch dort wusste man nichts von einem Solo Morasso. Man hatte den Namen zwar gespeichert, aber wo er und seine Mordliga sich aufhielten, war nicht herauszubekommen.

Wir arbeiteten wirklich die Nacht durch, und im Morgengrauen waren wir alle geschafft.

»Legen Sie sich für ein paar Stunden aufs Ohr«, ordnete Sir James an. Der Befehl galt nicht nur mir, sondern auch Suko. Unseren Protest wischte er einfach weg.

In einem der Bereitschaftsräume fanden wir einen Schlafplatz, und mir fielen wirklich die Augen zu. Die Erschöpfung war zu groß. Ich schlief fest und auch traumlos.

Als ich erwachte, war Suko schon verschwunden, und ich schaute auf meine Uhr.

Wir hatten schon fast zehn Uhr. Der Vormittag war ziemlich weit fortgeschritten. Es gab Waschgelegenheiten, und als ich unter der Dusche stand, erschien Suko. Er brachte frische Kleidung, Zahnbürste und Rasierzeug.

»Woher hast du das denn?«, übertönte ich das Prasseln der Dusche.

»Shao hat alles zusammengestellt.«

»Dann warst du schon zu Hause?«

»Sicher.«

»Das gibt's doch nicht.«

»Frühstück ist bereits unterwegs. Sir James hat es bestellt.«

Mein Schreibtisch war gedeckt. Das heißt, dort stand ein Tablett. Der Kaffee duftete, die Hörnchen und die Brötchen waren noch frisch, aber irgendwie hatte ich keinen Appetit. Mir fehlte etwas. Und zwar Glenda Perkins.

Sie gehörte ebenso dazu wie ich. Und wenn ich daran dachte, was unter Umständen mit ihr hätte passieren können, wurde mir ganz anders. Plötzlich wollte mir das Essen nicht mehr schmecken.

Das Telefon schlug an. Da ich den Mund voll hatte, nahm Suko ab und meldete sich.

»Für dich, John«, sagte er und reichte mir den Hörer rüber.

»Wer ist es denn?«

Er gab mir keine Antwort, hörte die Stimme jedoch zwei Sekunden später.

Es war Logan Costello. »Nun, großer Geisterjäger? Haben Sie schon einen Erfolg zu verzeichnen?«

Hätte dieser verfluchte Killerboss jetzt vor mir gestanden, bei Gott, ich hätte mich vergessen und ihm die Faust in sein feistes, grinsendes Gesicht geschlagen. So aber musste ich mich beherrschen, und man sah es nur meinem Gesicht an, welche Gefühle in mir tobten.

Suko machte eine beruhigende Handbewegung, die ich nickend zur Kenntnis nahm.

Dann hörte ich wieder die Stimme. »Warum sagen Sie nichts, oder sind Sie erfolglos?«

»Was wollen Sie?«

Costello lachte. »Ihnen nur mitteilen, dass die Zeit schon zu einem großen Teil verstrichen ist. Viel Glück, Geisterjäger.« Ich hörte noch sein dreckiges Lachen, als sich der Hörer bereits auf dem Weg zur Gabel befand.

Vor Wut knirschte ich mit den Zähnen, und das Blut schoss mir in den Kopf. Ich stand wirklich vor der Explosion.

»Reg dich ab, John«, warnte Suko. »Wir müssen wirklich einen klaren Kopf behalten.«

»Ja, ja, zum Teufel!«

Ich schloss die Hände zur Faust und öffnete sie wieder. Diese Aufgabe, die man mir zwangsläufig gestellt hatte, ging einfach über meine Kräfte. Es war verdammt schwer für mich, dies einzugestehen. Da hatten wir die modernsten Hilfsmittel der Technik, und was kam dabei heraus?

Nichts! Nur Luft. Aber keine Spur von Solo Morasso oder den Mitgliedern seiner Mordliga.

Ich schaute auf und bemerkte, dass Suko sein Tablett geleert hatte. »Deine Nerven möchte ich haben.«

Suko schüttelte den Kopf. »Das hat mit Nerven nichts zu tun. Wer weiß, wann ich die nächste Malzeit bekomme.«

Damit hatte er auch recht. Ich aß ebenfalls, wurde jedoch unterbrochen, da Sir James unser Büro betrat. Auch sein Gesicht sah etwas grau aus, ein Zeichen, dass er nicht geschlafen hatte.

Er schwenkte einen Streifen aus dem Fernschreiber, und sofort durchflutete mich Hoffnung. »Haben Sie etwas gefunden, Sir?«

»Nein, leider nicht. Es ist nur die Antwort von Kommissar Mallmann. Auch im deutschsprachigen Raum rührt sich nichts.«

»Dann steckt er woanders!«, rief ich und schlug mit der flachen Hand auf den Schreibtisch. »New York hat er verlassen, nachdem Xorron erweckt wurde. Wo kann er sich nur verkrochen haben?« Ich stand auf und durchwanderte das Zimmer.

Sir James und Suko schauten mir zu. Der Superintendent rückte seine Brille mit den dicken Gläsern zurecht. Auch er wusste nicht, wie es weitergehen sollte. Wir standen praktisch vor einem Abgrund, den wir nicht überspringen konnten.

Wo steckte Dr. Tod?

Das war die Frage, die uns alle quälte. Ob es Glenda Perkins allerdings etwas nutzte, das wusste ich auch nicht. Dämonen hielten ihr Wort nie.

Das Telefon meldete sich. Wieder war Suko näher am Apparat und hörte zu.

»Ja«, sagte er, »schicken Sie die beiden hoch.«

»Wer ist es denn?«, fragte Sir James.

»Kara und Myxin.« „

»Ach so.« Sir James stand den beiden ein wenig skeptisch gegenüber, akzeptierte sie jedoch. Als Kara und Myxin mein Büro betraten, saß ich wieder hinter dem Schreibtisch.

Sie grüßten.

Ich bot Stühle an, und die beiden nahmen Platz. Als Kara sich hinsetzte, schwang ihr langes Kleid zur Seite, und ich konnte den Griff des goldenen Schwerts erkennen.

Die beiden wussten Bescheid, um was es ging. Sie waren meine große Hoffnung.

»Habt ihr etwas erfahren?« Mein Blick glitt von Kara zu Myxin und wieder zurück.

Der kleine Magier antwortete. »Wir haben etwas erfahren. In den Jenseitsreichen herrscht Unruhe, das kann man deutlich spüren. Wir nehmen die magischen Schwingungen wahr, die auch unsere Dimension erreichen. Alles sieht danach aus, als würde es bald eine Entscheidung geben.«

»Zwischen wem?«

»Asmodina und Dr. Tod.«

»Und dabei soll ich ihnen helfen.« Ich schüttelte den Kopf. »Mein Gott, ich verstehe nicht, dass Asmodina es nicht schafft, herauszufinden, wo sich ihre Gegner aufhalten.«

»Sie schirmen sich ab.«

»Und womit?«

Da lächelte Myxin. »Du wirst es kaum glauben, John, aber durch den Todesnebel.«

»Was?«

»Ja, dieser Nebel ist etwas Besonderes. Er sorgt nicht nur dafür, dass Menschen zu Skeletten werden, wenn sie mit ihm in Berührung kommen, sondern er kann auch einen magischen Abwehrschirm bilden, der selbst von Asmodina nicht durchdrungen werden kann.«

Ich schüttelte den Kopf. »Das verstehe, wer will«, erwiderte ich. »Mir kommt alles ziemlich spanisch vor.«

»Hat Dr. Tod denn schon so eine große Macht erlangt?«, wollte Suko wissen.

»Alles deutet darauf hin.«

»Und was können wir tun?« Diese Frage stellte Sir James an die beiden. Eine Antwort erhielt auch er nicht. Myxin und Kara hoben nur die Schultern.

Eine Schweigepause entstand. Ich hatte einen Bleistift

genommen und spielte mit ihm. Mit der Spitze tickte ich auf ein Blatt Papier und murmelte dabei: »Vielleicht machen wir alles falsch.«

»Wieso?« Sir James sprang darauf an.

»Wir konzentrieren uns nur immer auf Dr. Tod und seine Helfershelfer. Dabei gibt es ja noch andere Dämonen. Mächtige Dämonen, die sicherlich auch mit dem Fall zu tun haben.«

»Das wäre?«

»Der Spuk, Sir. Der Spuk und seine Vasallen.« Ich schaute Kara und Myxin an. »Wir müssten doch einen von ihnen in die Hände bekommen können. Vielleicht zeigt er uns den Weg zu unserem Ziel.«

»Die wissen ja auch nichts«, hielt mir Kara entgegen.

»Unter Umständen aber ist ihnen bekannt, wo Glenda Perkins gefangen gehalten wird.«

»Ja, das ist gar nicht schlecht.« Suko stand mir bei.

»Könnt ihr nicht wenigstens versuchen, einen Weg zu finden?«, erkundigte ich mich.

Myxin und Kara überlegten. Sicherlich checkten sie jetzt einige Möglichkeiten durch, und wir ließen sie in Ruhe. Selbst Sir James sagte nichts.

»Man müsste sie locken«, sagte Kara schließlich.

Kara schaute mich an. Ich sah den Ernst in ihren dunklen Augen und ahnte, dass ihre Gedanken auf fruchtbaren Boden gefallen waren. »Du besitzt etwas, John Sinclair, das sich unter Umständen als sehr wertvoll erweisen könnte.«

»Und was?«

»Den silbernen Nagel!«

Ihre Worte tropften in die Stille. Ich schaute Suko an, der mich und Sir James ebenfalls anblickte.

»Ja, den silbernen Nagel habe ich.«

»Damit hast du Dr. Tod einmal erledigt oder nicht?«, fragte mich die Schöne aus dem Totenreich.

Ich nickte. Und ich dachte daran, als ich gegen Dr. Tod oben auf dem Turm kämpfte. Er hatte Nadine Berger in die Tiefe stürzen wollen. Ich verhinderte es, dafür stürzte er nach unten, und ich hatte ihm dort den silbernen Nagel in die Hand gegeben, damit er sich selbst damit töten konnte.

So starb sein Körper. Den Nagel aber hatte ich an mich genommen und bewahrte ihn zusammen mit dem Kelch des Feuers auf.

»Wie kann er uns helfen?«, wollte ich wissen.

»Wir müssen zusehen, dass irgendjemand von diesem Nagel erfährt. Und zwar jemand, der voll auf Asmodinas Seite steht und ihr von dieser Waffe berichtet. Du müsstest unter Umständen bereit sein, dich von dem Nagel zu trennen und ihn der Teufelstochter überlassen. Vielleicht im Tausch gegen Glenda Perkins.«

Ja, die Idee war nicht schlecht, doch ich winkte schnell wieder ab. »Was nützt das, Freunde? Es ist doch für Asmodina eine Kleinigkeit, mir den Nagel wegzunehmen.«

»Das glaube ich nicht.«

»Und wieso nicht?«

Kara lächelte. »Wenn du ihn durch dein Kreuz schützt, wird sich Asmodina hüten, ihm zu nahe zu kommen. Sie ist die Tochter des Teufels. Und der Teufel hat vor dem Kreuz Angst. Also wird sich auch Asmodina davor fürchten.«

Eine einleuchtende Logik.

Ich schaute zu Sir James. Der Superintendent schien über diesen Vorschlag nicht glücklich zu sein. Er tat auch gleich seine Meinung kund. »Für mich hört sich das alles zu kompliziert an.«

»Das ist es auch«, gab ich ihm recht. »Aber eine bessere Lösung ist uns nicht eingefallen.«

»Dann versuchen Sie es.«

Ich stand auf. »Den Nagel besorge ich, keine Bange. Und wenn es sein muss, mitten aus der Hölle.«

Dann war ich aus dem Büro!

»Sehr richtig, Glenda Perkins, ich bin Maddox, der Dämonenrichter. Und habe mich schon auf dich gefreut.« Er rieb seine Hände, sodass es sich anhörte, als würden Papiere gegeneinander schaben. »Endlich bist du bei mir.«

»Und was wollen Sie?«

Maddox lachte. »Was tut ein Richter schon? Er sitzt über jemanden Gericht.«

»Und – das bin ich?«

»Genau.«

»Aber – aber …« Glenda schluckte. »Ich habe doch gar nichts getan. Ich bin unschuldig. Ich …«

»Was?«, brüllte Maddox und sprang auf. »Unschuldig? Dass ich nicht lache!« Seine Stimme hallte durch den dämonischen Tempel und schuf ein schauriges Echo. »Du bist nicht unschuldig, du nicht, denn du gehörst zu ihm, zu Sinclair, dem Geisterjäger!« Er schüttelte sich, als hätte jemand eine stinkende Flüssigkeit über ihm geleert. »Du kannst mir nichts weismachen. Sinclair ist unser Feind, und wer zu ihm hält, gehört ebenfalls dazu!« Maddox nahm wieder Platz. Vor seinen Lippen sprühte Speichel, die Augen glitzerten kalt wie Eiskristalle, und Glenda las darin ihr Todesurteil.

Ja, dieser Mann würde sie töten!

In all der Aufregung hatte sie nicht bemerkt, dass zwei Gestalten aufgetaucht waren. Erst als sie einen scharfen, beißenden Geruch wahrnahm, da blickte sie hoch.

Die Diener des Spuks standen neben ihr. Echsenwesen mit großen Köpfen, schuppiger grüner Haut und spitzen Zähnen in den gewaltigen Mäulern. Sie hielten Lanzen in den Klauen, und einer trug sogar einen alten Holzstuhl.

»Setz dich hin!«, befahl der Dämonenrichter.

Glenda schaute auf Maddox, sah dann den Stuhl an und holte tief Luft. Dabei schüttelte sie den Kopf. »Nein, bitte, ich …«

Der Schlag traf ihren Rücken. Völlig unvorbereitet, sodass sie sich nicht mehr abstützen konnte und nach vorn fiel, genau auf den Stuhl zu. Sie wollte sich an der Lehne festhalten und stürzte mit dem Sitzmöbel zu Boden. Dort blieb sie liegen. Hart war sie aufgeschlagen und hatte sich an den Ellbogen die Haut aufgerissen. Das Blut tropfte zu Boden. Es breitete sich auf dem glatten Marmor aus.

»Hoch mit dir!« Maddox' Stimme klang gnadenlos. Als Glenda nicht sofort gehorchte, griffen die Echsenmenschen zu. Sie rissen die junge Frau in die Höhe, hoben auch den Stuhl auf und zwangen Glenda auf die Sitzfläche.

Plötzlich erschien auch ihr Retter. Er tauchte aus einer Nebelwolke auf, und nur an der Kleidung sowie an den Haaren war zu erkennen, dass es sich dabei um Rick Hunter handelte. Ansonsten hatte er sich verändert.

Wo sich sonst sein Gesicht befand, schimmerte eine silbrige Fläche, die von roten Streifen durchlaufen wurde. Die Streifen zogen sich von oben nach unten, sie bildeten ein regelrechtes Gittermuster, und seine Arme bestanden wieder aus langen Tentakeln.

»Wer – wer sind Sie?«, flüsterte Glenda erschreckt.

Hunter blieb stehen. »Ich bin einer unter vielen, die in dieser Hölle leben, und dein persönlicher Aufpasser.« Wo sich sonst der Mund befand, drang ein Lacher hervor. Dann sah Glenda die Stricke, die an seinem Gürtel hingen.

Jetzt war ihr alles klar.

Sie sollte gefesselt werden.

»Nicht, bitte«, flüsterte sie, doch Rick Hunter kümmerte sich nicht darum. Er löste die Stricke vom Gürtel, war blitzschnell bei Glenda, und innerhalb von Sekunden hatte er mit den Fesseln ihre Arme so an den Stuhl gebunden, dass sie sich nicht mehr rühren konnte.

»Jetzt ist alles klar«, sagte er.

Der Dämonenrichter hatte mit angesehen, wie Glenda gebunden wurde. Dies geschah genau in seinem Sinne. Der Stuhl wurde noch herumgerückt, sodass Glenda in Maddox' verunstaltetes Gesicht schauen musste, wenn sie die Augen öffnete.

Der Richter rührte sich nicht. Er saß auf seinem Stuhl und fixierte Glenda aus bösen Augen. Auch Hunter bewegte sich nicht. Nur die Streifen in seinem Gesicht zuckten.

Alles wies darauf hin, als würden sie auf irgendein Ereignis warten, und selbst bei Glenda wurde die Angst für einen Augenblick verdrängt, sodass die Spannung stieg.

Was würde jetzt noch folgen?

Sie sah ihn nicht, sie spürte ihn. Irgendwie veränderte sich die Umgebung. Die Luft schien auf einmal zu knistern, sie wurde aufgeladen mit Schwarzer Magie und einem beinahe körperlich greifbaren Grauen.

Kalt rieselte es Glenda über den Rücken. Gern hätte sie sich umgeschaut, doch die Fesseln hinderten sie daran. Und die Magie verstärkte sich, bis sie Glenda direkt erreicht hatte.

Sie spürte sie hinter sich, und sie hatte das Gefühl, ein eiserner Ring würde ihren Körper umschließen. Weit riss sie die Augen auf, plötzlich tat sie sich schwer, Luft zu holen, sie atmete keuchend und unkontrolliert und sah Maddox, den Dämonenrichter, wie durch einen Schleier.

Dann war es vorbei.

Alles war wieder normal, Glenda konnte tief durchatmen, obwohl sie sich in einer anderen Dimension befand.

Nein, es war doch nicht alles normal. Etwas hatte sich verändert. Jemand war eingetroffen. Der eigentliche Herrscher in diesem gewaltigen Reich.

Der Spuk!

Auch von ihm hatte Glenda gehört, allerdings hatte sie ihn nie gesehen, nun war er ihr zum ersten Mal unter die Augen getreten. Er stand dort in seiner vollen Größe. Gewaltig wuchs er vor ihr in die Höhe, und das Grauen umgab ihn wie ein großer Mantel. Er hatte keine Gestalt, sondern bestand nur aus Schwärze, aber eine Schwärze, die sich bewegte, die kreiste, nie stillstand und von einer Seite zur anderen wallte.

Glenda hatte nur noch Augen für den Spuk. Zudem konnte sie überhaupt nicht an ihm vorbeisehen, denn er nahm ihr gesamtes Gesichtsfeld ein. Hoch und breit präsentierte sich der Herr im Reich der jammernden Seelen, und als gewaltiger Schatten war er einfach nicht zu fassen.

Auch Maddox war aufgestanden. Er hatte den Spuk als seinen Chef anerkannt und dienerte vor ihm, denn zahlreiche Dämonenseelen wurden erst durch Maddox verurteilt, bevor sie in den Kreislauf der Hölle gerieten.

»Das ist sie«, sagte der Dämonenrichter.

Der Spuk hörte die Worte und lachte dumpf. »Meinst du, dass John Sinclair für sie alles tun wird?«

»Ja.«

»Dann kann Asmodinas Plan aufgehen«, sagte der Spuk. »Ich hoffe es sogar.«

»Aber wir lassen sie nicht am Leben, oder?«, fragte der Dämonenrichter.

»Nein, bestimmt nicht. Sie wird all die Schrecken der Hölle durchleben müssen, das ist gewiss. Für sie gibt es keine Rettung, auch Sinclair kann es nicht schaffen, denn hier sind wir die Herren. Er strengt sich schon an, ist vielleicht sogar auf dem richtigen Weg, doch bevor er dieses Reich hier erreicht, muss er durch das Labyrinth der Angst, und da hilft ihm keiner.«

Glenda hörte die Worte. Sie vernahm, wie mit einer eiskalten Selbstverständlichkeit von ihrem Tod gesprochen wurde, und abermals stieg die Furcht in ihr hoch. Gleichzeitig begriff sie auch, dass sie ein kleines, aber wichtiges Teil im Räderwerk eines gewaltigen Planspiels war, das sie allerdings nicht durchschauen konnte, denn für sie war nur wichtig, von hier zu fliehen.

Aber wie hatte der Spuk gesagt? John Sinclair, der auch in das Spiel mit hineingezogen worden war, würde es nicht schaffen. Glenda glaubte es sogar. Nein, hier regierte der Wahnsinn, das konnte John nicht schaffen, und wenn es ihm tatsächlich gelang, hier einzudringen, dann waren die anderen stärker. Sie brauchte nur an all die Monster zu denken, die hier im Zentrum des Schreckens lauerten.

»Hast du noch irgendwelche Bedingungen?«, fragte Maddox, der Dämonenrichter, den Spuk.

»Nein!«

»Dann darf ich also anfangen?«

»Ja«, erwiderte der Spuk mit dumpfer Stimme. »Die Verhandlung gegen Glenda Perkins kann beginnen …«

Es war eine Stelle, wo die Magie in greifbarer Nähe zu liegen schien. Hier konzentrierte sie sich, und ich merkte, dass dunkle Kräfte wirkten.

Dazu war der Ort ebenso ungemütlich wie ungewöhnlich.

Wir befanden uns in einer offenen Gruft! Sie gehörte zu einer alten, verfallenen Kapelle, irgendwo, denn den genauen Ort wusste ich nicht. Myxin, Kara und ich waren durch einen zeitlosen Sprung bis hierher gelangt.

Zuvor hatte ich mich mit Waffen eingedeckt. Ich trug nicht nur den silbernen Nagel bei mir, sondern auch das Kreuz, die Beretta, den Dolch und das Schwert, das einmal Destero, dem Dämonenhenker, gehört hatte, denn ich wurde das Gefühl nicht los, dass wir uns auf eine weite Reise begeben würden. Auf eine Reise, von der ich unter Umständen nicht mehr zurückkehrte. Das wussten auch Suko und Sir James.

Sie hatten mir Glück gewünscht. Und Glück, Freunde, konnte ich jetzt gebrauchen, falls unser Plan gelingen sollte.

Jenseits der Kapelle lag eine alte Friedhofsmauer. Zum Teil war sie eingefallen, und das Eisentor hing schief in den Angeln. Es knarrte bei jedem Windzug. An das Geräusch hatte ich mich inzwischen gewöhnt, denn der Wind heulte und pfiff. Obwohl die Nacht noch nicht ihre langen Schatten über das Land gelegt hatte, war es sehr dunkel geworden. Besonders in der alten Kapelle mit der offenen Gruft.

Durch die verfallenen Mauern der Kapelle pfiff der Wind. Über eine zum Teil zerstörte Steintreppe erreichten wir die Gruft, in der drei zersplitterte Särge standen.

Hier war es so düster, dass ich meine kleine Lampe eingeschaltet hatte, um etwas sehen zu können.

Es war ein makabrer Ort.

Diejenigen, die die Särge zerstört hatten, wollten mehr und hatten dies nicht nur aus reiner Zerstörungswut getan. Sie brauchten die Gebeine der längst Verstorbenen.

Reste lagen noch um die beiden Särge verstreut. Schädelknochen, Rippen, Arme und Beinschienen.

Ich schaute Myxin an. »Was hat das zu bedeuten?«

»Hier ist ein Ort des Bösen. Es gab eine Sekte, die den Teufel anbetete.«

»In dieser Gruft?«

»Nein, aber sie haben sich die Gebeine der Toten von hier geholt.«

»Aus einer Kapelle?«

»Ja, das war das Schlimme. Sie haben sie entweiht.«

Ich schüttelte den Kopf. »Und woher weißt du und nicht ich davon?«

Myxin lächelte. »Weil dies alles vor deiner Zeit geschah, Geisterjäger.«

»Ach so.«

Kara hatte sich gebückt. Ich sah, wie sie die Gebeine aufhob und zur Treppe ging.

Hastig drehte ich mich um. »Was willst du damit?«

»John, wir müssen zu ungewöhnlichen Maßnahmen greifen und eine Beschwörung durchführen. Wir wollen Asmodina, denn sie ist nicht bereit, sich freiwillig zu zeigen. Verstehst du das?«

Okay, ich verstand es. Auch wenn mir das Ganze ein wenig abgeschmackt erschien. Aber die Magie geht oft seltsame Wege. Ich hatte mich nun entschlossen, den Weg zu beschreiten und würde ihn auch weitergehen. Auch ich nahm Knochen auf und trug sie nach oben. Es ist schon ein seltsames Gefühl, Gebeine eines längst Verstorbenen in der Hand zu halten, mir wurde direkt komisch, doch ich riss mich zusammen und dachte nicht an das, was ich die Stufen der Treppe hinauftrug.

Oben warteten bereits Myxin und Kara.

»Und jetzt?«, fragte ich.

»Komm mit«, sagte der kleine Magier. Ich folgte ihm. Kara schloss sich mir an.

Ich kannte die beiden zwar schon lange, aber ein Rätsel waren sie noch immer für mich und würden es auch immer bleiben.

Keine Menschenseele war zu sehen. Diese Kapelle oder ehemalige Kirche lag ziemlich einsam, trotzdem wurde ich das Gefühl nicht los, schon einmal hier gewesen zu sein.

Darüber grübelte ich nach, während wir die Gebeine aus der Gruft nach oben trugen.

Es hatte zwar aufgehört zu schneien, dennoch pfiff der Wind. Unangenehm fuhr er in unsere Gesichter, was Kara und Myxin überhaupt nichts auszumachen schien. Sie gingen ruhig und zielstrebig ihrer Aufgabe nach.

Ich blieb stehen, als ich die Gruft verlassen hatte.

»Gib mir die Gebeine«, sagte Myxin.

Ich reichte sie ihm. »Wem gehören sie eigentlich?«

»Einer Person, die vor langer Zeit geopfert wurde.«

»War das ein Satansdiener?«

»Nein, aber durch seine Gebeine sind wir in der Lage, ein Brücke herzustellen.«

Ich schüttelte den Kopf. »Woher weißt du das alles, Myxin?«

»Wir schlafen ja auch nicht, sondern forschen. Wir kennen uns allmählich wieder aus, und ich habe auch einen großen Teil meiner Kräfte schon zurückgewonnen. Vielleicht werde ich sie ganz haben, wenn Asmodina stirbt.«

»Damit rechnest du?«

»Immer, John Sinclair. Ich will sie tot sehen.« Das Gesicht des kleinen Magiers lief noch grüner an. Ein Zeichen, dass er innerlich aufgewühlt war. Er hasste Asmodina wie die Pest. Für ihn war sie der Gegner überhaupt, denn die Teufelstochter hatte ihn schrecklich gedemütigt und fertiggemacht.

Es war eine Wandlung mit ihm eingetreten, besonders dann, als er Kara kennen lernte. Die beiden hatten in Atlantis schon existiert und waren damals Feinde gewesen, weil sie auf verschiedenen Seiten standen. Myxin auf der des Bösen, Kara auf der des Lichts. Durch Myxins Verwandlung war es dann zu einer Allianz zwischen den beiden gekommen. Sie blieben zusammen und hatten sich vorgenommen, ihre Gegner gemeinsam zu bekämpfen.

Sie waren ein gutes Team und hatten den Mächten der Finsternis schon manche Niederlage bereitet. Deshalb verfolgte Asmodina Myxin mit glühendem Hass. Wenn sie sich nicht noch hätte auf andere Dinge konzentrieren müssen, wäre der kleine Magier sicherlich nicht mehr am Leben, doch so gelang es Myxin immer wieder, der großen Teufelstochter Knüppel zwischen die Beine zu werfen und ihre Aktivitäten zu stören. Wie jetzt.

Wir standen inmitten der Kapelle. Einsam war die Gegend, aber der nächste Ort befand sich nicht allzu weit entfernt. Und wieder hatte ich das Gefühl, hier schon einmal gewesen zu sein.

Ich sprach Myxin darauf an.

Der kleine Magier hob die Schultern. »Möglich, mein Lieber. Kann gut sein, aber da darfst du mich nicht fragen. Ich weiß nicht, wo du dich so herumgetrieben hast.«

»Es muss schon lange her sein«, murmelte ich und schaute mich noch einmal um. »Damals stand die Kirche oder Kapelle noch. Allerdings war sie, glaube ich, dem Bösen geweiht. Na ja, ist egal.« Ich würde noch darauf kommen.

Myxin und Kara hatten ihre Vorbereitungen inzwischen zum Großteil beendet. Die Gebeine, die bleich und irgendwie grünlich schimmerten, waren kreisförmig auf den Boden gelegt worden. Und zwar so, dass sich die Knochen gegenseitig berührten.

»Wem gehörten sie denn?«, erkundigte ich mich noch einmal und schritt den Kreis ab.

Myxin und Kara gaben mir keine Antwort. Sie hatten sich innerhalb des Kreises aufgestellt und verteilten ein kleines Pulver, das grünlich schimmerte. Dabei wunderte ich mich, dass es nicht vom Wind weggetrieben wurde, als sie es auf den Boden streuten. Irgendwie fühlte ich mich unwohl, denn mir passte dieses Statistendasein nicht. Ich überließ nicht gern anderen die Arbeit.

Und hier war dies der Fall. Myxin und Kara übernahmen den Job, ich war Zuschauer.

Dabei merkte ich auch, wie gut die beiden aufeinander eingespielt waren. Sie schufen genau in der Mitte des Knochenkreises einen weiteren kleinen Kreis aus dem grünlichen Pulver. Von ihm aus streuten sie Verbindungslinien zu dem Kreis aus Knochen, sodass es keine Stelle gab, die nicht irgendwie miteinander verbunden war. Erst als sie dies fertig gestellt hatten, blickten sie mich auffordernd an.

»Was ist?«, fragte ich.

»Wir brauchen jetzt den Nagel.«

Ich holte ihn hervor und ließ ihn für wenige Sekunden auf meiner Handfläche liegen. Gedanken durchzuckten meinen Kopf. Schwere Gedanken. Erinnerungen auch an Nadine Berger, denn sie hatte bei diesem Fall, wo ich den Nagel gebrauchen musste, eine sehr große Rolle gespielt.

»Den Nagel, John!« Karas Stimme unterbrach meinen Gedankenlauf in die Vergangenheit.

»Natürlich, bitte.« Ich gab ihn ihr. Silbern glänzte er. Kara wog den Nagel in der Hand und betrachtete ihn. Auch bei ihr hatte ich das Gefühl, als würden ihre Gedanken auf Wanderschaft gehen, sie sagte jedoch nichts, sondern bückte sich und legte den Nagel in den kleineren Kreis.

Dann trat sie zurück.

Myxin legte einen Arm auf ihre Schultern. »Fehlt noch etwas?«, fragte er.

Kara schaute erst den kleinen Magier und danach mich an. »Möglich«, sagte sie.

»Und was?«

»John, würdest du dich unter Umständen von deinem Kreuz trennen?«

Oh! Mit dieser Bitte hatte ich wirklich nicht gerechnet und zeigte mich auch dementsprechend überrascht. »Ich soll dir mein Kreuz geben, Kara?«

»Ja, es wäre vielleicht gut.«

»Aber warum?«

Sie lächelte. »Das ist so. Wenn wir die Beschwörung durchführen und die Gegenseite den Nagel schutzlos innerhalb dieser magischen Kreise sieht, könnte sie ihn leicht an sich nehmen. Deshalb möchte ich ihn durch dein Kreuz schützen. Es ist eine besondere Bitte, ich weiß, doch im Zuge der Möglichkeiten, die uns zur Verfügung stehen, sehe ich nur die eine.«

Im Prinzip hatte Kara recht. Das musste ich zugeben, wenn

ich ehrlich sein sollte. Allerdings trennte ich mich nur ungern von meinem Kreuz, denn es war die wertvollste Abwehr- und Schutzwaffe, die mir zur Verfügung stand.

Ich runzelte die Stirn. Kara bemerkte dies. »Wenn du es nicht möchtest, John, dann können wir es auch lassen.«

»Nein, nein, das ist schon in Ordnung. Wir stehen das durch.«

»Gut. Ich danke dir.«

Langsam hob ich beide Arme, brachte sie in Höhe des Halses und ertastete mit den Fingerspitzen die Silberkette, an der das Kreuz hing. Dann streifte ich sie über den Kopf und nicht nur sie, sondern auch mein Kreuz.

»Bitte.«

Kara nahm es dankend entgegen. Sie wusste, wie schwer mir dieser Entschluss gefallen war, und würdigte ihn dementsprechend. Sie war innerhalb des großen Kreises stehen geblieben, allerdings so, dass ihre Füße nie mit dem Pulver in Kontakt gekommen waren. Jetzt bückte sie sich und legte das Kreuz genau neben den Nagel, wobei es nicht ausblieb, dass die beiden sich berührten.

Es erfolgte keine Reaktion, weil die Kräfte nicht negativ eingestellt waren, sondern zu den Guten gehörten.

Friedlich lagen sie nebeneinander.

»Kann ich euch bei der Beschwörung irgendwie behilflich sein?«, erkundigte ich mich.

Myxin antwortete. »Nein, John, dieses Ritual ist nur Kara bekannt. Ein Erbe aus Atlantis. Ihr Vater hat es sie gelehrt, und wir hoffen, dass es auch noch heute Gültigkeit hat. Drücken wir ihr die Daumen, John.«

»Ja.«

Kara hatte den Kreis verlassen. Ihr rechter Arm bewegte sich, und mit einem glatten Zug holte sie das Schwert mit der goldenen Klinge aus der Scheide. Auch um diese Waffe gab es ein Geheimnis. Mit ihr konnte man nicht nur kämpfen, in ihr wohnten auch magische Fähigkeiten. Sie war praktisch ein Teil von Kara. Das Schwert, wenn es aktiviert wurde, konnte Kara fast ebenso viel sagen wie ein aufgeschlagenes

Buch. Eine wirklich seltsame und außergewöhnliche Waffe, wie ich zugeben musste.

Kara fiel auf die Knie. Diese Haltung kannte ich. Sie kantete das Schwert dabei so, dass sich seine Spitze ebenfalls innerhalb des kleinen Kreises befand, und umklammerte den Griff mit beiden Händen. Hart hielt sie ihn fest. So hart, dass die Knöchel ihrer schmalen Hände spitz hervortraten.

Es wurde still.

Niemand von uns sprach auch nur ein Wort. Wir waren alle gespannt, ob Kara die Beschwörung gelingen würde. Fest drückten wir ihr die Daumen. Sie musste es schaffen, sie musste …

Ich dachte an Glenda und daran, dass sie irgendwo gefangen gehalten wurde. In einer anderen Welt vielleicht, in einer anderen, schrecklichen Dimension. Alleingelassen, seelisch und körperlich am Ende. Ja, so konnte es sein.

Um uns wehte der Wind. In der Nähe lagen schmutzige Schneereste auf dem Boden. Wenn es noch wärmer wurde, dann würden sie bald weggetaut sein.

Kara senkte den Kopf. Ihr schwarzes Haar fiel nach vorn und bedeckte das schmale Gesicht mit den hoch stehenden Wangenknochen wie ein langer Vorhang.

Myxins und meine Blicke trafen sich.

Auf dem Gesicht des kleinen Magiers las ich die Spannung. Ihm erging es wie mir. Er drückte uns die Daumen, dass wir die große und die letzte Chance nutzen konnten.

Wir mussten es schaffen. Wenn Kara versagte, sah ich für Glenda Perkins keine Hoffnung mehr, so viel stand fest.

Vor Aufregung fuhr meine Zunge über die Lippen. Sekunden verstrichen. Niemand sprach.

Dann aber redete Kara.

Ich sah nicht, wie sie den Mund öffnete. Nur als ich die ersten Worte vernahm, wusste ich, dass sie mit der Beschwörung begonnen hatte. Ob sie Erfolg hatte, würde sich zeigen.

Wir nahmen wirklich unsere allerletzte Chance wahr!

Glenda Perkins glaubte, Mittelpunkt eines Albtraums zu sein. Aber es war kein Traum, sondern Wirklichkeit. Eine Realität, die so unglaublich war, dass ihr die Wahrheit wohl niemand glauben würde, wenn sie das erzählte.

Einfach irre.

Da saß sie als Angeklagte gefesselt auf einem Stuhl. Und sie schaute auf ihren Richter, der eine Verhandlung durchführen wollte. Eine dämonische Farce, die jedoch mit ihrem Tod enden konnte und würde. Man hatte sie gefangen, und sie wusste noch immer nicht den Grund.

Nur weil sie mit John Sinclair zusammenarbeitete? Wobei sie nicht einmal aktiv in das Geschehen mit eingegriffen hatte. Sie war nur eine Randfigur, war wohl hin und wieder durch unglückliche Umstände mit in einen Fall hineingeraten, aber selbst und mit persönlichem Einsatz hatte sie die Dämonen nie bekämpft.

Das überließ sie anderen.

Und jetzt sollte sie für diese büßen.

Der Spuk hatte die Worte gesprochen. Er war der Herr in dieser Dimension, und auch ein Wesen wie Maddox nahm von ihm Befehle an. Der dämonische Richter sollte Glenda Perkins verurteilen. Er würde ihr das Urteil vorlesen, und sie konnte sich denken, wie es ausfiel.

Dreimal schlug Maddox mit seinem Holzhammer auf den Tisch. Glenda zuckte bei jedem Schlag zusammen. Und sie zuckte auch zusammen, als sie die Stimme des Richters hörte, der sich mit einer Frage an sie wandte.

»Bist du bereit?«

»Nein!«, schrie sie, warf sich dabei nach vorn und bäumte sich in ihren Fesseln auf.

Augenblicklich griffen die beiden ehemaligen Schatten ein, die jetzt als Echsenmenschen links und rechts neben Glendas Stuhl standen und die Angeklagte bewachten. Mit ihren Krallenhänden packten sie zu. Glenda spürte sie auf ihrer Schulter und wurde wieder nach hinten gerissen, sodass sie in ihrer Anfangsposition sitzen blieb.

»Ich wiederhole«, sagte Maddox. »Bist du bereit?«

»Neiinnn!«, schrie Glenda. »Nein und abermals nein! Ich habe nichts getan. Ich bin mir keiner Schuld bewusst. Ich weiß nicht, warum ich hier sitze.«

»Es geht um Sinclair!«

»Dann holt ihn euch doch!« Glenda schluckte. »Verdammt, holt ihn. Dazu seid ihr zu feige. Er würde euch …«

»Sei ruhig!«

Glenda schwieg erschrocken, denn die Stimme des Dämonenrichters hatte sehr hart geklungen.

»Wir bekommen Sinclair auch«, sagte er, »darauf kannst du dich verlassen. Er wird sogar freiwillig herkommen oder versuchen, dich einzutauschen.«

»Einzutauschen? Wogegen?«

»Gegen eine Information.«

»Welche?«

Da lachte Maddox. Er ließ den Blick aus seinen kalten Augen über Glenda schweifen und nickte, sodass seine grauen, strähnigen Haare zitterten. »Sinclair weiß bereits Bescheid, was mit dir geschehen ist, Glenda Perkins. Und er weiß ferner, dass es für ihn nur eine Möglichkeit gibt, dich freizukaufen. Er muss uns eine Information liefern.«

»Welche?«

»Wir wollen wissen, wo sich Dr. Tod aufhält.«

Glenda öffnete den Mund und bekam ihn nicht mehr zu. Ihre Gedanken jagten sich. Sie wusste von der Suche nach Dr. Tod und der Mordliga und dass bisher nichts gefunden worden war. Nein, das konnte und würde John nicht schaffen.

»Das – das kann er nicht.«

Maddox grinste breit. »Sein Problem und dein Pech!«

Glenda schüttelte den Kopf. Jetzt erst durchschaute sie das Teuflische dieser Methode. Da hatten sich die Schwarzblüter einen immens gefährlichen Plan einfallen lassen. Gefährlich für Glenda und John Sinclair.

»Warum wollt ihr Dr. Tods Versteck wissen?«, fragte sie nach einer Weile, als sich ihre Gedanken wieder einigermaßen beruhigt hatten. »Er gehört doch zu euch, oder nicht?«

»Schon, aber wir möchten ihn gern kontrollieren. Dazu

müssen, wir herausfinden, wo er sich aufhält. In der letzten Zeit ist es um ihn herum ruhig geworden. Vielleicht brütet er einen Plan aus, der uns nicht gefällt. Wir wollen nicht, dass einer einfach seinen eigenen Weg geht. Wenn, dann gehen wir den Weg zusammen. Hast du das begriffen, Glenda Perkins?«

»Ja, das habe ich.« Glenda atmete noch einmal tief durch und stellte nun die für sie wichtigste Frage. »Und was ist, wenn John Sinclair es tatsächlich schafft?«

Da lächelte der Dämonenhenker. »Das wäre für uns sehr gut.«

»Für mich nicht?«

Maddox schaute Glenda aus kalten Augen an. »Du bist nur ein Steinchen in dem kleinen Spiel«, erwiderte er nach einer Weile, als die Spannung bei Glenda fast unerträglich geworden war. »Allerdings ein wichtiges Steinchen, doch das kümmert uns nicht. Sobald wir unser Ziel erreicht haben, bist du wertlos für uns geworden.«

»Werdet ihr mich töten?«

Maddox nickte.

Selbst der Wind schien eingeschlafen zu sein, als sich Kara, die Schöne aus dem Totenreich, konzentrierte. Ich spürte ihn kaum noch, und die Natur hielt wirklich den Atem an. Wir befanden uns zwar auf der Mutter Erde, wie man so schön sagt, schienen aber in einem Vakuum zu stecken, denn um uns herum hatte sich die Magie ausgebreitet.

Weiße Magie!

Kara redete wie selbstvergessen. Ihr Körper war noch mehr zusammengesunken, wobei sie weiterhin mit ihren Händen den Schwertgriff umklammert hielt und ihn nicht losließ, während sie die magischen Worte einer uralten Sprache redete.

Es waren singende Laute, die aus ihrem Mund drangen, nicht hart, sondern eher weich und fließend. Sie rief mächtige Kräfte an, die irgendwo in der Unendlichkeit der Dimensionen ihren Platz hatten und nun auf die Erde geholt werden sollten.

Geister, Kräfte des Lichts, die die Boten der Finsternis vertreiben sollten, die ebenfalls ihre Finger ausgestreckt hatten. Und die Worte sollten locken, bestimmte Dämonen mussten auf sie reagieren, sie sollten beschworen werden, und Karas Worte würden die Unendlichkeit der Dimensionen durchdringen.

Weit hinein sollten sie vorstoßen. In ein Reich, das schaurig und schrecklich war, in dem die anderen, die Bösen, zu Hause waren, sich dorthin zurückzogen, um irgendwann wie Pfeile vorzuschnellen, und den Menschen Tod und Verderben brachten.

Aber man konnte sie beschwören. Es gab Wege, und einen davon hatte Kara gezeigt.

Mir fehlten leider die Voraussetzungen, ich kannte die uralten Sprachen nicht, wusste nichts von den Beschwörungsformeln, die nie jemand niedergeschrieben hatte, weil sie zu gefährlich waren. Denn schon bei ihrer Entstehung und in grauer Vorzeit hatte es verantwortungsbewusste Menschen gegeben, die genau wussten, welchen Schaden diese Worte und Beschwörungsformeln anrichten konnten, wenn sie aus einem unberufenen Munde drangen.

Kara war eine Berufene. Sie konnte ihre Worte steuern. Sie wusste genau, was sie sagte, und sie wollte, dass Kräfte der Finsternis ihr gehorchten.

Durch eine Beschwörung konnte man sie zwingen.

Nichts anderes hatte Kara im Sinn.

Myxin und ich beobachteten sie gemeinsam. Unsere Gesichter waren gespannt, die Blicke starr auf den leicht gekrümmten Rücken der Schönen gerichtet.

Würde sie es schaffen?

Ich hoffte, denn dies hier war die einzige Chance, irgendeine Verbindung zu Glenda herzustellen.

Ich schaute auf den silbernen Nagel und damit auch auf das Kreuz. Beide Teile lagen dicht nebeneinander. Und beide hatten noch nicht reagiert. Ich rechnete damit, dass sich irgendwann, wenn Kara Kontakt bekam, ein leichtes Strahlen über mein Kreuz legen und somit eine Brücke schaffen würde, doch mein Kreuz blieb stumm.

Dafür reagierte das Schwert mit der goldenen Klinge. Wie ich bereits erwähnte, war es ebenfalls magisch aufgeladen, und es konnte eine Verbindung zwischen den Dimensionen schaffen. Wie es aussah, war es bereits dabei, denn die Klinge des Schwerts geriet in einen strahlenden Kranz, und plötzlich schien die Umgebung und das Innere des Kreises regelrecht zu explodieren.

Eine goldene Flut umgab nicht nur Kara, sondern auch das Schwert sowie mein Kreuz und den silbernen Nagel.

Ein heller Schrei drang aus Karas Kehle. Gleichzeitig fing das Pulver Feuer, und vom äußeren bis hin zum inneren Kreis befanden sich plötzlich brennende Wände.

Kaltes Feuer …

Dämonisches!

Ich war vielleicht mehr fasziniert als Myxin, der ähnliche Beschwörungen kannte. In seinem Gesicht regte sich kein Muskel. Die Haut schimmerte nur fahl im Widerschein der Flammen. Kara redete weiter. Schneller und hektischer als zuvor, und dann verstand ich einen Namen.

»A-s-m-o-d-i-n-a!«

Kara rief die Teufelstochter. Sie wollte, dass sie erschien, um ihr mitzuteilen, welche Botschaft wir für sie hatten.

Würde sie kommen? Würde meine schlimmste Feindin erscheinen und auf unseren Plan eingehen?

Die Spannung steigerte sich noch mehr. Ich biss mir so stark auf die Unterlippe, dass ich schon Blut spürte.

Und wieder schrie Kara den Namen.

Sie musste es hören, denn die alten Gesetze zwangen sie dazu. Diesen Kreis konnte auch die Teufelstochter nicht ignorieren, denn sie war daran gebunden.

Wann würde sie erscheinen?

Jetzt, in diesem Augenblick!

Vom Griff des Schwerts und zwischen den beiden zufassenden Händen stieg plötzlich eine lange Feuersäule in den grauen Himmel, fächerte dort auseinander und bildete eine große Wolke, die sich in ihrem Zentrum verdichtete. Und in der Mitte der Wolke erschien sie.

Asmodina!

Ich hatte mich breitbeinig hingestellt, meine rechte Hand lag auf dem Griff der Beretta, und den Kopf hatte ich in den Nacken gelegt. Ich wollte ihr ins Gesicht schauen, das sich so präsentierte wie immer.

Kalt, gnadenlos und doch irgendwie faszinierend. Die Lippen ein wenig breit, die Augen grün schillernd, und aus der Stirn wuchsen zwei gewaltige Hörner.

Das Wahrzeichen des Satans, das der Teufel auch seiner Tochter vererbt hatte.

Zwischen den beiden Hörnern schimmerte gelblich bleich eine Kette aus Totenschädeln, und die brandrote Haarflut fiel in starren Wellen zu beiden Seiten des Gesichts nach unten.

Sie war da.

Kara hatte es geschafft.

Die Schöne aus dem Totenreich hob den Kopf. Dann drehte sie ihn und blies einige Haarsträhnen zur Seite, die ihr in die Augen gefallen waren. Ihre Lippen hatten sich verzogen, und ich las den Triumph aus ihrem Lächeln.

»Was wollt ihr von mir?«, donnerte die Stimme auf uns nieder.

Jetzt war ich nicht mehr zu halten. Bisher hatte ich Myxin und Kara die Initiative überlassen, doch nun wollte ich die Saat ernten, die sie gelegt hatten.

Ich streckte meinen Arm so aus, dass die Finger auf Asmodina deuteten. »Du hast jemanden entführt, dessen Leben ich gern zurückhaben will, Asmodina. Gib es zu!«

»Ja, ich habe sie!«

»Und warum?«

»Hat man dir das nicht gesagt?«, donnerte mir ihre Stimme entgegen.

»Das hat man. Aber du weißt selbst, dass es unmöglich für mich ist, den Aufenthaltsort von Solo Morasso zu finden. Das muss dir klar sein, Asmodina.«

Die Teufelstochter stieß ein meckerndes Lachen aus. »Dann hat sie eben Pech gehabt.«

Diese Worte sagten an sich genug. Asmodina zeigte sich nicht bereit, auch nur um eine Idee nachzugeben. Ich konnte dies nicht hinnehmen und forderte sie weiter heraus. »So kann nur jemand reden, der selbst zu feige ist.«

»Du wirfst mir Feigheit vor?«

»Ja, Asmodina, ich werfe dir Feigheit vor. Du hast dich immer als Mächtige aufgespielt, doch in Wirklichkeit bist du verdammt schwach. Es wundert mich wirklich, dass es dir nicht gelungen ist, Dr. Tods Versteck selbst herauszufinden. Dabei hast du doch Hunderte von Dienern, und Tausende von Dämonen stehen dir zur Verfügung. Ich behaupte, dass du nicht nur zu feige bist, sondern auch Angst vor Solo Morasso und dessen Mordliga hast. Du bist nicht mehr die große Herrscherin, andere haben dir den Rang abgelaufen. Sie sind stärker geworden, sie lassen sich nichts mehr sagen, weil du versagt hast, Asmodina. Ist es nicht so?«

Ihr Gesicht verzerrte sich. Ich hatte sie mit meinen Worten schwer getroffen, wahrscheinlich sogar bis in die Tiefe ihrer schwarzen Seele hinein.

»Du wagst es, mir diese Worte ins Gesicht zu schleudern, John Sinclair?«

»Ja, weil sie stimmen!«

»Lüge, nichts als Lüge!« Die Teufelstochter kreischte. Sie verlor ihre Übersicht und die Beherrschung, ein Zeichen, dass es mit ihr nicht zum besten bestellt war.

»Dann beweise mir das Gegenteil! Wenn du so stark bist, wie du dich mit deinen Worten gibst, hätte es dir schon längst gelungen sein müssen, Dr. Tod zu finden. Aber das hast du nicht geschafft, weil du nicht mehr die bist, die du einmal warst. Und auch Asmodis wird dir nicht mehr helfen, denn sein Thron befindet sich ebenfalls in Gefahr. Es gibt Mächtigere, viel Mächtigere, die in deinem Reich bald die Herrschaft übernehmen werden, das weißt du so gut wie ich!«

Sie hatte mich ausreden lassen, aber in ihrem Gesicht

zuckte es verräterisch. Diese Worte konnte sie wirklich nicht so leicht verdauen.

»Das alles stört mich nicht, John Sinclair. Du kannst reden, was du willst, ich habe Glenda Perkins, und ihr Leben scheint dir nicht viel wert zu sein.«

»Das musst du mir erklären!«

»Gern, Geisterjäger. Wenn dir wirklich viel an Glenda Perkins liegen würde, hättest du dich längst auf die Suche nach Solo Morasso gemacht, um deinen Teil der Vereinbarung einzuhalten. Im Moment sitzt sie gefesselt vor dem Richtertisch des James Maddox und wartet auf ihre Aburteilung. Jede Minute, die du untätig vergehen lässt, verkürzt ihr Leben.«

»Ich weiß nicht, ob ich untätig bin. Schließlich haben wir dich beschworen«, hielt ich ihr entgegen.

»Das ist verlorene Zeit.«

»Nein.«

»Und was macht dich so sicher?«

Ich ließ mir Zeit mit der Antwort, weil ich die Teufelstochter schmoren lassen wollte. Sie war nicht allein gekommen, das bemerkte ich erst jetzt. Sie hatte ihre Leibwächterinnen mitgebracht. Todesengel. Diese dämonischen Wesen mit den flammend roten Haaren, der schwarzen, an der Taille unterbrochenen Kleidung, mit Pfeil und Bogen als Bewaffnung. Sechs dieser Wächterinnen zählte ich, und die sechs hatten einen Kreis um uns gebildet. Die Pfeile lagen auf den gespannten Sehnen, sie brauchten sie nur noch loszulassen.

Asmodina schien ein nahezu unerschöpfliches Reservoir dieser Dienerinnen zu besitzen. Wenn ich daran dachte, wie viele von ihnen ich schon getötet hatte und dass immer mehr erschienen, dann kam es mir schon fast wie ein kleines Wunder vor, dass sie immer wieder neue Todesengel aus der Hinterhand zog.

Sie waren gefährlich. Allerdings nicht so stark, als dass ich sie nicht hätte mit einer Silberkugel stoppen können. Nur durfte ich sie nicht zuerst zum Schuss kommen lassen. Zum

Glück hatte ich in Myxin und Kara eine gute Unterstützung. Sie würden sich schon etwas einfallen lassen, wenn es hart auf hart kam.

»Antworte!«, rief sie.

»Beeil dich, John!«, hörte ich Myxin sagen. »Es ist schwer für Kara, die Verbindung aufrechtzuerhalten.«

Das glaubte ich ihm sogar, zudem wollte ich es nicht auf die Spitze treiben. »Also gut, Asmodina«, rief ich, »du sollst eine Antwort bekommen! Dr. Tod und sein Versteck habe ich zwar nicht gefunden, aber ich biete dir etwas zum Tausch an.«

Sie lachte laut. »Was willst du mir schon anbieten, John Sinclair? Vielleicht dein Leben?«

»Nein, nicht mein Leben, aber einen Nagel!«

Ihr Gesicht verzerrte sich, das war deutlich zu gehen. »Du wagst es wirklich und bietest mir irgendeinen lächerlichen Nagel an, mit dem du Glenda Perkins' Leben retten willst? Bist du verrückt geworden? Soll man dich in eine Anstalt stecken, John Sinclair?«

»Nein, ich bin nicht verrückt geworden, aber ich an deiner Stelle würde den Nagel annehmen. Er ...«

»Unsinn, Geisterjäger. Du willst mich aufs Glatteis führen.« Sie ließ mich nicht ausreden.

»Nein, ich führe dich nicht aufs Glatteis. Ich biete ihn dir wirklich an, denn es ist genau der Nagel, mit dem ich Dr. Tod damals getötet habe!« Jetzt war es heraus, und ich wartete wirklich gespannt auf Asmodinas Reaktion.

Die folgte auch. »Was soll ich mit dem Nagel?«

»Das musst du wissen. Ich habe immer angenommen, dass du die Mächtige bist. Vielleicht kannst du durch ihn eine Brücke zu Solo Morasso schaffen.«

Dieser Vorschlag schien auf fruchtbaren Boden gefallen zu sein, denn Asmodina schwieg erst einmal. Ich hatte Zeit, um einen schnellen Blick auf Kara zu werfen.

Es ging ihr nicht gut. Sie atmete heftig. Dabei bewegte sich ihr kniender Körper vor und zurück. Wie im Krampf hielten ihre Hände den Schwertgriff fest, aus dem noch immer dieser glühende Strahl in den Himmel fuhr und das Abbild der Teufelstochter schuf.

»Willst du ihn haben?« Ich wollte Asmodinas Denkvorgang beschleunigen.

»Ja, gib ihn her!«

»Gern, wenn du eine Bedingung erfüllst.«

»Und die wäre?«

»Du lässt Glenda Perkins frei!«

»Nein!«, schrie sie. »Niemals kommt sie frei. Ich habe mich entschlossen, und ich werde sie nicht aus den Klauen des Dämonenrichters lassen, der ihren Tod schon prophezeit. Du kannst hier keine Bedingungen stellen, dein Trumpf ist nicht so stark.«

»Dann bist du an Solo Morasso nicht interessiert?«

»Schon, aber nicht auf diese Art und Weise.«

»Denk immer daran, dass, je mehr Zeit vergeht, Dr. Tod auch stärker wird. Und irgendwann wird er so erstarkt sein, dass er auch dich kurzerhand übertrumpft. Du kannst diese Entwicklung nur aufhalten, wenn du den Nagel besitzt, mit dem ich ihn schon einmal getötet habe. Versuche du nun das Gleiche, Asmodina. Und niemand wird da sein, der seine Seele diesmal den Schlünden der Verdammnis entreißt!«

Es waren starke Worte, die ich ihr da entgegen schleuderte, und ich war gespannt, wie die Teufelstochter sie aufnehmen würde.

»Gut«, sagte sie. »Du sollst deinen Willen haben. Ich werde mir den Nagel holen.«

»Und Glenda Perkins?«

»Erst den Nagel!«

»Nein, so haben wir nicht gewettet!« Heftig schüttelte ich den Kopf.

Asmodina gab jedoch nicht auf. Ihr Gesicht verzerrte sich, und ich wusste oder ahnte zumindest, was kommen würde. Ich hatte mich auch nicht getäuscht.

»Los, holt ihn!«

Dieser Befehl galt ihren Todesengeln, und sie zögerten nicht, ihn sofort in die Tat umzusetzen.

Gleichzeitig ließen zwei von ihnen die Sehnen ihrer Bögen los. Die Pfeile hatten ein Ziel.

Mich!

Ausweichen konnte ich nicht, sie waren zu schnell. Auch kam ich nicht rasch genug an meine Waffe heran. Vielleicht schaffte ich es, einem Pfeil zu entgehen, der Zweite jedoch würde mich treffen. Und ohne mein Kreuz, diese mächtige Waffe des Guten, fühlte ich mich nahezu hilflos.

Da war noch Myxin. Der kleine Magier hatte in den letzten Monaten wirklich an sich gearbeitet, und seine alten Kräfte waren zum großen Teil zurückgekehrt.

Die setzte er ein.

Myxin, dieser Magier und Zauberpriester aus uralter Zeit, gebrauchte nur seine Hände. Er winkelte die Arme an, spreizte dabei die Finger, und plötzlich zischten gezackte Linien direkt auf die beiden abgeschossenen Pfeile zu. Sie waren schneller als diese tödlichen Instrumente. Im Flug trafen sie.

Dicht vor mir vernahm ich ein Splittern, dann blitzte etwas blendend auf, sodass ich für einen winzigen Moment die Augen schließen musste. Als ich sie wieder öffnete, war von den Pfeilen nichts mehr zu sehen. Dafür hatte sich Myxin gedreht und griff die beiden anderen an, die voll von seiner magischen Kraft getroffen wurden.

Es zerriss sie.

Ich sah sie noch durch die Luft wirbeln, hörte Schreie, dann waren nur noch Rauchwolken zu erkennen, die träge davonflatterten.

Noch hatten wir vier Gegner.

Zwei davon mit schussbereiten Bögen. Das wusste auch ich verdammt gut, hechtete zu Boden und tat dies genau im richtigen Augenblick, denn dicht neben meiner Schulter flog ein Pfeil vorbei und hackte in den Boden, wobei er nicht nur in die Erde stieß, sondern sie auch noch verbrannte.

Ich hielt die Beretta schon in der Hand, drehte mich um und feuerte.

Die Vierte kam nicht mehr dazu, ihren tödlichen Pfeil auf die Reise zu schicken. Meine Kugel schmetterte sie zurück und beendete ihr unseliges Dasein.

Noch drei.

Eine zitterte plötzlich, als stünde sie unter Strom, weil Myxins Magie sie getroffen hatte. Um ihren Körper herum zuckte und blitzte es grün, dann war es von einer Sekunde zur anderen mit ihr vorbei. Sie löste sich auf.

Noch zwei Gegnerinnen hatten wir. Es waren die beiden, die zuerst ihre Pfeile abgeschossen hatten.

Eine von ihnen hatte bereits einen neuen Pfeil auf die Sehne gelegt und zog sie nach hinten.

Die andere hatte ihre Flügel ausgebreitet und näherte sich dem magischen Kreis, um den Nagel zu holen, so wie Asmodina es ihr befohlen hatte.

Die Fliegende befand sich zu mir in einem relativ schlechten Winkel. Ich musste mich erst um die zweite Gegnerin kümmern.

Das jedoch tat Myxin. Vielleicht war er froh, endlich seine Kräfte unter Beweis stellen zu können, lange genug hatte es ja gedauert.

Der kleine Magier stieß sogar einen Schrei aus, als ein Blitz aus seiner Hand fuhr und den Todesengel buchstäblich zerfetzte.

Der andere war in den Kreis geflogen.

Myxin kreiselte herum, wollte ihn auch töten, doch ich schrie ihm mein »Nein« entgegen.

Kara zuckte nicht einmal zusammen, als der Todesengel neben ihr erschien und seinen rechten Arm ausstreckte.

Da lag der Nagel!

Und daneben das Kreuz!

Unsere Rechnung ging auf. Als der Todesengel den Nagel packte, da berührte er auch mein geweihtes Kruzifix. Die Folgen für ihn konnte man als verheerend bezeichnen.

Es war, als hätte das Kreuz nur auf die Berührung gelauert, um endlich reagieren und seine volle Magie entfalten zu können. Der gewaltige Blitzstrahl räumte furchtbar mit dem Wesen auf. Er atomisierte es regelrecht.

Nichts blieb von dem Todesengel übrig, und die Teufelstochter hatte abermals das Nachsehen.

Sechs Gegner hatten wir gehabt.

Nun existierte keiner mehr!

Als letzte Erinnerung trieben grüne Rauchwolken träge über den Kampfplatz. Diese kleine Schlacht hatte die Teufelstochter verloren, und in mir breitete sich ein gutes Gefühl aus.

Aber wie würde sie reagieren? Zeigte sie noch immer Interesse an dem Nagel?

Das war die große Frage, und die quälte wohl nicht nur mich allein.

Das Bild am Himmel war verblasst, doch die Wolke stand dort nach wie vor.

Kara hatte sich ein wenig gedreht und den Kopf zu uns gewandt. Wir sahen die Erschöpfung deutlich in ihren Gesichtszügen geschrieben. Sie hatte wirklich alles gegeben.

»Wie geht es dir?«, erkundigte sich Myxin besorgt.

»Einigermaßen gut. Bleibt da«, warnte sie, als Myxin und ich den Kreis verlassen wollten. »Es ist noch nicht alles vorbei. Sie kommt wieder, ich spüre es genau!«

Weder Myxin noch ich zweifelten an ihren Worten. Sie hatte schließlich den Kontakt gehabt, nicht wir. Zudem musste sich auch die Teufelstochter erst mit den neuen Gegebenheiten abfinden, das dauerte seine Zeit. Ich war gespannt, wie sie anschließend reagieren würde. Wir verließen trotzdem den magischen Kreis, denn wir mussten Asmodina locken.

»Sie ist an dem Nagel interessiert«, bemerkte auch Myxin. »Das hat man gemerkt.«

Ich war da nicht so sicher, hielt mich mit meinem Kommentar allerdings zurück.

Dann erschien sie tatsächlich wieder. Über uns in der Wolke leuchtete wieder ihr Gesicht. Es war ein Ausbund an Hass und Wut. Sie hatte den Mund aufgerissen und schleuderte etwas daraus hervor.

»Eine magische Bombe!«, schrie Kara. »In den Kreis!«

Uns blieb nicht einmal eine Sekunde, um zu reagieren.

Myxin und ich hechteten vor, wir schlitterten buchstäblich in den schützenden Kreis hinein, und das wurde auch Zeit, denn im nächsten Augenblick brach um uns herum eine Hölle aus …

Von einer magischen Bombe hatte ich zum ersten Mal gehört. Doch ihre Wirkung bekamen wir bald zu spüren. Sie explodierte dicht über dem Boden, und sie schleuderte uns Tod und Verderben entgegen. Nicht nur flüssiges Feuer, das sich rasend schnell ausbreitete, sondern lebende kleine Feuerdämonen, die aus den Flammen hervorstießen, wie kleine braune Teufel aussahen, eine durchsichtige Haut hatten und im Innern brannten. Sie waren mit glühenden Stangen bewaffnet, die sie aus dem Feuerring heraus auf uns zu schleuderten.

Normalerweise hätten wir keine Chance gehabt. Aber da waren noch Karas Schwert und mein Kreuz. Beide zusammen bildeten einen Schutzmantel, der uns Sicherheit gab, als säßen wir in einem bombensicheren gläsernen Käfig.

Sie schleuderten ihre Lanzen.

Ich hörte es zischen, wenn die tödlichen Wurfgeschosse gegen die uns umgebende magische Wand prallten und zurückgestoßen wurden, denn sie konnten sie nicht durchdringen.

Auch die tanzenden Flammen waren nicht in der Lage, uns zu erreichen.

Ich machte die Probe aufs Exempel und gab einen Schuss ab. Die Silberkugel durchdrang mühelos den Feuervorhang und traf einen der kleinen Dämonen.

Er tanzte für einen Moment wie ein Irrwisch und schmolz danach zu einem faustgroßen Klumpen. Gegen Silberkugeln waren die Feuerdämonen also nicht gefeit.

Einen zweiten Schuss brauchte ich nicht mehr abzugeben, denn so rasch, wie sich das Feuer ausgebreitet hatte, erlosch es auch wieder. Die Flammen sanken zusammen, und wir hatten nicht einmal die Hitze gespürt, da es sich um dämonisches Feuer handelte, das mit dem normalen nicht zu vergleichen war.

Leer lag das unmittelbare Gelände um den Kreis herum vor uns.

Myxin lachte leise. »Das wäre Asmodina früher niemals passiert, glaubt mir.«

»Was wäre ihr nicht passiert?«, wollte ich wissen.

»Dass sie sich so gehen lässt. Es war doch ein Zeichen dafür, dass sie die Kontrolle über sich verloren hat.«

Ich grinste. Dann schaute ich nach oben, denn Asmodinas Gesicht war wieder erschienen. »Was sollte das?«, schrie ich ihr entgegen. »Mit solchen Lappalien kannst du uns nicht schrecken!«

Sie lachte. »Das habe ich mir gedacht. Ich wollte euch nur zeigen, was Glenda Perkins bevorsteht!«

Sofort war meine Euphorie verflogen. Der Name meiner Sekretärin war gefallen, und ich wurde wieder daran erinnert, dass sich bei diesem Fall alles um Glenda drehte.

Ich presste hart die Zähne zusammen, und meine Wangenknochen stachen spitz hervor. »Was willst du?«

»Den Nagel!«

Endlich rückte sie damit heraus. Also doch. Asmodina hatte angebissen, aber ich würde um keinen Preis nachgeben. »Du kannst ihn bekommen, Asmodina, aber ich will Glenda Perkins!«

Dieser Name stand zwischen uns. Und die Spannung stieg. Wie würde sich die Teufelstochter entscheiden?

Sie ging darauf ein.

»Also gut, John Sinclair, du bekommst sie. Du bekommst deine Glenda zurück!«

Myxin, Kara und ich schauten uns an. Keiner von uns konnte es begreifen.

»Eine Falle«, zischte Kara, »das ist eine verdammte Falle!«

Auch ich dachte daran und stand innerlich wie unter Strom. Hatte sie uns reingelegt?

»Sieh her!«

Ich schaute wieder nach oben.

Und in der Wolke erschienen zwei Gestalten. Ein Mann und eine Frau. Der Mann hatte blonde Haare, er schwebte dem Boden entgegen und hielt auf seinen ausgestreckten Armen eine schwarzhaarige junge Frau.

Glenda!

Mir fiel ein Stein vom Herzen.

»Na, Sinclair!«, rief die Teufelstochter. »Was sagst du dazu? Habe ich mein Wort nicht gehalten?«

»Es sieht so aus.«

»Dann halte du das deinige ebenfalls. Gib mir den Nagel, John Sinclair. Und zwar sofort!«

Ich zögerte noch. Irgendwie fühlte ich mich nicht wohl. Ich glaubte noch immer an einen Trick und schaute Myxin und Kara fragend an. Die beiden konnte mir auch keine Antwort geben, und somit lag die Verantwortung allein auf meinen Schultern. Asmodina musste sich verdammt in der Klemme befinden, wenn sie auf so einen Tausch einging. Wahrscheinlich bereitete ihr die Mordliga mehr Schwierigkeiten und Ärger, als sie zugeben wollte.

»Den Nagel!«, giftete sie.

»Ja, ja.« Ich bückte mich und hob ihn auf. Dann legte ich ihn auf die Handfläche und stellte mich so hin, dass Asmodina den Nagel genau sehen konnte.

»Da ist er!«

»Gut!«

Kaum hatte sie das Wort ausgesprochen, als der blonde Mann mit seiner menschlichen Last den Boden berührte. Allerdings außerhalb des Kreises, und dort blieb er stehen.

Nun, ich konnte nicht verlangen, dass er sich in den Kreis begab, er war sicherlich ein Dämon, wenn auch als Mensch verkleidet. So musste ich den Kreis verlassen.

»Sei auf der Hut«, warnte mich Kara.

Ich nickte. »Okay, Freunde, und haltet mir den Rücken frei. Klar?«

»Sicher!«

Ich verließ den Kreis, der mich bisher so glänzend geschützt hatte. Ein komisches Gefühl war es schon, als ich dem blonden Mann, der Glenda Perkins auf den Armen hielt, entgegenschritt.

Zwei Schritte voneinander entfernt blieben wir stehen. Wir schauten uns an. Jetzt erkannte ich, dass ich keinen Menschen vor mir hatte, sondern einen Dämon, denn unter seiner eigentlichen Haut sah ich lange, rote Streifen, die ein regelrechtes Gitter bildeten und dabei zitterten.

»Den Nagel«, sagte er.

Ich zeigte ihn ihm.

»Gib ihn her!«

»Nein, mein Lieber. Wir machen einen Tausch. Wenn ich das Mädchen nehme, bekommst du den Nagel. Einverstanden?«

»Ja.«

Asmodina schien ihrem Diener eingeimpft zu haben, auf meine Bedingungen einzugehen. Umso besser. Ich konnte einen Blick in Glendas Gesicht werfen. Es war bleich, aber ihre Finger bewegten sich, sodass mir Asmodina keine Tote untergeschoben hatte. Zuzutrauen war ihr so etwas.

Der blonde Dämon, unter dessen Gesichtshaut es flimmerte, bewegte sich jetzt. Mit einem Ruck warf er Glenda über seine Schulter. Meine Hand zuckte unwillkürlich zur Beretta, dann sah ich sein spöttisches Grinsen und ließ die Waffe stecken, denn er hatte nur eine Hand freihaben wollen, um den Nagel entgegennehmen zu können.

»Gib ihn endlich, Geisterjäger!«, schrie Asmodina. Auch sie beobachtete die Szene.

Ich warf einen schnellen Blick in die Höhe. Ihr Gesicht strahlte noch immer in der Wolke. Es war nicht mehr verzerrt, ein anderer Ausdruck hatte sich darauf ausgebreitet.

Spannung und Erwartung.

Sie will dich reinlegen! Irgendwie schoss mir der Gedanke durch den Kopf. Einem Dämon durfte man nicht trauen!

Aber blieb mir eine Wahl?

Doch – ich konnte sie reinlegen, mir Glenda schnappen und ihr den Nagel nicht geben. Allerdings stand ich außerhalb des Kreises und wurde nicht durch mein Kreuz geschützt. Es war wirklich eine Zwickmühle. Andererseits, was sollte es, wenn ich den Nagel abgab? Vielleicht erledigte sie damit Dr. Tod zum zweiten Mal, und wir hatten einen gefährlichen Gegner weniger. Man musste manchmal den Teufel wirklich mit dem Beelzebub austreiben.

Er sollte den Nagel bekommen.

Ich ging noch einen halben Schritt vor, streckte den Arm aus und ließ den Nagel in seine offene Handfläche fallen. Augenblicklich schlossen sich die Finger darum. In seinen Augen leuchtete es für einen Moment auf.

Misstrauen schoss in mir hoch.

Er warf mir Glenda entgegen.

Ich fing sie auf, packte hart zu, und meine Hände griffen nicht in Fleisch, sondern in ein Zeug, das sich wie Torf anfühlte und unter meinen Fingern zerbröselte.

Glenda Perkins war nicht echt.

Asmodina hatte mich reingelegt!

Glendas Blicke waren starr auf den Dämonenrichter fixiert. Maddox hockte hinter seinem Tisch und schlug dreimal mit dem Hammer auf die Platte.

Langsam verhallten die Echos.

»Kommen wir zur Urteilsverkündung«, sprach der Dämonenrichter und stand sogar auf. »Im Namen der geknechteten Seelen, im Namen des Dämonenreiches und des Spuks sowie des allmächtigen Kaisers der Hölle verurteile ich dich, Glenda Perkins, zu lebenslänglichem Tod und lebenslänglicher Qual in den Dimensionen des Grauens. Du wirst in das Zentrum des Schreckens geschafft und sollst dort das erleiden, was auch die anderen erleiden müssen, die nicht auf meiner Seite stehen. Das habe ich beschlossen, und das halte ich ein!«

Glenda hatte die Worte sehr genau vernommen. Sie schluckte, wollte etwas sagen, doch ihre Stimme versagte. Ihr eigenes Todesurteil war ihr vorgelesen worden, für alle Ewigkeiten sollte sie in den Dimensionen des Wahnsinns bleiben.

All ihre Angst und Panik löste sich in einem gellenden, markerschütternden Schrei, der schaurig durch das Gewölbe hallte und dessen Echos in Glendas Ohren schallten.

Maddox ließ sie schreien. Er hatte sich auf seinen Stuhl gesetzt, zurückgelehnt und die lappigen Lippen verzogen. Gnadenlos blickten seine Augen. Eine tiefe Zufriedenheit erfüllte ihn. Seine Aufgabe hatte er präzise erfüllt, die anderen würden zufrieden sein. Und vor allen Dingen der Spuk.

Maddox gab den beiden Echsenköpfigen ein Zeichen. »Bindet sie los und schafft sie weg!«

Maddox erhob sich und ging weg. Schon bald hatte der Nebel seine gekrümmte Gestalt geschluckt.

Glenda Perkins aber wurde hochgezerrt und von den beiden Monstern weggeschleift.

Sie war im Jenseits verurteilt!

Das Begreifen dieses schrecklichen Vorgangs und das Wissen, mich reingelegt zu haben, dauerte bei mir mehrere Sekunden. Eine verflucht lange Zeitspanne, die der blonde Dämon eiskalt ausnutzte. Er zog sich sofort zurück, grinste breit, und seine Konturen begannen zu verwischen.

Er wollte sich auflösen, einfach verschwinden und mit ihm der Nagel! Das Wissen brannte in meinem Hirn. Und ich sah nicht ein, dass ich dies zulassen sollte. Mit einem Wutschrei auf den Lippen schleuderte ich die nachgemachte Glenda Perkins zu Boden, hechtete vor, sah das Erschrecken auf dem Gesicht des Dämons und klammerte mich an ihn.

»So nicht!«, schrie ich. »Die Reise machen wir gemeinsam!«

»John, dein Kreuz!« Es waren die letzten Worte, die ich vernahm. Myxin hatte sie ausgestoßen. Leider zu spät, das Kreuz musste zurückbleiben, die Zeit, es an mich zu nehmen, reichte nicht mehr, denn im nächsten Augenblick wurden der blonde Dämon und ich vom Dimensionsschacht verschlungen …

ENDE

ASMODINAS TODESLABYRINTH

Die Welt um mich herum verschwand!

Obwohl alles sehr schnell geschah, nahm ich es wie in einem Zeitlupenfilm wahr. Ich sah Myxin und Kara, wie sie innerhalb des magischen Kreises standen und mich entsetzt anschauten.

Mich und den Dämon!

Jawohl, Freunde. Ich unternahm die gefährliche Reise in eine andere Dimension nicht allein, sondern zusammen mit einem Dämon, der aussah wie ein Mensch und die gleichen blonden Haare hatte wie ich.

Mein letzter Blick auf Myxin zeigte mir, dass er das Kreuz aufgehoben hatte und es wie einen letzten Hoffnungsanker in der rechten Hand hielt. Hoffnung? Für mich nicht, denn ich musste ohne mein Kreuz in die grauenvolle Dimension verschwinden, da ich keine Zeit gefunden hatte, es noch an mich zu nehmen.

Es war der letzte Eindruck, den ich von der normalen Welt mitnahm. Dann umfing uns die Tiefe des Dimensionsschachts, und völlig andere Eindrücke stürmten auf mich ein.

Ein rasendes Spektakel an Farben und Geräuschen. Schreien, Kreischen, Heulen, Jaulen. Dazwischen platzte und strahlte es rot, blau, grün und gelb auf. Farbkaskaden wie bei einem Feuerwerk. Alles stürzte mir entgegen, zerplatzte dicht vor meinen Augen zu gewaltigen Blumensträußen, die auseinander fächerten und als lange Monster- oder Tentakelarme verschwanden.

Ein wirklich schauriges Bild, über das ich nicht weiter nachdachte, denn unsichtbare Hände und Krallen zerrten an mir. Sie zogen mich weiter in die Tiefe dieses endlosen Dimensionstunnels hinein, wo Heulen und Zähneknirschen zu Hause waren.

Ich klammerte mich auch nicht mehr an dem Dämon fest. Die Kräfte hatten uns getrennt, auseinander gerissen, und wir trieben irgendwo durch die Leere der Dimensionen.

Auch von Asmodina, meiner Erzfeindin, war nichts mehr zu sehen. Seltsam nur, dass ich meine Gedanken klar und deutlich formulieren konnte.

Ich trieb zwischen den Zeiten und dachte daran, dass ich Glenda Perkins nicht hatte retten können. Sie sollte vor dem Richtertisch des Dämonenrichters Maddox stehen, und dessen Urteile waren mir nur zu gut bekannt.

Und Asmodina hatte sich durch den Dämon, an den ich mich festkrallte, den silbernen Nagel geholt, mit dem sie Dr. Tod vernichten wollte.

Das Kreuz hatte ich also nicht bei mir, doch als Waffen waren mir noch die Beretta, der Dolch und Desteros Schwert geblieben. Drei Dinge, die mir sicherlich weiterhalfen. Nur waren sie längst nicht so stark wie das geweihte Kreuz.

Sicher, es war ein Risiko, sich derart in Gefahr zu begeben, doch ich hatte, als ich den Dämon ansprang, gar nicht darüber nachgedacht, sondern einfach reagiert.

Und nun befand ich mich zwischen den Zeiten.

Wo würde die Reise enden?

In welch einem Reich landeten wir? In Asmodinas? Oder dort, wo der Spuk die Seelen der Dämonen gefangen hielt und sich wahrscheinlich auch Glenda Perkins befand?

Ich wusste es nicht. Ich hatte keine Ahnung, aber ich sollte es bald erfahren, denn plötzlich war die Reise beendet. Ich spürte, wie die Eindrücke um mich herum stärker wurden, wie alles an Festigkeit und Realität zunahm, wie ich mich wieder bewegen konnte und der Boden unter meinen Füßen nicht schwammig, sondern hart und fest war. Ich konnte wieder laufen.

Zuerst einmal blieb ich stehen.

Automatisch fiel meine rechte Hand auf den Griff des Schwertes. Zudem war ich bereit, jeden Moment die Beretta zu ziehen, sollte sich irgendetwas ereignen.

Stille umgab mich.

Allerdings keine friedliche Stille, wie man sie vielleicht an einem einsam liegenden Bergsee irgendwo in den Alpen erlebt, sondern eine gefährliche.

Es ist schwer, den Unterschied dieser beiden Arten in Worte zu fassen. Das muss man einfach spüren. So etwas lernt man im Laufe der Jahre. Man bekommt einen Sinn für Gefahren und Gefahrenherde, man merkt eben, dass irgendetwas anders ist.

Obwohl die Reiche der Dämonen in völlig anderen Dimensionen liegen, so gibt es auch dort verschiedene Landschaften.

Es gibt Städte, Ansammlungen von Häusern oder Hütten, weite Ebenen, gefährliche Sümpfe und hohe Berge sowie Schluchten und Täler. Nur eines fehlt.

Die Sonne!

Deshalb existierten in den Dämonenreichen weder Tag noch Nacht. Es blieb immer gleich, und über all den Ländern lag ein dunstiger Schleier, Nebel, ein Atem des Todes, wie ihn Ungeheuer ausstießen, der auch als Brodem der Hölle bekannt war. Wenn ich genau hinschaute, konnte ich die feinen Nebelstreifen sehen, die wie lange Schleier über dem Land lagen und manchmal als Fahnen von einem plötzlich aufkommenden Wind hin- und hergetrieben wurden.

In diesen Ländern hausten Kreaturen, die sämtlicher Beschreibung spotteten, Albtraumgeschöpfe, wie sie manch verrückter Maler auf die Leinwand gebracht hatte und dafür ausgelacht wurde.

In diesen Reichen waren die Angst zu Hause, der Schrecken, das Grauen und der Wahnsinn.

Schon immer hatten Menschen von diesen Reichen gewusst und versucht, es durch einige Worte zu erklären. Vielleicht hatte man sogar einen Begriff gefunden, den sie dann mit dem Wort Fegefeuer umschrieben, obwohl ich ihn als Vorhof zur Hölle betrachtete.

In so einem Vorhof war ich gelandet!

Als Erstes blickte ich mich um und stellte nun fest, dass ich in einer weiten Ebene gelandet war.

Weit und grau.

Grau wie der Boden unter mir und auch grau wie der Himmel über meinem Kopf.

Da sah ich keinen Mond, keinen Stern und auch keine Sonne, die dieses Grau irgendwie aufgehellt hätte. Der Himmel war einfach dicht. Und doch konnte ich etwas erkennen, denn aus dem Grau des Himmels blitzte hier und da ein feiner Lichtstreifen, der sich über dem Boden noch verdichtete und ausbreitete.

So war ich nicht völlig blind und konnte genau erkennen, wohin ich ging.

Ich hockte mich erst einmal nieder. Meine Hände fuhren über den Untergrund.

Ich stellte dabei fest, dass es sich zwar um ein härteres Gestein handelte, doch es war irgendwie porös. Es lag nicht fest aneinander und erinnerte mich an erkaltete Lavaasche.

Nicht zum ersten Mal befand ich mich in den Reichen des Schreckens. Dieser Untergrund war mir schon bekannt. Entweder fand man ihn oder lange Sandfelder, die an die Wüstenstriche unserer Erde erinnerten. Tiere oder monsterartige Wesen entdeckte ich nicht, und auch von dem Dämon, der mich unfreiwillig in diese Dimension begleitet hatte, war nichts zu sehen.

Ich war allein …

Dabei hatte ich die Wahl. Ich konnte nach rechts, links, nach vorn oder zurück gehen, das blieb sich gleich. Überall die gleiche Landschaft.

Lange rätselte ich nicht herum, sondern setzte mich nach vorn hin in Bewegung. Zuerst schritt ich sehr vorsichtig, weil ich immer darauf gefasst war, in irgendeine Falle zu geraten. Heimtückisch aufgestellte Hindernisse waren oft nicht zu erkennen. Trotzdem kam ich unangefochten voran.

Heiß war es.

Vielleicht auch nur warm, doch im Vergleich zum kalten London erschien es mir heiß.

Plötzlich blieb ich stehen.

Es geschah gerade noch im letzten Augenblick, denn vor mir tat sich der Boden auf.

Kreisrund war die schwarze Öffnung. An ihrem Rand wirkte sie wie abgeschnitten, und mein Blick fiel in eine Tiefe, für die das Wort unendlich genau zutraf.

Ich fürchtete mich. Wenn ich daran dachte, dass ich leicht in den Schacht hätte fallen können, dann wurde mir ganz anders. Gut, dass ich ihn rechtzeitig gesehen hatte.

Vorsichtig ging ich um ihn herum und blieb abermals wie angewurzelt stehen. Da befand sich noch ein zweiter Schacht. Eine unheimliche Röhre, die senkrecht in die Erde stieß.

Tief holte ich Luft. Gleichzeitig vernahm ich ein Geräusch, blickte nach rechts, und meine Augen weiteten sich, denn nun entdeckte ich das Geheimnis dieser grauen Ebene.

Die Öffnungen bildeten sich von allein. Als würden unter und in diesem Boden irgendwelche Wesen stehen, die die Erde von unten her aufrissen.

Grauenhaft …

Ich schaute zurück.

In einer nahezu satanischen Geometrie aufgebaut, lag Öffnung an Öffnung. Wohl geordnet, und zwischen ihnen befand sich jeweils nur ein schmaler Rand, auf dem ich balancieren musste.

Eine Flucht war unmöglich, denn die Öffnungen bildeten sich bald schneller, als ich schauen konnte. Ich sah mich innerhalb einer halben Minute von ihnen eingekreist.

Resignieren?

Eigentlich blieb mir nichts anderes übrig, und ein hartes Grinsen kerbte meine Mundwinkel. Dabei hatte ich angenommen, diese Dimension wäre vorerst harmlos gewesen. Mit diesen gefährlichen Schächten hatte ich nicht gerechnet.

Was tun?

Erst einmal blieb ich auf einem schmalen Rand stehen. Er war kaum breiter als meine Schuhe, und wenn ich weiter wollte, dann musste ich eine artistische Leistung vollbringen.

Vorsichtig wagte ich die ersten Schritte. Es war schon eine riskante Sache, so voranzugehen, und eine gewisse Sicherheit fand ich auch dann nicht, als ich die ersten gefährlichen Löcher passiert hatte. Da war nichts zu machen.

Nach drei Löchern und einem Balanceakt an den Rändern der Schächte entlang blieb ich erst einmal stehen und ruhte mich ein wenig aus.

Ausruhen war vielleicht zu viel gesagt, denn ich merkte,

wie meine Beine zitterten. In den Knien hatte ich ein weiches Gefühl, und ich hörte mein Herz schlagen.

Immer wieder schielte ich in diese schwarzen Schächte. Ich konnte mir einfach nicht vorstellen, dass sie leer waren. Sie mussten doch eine Bedeutung haben, und die wollte ich trotz meiner Stresssituation herausfinden.

Vielleicht brauchte ich nur Geduld, und die Gegner meldeten sich von ganz allein.

Allerdings war mir meine Lage zu unbequem. Vorsichtig ging ich in die Knie und hockte mich so hin, dass meine Beine links und rechts jeweils in einen Schacht baumelten und ich mit den Innenseiten der Schuhe über das poröse Gestein schabte.

So blieb ich sitzen. Diese Haltung erschien mir sicherer als das normale Stehen auf dem schmalen Grat zwischen den gefährlichen Schächten.

Würde man mich allein lassen?

Diese Frage quälte mich, und ich hoffte, dass irgendetwas geschehen würde. Denn so wuchs meine Unsicherheit, weil ich nicht wusste, was die nähere Zukunft bringen würde.

Um mich herum wurde die Stille höchstens durch mein Atmen unterbrochen. Es bildeten sich auch keine weiteren Löcher, und ich hatte das Gefühl, als ob ich auf einem riesigen Schornstein sitzen würde, der zwei Öffnungen hatte.

Ich bewegte meinen rechten Arm ein wenig zur Seite und holte die kleine Bleistiftlampe hervor. Damit leuchtete ich in einen Schacht hinein.

Nicht weiter als zwei normale Armlängen stach der Strahl in die Finsternis, dann wurde er von dieser wattigen Dunkelheit regelrecht aufgesaugt.

Es gab ihn nicht mehr.

Da ich die Batterie der Lampe schonen wollte, knipste ich sie wieder aus und verstaute sie. Dann dachte ich nach. Diese Schläuche mussten einen Sinn haben. Auch in den Reichen des Schreckens geschah nichts ohne Motiv. Dämonen und finstere Wesen hatten ihre genauen Pläne, die sie durchführten und von denen sie auch niemals abgingen. Sie mussten mit diesen Öffnungen etwas bezwecken. Wollten sie, dass jemand hineinfiel, in der unendlich erscheinenden Tiefe verschwand und nie wiederkehrte?

Diese Möglichkeit war durchaus in Erwägung zu ziehen. Allerdings konnte ich mir auch eine andere vorstellen. Vielleicht waren die Schächte nicht grundlos und tief unten bewohnt. Von irgendwelchen Monstern oder anderen Gestalten, die zu einem bestimmten Zeitpunkt auftauchten und sich ihre Beute holten?

Wenn ich ehrlich sein sollte, dann gefiel mir dieser Gedanke überhaupt nicht. Dann lieber die erste Möglichkeit.

Plötzlich zuckte ich zusammen. In Gefahrensituationen verstärken sich augenblicklich die Sinne des Menschen, und mein Gehör war sensibilisiert. Ich hatte ein Geräusch vernommen.

Rechts von mir.

Es war aus der Tiefe des Schachts gedrungen. Ein Schaben nur, doch es reichte aus, um meine Spannung noch zu steigern.

Wieder nahm ich die kleine Lampe. Ich wollte sehen, was sich da näherte und ob überhaupt etwas in die Höhe stieg und ich mir nicht etwas einbildete.

Wieder bewegte ich mich sehr vorsichtig, knipste die Lampe an, beugte mich ein wenig nach rechts und leuchtete, so gut es ging, in den Schacht hinein.

Da lauerte etwas – da war etwas!

Nein, getäuscht hatte ich mich nicht. Innerhalb des Schachts kroch etwas hoch.

Im ersten Augenblick wollte ich es nicht glauben, doch die Tatsache ließ sich nicht wegleugnen.

Direkt an der Schachtwand schob sich ein tentakelartiger Arm in die Höhe. Irgendwie grünlich schillernd und schleimig glänzend. Das jedoch war nicht das Schlimmste.

Grauenvoll für mich war das Ende dieses Tentakelarms, denn dort befand sich als schauriger Abschluss der Kopf eines Menschen!

Ich hatte viel gesehen, verdammt viel sogar. Aber dieser Anblick warf mich fast um.

Im Vorhof der Hölle ist alles möglich, das schoss mir durch den Kopf. Ich musste mich mit den makabren Tatsachen abfinden, denn nun wusste ich, dass die Schächte nicht leer waren. In der unheilvollen Tiefe lauerte etwas Schreckliches, das jederzeit bereit war, in die Höhe zu klettern.

Deutlicher konnte ich den Kopf jetzt sehen. Er hatte wirklich die Größe eines Menschenschädels, doch die Haut war nicht hell oder rosig, sondern hatte einen schwarzen Schimmer, der sich über das gesamte Gesicht verteilte, in dem besonders der Mund auffiel. Der war breit, hatte dünne Lippen, stand halb offen, sodass ich die gefährlichen, spitzen Zähne sehen konnte.

Ruhig stand der Kopf nicht. Er bewegte sich, als wäre unter ihm jemand, der den Tentakelarm immer anstieß, sodass Arm und Kopf von einer Seite zur anderen schwangen.

Manchmal stieß er auch gegen die Wand. Das erzeugte die schabenden Geräusche, die mich gewarnt hatten.

Sogar Augen erkannte ich. Klein und pechschwarz lagen sie tief in den Höhlen.

Es war klar, dass der Kopf nicht in friedlicher Absicht erschienen war. Er wollte mich töten, und ich musste rasch mein Bein wegziehen, als ich bemerkte, wie er danach hackte.

Seine Zähne hieben gegen die Innenwand des Schachts. Ich hatte mit dem Gleichgewicht zu kämpfen, beugte mich ein wenig zurück und stützte mich mit der linken Hand ab, wobei ich den Arm ausstreckte.

Dann zog ich den Dolch!

Kugeln wollte ich sparen. Wenn es eben ging, musste ich mich mit Schwert und Dolch verteidigen. Beides würde ungefähr die gleiche Wirkung haben.

Ich stieß zu.

Im Laufe der Zeit hatte ich es gelernt, mit dieser Waffe umzugehen. Ein Stich reichte, um das Gesicht dieses schrecklichen Schädels voll zu treffen.

Beinahe wurde es in der Mitte geteilt. Eine dunkle Flüssigkeit spritzte hervor, und plötzlich schwang der Kopf wild von einer Seite zur anderen. Er klatschte dabei gegen die

Innenwände, löste sich auf und rann als gallertartige Masse nach unten.

Auch der Tentakelarm zog sich zurück, denn als ich nochmals zustach, befand er sich schon so weit entfernt, dass ich ihn mit der Klinge verfehlte und das Messer über die Wand schrammte.

Ich konnte einen Schrei nicht unterdrücken, denn ich hatte nicht aufgepasst. Mein linkes Bein hing ebenfalls in einem der Schächte, und daraus hatte sich, unbeobachtet von mir, ein weiterer Arm in die Höhe geschoben.

Und zugebissen!

Durch meinen Hosenstoff waren die Zähne gedrungen. In Höhe der Wade spürte ich einen scharfen Schmerz, zog das Bein zurück und wäre fast noch in ein Loch gerutscht, weil ich mich zu heftig bewegte. Nass rann es in meinen Schuh.

Der Kopf wollte mehr.

Plötzlich erschien er über dem Rand des Loches, schwang einmal zurück und dann vor, um sich mit seinen von meinem Blut beschmierten Zähnen in meinem Arm festzubeißen.

So hatten wir nicht gewettet.

Der Kopf bewegte sich in Mundhöhe direkt in die Klinge hinein, wobei ich das Messer noch einmal ruckartig in die Höhe zog, sodass der Schädel zerstört wurde.

Abermals quoll Flüssigkeit aus den breiten Wunden, die sich erst über den Schädel verteilte, in den dunklen Haaren kleben blieb und dann ihren Weg an den eingefallenen Wangen des Kopfes nach unten fand.

Auch der Arm verschwand.

Ich atmete auf. Schweiß bedeckte meine Stirn. Mein Herz hämmerte. Ich stand unter einem ungeheuren Stress und zog mein linkes Bein an, um mir die Wunde zu betrachten.

Als ich das Hosenbein in die Höhe schob, sah ich die Wunde.

Wunde war vielleicht falsch, es waren mehrere kleine, die dem Abdruck des Gebisses entsprechend nebeneinander lagen.

Ich hoffte nur, dass mir dieses Wesen durch seinen Biss

nicht irgendeinen Keim eingeimpft hatte, der mich körperlich schwächte und vielleicht umwarf.

Rechts und links von mir hatte ich die beiden Wesen mit meinem geweihten Dolch erledigt, aber vor und auch hinter mir lag eine unübersehbare Zahl von Schachtöffnungen, die sicherlich mit diesen gefährlichen Tentakelarmen bestückt waren.

Und sie erschienen auch.

Wahrscheinlich hatte es sich bei ihnen herumgesprochen, dass ich in ihr Reich eingedrungen war. Jetzt wollten sie es mir zeigen. Sie wollten den sehen, der es gewagt hatte, zwei von ihnen zu töten.

Wenn ich flach über die Öffnungen hinwegschaute, dann sah ich sie auch. Es waren wieder diese Schädel, und sie trauten sich nicht, direkt aus den Öffnungen zu erscheinen, sondern blieben mit ihnen auf gleicher Höhe.

Ihre Haare erkannte ich dennoch. Diese schwarzen, strähnigen Streifen, die fettig auf den Schädeln klebten und irgendwie eine glänzende Schicht bildeten. Dann die Gesichter darunter, wenn der Arm weiter in die Höhe glitt. Zwar dunkel, aber dennoch heller als der schwarze Untergrund, sodass sie sich ziemlich deutlich abhoben.

Nicht nur vor mir befanden sich diese Wesen, auch an der Seite und in meinem Rücken, eben überall, wo sich die Öffnungen im Boden befanden.

Ich musste mich tatsächlich auf dem schmalen Grat zwischen zwei Löchern drehen. Eine verdammt schwierige Sache, denn ich konnte jeden Augenblick in die Tiefe rutschen.

Sie krochen hoch.

Sogar höher als die Schachtöffnungen, denn so konnten sie heranschwingen und mich treffen.

Ich zog das Schwert.

Es hatte einmal Destero, dem Dämonenhenker, gehört. Nun befand es sich in meinem Besitz. Es hatte mir schon manch guten Dienst erwiesen. Damit wollte ich kämpfen, damit konnte ich die verfluchten Gegner vernichten.

Allerdings war es ziemlich unhandlich, im Sitzen das

Schwert mit der langen Klinge zu führen. Dabei musste ich Verrenkungen in Kauf nehmen und höllisch achtgeben, dass ich nicht ausglitt und in einen der Schächte stürzte.

Der erste Schlag.

Zu harmlos geführt, ohne Kraft, denn der Tentakelarm konnte leicht ausweichen. Dabei verzog sich der Mund zu einem Grinsen. Wenigstens kam es mir so vor, und ich wartete ab, bis der Arm wieder zurückschwang, und zertrennte ihn dann mit einem Streich in der Mitte.

Der Kopf und ein Teil des Tentakels verschwanden in einem Schacht und waren nicht mehr zu sehen.

Zwei andere erledigte ich mit einem Rundschlag. Die Klinge durchschnitt sie, als bestünden sie aus Butter.

Magie gegen Magie.

Meine war stärker.

Und jetzt überlegten es sich die anderen Wesen, ob sie mich angreifen sollten. Sie blieben sicherheitshalber zurück oder tauchten erst gar nicht auf.

Ich hatte mir eine kleine Atempause erkämpft und blieb erst einmal sitzen, um mich auszuruhen.

Man ließ mir keine Zeit, denn auf einmal ertönte ein Zischen. Erst leise, dann schwoll es immer mehr an, wurde lauter und wurde für mich zu einer Quälerei der Ohren.

Es war ein schauriges Bild. Aus allen Öffnungen stachen die Schädel und zischten durch ihre angespitzten Zähne. Allerdings nicht nur das. Es quoll auch noch etwas aus ihren Mäulern.

Giftiger Brodem!

Ich bemerkte ihn, als ich husten musste. Das Zeug kratzte in meinem Hals. Es schnürte mir den Atem ab. Ich keuchte, räusperte mich und spürte gleichzeitig die Veränderung in meinem Kopf.

Mir war, als hätte sich jemand eine Spritze genommen, sie in meine Stirn gestoßen und den Schädel mit Watte gefüllt. So jedenfalls fühlte es sich an. Und diese Watte breitete sich aus. Sie lähmte mein Denken und deshalb auch meine Reaktionen. Ich saß auf dem Rand und konnte einfach nichts tun.

Die anderen waren zu stark. Sie bewiesen mir ihre Macht, und immer größere Giftwolken drangen mir entgegen und kreisten mich ein.

Wie im Krampf hielt ich mein Schwert fest. Ich wollte es nicht loslassen, denn wenn ich jetzt die Finger öffnete, dann verlor ich die Waffe, und sie würde in den Schacht fallen und irgendwo in der unauslotbaren Tiefe verschwinden.

So und nicht anders sah es aus!

Langsam sank ich zurück. Ich ließ mich fast freiwillig fallen, doch dann erreichte ich einen Punkt, wo der Überlebenswille wieder stärker wurde.

Nein, so nicht. Um Himmels willen, nur nicht aufgeben! Du musst dich zusammenreißen!

Und ich riss mich zusammen.

Ich schaffte es in der Tat, mich wieder aufzurichten, und ich bemerkte auch, dass mir kein Brodem mehr entgegenströmte. Auch das Zischen ließ nach und verklang.

Die Stille kehrte zurück.

Ich aber hockte auf dem schmalen Rand zwischen den beiden Schachtöffnungen und starrte ins Leere. Noch immer gelang es mir nicht, die Gedanken in meinem Kopf richtig zu ordnen. Es lief einfach zu viel durcheinander.

Einige Male atmete ich tief durch. Obwohl die Luft hier nicht mit der auf der Erde zu vergleichen war, kam sie mir doch köstlich vor, nachdem der teuflische Brodem verschwunden war.

Sollte das eine Warnung gewesen sein? Hatten Asmodina oder der Spuk damit beweisen wollen, wie mächtig sie letztendlich doch waren? Ich wusste es nicht, sah allerdings, dass sich von vorn eine Gestalt näherte. Und zwar eine, die ich kannte.

Es war der blonde Dämon. Allerdings hatte er sich verändert. Sein Gesicht sah völlig entstellt aus. Es war auch nichts mehr von seiner normalen Haut zu sehen. Jetzt entdeckte ich darin die dicken roten Streifen, die bei unserem ersten Kontakt hinter der dünnen Haut geschillert hatten.

Aus dem Nichts war er erschienen. Langsam schritt er

näher. Dabei hatte ich den Eindruck, als würde er den Boden überhaupt nicht berühren, sondern schweben. Das konnte natürlich eine Täuschung sein, da ich in meinem Zustand sowieso nicht alles so genau erkannte, aber bei Dämonen wusste man schließlich nie, wie sie reagierten oder reagieren konnten.

Mit jedem Schritt schmolz die Entfernung zwischen uns. Ich glaubte, ein hässliches Grinsen auf seinem Gesicht zu sehen und gleichzeitig auch ein wissendes.

Er ging nur auf dem schmalen Rand, balancierte zwischen den aufgerichteten Tentakelarmen mit den Köpfen, als wäre er der große König, der Herrscher.

Dann blieb er stehen.

Wir starrten uns an.

Ich sagte nichts, sondern wollte es ihm überlassen, das Gespräch zu beginnen.

»John Sinclair«, sagte er. »Wir haben uns beide noch nicht begrüßt. Wenigstens nicht in dieser Welt, mein Lieber. Damit heiße ich dich herzlich willkommen. Du befindest dich auf der Grenze zwischen dem Reich des Spuks und dem der Teufelstochter, und du bist sogar freiwillig zu uns gekommen, welch eine Ehre.«

Er lächelte teuflisch. Danach wandte er den Kopf und schaute sich um. »Einige meiner Freunde hast du ja getötet, aber andere warten darauf, dich umzubringen. Und ich werde nichts tun, damit sie ihr Vorhaben nicht in die Tat umsetzen können.« Er öffnete die rechte Hand, und ich sah den silbernen Nagel auf der Fläche liegen.

Noch jetzt war es für mich ein Rätsel, wie er den Nagel überhaupt hatte anfassen können! Normalerweise hätte ihn das geweihte Silber zerstören müssen, aber das geschah nicht.

War die Magie des Nagels vielleicht zu schwach?

Nein, nur ich war schwach, denn die Nachwirkungen des eingeatmeten Gases spürte ich sehr deutlich. Ich konnte zwar wieder klar denken, doch es bereitete mir noch immer Mühe, mich zu bewegen. Alles lief zu träge ab.

»Ich besitze den Nagel, und ich besitze dich!«, sagte der Dämon vor mir. »Was will ich mehr?« Als er das letzte Wort gesprochen hatte, schloss er die Faust.

Und da sah ich, dass sich seine Haut so seltsam bewegte. Sie schien sogar Falten zu werfen.

Die Erkenntnis kam mir blitzartig.

Der Dämon vor mir konnte deshalb den silbernen Nagel anfassen, weil er Handschuhe trug. Daher machte ihm das Silber nichts aus.

»Noch Fragen, Sinclair?«

»Ja.«

»Dann beeile dich, denn ich muss Asmodina den Nagel überreichen, damit sie Dr. Tod endlich in seine Schranken verweisen kann und nicht mehr durch ihn gestört wird.«

»Wo befindet sich Glenda Perkins?«

Der Dämon lachte schallend. »Willst du das wirklich wissen, Geisterjäger?«

»Sonst hätte ich nicht gefragt.«

»Nun, sie befindet sich unter dir.«

Ich erschrak heftig. »In einem Schacht?«

»So ähnlich«, erwiderte der Dämon. »Schacht kann man zwar nicht sagen, denn diese Schächte sind nicht unendlich, darunter befindet sich etwas.«

»Was?«

»Ganz einfach. Das Labyrinth der Angst. Oder Asmodinas Todeslabyrinth!«

Die Antwort hatte mich überrascht. Davon hatte ich noch nie gehört. Ein Labyrinth? Und es sollte unter den Schächten liegen? Welche Überraschung erwartete mich denn noch in dieser vielschichtigen, kaum mit menschlichen Maßstäben nachzuvollziehenden Welt?

Ein Labyrinth unter den Schächten. Und dort sollte Glenda gefangen sein?

Ich schaute den Dämon etwas ungläubig an, und er begann zu lachen. »Ja, Sinclair, dort steckt sie.«

»Als was? Ist sie gefangen?«

»So kann man es nicht sagen«, erwiderte er. »Sie steckt

zwar im Labyrinth, jedoch nicht als Gefangene, sondern als Abgeurteilte. Verstehst du? Sie ist im Jenseits zum Tode verurteilt worden. Dort wird sie verrecken. Irgendjemand wird sie schon töten, und ihre Gebeine …«

»Hör auf«, schrie ich, »hör auf!«

Er grinste nur. »Ich kann mir vorstellen, dass du so etwas nicht verträgst. Aber du wirst keine Chance mehr haben, sie jemals wiederzusehen. Ich habe den Nagel, und das reicht mir. Außerdem hat mir Asmodina einen Auftrag gegeben.«

Ich konnte mir denken, welchen Job dieser Dämon von seiner Chefin erhalten hatte. Trotzdem wollte ich es genau wissen und fragte: »Welchen?«

»Dich zu töten, Sinclair!«

Sie standen da und schauten in den grauen Winterhimmel.

Kara, Myxin und Suko, der Chinese. Alle drei waren irgendwie deprimiert und in den ersten Minuten unfähig, etwas zu sagen. Myxin hielt das Kreuz noch fest. Es kippte in seinen Fingern nach vorn, und es sah so aus, als würde es dem kleinen Magier aus der Hand rutschen.

Asmodina war verschwunden. Von ihrem Gesicht war am grauen Himmel nichts mehr zu sehen. Es hatte sich aufgelöst wie ein ferner Nebelstreif.

Vielleicht waren sie zu siegessicher gewesen, vielleicht hätten sie noch warten sollen, aber sie hatten die Teufelstochter unterschätzt.

Kara war die Erste, die sich wieder bewegte. Sie war der eigentliche Mittelpunkt der Beschwörung gewesen. Erst durch ihre Kraft und die Magie des Schwertes war es überhaupt gelungen, Asmodina erscheinen zu lassen. Und nun diese Niederlage.

Das Mädchen aus dem Totenreich stützte sich auf. Ihre langen Haare wurden vom Wind erfasst und zur Seite geweht, sodass sie wie ein dunkler Schleier aussahen. Kara hob das Schwert an und steckte es wieder in die Scheide. Ihre Haut war bleich, und das Mädchen machte einen erschöpften Eindruck.

Niemand sprach.

Bis Myxin sich umdrehte und an Suko herantrat. »Willst du das Kreuz an dich nehmen?«

Der Chinese schien wie aus einem Traum zu erwachen, denn er schreckte regelrecht hoch. »Was ist?«

Myxin wiederholte die Frage.

»Ja, ich nehme es.« Suko nahm das silberne Kruzifix in die Rechte und schaute darauf. Er sah all die seltsamen Zeichen, die zum Teil noch gar nicht enträtselt waren, und er schaute auch auf die Gravuren der Erzengel.

Diese vier hatten nicht helfen können. Das Grauen war wie ein plötzliches Gewitter über einen Teil des Sinclair-Teams hereingebrochen. Jetzt befand sich John in irgendeiner Dimension, die von seiner Todfeindin Asmodina kontrolliert wurde, und sie würde ihm kaum die Chance geben, diese Dimension wieder zu verlassen. Sie konnte für John zu einem gewaltigen Gefängnis werden oder auch zu einem riesigen Grab.

Suko machte sich Vorwürfe, dass er zu spät eingetroffen war. Er war erschienen, als John Sinclair verschwand. Vielleicht hätte er noch etwas retten können, so aber musste er Sir James melden, dass nichts mehr zu machen war.

Die Harley, mit der Suko gekommen war, stand an der zerstörten Kapelle. Der Chinese sagte den beiden anderen Bescheid und ging auf sein Motorrad zu.

Er besaß ein leistungsstarkes Sprechfunkgerät und hoffte, dass er Sir James damit erreichte.

Es klappte. Sehr deutlich war die Stimme des Superintendenten nicht zu verstehen. Ein starkes Rauschen störte den Empfang.

Der Chinese sprach die Sätze langsam, und Sir James hörte ihm genau zu. Ein paar Mal fragte er dazwischen, dann bat er Suko, wieder zum Yard zurückzukehren.

»All right, Sir«, erwiderte Suko.

»Was sagt der Chef?«, fragte Myxin, nachdem Suko wieder zu ihm und Kara hinüber gegangen war.

»Er ist sprachlos.«

»Kann ich mir denken.«

»Gibt es überhaupt noch eine Chance?«, erkundigte sich Suko.

»Kaum.«

»Was heißt kaum? Du streitest es also nicht ab, dass unter Umständen noch etwas zu machen ist?«

»Möglich, Suko. Nur brauchen wir dafür Zeit. Kara muss sich erholen. Die letzte Beschwörung hat sie sehr erschöpft. Asmodina zu beschwören zehrt an den Kräften, glaube mir. Wenn sie den Trank des Vergessens hätte, wäre das alles nicht so schlimm. Dann könnte ihr Geist in die anderen Dimensionen eindringen. Aber den hat sie nun mal nicht. Das ist unser Pech.«

Suko nickte. Dieser Trank des Vergessens war wahrscheinlich noch schwerer zu finden als der Aufenthaltsort von Solo Morasso, alias Dr. Tod. Kara suchte ihn mit dem Mut der Verzweiflung. Sie ging jeder Spur nach, bisher jedoch erfolglos. Die Dämonen wussten genau, was sie da in den Händen hielten, und sie würden den Trank hüten wie einen kostbaren Schatz.

»Wäre ich doch nur früher gekommen«, ärgerte sich Suko laut. »Aber ihr wart so plötzlich verschwunden, und da …«

»Es nutzt nichts, sich jetzt Vorwürfe zu machen«, erwiderte Myxin. »Wie sagt ihr? Das Kind ist in den Brunnen gefallen und …« Er redete nicht mehr weiter, denn sein Blick war auf die Knochen gerichtet, die dort auf dem Boden einen Kreis bildeten.

Sie, die lange in der Gruft dieser entweihten Kapelle gelegen hatten, wurden zu Staub. Als graues Mehl blieben sie auf der Erde liegen. Es hob sich kaum von den winterlichen Grasflecken ab.

»Damit ist auch diese Magie endgültig zerstört«, kommentierte Kara den Vorgang.

Die anderen beiden sagten nichts. Suko fielen die flaming stones ein. Er sprach Myxin und Kara darauf an. »Könnt ihr es dort nicht versuchen?«

»Vielleicht. Aber dieser Platz ist ein Ort der weißen Magie. Ob wir dort Verbindungen mit den Dimensionen des Wahnsinns bekommen, das weiß ich nicht.«

»Versucht es.«

»Ja«, sagte Myxin.

Danach verabschiedete sich Suko von den beiden. »Auf jeden Fall bleiben wir in Verbindung«, erklärte er. »Meldet euch, wann immer ihr etwas Neues erfahren habt.«

»Du kannst dich auf uns verlassen«, bestätigte der kleine Magier.

»Das weiß ich.« Suko ging zu seiner Harley, setzte seinen Sturzhelm auf und startete.

Laut röhrte der Motor. Aus dem Auspuffrohr quoll eine dicke weiße Wolke. Sie wirkte wie ein Abschiedsgruß.

Zwei Monster flankierten Glenda Perkins!

Es waren die echsenköpfigen Wesen, die auch als Schatten durch die unheimliche Welt des Spuks huschten. Jetzt allerdings hatten sie ihre wirkliche Gestalt angenommen, und sie waren auch bewaffnet, denn in ihren mit Krallen bewehrten Händen trugen sie lange Lanzen.

Glenda hatte sich von dem Schock der dämonischen Gerichtsverhandlung noch nicht erholt. Maddox hatte ihr das Urteil ins Gesicht geschleudert.

Im Jenseits verurteilt!

Gab es eine schlimmere Strafe?

Nein, Glenda konnte sich keine grausamere vorstellen. Für alle Ewigkeiten sollte sie in dieser Welt bleiben, bis zum Tod. Aber wie lange dauerte eine Ewigkeit? Gab es überhaupt Grenzen, zeitlich gesehen, oder meinte Maddox nur die Zeitspanne, die zwischen ihrer Verurteilung und dem Tod lag? Sollte das diese schreckliche Ewigkeit sein, die sie quälen würde?

Glenda wusste es nicht. Und sie wollte es auch nicht wissen, denn alles in diesem Land war so unwirklich, so grausam und so anders. Wie ein schlimmer Traum. Nur war es kein Traum, sondern Realität. Sie, Glenda, befand sich in einer schrecklichen Welt und von Feinden umgeben.

Das Labyrinth wartete auf sie.

Man hatte es ihr gesagt. Im Labyrinth sollte sie sterben, nicht sofort, sondern irgendwann würde sie dort der Tod ereilen. Auf welche Art und Weise dies geschah, das wusste sie nicht. Es würde nur passieren, das war sicher.

Flucht war sinnlos. Wohin hätte sie sich auch wenden sollen? Sie kannte sich nicht aus, und wenn sie etwas versucht hätte, dann wäre sie nur irgendwelchen Feinden in die Arme gelaufen. Also musste sie schon zwischen ihren beiden Bewachern bleiben, die sie auch gar nicht hätten laufen lassen.

Es gab einfach keinen Ausweg. Das Urteil des Dämonenrichters musste vollstreckt werden, denn noch nie war ein von Maddox festgelegtes Urteil nicht in Erfüllung gegangen. Er sorgte durch seine Vasallen immer dafür, dass die Verurteilten das erhielten, was ihnen kraft seines Spruches zustand.

Dicht neben Glenda schritten die beiden Aufpasser. Manchmal berührten sie die junge Frau. Dann zuckte sie jedes Mal zusammen, als würde sie von einem Ekelgefühl überfallen.

Sie hatte nicht gesehen, wohin der Weg führte. Es war ihr auch egal. In diesem Land, in dieser unheiligen Dimension gab es keine Richtungen, da spielte es keine Rolle, ob sie nach vorn, rechts, links oder nach hinten gingen.

Der Boden war noch immer gleich. Er bestand aus dunkelgrauem, porösem, irgendwie weich anmutendem Gestein, rau, uneben. Auch der Nebel befand sich weiterhin um sie herum. Zwar nicht mehr so dicht, etwas aufgerissener, und manchmal glaubte Glenda, von einigen roten oder grünen Augen beobachtet zu werden, die sie aus der Nebelsuppe anstarrten.

Sie schauderte jedes Mal zusammen, denn rote Augen hatten auch die Echsenmenschen.

Hin und wieder huschten Schatten über sie hinweg. Dann verdunkelte sich für einen Moment ihr Blickfeld, und sie spürte einen eiskalten Hauch, der sie streifte.

Das Grauen war da. Es umgab sie, es lauerte in der Nähe. Dunkel, drohend und geheimnisvoll, allgegenwärtig war es in dieser schrecklichen Welt.

Glenda war sehr sensibel geworden. Mit jeder Faser ihres Körpers spürte sie, dass sie eingekesselt war. Manchmal rann es kalt über ihren Rücken, dann schwitzte sie, und die Luft kam ihr schwer vor, als bestünde sie aus Sirup.

Einige Male schon war sie nahe daran gewesen, zusammenzubrechen, denn das Laufen bereitete ihr doch Schwierigkeiten. Sie war lange gefesselt gewesen. Stricke hatten ihren Kreislauf malträtiert, und so dauerte es etwas, bis sie sich erholt hatte.

Dann lichtete sich der Nebel ein wenig. Glendas Sicht wurde besser, und sie erkannte, dass sie ihr Ziel erreicht hatten.

Vor ihr lag das Labyrinth der Angst.

Asmodinas Todeslabyrinth!

Nun endlich sah sie es.

Sie brauchte einige Zeit, um diesen Eindruck zu verkraften. Eine grüne, gewaltige Mauer stand vor ihr. Im ersten Moment erinnerte sie an gestutzte und sorgfältig geschnittene Hecken, wie sie in manchen Parks zu sehen waren, doch Glenda glaubte nicht daran, dass es sich hierbei um Hecken handelte. In den Dimensionen des Schreckens wuchs nichts Grünes. Da war alles kahl, hier gab es nur verbrannte Erde.

Glenda spürte die Hände der Echsenköpfigen auf ihren Schultern. Sie schoben Glenda vor sich her, und es half auch nichts, dass sie ihre Füße in den Boden stemmte. Die anderen waren zu kräftig. Die junge Frau wurde auf die grüne Mauer zugeschoben, und je weiter sie sich näherte, umso deutlicher sah sie die Wand jetzt. Und sie erkannte, woraus sie wirklich bestand.

Aus Tieren.

Ja, die Wand war aus kleinen Tieren errichtet worden. Da wimmelte es nur von unzähligen winzigen grünen Würmern, die so ineinander verknotet waren, dass es kaum einen Durchlass gab. Und sie sonderten einen grünlichen Schleim ab, der sich auf ihre zusammengeballten Körper gelegt hatte und diese Schicht bildete.

Ein wirklich grauenvolles Bild, und Glenda Perkins schüttelte sich. Ekel stieg in ihr hoch, aber die Echsenköpfigen dachten nicht daran, sie in Ruhe zu lassen. Sie schleiften ihr Opfer auf einen schmalen Durchgang zu, den Glenda erst jetzt entdeckte.

Es war das Tor!

In dem Eingang flimmerte es grünlich, und als Glenda durch den plötzlichen Prankenhieb in den Rücken nach vorn gestoßen wurde, hatte sie das Gefühl, ein Tuch würde über ihr Gesicht streifen.

Nach einigen Schritten fing sie sich wieder, drehte sich um und sah das Tor verschlossen.

Eine grüne Wand befand sich dort. Und in ihr wimmelten Tausende von Würmern.

Glenda Perkins war eine Gefangene im Labyrinth der Angst!

Wie hätte es auch anders sein können? Dass ich am Leben bleiben würde, war nicht drin. Das konnten sich meine Feinde überhaupt nicht leisten. Wenn ich mich schon als Gefangener in ihrer Dimension befand, dann mussten sie mich auch aus dem Weg schaffen. Koste es, was es wolle.

Dieser Dämon vor mir sollte es übernehmen.

Aber wie?

An ihm sah ich keine Waffe, ließ mich allerdings auch nicht täuschen, denn Dämonen besaßen oft sehr starke Kräfte, geistige und körperliche Kräfte, sodass sie getrost auf eine Waffe, wie wir sie kannten, verzichten konnten.

Das Gas hatte mich widerstandslos machen sollen. Ich war es nicht geworden, sondern hatte mich zusehends erholt, sodass ich gar nicht daran dachte, mein Leben einfach wegzuwerfen. Ich würde kämpfen.

Zudem dachte ich nicht so sehr an meinen eigenen Tod, sondern mehr an Glenda Perkins. Sie befand sich zwar nicht in meiner unmittelbaren Nähe, doch durch die Auskunft des Dämons wusste ich, wohin man sie geschleppt hatte.

In das Labyrinth der Angst.

Und da genau wollte ich hin.

Aber lebend!

Der Dämon vor mir ahnte nichts von meinen Gedanken. Er sollte mich ruhig für schwächer halten, als ich tatsächlich war.

»Schreckt dich der Tod nicht, Sinclair?«, fragte er höhnisch.

»Doch«, erwiderte ich.

»Dann zittere.«

»Warum? Mir haben schon viele den Tod versprochen, aber noch lebe ich. Und ich denke nicht daran zu sterben.«

Seine Stimme klang spöttisch, als er antwortete: »Was willst du denn dagegen unternehmen?«

»Ich will zu Glenda Perkins!«

»Du willst freiwillig in das Labyrinth?«

»Genau!«

»Da kommst du nie hin. Nie. Und wenn, dann hast du nichts gewonnen, denn aus dem Labyrinth gibt es kein Entrinnen, Geisterjäger. Wer einmal darin steckt, der kann nicht mehr heraus. Verstehst du das? Dieses Labyrinth ist praktisch der Tod. Du bist so gut wie erledigt, und dort warten auch die Qualen der Hölle.«

»Ist es die Hölle?«

»Nein, aber fast so schlimm.«

»Dann hast du es schon gesehen?«

»Natürlich. Jeder von uns hat es gesehen, auch als Abschreckung. Wünsche dir lieber einen Tod, so wie ich ihn dir geben werde, John Sinclair.«

»Wie sähe der aus?«

Der Dämon mit dem Streifengesicht vollführte eine weite Armbewegung. »Schau dich um. Sieh genau hin, wer in den Schächten haust. Sie brauchen Opfer, und in einen Schacht werde ich dich hineinstoßen, daran gibt es nichts zu rütteln.«

Ich hatte mich wieder aufrecht hingesetzt und nickte. »Du kannst es ja mal versuchen.«

Er verzog das Gesicht. »Bilde dir nicht zu viel auf deine Waffen ein, Geisterjäger. Sie werden dir nämlich nicht helfen. Meine Magie und die Magie dieser Dimension sind stärker. Du hast es nicht geschafft, noch nicht, denn die Überraschung kommt noch. Gib genau acht!« Er trat zwei Schritte zurück, und es sah wirklich aus, als würde er die Ränder der Schächte kaum berühren.

Ich hob den rechten Arm. Die Hand umklammerte den Schwertgriff. Ich war bereit, mein Leben so teuer wie nur möglich zu verkaufen, aber die Gefahr drohte nicht direkt von ihm, sondern von einer völlig anderen Seite.

Unter mir begann es.

War der Boden der Schachtränder bisher fest und widerstandsfähig gewesen, so wurde er plötzlich weich. Ich hörte das höhnische Lachen des Dämons und kippte nach links weg, weil der Rand unter mir nachgab.

Ich war zwar bewaffnet, jedoch nicht in der Lage, mich zu wehren, weil ich meine Waffen nicht benutzen konnte. Ich musste mich stattdessen darauf konzentrieren, nicht abzurutschen und in den Schacht zu fallen.

Hastig streckte ich den Arm aus. Und ich schaffte es, mich festzuhalten. Doch kaum hatte sich meine Hand um den Schachtrand geklammert, da gab dieser schon nach und bröckelte unter meinen Fingern ab. Ich kippte um.

Der Dämon hatte seinen Spaß. Er beobachtete mein verzweifeltes Bemühen um Balance. Wenn ich wirklich etwas erreichen wollte, dann musste ich von diesen verfluchten Schachtöffnungen endlich weg.

Wo der Dämon stand, da war die Härte noch normal, dort tat sich nichts. Aber bei mir sanken sie ein.

Es war mir gelungen, mich wieder nach vorn zu bewegen. Mit dem Schwert stützte ich mich ein wenig ab. Und dann rutschte ich so weit vor, bis ich wieder festeren »Boden« unter den Füßen hatte. Das heißt, ich musste trotzdem balancieren, und aus den Öffnungen schossen schon die langen Krakenarme mit den grausamen Köpfen.

»Was ist?«, verhöhnte mich der Dämon. »Willst du immer noch nicht sterben?«

»Nein«, gab ich krächzend zurück. »Nur mit dir, du verfluchter Dämon!«

Er lachte und schaute zu, wie ich mich verzweifelt wehrte. Zum Glück hatte ich das Schwert. Einen Kopf konnte ich kappen. Zusammen mit dem Arm verschwand er in der dunklen Röhre.

Einen zweiten verfehlte ich. Und nun bewies es sich, dass der Besitz des Schwertes auch Nachteile mit sich bringen konnte. Ich hatte den Schlag etwas zu hastig durchgeführt und war dadurch ins Stolpern geraten. Ich fiel nach vorn, rutschte dabei noch ab und hörte den Dämon widerlich lachen.

Er hatte sein Ziel erreicht.

Ich würde in einer der Schachtöffnungen verschwinden, und dies auf Nimmerwiedersehen.

Aber so hatten wir nicht gewettet. Der Dämon mit dem Streifengesicht lachte noch immer, als ich mich mit einem letzten, verzweifelten und gewaltigen Sprung auf ihn warf und ihn auch zu packen bekam.

Damit hatte er nicht gerechnet.

Meine linke Hand krallte sich in seinen Körper. Ich sah das Entsetzen in seinen Augen, die auf einmal groß wurden, und zusammen kippten wir im Zeitlupentempo nach hinten.

Und da lauerte der Schacht …

Dunkel die Öffnung, drohend die unheilvolle Tiefe, aber nicht unendlich. Wir hatten ein Ziel, wir würden irgendwo landen, zusammen landen, denn dieser Dämon war meine einzige Chance.

Er versuchte noch, sich zu befreien, aber das ließ ich nicht zu, und gemeinsam und aneinandergekrallt fielen wir in die unheilvolle Tiefe der Röhre …

Glenda zitterte vor Angst!

Obwohl ihr bisher noch niemand etwas getan hatte, war dieses Gefühl übermächtig. Allein die Vorstellung, in diesem Irrgarten des Wahnsinns zu hocken, machte sie schon rasend.

Sie atmete heftig, blieb auf der Stelle stehen und wollte erst einmal abwarten, bis sich ihre Nerven beruhigt hatten.

Getan hatte ihr noch niemand etwas. Sie war auch bei der Verhandlung nicht gezüchtigt und nicht geschlagen worden. Man hatte sie eben nur auf einem Stuhl festgebunden und ihr das Urteil verlesen.

Jetzt war es vollstreckt.

Kein schneller Tod, nein, sondern eine langsame Hinrichtung, denn als etwas anderes bezeichnete Glenda die Strafe nicht. Sie sollte auf eine qualvolle Art und Weise getötet werden.

Wahrscheinlich lauerten in diesem Labyrinth tausend Gefahren, und sie würde keine Chance haben, ihnen zu entrinnen. Schon allein diese grünen Wände machten ihr Angst. Wände, die aus lebenden Tieren bestanden, aus winzigen Würmern. Sie hatten sich zu einer Masse zusammengefunden, ringelten und bewegten sich, wobei sie von diesem grünlichen Schleim überzogen waren, den sie stetig absonderten.

Trotz ihrer Angst erreichte Glenda irgendwann einen Punkt, wo gewissermaßen der Lebenswille als winziges Flämmchen der Hoffnung weiter brannte. Es war nur noch ein Flackern, mehr nicht, aber Glenda hatte die Hoffnung trotzdem nicht aufgegeben. Vielleicht gab es doch einen Ausweg?

Sie sagte sich selbst, dass die Möglichkeit eigentlich unwahrscheinlich klang, doch jetzt noch pessimistisch denken durfte sie auf keinen Fall. Dann drehte sie später noch durch. Das Schlimmste, was ihr passieren konnte.

Deshalb riss sich Glenda Perkins zusammen, so schwer ihr dies auch fiel.

Sie schaute sich um.

Was sie sah, war natürlich nicht ermutigend. Sie befand sich tatsächlich in einem Irrgarten. Da gab es Zickzack-Gänge, die um und zwischen den aus Würmern bestehenden Mauern hindurchführten.

Die Gänge waren kurz, manchmal eng, dann wieder breit. Hin und wieder sprangen die Mauern weiter vor. Da bildeten sie dann regelrechte Ecken.

Glenda ging ein paar Schritte weiter. Es nutzte ja nichts,

wenn sie stehen blieb und Trübsal blies. Sie musste etwas tun. Vielleicht konnte sie dann auch mit ihren Gedanken fertig werden.

Dicht vor einer Wand hielt sie an. Dabei streckte sie ihren Arm aus, unbewusst eigentlich, und die Finger berührten die Wand. Mit den Spitzen glitten sie darüber hinweg. Glenda stieß einen leisen Schrei aus und fuhr zurück.

Deutlich hatte sie den Schleim gespürt, der sich zwischen ihre Finger gesetzt hatte. Sie merkte auch das leichte Brennen, und als sie die Finger spreizte, da sah sie den Schleim dazwischen kleben.

Glenda schüttelte sich, als würde sie frieren. Ihr Gesicht verzog sich, und sie schleuderte mit heftigen Schlenkerbewegungen der linken Hand den Schleim von ihren Fingern, der in dicken Tropfen zu Boden klatschte.

Dann ging sie weiter und wandte sich nach rechts, wo sich ein Gang auftat.

Ein seltsames Licht lag über dem Labyrinth. Von wo es herkam, wusste Glenda nicht, sie fand es auch nicht heraus. Auf jeden Fall war es vorhanden, und es schimmerte ebenso grünlich wie die quer und längs stehenden Trennmauern.

Grün und geheimnisvoll.

Glenda warf einen Blick nach oben. Vielleicht konnte sie eine Decke sehen oder einen Himmel. Doch da war nichts. Grau und Grün mischten sich zu einer Farbe, die kaum etwas erkennen ließ.

Ihre Augen begannen schon zu tränen, so lange hatte sie hoch gestarrt, dann gab sie sich einen Ruck und bewegte sich weiter vor. Der Boden unter ihren Schuhen war nicht mehr steinig und rau, er hatte seine Beschaffenheit gewechselt. Weich war er, irgendwie federnd, als würde Glenda auf Kissen schreiten. Allerdings zeigte er keine sumpfigen Eigenschaften. Er zog die junge Frau nicht in die Tiefe und saugte sich auch nicht an ihren Füßen fest.

Auch die Wände gaben Licht ab. An manchen Stellen schimmerten sie heller, und sie glaubte sogar, hin und wieder einen gelben Streifen in dem Wirrwarr zu entdecken.

Schlimm empfand sie auch die Stille. Da gab es keinerlei Geräusche um sie herum, nur die fast absolute Ruhe, in der Glenda nur ihren eigenen Atem hörte.

Selbst der war ihr zu laut. Deshalb versuchte Glenda, nur durch die Nase Luft zu holen.

Plötzlich blieb sie stehen.

Es ging nicht mehr weiter, denn sie sah vor sich eine grüne Mauer.

Sackgasse!

Schrill lachte die junge Frau auf. Natürlich, in einem Labyrinth gab es nicht nur Gänge, die zusammenliefen oder auch ineinander mündeten, sondern ebenfalls Sackgassen.

Wie diese hier!

Sie konnte nicht mehr weiter, blieb stehen, drehte sich dann um und ging den Weg zurück.

Noch war es leicht. Als sie die Einmündung erreichte, brauchte sie nur nach links zu schauen, um dort den Eingang zu sehen. Oder war er da nicht?

Sie runzelte die Stirn. War sie schon so durcheinander, dass sie bereits alles verwechselte?

Glenda wusste es nicht, doch sie merkte, dass dieser Irrgarten wirklich eine mörderische Falle war. Man wurde selbst zu einem Teil des Labyrinths, wusste schließlich keinen Ausweg mehr und landete in einem Zustand des Wahnsinns.

Glenda schlug die Hände vors Gesicht, als sie daran dachte. Es kostete sie Mühe, sich zusammenzureißen. Sie schluchzte auf und zog die Nase hoch.

Das hier war gemein, eine lebensgefährliche Falle. Ihre Gegner hatten genau gewusst, was sie mit dieser Verurteilung taten. Man wollte sie in den Wahnsinn treiben, und sie wussten auch, dass niemand an einem Punkt stehen bleiben würde. Die Nerven hatte keiner. Irgendwann würde jeder versuchen, dem Irrgarten zu entkommen. Der eine früher, der andere später.

Glenda nahm die Richtung, die sie links vom Eingang in einen Gang führte. Er war schmal. Fast berührte sie mit ihren Schultern die schleimigen, aus Würmern bestehenden

Wände, und ein Schauer lief über ihren Rücken. Unwillkürlich zog sie die Schultern zusammen, denn vor diesen widerlichen Würmern ekelte sie sich mehr als vor allem anderen.

Schritt für Schritt tastete sich die junge Frau weiter vor, tiefer in das gefährliche Labyrinth, in dem noch tausend Gefahren lauern konnten.

Weich war der Boden, weich und nachgiebig. Ihre Schritte waren nicht zu hören, und Glenda entdeckte am Ende dieses schmalen Wegs einen weiteren Gang, der quer zu dem verlief, durch den sie soeben schritt.

Der neue Gang war breiter, und Glenda wandte sich nach rechts. Er führte jedoch nicht geradeaus, sondern in einer Zickzack-Linie tiefer in den geheimnisvollen Irrgarten.

Glenda folgte dem Gang. Sie atmete mit halb offenem Mund, ihre Sinne waren gespannt, und sie wunderte sich, als sie plötzlich einen Baum sah, der die Form eines gewaltigen Tannenzapfens hatte und ebenfalls grün schimmerte.

Bäume in diesem Irrgarten? Und bestand er vielleicht auch aus diesen Würmern?

Neben dem Baum blieb Glenda stehen. Sie legte den Kopf in den Nacken und schaute an ihm hoch.

Er hatte Äste, die in ihrer Länge an die einer Fichte oder Tanne erinnerten. Nur konnte Glenda sich nicht vorstellen, dass hier tatsächlich ein Baum wuchs. Bestimmt war dieser angebliche Baum ein Wirrwarr aus Würmern und anderem ekligen Zeug.

Irgendwie hatte sie Mut gefasst und wollte es genau wissen. Noch ein wenig zögernd hob sie die rechte Hand, erfasste einen der unteren Zweige und nahm ihn zwischen ihre Finger.

Im selben Augenblick zuckte ihre Hand schon zurück. Der Zweig bestand nicht aus einer Unzahl von Würmern, sondern aus einem anderen Material, das zwischen ihren Händen zerbröselte und als Staub vor ihrem Gesicht zu Boden rieselte.

Da hörte sie das Stöhnen.

Glenda versteifte sich, weil sie das Gefühl hatte, der Baum hätte dieses Geräusch von sich gegeben.

Wenn ja, dann würde er leben!

Glenda trat einen Schritt zurück. Sie bewegte den rechten Fuß zuerst, wollte den linken nachziehen und spürte plötzlich den Druck an ihrem Gelenk.

Für einen Moment stand sie unbeweglich da. Dann senkte sie den Blick, schaute an ihrem Körper hinab und sah die weißlich schimmernde Hand, die ihren Fuß umklammert hielt …

Eine Menschenhand!

Die Hand einer Frau, denn deutlich erkannte Glenda die schmalen Finger und die rot lackierten Nägel.

Eine Frau in diesem Labyrinth, oder war sie ein Zombie, eine Untote, die man wie sie hierher geschleppt hatte?

Glenda wusste es nicht. Sie wagte auch nicht, sich zu bewegen, denn in ihrem Innern tobte eine kleine Hölle. Auch rechnete sie damit, dass die Hand sie zu Boden reißen würde, doch das geschah seltsamerweise nicht.

Sie hielt nur fest.

Sekunden vergingen.

Atemlos stand Glenda und lauschte. Sie schluckte ein paar Mal, hörte das Echo ihres Herzschlags an den Rippenbögen und wartete darauf, dass sich etwas tat.

Das geschah tatsächlich.

Die Hand ließ sie zwar nicht los, aber unter dem Baum bewegte sich etwas.

Eine Gestalt kroch hervor.

Glenda schaute auf sie und sah zuerst das lange blonde Haar, das den Kopf verdeckte und wie ein Schleier zu beiden Seiten des Gesichts nach unten fiel, sodass die Spitzen den Boden berührten.

Die Frau sagte kein einziges Wort, als sie sich vorschob. Glenda hörte nur das schabende Geräusch, mit dem die Unbekannte über den Boden glitt.

Ihre Schultern wurden sichtbar und der Oberkörper. Nur in das Gesicht konnte Glenda nicht schauen.

Dafür sah sie, dass die Frau einen hellen Pullover trug und darüber eine braune, ärmellose Weste. Einen Rock hatte sie nicht an, dafür eine dunkle Hose, die am Knie endete. Die Beine steckten in roten Strümpfen.

Schließlich war die Frau vollends unter dem Baum hervorgekrochen, und sie löste auch den Griff um Glendas Fuß.

Glenda atmete befreit auf. Mit einer Hand wischte sie sich den Schweiß von der Stirn, holte noch einmal tief Luft und fragte mit leiser Stimme: »Können Sie mich hören?«

Glenda erhielt keine Antwort. Die Unbekannte allerdings zog die Arme an, stemmte ihre Hände auf den Boden und kam langsam auf die Beine. Das alles erinnerte Glenda an einen Menschen, der eben aus dem Schlaf gerissen wurde und deshalb Mühe hatte, sich in der Realität zurechtzufinden.

Die Frau schwankte etwas, auch als sie vor Glenda stand, das lange blonde Haar zurückwarf und Glenda anschaute.

Die Sekretärin fuhr zurück.

Ihre Augen weiteten sich, die Lippen formten Worte, die kaum zu hören waren und nur stotternd hervordrangen.

»Das – das – darf doch nicht wahr sein«, hauchte sie. »Das – das gibt es nicht …«

Nein, eine Täuschung war es wirklich nicht. Vor Glenda Perkins stand eine Frau, die sie kannte.

Sogar gut kannte.

Jane Collins!

Es war ein Fall in die Ewigkeit!

Das Gefühl hatte ich. Ich umklammerte den mit mir in die Tiefe rasenden Dämon mit einer Hand. In der anderen hielt ich das Schwert, das ich auf keinen Fall loslassen wollte, denn für mich war es so etwas wie eine Lebensversicherung.

Etwas klatschte gegen meinen Rücken, verhakte sich in der Kleidung, und ich nahm an, dass es spitze Zähne waren, die nach mir schnappten, mich aber nicht festhalten konnten.

Wir fielen weiter.

Tiefer, immer tiefer.

Vielleicht der Hölle entgegen. Unter Umständen war das geheimnisvolle Labyrinth, von dem der Dämon gesprochen hatte, die Hölle. Ich wusste es nicht. Ich hatte auch Mühe, überhaupt etwas zu denken. Ich klammerte mich nur fest, denn dieser Dämon war meine einzige Chance. Solange ich bei ihm blieb, konnte ich mir noch etwas Hoffnung ausrechnen. So jedenfalls dachte ich.

Eigentlich erwartete ich, dass der Fall irgendwann in ein Schweben übergehen würde. Diese Hoffnung wurde enttäuscht. Wir jagten weiterhin mit der gleichen Geschwindigkeit nach unten, mit der wir auch in den Schacht gefallen waren.

Fallschirmspringer bewegen sich anders. Sie rudern mit Armen und Beinen, ich dagegen blieb ruhig. Ich wollte nicht irgendwo gegen die harten Innenwände des Schachts klatschen und mir noch unter Umständen Verletzungen zuziehen.

Die Tiefe und die Schwärze fraßen uns.

Wo führten sie hin? Endlos waren sie nicht, wie ich gehört hatte. Also endlich. Sie hatten ein Ziel und …

Der Aufprall!

Obwohl ich mir vorgenommen hatte, meinen dämonischen Begleiter festzuhalten, erfolgte er so plötzlich, dass ich ihn losließ. Wir klatschten auch nicht auf die harte Erde, sondern federten wieder hoch und überschlugen uns in der Luft.

Für einen Moment hatte ich die wahnsinnige Angst, beim Zurückfallen in die Klinge des Schwertes zu stürzen, doch dann erfolgte schon der nächste Aufschlag, und alles war normal.

Ich wurde abermals hochgeworfen, fiel wieder. Das gewaltige Netz bewegte sich, und es gelang mir, mich mit der linken Hand in seinen Maschen festzuklammern.

So blieb ich erst einmal für wenige Sekunden liegen und wartete, bis sich das Netz beruhigt hatte.

Auf dem Rücken lag ich, starrte in die Höhe und sah nichts. Nicht einmal die Öffnung der Röhre, durch die wir gefallen waren. Das Licht, grünlich schimmernd, drang von unten zu uns hoch.

Wie hatte der Dämon noch gesagt? Unter den Röhren liegt das Labyrinth der Angst – Asmodinas Irrgarten, eine grausame Todesfalle für Menschen und Dämonen.

Unwillkürlich schüttelte ich mich, wälzte mich dabei auf die Seite und schaute zu, was mein Begleiter machte.

Er rappelte sich ebenfalls auf und hatte es bereits weiter geschafft als ich. Leicht geduckt kniete er auf dem Netz. Die Augen in seinem Gesicht starrten mich an. Die roten Streifen auf der Haut zuckten und schimmerten.

Irgendwie trug ich die Sache mit Humor, denn die erste große Gefahr, wie sie die geheimnisvollen Schächte darstellten, hatte ich überwunden.

Ich grinste schief. »Na, das hättest du nicht gedacht, wie? Jetzt hängen wir beide hier.«

»Freu dich nur nicht zu früh!«, zischte er, und im nächsten Augenblick verging mir das Grinsen. Leichtfüßig schnellte er auf mich zu, als würde ihn das gewaltige Netz mit seinen dunklen, kleinen Maschen überhaupt nicht hindern. Nicht wie bei mir, denn ich hatte Mühe, überhaupt das Gleichgewicht zu halten.

Zeit, mein Schwert hochzureißen, hatte ich nicht. Ich musste nur sehen, dass ich auswich.

Und wie ein im Griff verstecktes Messer hervorschnellt, so sah ich plötzlich die Hälfte des Silbernagels aus seiner Faust hervorragen.

Kein Zweifel, er wollte mich mit dem Nagel töten, wie ich damals Dr. Tod vernichtet hatte.

Er zielte auf mein Gesicht, den Arm hatte er halb erhoben und rammte ihn dann nach unten.

Ich verteidigte mich mit den Beinen, hoffte auf mein Glück und hatte es tatsächlich.

Mit dem rechten Fuß traf ich seine rechte Schulter, die linke Sohle hieb in sein Gesicht.

Er geriet aus der Richtung, brachte den Arm zwar noch nach unten, doch die Nagelspitze hieb durch eine Masche im Netz.

Noch ein Tritt!

Ich hatte das Bein angezogen und es wieder vorschnellen lassen. Diesmal erwischte es ihn härter. Es gab einen dumpfen Schlag. Der Dämon krümmte sich, spannte jedoch seinen Rücken an und kam wieder auf die Füße.

Ich war auch schon hoch.

Mein Schwert hatte ich fallen lassen. Der Boden war mir zu unruhig. Ich hätte die schwere Waffe kaum ausbalancieren können. Deshalb zog ich den Dolch.

Wenn es hier hart auf hart kam, dann wollte ich ihn damit erledigen.

Er tänzelte zur Seite. Bewundernswert, wie er sich auf diesem schwankenden Netz bewegte, während ich große Schwierigkeiten hatte, überhaupt das Gleichgewicht zu bewahren. Ihm machte diese Unterlage nichts aus. Und wieder zuckte er vor.

Ich wich zurück. Es war eine Finte. Er hatte gar nicht zustoßen wollen, sondern riss seinen rechten Arm zur Seite, der einen Halbkreis beschrieb, sodass die Nagelspitze fast das Netz berührte.

Ich setzte alles auf eine Karte und warf mich auf ihn. Er sah mich zwar noch, doch diesmal reagierte er zu spät. Mit meinem ganzen Gewicht prallte ich gegen ihn und warf ihn um.

Er wollte sich noch zur Seite werfen, damit er aus meiner unmittelbaren Reichweite gelangte. Dagegen allerdings hatte ich einiges. Eisern hielt ich seine rechte Hand mit meiner linken fest. Die Finger umschlossen sein Gelenk.

Im nächsten Augenblick zitterte die geweihte Silberdolchspitze dicht vor seiner Kehle. Er hatte sich noch wehren wollen, doch nun blieb er liegen, denn er wusste genau, was mit ihm geschah, wenn ich zustieß.

»Ganz ruhig!«, keuchte ich. »Bleib nur liegen, oder ich bringe dich um!«

Er gehorchte. Sein Mund verzerrte sich dabei. Mir schien es, als wollte er mir etwas sagen, doch er hielt sich zurück.

»Den Nagel!«, flüsterte ich. »Gib mir den Nagel!«

»Nein!«

»Dann stoße ich zu!«

Da lachte er. Es war ein triumphierendes Lachen, das ich in seiner Situation nicht ausgestoßen hätte. Doch er hatte einen triftigen Grund, den ich schon einen Augenblick später erfuhr.

»Wenn du das tust, bist du verloren!«, zischte er mir entgegen.

»Das bin ich so oder so.«

»Vielleicht.«

»Dann hast du mich zuvor angelogen, als wir oben auf den Schachträndern saßen?«

»Möglich.«

Ich schaute in seine dunklen Augen. Bei einem Menschen kann man durch so einen Blick oftmals erkennen, welche Gefühle ihn beherrschen. Bei diesem Dämon klappte das nicht. »Ich gebe dir jetzt eine halbe Minute, mir alles zu sagen, wenn nicht, töte ich dich wirklich.«

»Was ist schon Zeit?«

»Für mich bedeutet sie etwas.«

»In deiner Welt, aber hier nicht.«

»Rede.« Ich war es leid.

»Natürlich, Geisterjäger, natürlich. Ich habe dir ja von Asmodinas Todeslabyrinth berichtet. Erinnerst du dich?«

»Selbstverständlich.«

»Wir befinden uns darüber. Ein gewaltiges Netz umspannt das Labyrinth. Von hier aus können wir eindringen …«

»Und sind verloren«, fügte ich hinzu.

»Das braucht nicht zu sein.«

Der Dämon wollte mich narren und hinhalten, ich spürte es deutlich. Deshalb sagte ich: »Hör zu, du kannst mir mit deinem Irrgarten gestohlen bleiben. Wenn ich auf diesem Netz weitergehe, erreiche ich irgendwann mal sein Ende und habe folglich auch das Labyrinth hinter mich gebracht.«

Da lachte der Dämon wieder. »Das ist ein Irrtum, sogar ein gefährlicher Irrtum. Nichts wirst du erreichen, gar nichts. Dieses Netz läuft in die Ewigkeit. Es ist unendlich, es endet im Nirgendwo, in den Dimensionen des Wahnsinns, wie ihr immer zu sagen pflegt. Denkst du jetzt anders darüber?«

Lüge? Bluff? Wollte er sein Leben retten? Das lag durchaus im Bereich des Möglichen. Der Dämon sah sich in der Falle. Er musste jetzt heraus, irgendwie. Und wenn er dabei einen Trick versuchte. Nur – war es wirklich ein Trick?

Dessen war ich mir nämlich nicht sicher. Das Reich der Dämonen ist vielschichtig. Man erlebt immer wieder die unheimlichsten Überraschungen, und so konnte es mir auch ergehen, wenn ich das recht bedachte. Es war ein Spiel mit dem Feuer. Entweder hatte er recht oder nicht. Ich musste es darauf ankommen lassen.

»Willst du mich noch immer töten?«, flüsterte er.

»Ich überlege noch.«

»Dann entscheide dich in meinem Sinne, denn ich bin der Einzige, der dich aus diesem Labyrinth hinausführen kann, Geisterjäger. Der Einzige, weil ich es kenne.«

»Und wie sollen wir hinunter kommen?«

»Du kannst das Netz auftrennen und springen.«

»Fragt sich nur, wie tief.«

»Das ist dein Risiko.«

Ich dachte nach. Ich befand mich zwar momentan in einer etwas besseren Lage, trotzdem konnte ich eigentlich keine Bedingungen stellen. Die Welt um mich herum war mir feindlich gesonnen. Jeder Fußbreit Boden atmete hier Gefahr, und es war wirklich schwer, sich zu entscheiden.

»Warte nicht zu lange.«

Ich atmete durch und zog meine Hand zurück. Dann gab ich mir Schwung und kam auf die Beine.

Ziemlich wacklig blieb ich stehen, hatte mein Schwert mit aufgehoben und hielt es fest.

Auch mein unfreiwilliger Begleiter stand wieder. Er schüttelte sich, als hätte er im Wasser gelegen, und richtete sich dann auf.

»Den Nagel!«, erinnerte ich ihn.

Da grinste er. »Ich habe ihn nicht mehr!«

Mein Gesicht wurde hart. »Was sagst du, verdammter Kerl?« Schon holte ich mit dem Schwert aus.

»Er befindet sich im Labyrinth«, erklärte er schnell. »Ich habe ihn vorhin fallen lassen.«

Das hatte ich nicht bemerkt. Oder bluffte er nur? Darauf konnte ich es nicht ankommen lassen. Es hätte keinen Zweck gehabt, ihn erst noch lange zu durchsuchen. Wir mussten weiter.

»Du zuerst«, sagte ich.

Er nickte. »Ja, ich springe gern.«

»Und wie tief ist es?«, fragte ich und senkte meinen Blick, um auf und durch das Netz zu schauen.

»Es geht.«

»Ich will eine vernünftige Antwort!«, zischte ich.

»Nun ja, du wirst es überleben, Geisterjäger. Sogar sicher überleben.«

Ich traute ihm nicht. Hier auf dem Netz hatte er wenig Chancen, das wusste er genau. Im Irrgarten allerdings, da konnte er mich unter Umständen austricksen, und deshalb gefiel es mir gar nicht, in das Labyrinth zu springen. Andererseits konnte ich auch nicht auf dem Netz bleiben. Vielleicht führte es wirklich ins Nichts. Im Reich der Dämonen musste man mit den schlimmsten Überraschungen rechnen.

Was sollte ich also tun?

»Überlege nicht zu lange, Geisterjäger. Zudem willst du ja deine kleine Glenda wiedersehen, und sie steckt innerhalb des Irrgartens. Entscheide dich!«

Das hatte ich inzwischen und bestätigte es durch mein Nicken.

»Also gut«, sagte ich. »Machen wir es so!«

»Du willst springen?«

»Genau.«

»Dann zerteile das Netz!« Der Dämon streckte den Arm aus und deutete auf mein Schwert.

Ich ging noch einen Schritt vor, damit ich dichter an den Dämon herankam. Eine Frage hatte ich noch und stellte sie auch: »Wie heißt du eigentlich?«

»Ich bin Raan!«

»All right, Raan, es sei!« Und damit hieb ich zu. Die Klinge pfiff durch die Luft. Schräg hieb sie in das Netz unter uns und hatte es kaum berührt, als die Maschen auch schon zerschnitten wurden. Ein Loch entstand.

Raan verlor das Gleichgewicht. Er verschwand vor meinen Augen, und im nächsten Augenblick konnte ich mich auch nicht mehr halten.

Ich fiel …

Zum zweiten Mal kurz hintereinander. Unwillkürlich hielt ich die Luft an, hörte die Echos meiner eigenen Herzschläge und das finstere Lachen des Dämons.

Dann erfolgte der Aufprall.

Ich hatte erwartet, auf einen harten Boden zu fallen, und meinen Körper schon vorschriftsmäßig zusammengekrümmt. Es kam anders. Ich glaubte, ich wäre in eine gewaltige Hecke gefallen, die meinen Aufprall stark bremste und abfederte. Ich rauschte förmlich hinein, hielt mein Schwert weiterhin fest und kam schließlich zur Ruhe.

Eine Sekunde geschah nichts.

Dann überfiel mich der Ekel.

Überall spürte ich das klebrige Zeug auf meinem Gesicht. Um mich herum krabbelte und bewegte es sich. Auf dem Gesicht, den Händen, am ganzen Körper. Sogar in die Augen und Nasenlöcher wollten sie kriechen, und mir wurde mit Erschrecken klar, dass ich mich in einem wahren Wald von kleinen, unzähligen grünen Würmern befand …

Glenda Perkins war vor Überraschung stumm. Es dauerte eine Weile, bis sie sich gefangen hatte und die ersten Worte aussprach. »Du – du hier, Jane?«

»Ja, ich.«

Glenda schüttelte den Kopf. »Aber das gibt es doch nicht. Das ist ein Spukbild …«

»Nein, ich bin es wirklich.«

Glendas Gesicht verzerrte sich. Sie rutschte nach vorn, streckte abwehrend ihre Arme aus und spreizte die Finger. »Das ist unmöglich, Jane! Wie kommst du hierher?«

»Später, Glenda.«

»Nein, du bist es nicht! Du kannst es einfach nicht sein!« Sie trat mit dem Fuß auf.

»Doch, Glenda!«

»Dann sag mir, wie du hierher kommst. Hierher in diese verdammte Hölle!«

»Ist das nicht unwichtig?«

Heftig schüttelte Glenda den Kopf. »Nein, Jane, für mich nicht. Man hat dich nicht verurteilt. Ich aber habe vor dem Dämonenrichter gesessen, und er hat mein Todesurteil ausgesprochen, indem er mich in diesen Irrgarten hier steckte. Dich aber habe ich vorher nicht gesehen. Er wird dich nicht verurteilt haben. Du musst auf irgendeinem anderen Weg in dieses Labyrinth gelangt sein, Jane. Auf welchem? Sag es mir. Dann können wir vielleicht hier herauskommen.«

Jane Collins nickte. »Sicher, Glenda, wir werden herauskommen, allerdings weiß ich noch nicht, wie.«

»Aber du bist hineingekommen.«

»Man hat mich entführt!«

Glenda holte tief Luft. »Dich auch?«

»Ja. Von der Straße weg entführt und hierher geschafft. Willst du noch mehr wissen?«

»Nein, das reicht. Das reicht wirklich. Dann ist es dir so ergangen wie mir.« Fassungslos schüttelte Glenda den Kopf und fragte: »Welch ein Spiel wird hier nur getrieben? Welch ein grausames Spiel?« Sie begann wieder zu weinen und ließ es zu, dass Jane auf sie zu trat und tröstend die Hand auf Glendas Haar legte.

Zwei Frauen standen mutterseelenallein in dieser Hölle. Auf der Erde im normalen Leben waren sie irgendwie Rivalinnen, weil beide etwas für den gleichen Mann empfanden, für John Sinclair. Aber hier, in den Regionen des Schreckens, im Todeslabyrinth der Asmodina, hatte die gemeinsam erlebte Gefahr sie zusammengeschweißt.

Glenda beruhigte sich wieder. Sie hob den Kopf und schaute Jane aus verweinten Augen an. »Was machen wir jetzt?«, fragte sie leise.

»Wir müssen sehen, dass wir von hier verschwinden.«
»Natürlich, aber wie? Das ist ein Irrgarten. Der führt überall hin, nur nicht in die Freiheit!«, rief Glenda. »Glaub mir, ich …«
»Nur nicht die Nerven verlieren.«
»Das sagst du so einfach. Ich weiß ja nicht, was du hinter dir hast, aber mir reicht es.«
»Denk lieber daran, was vor uns liegt.«
»Das weiß niemand.«
»Das stimmt schon«, bestätigte Jane, »aber es gibt da einige Dinge, die kann ich dir verraten.«
»Und?«
»In diesem Irrgarten existieren nicht nur die Wände aus Würmern, sondern er ist auch ein Hort für gefährliche Monster. Sie leben hier, sie haben hier ihre Heimat. Urweltartige Geschöpfe, grauenvoll anzusehen und mit …«
»Hör auf!«, rief Glenda. »Hör auf!« Sie hob beide Hände und presste sie gegen die Ohren. »Ich kann es nicht mehr hören, wirklich nicht. Sag nichts mehr, ich …«
»Finde dich mit den Tatsachen ab!« Janes Stimme klang hart. »Du musst es einfach!«
»Nein!«
Jane packte Glenda an der Schulter und schüttelte sie durch. »Reiß dich zusammen, Mädchen!«
»Ja, ja, ich …«
Jane Collins lächelte knapp, als sie sah, wie sich Glenda die Nase abwischte.
»Und wo sollen wir hingehen?«, fragte die schwarzhaarige Sekretärin.
»Erst einmal weg.«
Glenda war noch ziemlich down, sie musste von Jane gestützt werden. Gemeinsam schritten sie den Weg entlang, der wie alle von den grünen, lebenden Wänden gesäumt wurde. Die Luft um sie herum schien schwer zu sein. Sie hatten beide auch Mühe, sie zu atmen, vor allen Dingen Glenda, die doch ziemlich erschöpft war.
Minutenlang sprach niemand der beiden ein Wort, bis sie einen Punkt erreichten, wo sie den Weg wählen konnten.

Einmal zweigte er nach links ab, das andere Mal nach rechts. Er wirkte wie eine riesige Gabel. Die beiden Frauen befanden sich noch auf dem Stiel.

»Rechts oder links?«, fragte Glenda.

»Ich gehe vor.«

»Was? Du willst mich allein lassen?«

»Ja, warum nicht?« Sie deutete nach rechts hin. »Ich muss auskundschaften, ob etwas passiert ist.«

»Das können wir doch gemeinsam.«

»Glenda, du warst vorhin auch allein. Ich bitte dich. Reiß dich zusammen!«

Die beiden Frauen schauten sich an. »Du hast etwas gegen mich«, flüsterte Glenda. »Das weiß ich. Du kannst mich nicht ausstehen, weil du annimmst, dass ich dir John Sinclair ausspanne. Aber das stimmt nicht. Das stimmt wirklich nicht. Zwischen uns ist nie etwas gewesen. Wenn jemand das behauptet, dann lügt er!«

»Davon war überhaupt nicht die Rede«, wehrte die Privatdetektivin ab. »Noch nie. Du bildest dir da etwas ein!«

Glenda schüttelte den Kopf. »Ich bilde mir nichts ein.« Sie schluckte. »Warum reagierst du dann so seltsam?«

»Wieso?«

»Wenn du allein losgehen willst, dann kommt es mir so vor, als wolltest du mich loswerden.«

»Das ist Unsinn! Von uns beiden habe ich nun mal die besseren Nerven.«

»Vielleicht.«

»Nicht nur vielleicht. Und jetzt reiß dich zusammen. Bitte, Glenda, tu uns den Gefallen.«

»Gut.«

Jane Collins lächelte noch einmal und machte sich dann auf den Weg. Glenda schaute ihr so lange nach, bis sie mit den langen Schatten der lebenden Wände verschmolzen war.

Die junge Frau hatte weiterhin eine furchtbare Angst, und sie glaubte nicht mehr an eine Chance …

Sie waren überall.

Ich musste gewaltsam ein Ekelgefühl unterdrücken, denn ich spürte den Schleim auf der Haut, der immer dichter wurde und meine Poren verstopfen würde. Wenn ich nicht frei kam, dann würden sie mich überschwemmen, und ich würde elendig ersticken.

Nur raus. Raus aus dieser verdammten lebenden Wand, die für mich zu einer Falle geworden war. Bewegen konnte ich mich, und ich besaß noch mein Schwert. Es gelang mir allerdings nur unter großen Mühen, meinen rechten Arm anzuheben. Ich musste mir den Weg freikämpfen, und das würde nur unter Strapazen möglich sein.

Von unten nach oben zog ich das Schwert. Es ging ziemlich leicht, und ich merkte auch, dass die schwarzmagische Klinge stärker war als diese widerlichen, dämonischen Würmer.

Sie bahnte sich den Weg. Wo sie traf, da vergingen die Würmer. Sie wurden zu schwarzen, eingetrockneten, krabbenähnlichen Wesen, die sich zusammenringelten, vertrockneten und als dunkelgrauer Staub zurückblieben.

Und ich schlug weiter zu.

Ich setzte zu einem Rundschlag an und sägte regelrecht eine Lücke in die Mauer aus Würmern. Noch ein kraftvoller Kreuzschlag, und ich hatte wieder freie Bahn.

Geduckt lief ich durch die Lücke und stand wenig später auf einem schmalen Weg.

Hier blieb ich erst einmal stehen und holte tief Luft. Noch immer lag der Schleim auf meiner Haut, und auf den Händen krochen die grünen Tiere.

Das Schwert ließ ich sinken. Dafür nahm ich den Dolch. Die geweihte Silberklinge schaffte auch die Würmer. Kaum hatte ich sie berührt, da vergingen sie schon.

So reinigte ich mich notdürftig. Allerdings kam ich an die Tiere nicht heran, die über den Kragen gekrochen waren und meinen Rücken hinab krabbelten. Dort rutschten sie nach wie vor an einer Schleimspur entlang, und mich packte der Ekel, sodass ich mich schütteln musste. Zudem schien der Schleim eine schwache Säure zu sein, denn meine Haut juckte und brannte an manchen Stellen.

Mit dem Taschentuch wischte ich mein Gesicht frei, so gut es eben möglich war. Dann blickte ich mich um.

Ja, ich befand mich in einem Irrgarten. Das war nicht schwer festzustellen. Aus allen vier Richtungen liefen Gänge und Wände auf mich zu, ein gefährliches Labyrinth, in dem kein Ausgang zu finden war.

Wenn ich einmal damit anfing, das Labyrinth zu durchforschen, dann würde ich mich verirren. Doch Raan kannte sich aus, wie er mir gesagt hatte.

»He, Raan!«

Mein Ruf klang dumpf. Hier gab es kein Echo, hier gab es gar nichts, nur eine viel zu schwere Luft, die den Schall schon nach wenigen Yards verschluckte.

Der Bursche hatte sich verkrümelt.

Verflixt schlau eingefädelt. Erst hatte er mich in das Labyrinth gelockt, nun verzog er sich aus meiner Reichweite. Warum war ich auch auf ihn reingefallen? Den Ausschlag hatte Glenda Perkins gegeben, denn um sie ging es schließlich. Sie musste sich ebenfalls hier befinden.

Wie groß die Chance war, auf sie zu treffen, konnte ich nicht sagen, denn ich kannte die Ausmaße des Irrgartens nicht. Da blieben mir nur die Hoffnung und natürlich der Zufall.

Im ersten Impuls hatte ich daran gedacht, Glendas Namen zu rufen. Das würde aber kaum Zweck haben. Dieser Irrgarten war zu weitläufig und zu verschachtelt. Sie konnte sich überall befinden. Dass dies in meiner Nähe sein sollte, daran wagte ich kaum zu glauben.

Ich schüttelte mich, weil noch immer einige Würmer über meinen Rücken glitten. Und plötzlich sah ich eine Gestalt, die links von mir erschien.

Raan!

Als der Dämon näher kam, erkannte ich, dass es ihm nicht besser erging als mir. Auch er war von dem Gewürm malträtiert worden, und die Dinger liefen als Schlieren über beide Seiten seines Gesichts.

Ein Anblick, der mich schüttelte. Raan allerdings schien es nichts auszumachen, er grinste sogar.

»Du lebst ja noch, Geisterjäger!«

»Halb«, erwiderte ich knurrend.

Er kicherte. »Ich habe es dir gesagt. So ein Sprung ist leicht zu überstehen.«

Als Antwort hob ich die Schultern. »Mir ist es egal, ich will nur endlich weg von hier. Wo kann sich Glenda Perkins befinden? Das allein will ich wissen.«

»Keine Ahnung!« Er grinste breit, hob den rechten Arm und pflückte ein paar Würmer aus seinen Haaren. Er warf sie zu Boden und trat mit dem Absatz darauf.

»Dann suchen wir sie!«

»Sicher.« Er schaute mich an und lächelte hinterlistig.

Noch immer wurde ich das Gefühl nicht los, von ihm reingelegt worden zu sein, aber ich sagte es nicht, sondern behielt es für mich. Nur den Nagel wollte ich. Danach fragte ich ihn.

»Er ist verschwunden, Geisterjäger. Sieh dich um. Du kannst ihn ja in der Hecke suchen.«

Ich musste mich wirklich beherrschen. Am liebsten hätte ich ihn angesprungen, aber ich ließ es erst einmal bleiben und starrte ihn nur an.

»Gehen wir?«, fragte er.

»Ja.« Ich nickte.

»Es wird bestimmt zahlreiche Überraschungen geben, John Sinclair«, bemerkte er.

Ich aber hielt mein Schwert hoch. »Sollten sie überhand nehmen, wirst du geköpft!«

Der Dämon merkte, dass ich keine leere Drohung ausgestoßen hatte, und schwieg erschrocken …

Jane Collins schlich tiefer in das Labyrinth hinein. Sie tastete sich praktisch voran, denn sie war darauf gefasst, von irgendeiner Seite eine höllische Überraschung zu erleben. Die Gänge wurden jetzt kürzer und auch verwinkelter.

Oft waren sie nur ein paar Yards lang, dann erschien wieder eine quer stehende Mauer und nahm Jane Collins die Sicht auf den nächsten Gang.

Ein Hin und Her aus Ecken, Winkeln, Gängen, Vorsprüngen und grünen Mauern.

Schon nach wenigen Minuten musste Jane Collins feststellen, dass sie sich verlaufen hatte. Sie wusste nicht mehr vor noch zurück, sie hatte sich hoffnungslos verfranst.

Die Detektivin blieb stehen. Stille umgab sie, doch sie hatte das Gefühl, als würde diese Stille leben. Sie lauerte dumpf, eine lebende Stille, die irgendetwas ausspeien konnte, das an Schrecken kaum zu überbieten war.

Vorsichtig drehte sich Jane im Kreis.

Da zuckte sie zusammen.

Sie hatte etwas gesehen!

Zwei Augen!

Rötlichweiß leuchteten sie, und sie starrten die Detektivin aus einem der Wälle an.

Deutlich waren sie zu erkennen, denn ihre Farbe hob sich gut von der Umgebung ab.

Augen, die einem Tier gehörten. Oder einem Monster. Jane wusste es nicht, sie wollte es auch nicht wissen. Sie wollte dem Monster nicht unbedingt in die Quere laufen.

Schritt für Schritt wich sie zurück. Dabei gab sie nicht acht und geriet mit dem Rücken an eine der lebenden Wände. Sofort reagierten die Würmer. Sie bewegten sich und glitten auf ihre Schultern und in ihre Haare.

Jane wollte aufschreien, aber das Wort blieb ihr im Hals stecken, denn genau vor ihren Augen brach ein Monster aus dem lebenden Würmerwall …

Glenda war allein zurückgeblieben. Und sie zitterte vor Angst. Nie hätte sie gedacht, dass sie sich einmal so fürchten würde. Zudem ärgerte sie sich darüber, dass sie Jane so hart angefahren hatte, doch das war nicht mehr zu ändern. Sie musste die Dinge jetzt auf sich zukommen lassen.

Längst war die Detektivin verschwunden. Die Dunkelheit dieses furchtbaren Labyrinths hatte sie regelrecht verschluckt. Von ihr war nichts mehr zu sehen, und Glenda Perkins fühlte sich schrecklich allein. Am liebsten wäre sie hinter Jane Collins hergelaufen, doch sie war zu feige.

Sie blieb stehen.

Vor sich sah sie die geheimnisvollen grünen Wände. Obwohl sie aus unzähligen Würmern bestanden, lagen sie glatt und dicht vor der schwarzhaarigen Frau. Wenn die Wände nicht berührt oder angefasst wurden, dann bewegten sie sich auch nicht, sondern sahen aus, als wären sie aus einem Guss.

Eine glatte grüne Fläche …

Überall nur diese verdammten glatten Flächen. Wo Glenda auch hinschaute, sie sah immer das Gleiche.

Tief holte sie Atem. Es erging ihr wie allen Menschen, die allein gelassen wurden. Sie begann damit, über ihr Schicksal nachzudenken. Glenda dachte natürlich an die Gefangenschaft und damit an ihre Hoffnungslosigkeit.

Plötzlich versteifte sie.

Ein Geräusch war an ihre Ohren gedrungen. In der Stille hatte es sich noch lauter angehört.

Woher stammte es?

Vorsichtig drehte sich Glenda um. Sie glaubte, dass es in ihrem Rücken entstanden war, und schaute nur auf die grüne Wand. Ansonsten sah sie nichts.

Aber da war die Stimme. Eine flüsternde, hämische und auch warnende Stimme. »Du bist gefangen, kleine Glenda. Wir haben dich endlich in unseren Klauen. Du bist verurteilt. Man wird dich töten, und du hast keine Chance, glaub mir, keine Chance!«

»Wo sind Sie?«, fragte Glenda. »Wo?«

»Hier.«

»Zeigen Sie sich!« Sie kreischte plötzlich.

»Ich bin überall!«

»Warum kann ich Sie nicht sehen? Warum nicht? Ich will endlich wissen …«

»Sieh nach oben!«

Das tat Glenda. Sie riss den Kopf in den Nacken und sah über sich ein Gesicht.

Das Gesicht einer Frau!

Asmodina!

Sie war persönlich erschienen oder vielmehr ihr Abbild, um Glenda zu demütigen. Unwillkürlich wich die Frau zurück, doch schon als sie die Berührung der Wand spürte, blieb sie vor Ekel stehen und schüttelte sich.

»Dein Tod«, sagte Asmodina, »ist gewiss. Denn ich persönlich werde dich töten!«

Sie lachte, und diesmal schallte es. Keine Wand schluckte das Echo, das so schaurig war und durch das mörderische Labyrinth hallte.

Dann verschwand sie so schnell, wie sie gekommen war. Glenda Perkins blieb allein zurück.

Ihr Herz klopfte. Rhythmisch hämmerten die Stöße in ihrer Brust. Sie spürte die Echos in ihrem Kopf und hatte das Gefühl, von starken Schmerzen überfallen zu werden.

Wenn nur Jane Collins hier gewesen wäre! Aber sie trieb sich irgendwo herum, um einen Ausweg aus diesem verfluchten Labyrinth zu finden. Wie sollte das enden?

Asmodina hatte ihr den Tod prophezeit. Und sie wollte sie eigenhändig umbringen.

Aber wie?

Ein Schaben riss sie aus ihren trüben Gedanken. Glenda schaute nach vorn, und sie sah, wie sich die Wände plötzlich bewegten. Da war nicht allein die Bewegung der unzähligen Würmer, nein, dahinter steckte etwas anderes. Die Wände bewegten sich, weil sie von außen angestoßen wurden.

Da kam etwas.

Glenda zitterte. Sie hatte den Mund halb geöffnet, als sie in eine Gangmündung schaute, denn von dort näherte sich das Unheil.

Dann sah sie es.

Ein riesiges Maul tauchte auf. Ein Höllenrachen, der alles verschlang, was sich ihm in den Weg stellte.

Es war das Maul einer Schlange.
Apep war da!

Jane Collins konnte das Monster genau sehen. Ein widerliches, schreckliches Gebilde, ein zur Realität gewordener Ur-Albtraum. Von außen zeigte die Haut einen bräunlichen Schimmer, doch darunter schien sie zu leuchten. Auch bestand sie nicht aus einer durchgehenden Fläche, sondern aus zahlreichen hellen Hautflecken, die wie das Muster eines Fliegengitters angeordnet waren. Durch diese hellen Flecken konnte Jane Collins schauen, und sie hatte das Gefühl, als wären sie mit kleinen Birnen gefüllt, die irgendjemand angeknipst hatte.

Der Kopf bestand aus der gleichen dünnen Haut, die ebenfalls die Unterbrechungen zeigte. Riesige Ohren standen zu beiden Seiten des Schädels. Sie erinnerten an alte Lappen, die jedoch hoch aufgerichtet waren. Das Gesicht wurde von weißen, großen, kugelrunden Augen beherrscht, in deren Mitte ein heller Fleck schimmerte. Die Nase konnte man als Klumpen bezeichnen, und das Maul erstaunte Jane wegen seiner unnatürlichen Größe.

Hinzu kamen die Arme. Lang wie die eines Gorillas. Auch die Hände waren kaum als solche zu bezeichnen. Krallen wäre der bessere Ausdruck gewesen. Plump dagegen wirkten die Beine mit den übergroßen Füßen.

Das Monster war nicht allein. Es hatte noch einen Bruder mitgebracht, der dem ersten Monster aufs Haar glich. Das zweite hielt sich dicht dahinter, hatte sich jedoch ein wenig aufgerichtet und schaute über die Schulter seines Artgenossen hinweg.

Noch taten sie Jane nichts, sie fixierten sie nur, aber die Detektivin war sicher, dass sie bald angreifen würden.

Hatte sie eine Chance?

Jane schaute sich um. Nein, da gab es nichts, wohin sie hätte fliehen können. Das Labyrinth war undurchdringlich. Diese verdammten Monster hätten sie überall gefunden.

Stehen bleiben konnte sie auch nicht. Vielleicht sollte sie sich vorsichtig zurückziehen, und sie wollte vor allen Dingen Glenda Perkins warnen.

Das tat Jane auch. Behutsam setzte sie den ersten Schritt zurück, dann den zweiten und spürte schon die eklige Wand im Rücken. Sie schauderte. Allerdings waren ihr die Würmer wesentlich sympathischer als diese Monster.

Noch ein Stück, dann huschte sie um die Ecke, sodass sie gedeckt wurde. Jetzt konnten sie die beiden Monster nicht mehr sehen, falls sie stehen blieben.

Aber sie blieben nicht stehen.

Sie folgten ihr.

Dabei gaben sie sich nicht einmal Mühe, vorsichtig zu sein. Die Detektivin hörte deutlich ihre Schritte, die auf dem Boden platschten, als würde jemand in eine Pfütze treten.

Janes Blicke wieselten umher. Sie musste zurück, das stand fest, aber wo befand sich Glenda? Erst jetzt stellte sie mit Schrecken fest, dass sie sich wirklich verirrt hatte. Dieses Labyrinth war in seiner Anordnung wirklich teuflisch zu nennen. Wenn man erst um ein paar Ecken gelaufen war, hatte man völlig die Orientierung verloren – wie jetzt Jane Collins.

Wo befand sich der Weg?

Es blieb Jane wirklich keine Zeit, noch lange zu überlegen. Sie musste die Flucht ergreifen, und sie zögerte keine Minute länger.

Jane huschte in den nächsten Gang hinein. Mit der Schulter nahm sie fast noch eine vorstehende Ecke mit, ihre Schritten wurden von dem weichen Boden gedämpft.

»Glenda!« Sie rief den Namen der schwarzhaarigen Frau, doch sie erhielt keine Antwort. Es war wie verhext.

Warum hörte sie denn niemand?

Wieder eine Kurve. Der nächste Gang. Er führte nach einigen Yards rechts herum und …

Jane Collins blieb stehen, als wäre sie gegen ein Hindernis gelaufen. Vor ihr versperrte eines der Monster den Weg, und es gab keinen Zweifel, was es vorhatte.

Es wollte ein Opfer, und es hatte den Rachen so weit aufgerissen wie eben möglich …

Apep, die Höllenschlange!

Die Inkarnation des Bösen. Asmodina in ihrer Urgestalt. Sie war eine Schlange gewesen, noch bevor der Teufel ihr zusätzlich ein menschliches Aussehen gegeben hatte.

Das alles wusste Glenda Perkins. Deshalb war ihre Angst so wahnsinnig groß.

Was würde Asmodina tun?

Sie fressen, sie verschlingen? Normal wäre es gewesen, denn die Höllenschlange holte sich ihre Opfer auf diese schreckliche Art und Weise.

Das aufgerissene Maul war so groß, dass es sogar noch die aus Würmern bestehenden grünen Wände des Labyrinths überragte. Im oberen Kiefer schimmerten zwei lange, spitze Zähne, regelrechte Hauer, die eine Beute zerreißen konnten.

Die Augen der Höllenschlange waren überhaupt nicht zu sehen, da sie ihr Maul so weit aufgerissen hatte. Glenda konnte nur durch diese dunkle Öffnung schauen, in einen unheimlichen Schlund, der bereit war, alles zu verschlingen, was sich ihm in den Weg stellte.

Ihre Lippen waren trocken vor Angst. Sie wagte nicht einmal, den kleinen Finger zu rühren. Ihr Blick war nur auf dieses grauenhafte Monster vor ihr fixiert.

Schlimm sah es aus. Der Körper schimmerte grünlich. Etwas heller als die Wände, sodass er sich von ihnen abhob. Tief im Rachen zuckte eine wahrlich überdimensionale gespaltene Zunge.

Das war Apep. Grauenhaft anzusehen, ein Zerrbild der Hölle. Trotz ihrer Größe bewegte sie sich geschmeidig. Sie schabte mit ihrem Körper nur an den Wänden entlang, ohne sie einzureißen oder umzuwerfen. So glitt sie auf Glenda zu.

»Bitte!«, flüsterte die Frau. »Bitte, was …?«

Apep schloss ihr Maul halb und stieß ein gefährliches

Zischen aus. Dabei quoll nach Schwefel riechender Dampf aus ihrem Maul, der sich zwischen Schlange und Glenda zu einer Wolke aufblähte und auf die Frau zutrieb.

Er wurde immer dichter, vernebelte ihr Gesicht und damit auch die freie Sicht. Auf einmal fühlte sich Glenda inmitten eines Gefängnisses. Sie konnte nichts mehr sehen und rechnete jeden Augenblick damit, von Apep verschlungen zu werden.

Vor Angst ging Glenda in die Knie. Sie kauerte sich dicht über dem Boden zusammen. Sie rechnete damit, von dem gewaltigen Mördermaul verschlungen zu werden, doch Apep ließ sich Zeit. Ihrer Meinung nach hatte Glenda Perkins noch nicht genug gelitten. Nein, sie sollte noch weiter leiden. Nicht umsonst war dieses Labyrinth selbst von Dämonen gefürchtet. Wie groß erst musste dann die Angst eines Menschen sein?

Als nichts geschah, riskierte Glenda es und öffnete die Augen. Sie hatte auch wahrgenommen, dass es nicht mehr so schlimm roch. Die Wolke konnte sich verflüchtigt haben.

Das stimmte in der Tat.

Und Apep war ebenfalls verschwunden.

Glenda wollte es einfach nicht fassen. Die Höllenschlange war nicht mehr zu sehen, sie hatte sich zurückgezogen.

Aber warum? Und wohin? Vielleicht hatte sie auch gar nicht existiert? War alles nur ein Traum oder eine Einbildung gewesen? Glenda wusste es selbst nicht. Sie gab sich einen Ruck. Dann stand sie wieder.

Völlig allein, denn Jane Collins war noch nicht zurück. Glenda sehnte sich die Rückkehr der Detektivin herbei. Jane hatte zwar auch Angst, doch gemeinsam war alles leichter zu ertragen.

»Jane!«, flüsterte Glenda. »Jane, mein Gott, wo bist du denn?«

Keine Antwort.

Es blieb still innerhalb dieses grauenvollen Labyrinths, das voller tödlicher Überraschungen steckte.

Wenn sie doch nur nicht gegangen wäre, dachte Glenda. Wenn sie hier geblieben wäre …

Wenn …

Sie stockte in ihren Gedanken, denn seltsame Geräusche waren an ihre Ohren gedrungen. Ein Knacken und Schmatzen. Dazwischen hörte sie auch ein Grunzen.

Und Schritte!

Ja, da kam jemand!

Vielleicht Jane? Glenda bewegte sich ein klein wenig nach rechts, denn genau aus dieser Richtung, wo auch vorhin Apep gestanden hatte, waren die Schritte aufgeklungen.

Jane konnte das nicht sein. Trotz ihrer Angst bemerkte Glenda dies. Die Detektivin ging anders. Nicht so tapsig und unregelmäßig. Es sei denn, mit ihr war etwas passiert. Verletzt oder ähnliches. Das wäre schlimm, und Glendas Herz krampfte sich zusammen, als sie daran dachte.

Nein, nur das nicht.

Da, eine Bewegung! Am Ende des Ganges. Nicht Jane Collins kam, sondern ein anderer. Und in den nächsten Sekunden erlebte Glenda Perkins das absolute Grauen, denn noch nie im Leben war ihr so etwas Schreckliches widerfahren …

Jane Collins warf einen Blick über ihre Schulter nach hinten. Etwa drei Schritte stand das Monster entfernt. Es war das zweite. Die beiden hatten Jane eingekreist. Da gab es kein Entrinnen, und diese Monster waren es auch, die sich innerhalb des Labyrinths auskannten. Sie waren die Herrscher, sie fühlten sich hier wohl und holten sich die Opfer, die ihnen der Spuk geschickt hatte. Zwei gefährliche Monster waren die Könige im Irrgarten des Schreckens.

Und sie kamen näher.

Eiskalt zogen sie die Schlinge zu. Sie wollten Jane nicht die geringste Chance geben.

Wo sollte sie auch hin? In die Mauern? Vielleicht sich in dieses widerliche Gewürm werfen, um von ihm getötet zu werden? Inmitten der Mauer konnte sie elendig ersticken, wenn sich das Gewürm in Mund, Nase und Ohren setzte.

Jane wusste nicht, wohin sie schauen sollte. Nach vorn, nach hinten? Sie wich zur Seite.

Dann stand sie an der grünen Wand. Sie spürte die Bewegung auf ihrem Rücken und zuckte unwillkürlich nach vorn.

Genau das war ihr Fehler, denn darauf hatten die beiden Monster nur gewartet. Die Arme waren schon ausgestreckt. Sie hatten sich so weit genähert, dass sie gleichzeitig zugreifen konnten, und Jane spürte plötzlich die Krallen überall. Hände glitten über ihren Körper. Sie wurde hochgehoben, befand sich in der Luft, man drehte sie herum, und dann sah sie die Zähne vor sich.

Sie waren nah – so verflucht nah ...

Einen Lidschlag später schnappten sie zu!

Ich wurde langsam wahnsinnig!

Wie lange wir schon in diesem verdammten Labyrinth herumirrten, konnte ich nicht sagen, denn mittlerweile war mir jegliches Zeitgefühl verloren gegangen.

Es war ein Höllenmarsch.

Ich sah nur immer die verdammten grünen Wände, die lebenden Mauern. Vor, neben und hinter mir. Eingekesselt, eingekreist, ohne eine Chance, sie zu durchdringen.

Grauenhaft ...

Und Raan ging weiter. Er führte mich. Ich blieb immer einen halben Schritt hinter ihm. Sollte er einen plötzlichen Angriff versuchen, so konnte ich ihn sofort stoppen, denn ich traute dem Dämon keineswegs. Auch wenn er sich momentan so harmlos gab. Aber das konnte Täuschung sein. Ich hatte so meine Erfahrung mit den Schwarzblütern.

Wieder ging es um ein paar Kurven. Abermals sah ich die verfluchten Gänge vor mir, und langsam kam ich zu der Überzeugung, dass mich dieser Dämon leimen wollte.

Ja, er führte mich bewusst falsch, denn sicherlich kannte er keinen Weg aus diesem Irrgarten. Es war alles ein Bluff gewesen, und ich fiel noch darauf herein.

Aber jetzt nicht mehr.

Mein Schwert trug ich noch in der rechten Hand. Ich wollte

es einfach wissen, hob den Arm und legte Raan die flache Seite der Klinge auf die Schulter.

Das gefiel ihm überhaupt nicht, denn er zuckte zusammen und blieb sofort stehen. Behutsam drehte er den Kopf. Allerdings zu der dem Schwert entgegengesetzten Seite.

»Was ist los?«, fragte er.

Ich lachte hart. »Das sollte ich dir sagen, denn ich habe das Gefühl, als wolltest du mich leimen. Du kennst dich in diesem Labyrinth überhaupt nicht aus. Ich gebe dir allerdings noch eine Chance. Wenn wir nicht innerhalb der nächsten zehn Minuten Glenda Perkins gefunden haben, dann töte ich dich.«

»Zeit gibt es hier nicht.«

»Das ist mir egal. Dann setze eine Zeitspanne an, die der meinen entspricht.«

»Unmöglich.«

»Und warum?«

»Weil dieses Labyrinth zu groß ist. Ich weiß den Weg, ich kenne ihn genau. Du musst nur Geduld haben.«

»Wie oft hast du mir das schon gesagt!«

»Hör auf mich!«

Ich wollte nicht auf ihn hören, verdammt. Aber blieb mir etwas anderes übrig? Wenn ich ihn ausschaltete und allein durch das Labyrinth irrte, dann brachte es auch nichts, und die Chance, Glenda zu finden, wurde wirklich nicht größer.

Also verließ ich mich auf ihn.

Wir setzten unseren Weg fort. Immer tiefer in die widerliche grüne Hölle hinein. Manchmal hatte ich einen Blick nach oben geworfen. Von dem geheimnisvollen Netz war nichts zu sehen. Das Licht reichte einfach nicht aus, um die Maschen erkennen zu können.

Die Würmer hatten inzwischen meinen Körper verlassen. Wenigstens spürte ich nichts mehr. Auch der Schleim schien eingetrocknet zu sein.

Eine Rechtskurve. Zuerst sah ich nichts, dann aber erfassten meine Blicke die auf dem Boden liegenden Gegenstände. Sie schimmerten seltsam bleich.

Es waren Knochen – Gebeine …

Raan wollte schon daran vorbeigehen, doch mein Ruf stoppte ihn. »Bleib hier!«

Er ging tatsächlich nicht weiter.

Mit der Schwertspitze deutete ich auf die Knochen, während ich in sein gestreiftes Gesicht schaute. »Wer hat sie hinterlassen?«

»Die Horis'!«

»Wer?«

»Es sind Geschöpfe, die in diesem, Irrgarten leben. Monster, die sich schon vor Urzeiten das Labyrinth untertan gemacht haben. Jeder, der sich verläuft, wird ihnen unweigerlich zwischen die Zähne geraten. Jeder!«

»Warum hast du mir davon nichts gesagt?«, fragte ich, und meine Stimme zitterte dabei, weil ich an Glenda dachte und auch daran, dass die Gefahr für sie noch größer geworden war, denn wenn ich mir die Gebeine betrachtete, dann musste ich annehmen, dass die Horis' ihre Opfer nicht nur töteten, sondern auch fraßen.

Wie die Ghouls …

»Sind es Ghouls?«, wollte ich wissen.

»Nein, Horis'.«

»Ist das nicht das Gleiche?«

»Nicht in dieser Welt. Sie sind von Asmodis als Wächter eingesetzt worden, und wenn sich jemand verirrt, bekommen sie ihre Beute.«

»Dir würden sie nichts tun?«

»Nein«, erwiderte der Dämon. »Ich bin ebenfalls ein Horis. Nur sehe ich anders aus.«

Ich sog scharf die Luft ein. Das durfte doch nicht wahr sein. Raan war ein Horis? Ein Aasfresser?

Ich schluckte hart, denn diese Vorstellung machte mir wirklich Angst, und mein Magen krampfte sich dabei zusammen. Das war so schrecklich und grauenhaft! Man konnte es kaum fassen oder begreifen. Unmöglich, wirklich …

»Was ist?«, fragte mich Raan.

»Nichts«, erwiderte ich und schaute ihn an. »Eigentlich

gar nichts. Nur werde ich von nun an noch besser auf dich achtgeben, Raan.«

»Bitte.« Er verbeugte sich. »Wir Horis' können verschiedene Gestalten annehmen.«

»Und was ist eure wahre?«

»Das werde ich nicht sagen.«

»Vielleicht treffe ich mal auf sie. Dann ergeht es ihnen schlecht, da verlass dich drauf.«

»Wir …«

Er sprach nicht weiter, denn wie ich hatte auch Raan den Schrei vernommen.

Grell, markerschütternd, voller Angst. Todesangst sogar. Zudem war es ein Frauenschrei.

Ich schaute Raan an. »Komm«, sagte ich nur. »Du gehst vor.« Dabei hob ich drohend mein Schwert.

Er nickte nur und folgte meinem Befehl. Sogar sehr schnell, was mich wunderte …

Die Fahndung war nicht abgebrochen worden. Irgendwo musste sich Solo Morasso doch versteckt halten, und die Fahndung war der eigentliche Strohhalm, an den sich die Offiziellen klammerten.

Sir James Powell saß wie eine Spinne in der Mitte des Fahndungsnetzes. Doch er blieb eine Spinne ohne Beute. Denn in seinem weit gespannten Netz verfing sich nichts.

Suko war immer bei ihm. Er hielt die Verbindungen zu den Außenstellen aufrecht, eine sehr harte und vor allen Dingen ungewohnte Arbeit. Suko erledigte sie mit Bravour, obwohl er lieber an der Front gekämpft hätte.

Mittlerweile wusste auch Bill Conolly Bescheid. Suko hatte ihn informiert. Der Reporter war ein Mann, der die ganze Welt kannte. Er konnte so manch guten Tipp geben, doch in diesem Fall war auch er ratlos.

Jetzt saßen Bill und Suko in dem Büro, das der Chinese und der Geisterjäger teilten. Beide starrten auf den Schreibtisch, wo in der Mitte etwas lag, das John Sinclair gehörte.

Sein Kreuz!

Irgendwie wirkte es deplatziert zwischen den Akten und Unterlagen, die man zusammengetragen hatte, und beide Männer schauten es an wie ein Orakel, mit fast hypnotisierenden Blicken, doch das Kreuz blieb stumm. Es gab durch kein Zeichen zu verstehen, dass es irgendeinen Kontakt mit seinem Besitzer, John Sinclair, hatte.

»Es ist zum Heulen!« Bill schlug mit der Faust auf den Schreibtisch. »Wir haben nichts in der Hand.«

»Vergiss Kara und Myxin nicht.«

Bill winkte ab. »Die bringen doch auch nichts, Suko. Sie lassen nichts von sich hören. Ich vertraue da lieber den modernen Fahndungsmaßnahmen.«

»Die ebenfalls im Sande verlaufen.«

»Noch verlaufen sie im Sande, Suko. Noch ...«

Der Chinese lächelte breit. »Ich freue mich, dass dein Optimismus nach wie vor ungebrochen ist, mein Lieber. Wirklich, du hast Mut, Bill.«

»Das hat mit Mut nichts zu tun, sondern beruht auf einem gewissen Erfahrungsschatz. Mehr nicht.«

»Wenn du meinst.«

»Klar.«

Das Telefon summte. Suko hob ab und lauschte. Während er nickte, sagte er: »Jawohl, Sir, ich werde dann zu Ihnen kommen.«

»Powell?«, fragte Bill.

Suko hatte den Hörer aufgelegt. »Ja, der Alte.«

»Und was wollte er?«

»Ob du es glaubst oder nicht. Er hat Logan Costello zu einem Gespräch vorgeladen.«

»Was?« Bill beugte sich vor, als könnte er es nicht glauben. »Das gibt es doch nicht.«

»Wenn ich es dir sage, Bill.«

Der Reporter pfiff durch die Zähne. »Dann kommt also der große Mafiaboss in die Höhle des Löwen. Sieh einmal an. Das hätte ich nie für möglich gehalten.«

»Ja, Sir James muss Druck gemacht haben.«

»Und wie. Gut finde ich es ja auch, dass du dabei bist.« Bill grinste. »Costello muss sich wirklich sehr sicher fühlen, wenn er die Einladung annimmt.«

»Vielleicht war es auch eine Vorladung.«

»Ja, das kann eher hinkommen.« Bill fingerte nach den Zigaretten und zündete sich ein Stäbchen an. Während er den Rauch ausblies und zusah, wie die Wolken gegen die Scheibe tupften, murmelte er: »Wo kann sich Morasso nur versteckt halten? Wo, zum Henker?«

»Ich habe keine Ahnung, wirklich nicht. Wir haben alles versucht, Bill, sogar die Geheimdienste eingeschaltet. Einen Erfolg hat es nicht gegeben. Keine Spur von Dr. Tod. Wenn Asmodina ihn schon nicht finden kann, wie sollen wir es dann schaffen? Der sitzt irgendwo und bereitet eiskalt seinen Fischzug vor, darauf kannst du dich verlassen.«

»Gegen Asmodina?«

Suko nickte. »Natürlich.«

»Wie der Zauberlehrling. Auch er hat sich gegen seinen Meister gestellt oder wollte besser sein.« Bill schaute Suko fragend an. »Du kennst das Gedicht?«

»Ja, ich habe es gelesen. Nur sieht das in unserem Fall anders aus. Morasso beherrscht die Kunst. Der Zauberlehrling war überfordert.«

»Gesetzt den Fall, es gelingt Morasso, Asmodina zu entmachten. Was würde geschehen?«

»Du meinst, im Dämonenreich?«

»Genau.«

»Schwer zu sagen. Es könnte starke Machtkämpfe geben. Es wäre allerdings auch möglich, dass man sich mit Morasso arrangiert.« Suko hob die Schultern. »Ich weiß es nicht.«

Bill schüttelte den Kopf. »Ich bin nicht der Meinung, dass sich andere mit Morasso arrangieren. Der wird seine Schwierigkeiten bekommen, das kannst du mir glauben.«

Der Chinese begann zu lachen.

»Warum lachst du?«, fragte Bill.

»Weil wir das Fell des Hasen schon aufteilen, bevor er noch geschossen wurde.«

»Das stimmt«, gab der Reporter zu. »Noch ist Asmodina nicht erledigt. Und sie wird kämpfen, darauf kannst du dich verlassen.«

Das war Suko auch klar. Asmodina würde nicht aufgeben. Hatte sie das nicht auch bewiesen? Es war ihr gelungen, John Sinclair zu überlisten und in ihr Reich zu schleppen. Eiskalt hatte sie ihre Trümpfe ausgespielt, und John war darauf hereingefallen.

»Wann wird Costello denn antanzen?«, erkundigte sich Bill.

»Sofort, hat Sir James verlangt.«

»Dann ist der Alte in Druck.«

»Verständlich.«

»Und wie.« Der Reporter nickte zu seinen eigenen Worten und drückte seine Zigarette aus.

Suko schaute zu Boden und blickte erst auf, als ein Bote das Zimmer betrat. Er brachte neue schriftliche Meldungen. Sir James hatte angeordnet, dass nicht nur er sie bekam, sondern auch der Chinese.

Suko bedankte sich und sah die Meldungen durch.

»Lass mich auch mal«, sagte Bill.

Er bekam die Hälfte ab. Auf Fernschreiberpapier waren sie geschrieben, und sie stammten wirklich aus allen Ecken der Welt, wo der Geheimdienst seine Mitglieder sitzen hatte. Selbst der Ostblock war nicht ausgelassen worden. Aber da tat sich auch nichts. Obwohl die Länder hinter dem Eisernen Vorhang von der Dämonenbrut ebenfalls nicht verschont blieben. Auch im fernen Sibirien blieb alles ruhig. Es deutete wirklich nichts darauf hin, dass sich Solo Morasso in dieser unendlichen Weite versteckt haben könnte.

»Negativ«, sagte Suko. »Alles negativ.«

»Leider.« Bill war noch dabei, seine Akten durchzuschauen.

»Hast du was?«, fragte Suko.

»Möglich.«

Der Chinese setzte sich starr hin. »Und das sagst du so dahin?«

»Eine Meldung vom Südpol quasi.«

»Wieso?«

»Einer der Agenten hat gemeldet, dass man dort ein seltsames Phänomen beobachtet hat.«

»Und welches?«

»Nebel. Grünen Nebel.«

Suko runzelte die Stirn. Südpol! Das konnte ein Stichwort sein.

»Grüner Nebel«, sagte Bill.

»Morassos Todesnebel ist nicht grün«, bemerkte Suko.

»Das nicht.« Der Chinese stand auf. »Aber es gibt da noch einen anderen Gegner, der mit grünem Nebel arbeitet, der überhaupt grün und uralt ist. Wir haben gegen ihn gekämpft und seine Diener erledigt. Ihn allerdings leider nicht.«

»Du sprichst vom grünen Dschinn?«

»Ja, von dem rede ich.«

»Gibt es denn zwischen Dr. Tod und dem grünen Dschinn eine Verbindung?«, fragte Bill.

»Das weiß ich eben nicht. Aber lass mich mal mitlesen.« Suko stand auf und schaute Bill Conolly über die Schulter.

Viel ging aus dem Telex nicht hervor. Die Männer einer Forschungsstation hatten eine gewaltige grüne Wolke bemerkt, die über einer bestimmten Stelle der Antarktis schwebte. Einer der Leute gehörte dem Geheimdienst an und kannte die Order, sofort alles Ungewöhnliche zu melden. Das hatte er getan.

»Die Wolke könnte etwas zu bedeuten haben«, meinte Suko. »Wir sollten sie unter Beobachtung halten.«

Der Chinese nickte. »Ich werde darüber einmal mit Sir James reden.«

Bill wischte über sein Gesicht. »Hoffentlich hat dies mit Johns Verschwinden zu tun.«

»Wieso?«

»Wünschst du dir noch einen weiteren Fall an den Hals?«, fragte der Reporter.

»Nein, das nicht.«

»Eben.«

Suko nahm das Fernschreiben und ging zur Tür. »Wartest du hier auf mich?«

»Klar.«

Sir James Powell befand sich in seinem Büro. Er bat Suko sofort herein, nachdem der Chinese geklopft hatte.

»Bitte«, sagte der Superintendent und deutete auf einen freien Stuhl. Suko nahm Platz. Sir James sah schlecht aus. Die Sorge um John Sinclair stand in seinem Gesicht geschrieben. Die Haut war von tiefen Furchen durchzogen.

»Sir, Sie haben das Fernschreiben gelesen?«, erkundigte sich der noch junge Inspektor.

»Welches meinen Sie? Das über den Südpol?«

»Ja, Sir.«

»Ich sehe da allerdings kaum eine Verbindung zu unserem Fall«, erklärte der Superintendent. »Wohl aber zu einem anderen.«

»Zum grünen Dschinn?«

Sir James lächelte. »Ausgezeichnet, Suko. Sie haben ebenfalls die richtigen Schlüsse gezogen. Es sind bereits Funksprüche unterwegs, die unseren Mann in der Antarktis warnen. Er soll die Wolke oder den Nebel weiterhin beobachten.«

»Das wäre gut, Sir.«

»Und John Sinclair?«

Suko schaute seinen Chef an. Zu sagen brauchte er nichts. Bisher war alles erfolglos geblieben. Sie hatten von John Sinclair keine Spur entdeckt.

»Nicht am Südpol, nicht am Nordpol. Ich frage mich, wo kann er dann stecken?« Sir James schüttelte den Kopf. »Und was haben die anderen mit Glenda Perkins angestellt? Befindet sich John bei ihr? Kann er ihr beistehen?«

»Niemand weiß es, Sir.« Suko sprach die Worte leise aus. In ihnen steckte all die Verzweiflung, die er spürte. Er hatte Angst um seinen besten Freund. Eine nie erlebte Angst. John war schon des Öfteren für eine Weile untergetaucht. Dann hatte es aber immer Hinweise gegeben, in welcher Dimension oder in welchem Reich er steckte. Doch hier war alles anders. Die Dämonenwelt konnte man als ungemein vielschichtig bezeichnen. Da gab es Tausende von Reichen, Ländern und Gebieten. Unerforscht, geheimnisvoll, grausam und schrecklich.

Irgendwo konnte John Sinclair sich aufhalten. Dazu ohne sein Kreuz, sodass seine Chancen schlecht standen.

»Wahrscheinlich denken Sie das Gleiche wie ich, Suko«, sagte der Superintendent, »aber wir können nichts machen, solange wir nicht wissen, wo wir suchen sollen. Und vielleicht haben wir noch eine Chance, wenn wir Logan Costello auf den Zahn fühlen.«

»Das ist schwer zu glauben«, sagte Suko.

»Wieso?«

»Costello hat vielleicht Verbindungen zu Dr. Tod. Aber John ist von Asmodina reingelegt worden.«

»Vielleicht kreuzen sich die Wege irgendwo. Ich habe Costello herbestellt. Er hat nicht abgesagt. Es zeigt uns, dass er glaubt, nichts befürchten zu müssen. Wir werden sehen.«

Wie auf ein Stichwort meldete sich das Telefon. Sir James nahm ab, hörte zu und nickte. »Ja, bringen Sie ihn hoch.«

»Ist er das?«, fragte Suko.

Sir James nahm einen Schluck von seinem Magenwasser. Die Augen hinter den dicken Brillengläsern glänzten. »Ja, er ist es ...«

Apep war grausam und schrecklich gewesen, aber dieses Monster war noch schlimmer.

Es stand Glenda Perkins gegenüber und starrte sie an. Sie sah kalte weiße Augen und helle weiße Kreise als Pupillen. Auch seine Haut schimmerte braunweiß, als würden sich zahlreiche Löcher darin befinden. Die Arme bewegten sich hin und her, die langen Ohren standen vom Kopf ab.

Glenda wusste nicht, dass dieses Ungeheuer ein Horis war, ein Hüter des Irrgartens. Sie sah nur die Gestalt und das, was sie zwischen die Zähne geklemmt hatte.

Es war so schaurig und schlimm, dass sich Glenda Perkins

weigerte, das überhaupt zu fassen und zu verarbeiten, aber es war eine Tatsache, an der es nichts zu rütteln gab.

»Lieber Gott«, flüsterte Glenda, »das darf doch nicht wahr sein, das kann nicht …«

Sie stammelte die Worte. Die Angst hinderte sie am normalen Sprechen, und sie erlebte das Grauen so schlimm wie noch nie in ihrem Leben. Gehört hatte sie bereits von kannibalischen Monstern. Dies hier war eins, denn aus seinem Maul schaute noch ein Arm heraus. Die Finger bewegten sich.

Der Arm war nicht nackt. Dünner Blusenstoff bedeckte ihn. Er schillerte weißlichgrün. Glenda hatte ihn vor kurzem noch gesehen, denn der Arm, der da aus dem Maul des Monsters schaute, gehörte keiner Geringeren als Jane Collins!

Glenda Perkins bekam einen Schreikrampf …

Er trat ein, ohne anzuklopfen. So etwas hatte er noch nie für nötig gehalten, denn er war der große Boss in London, er war Logan Costello. Und er war siegessicher.

Vor der Schwelle blieb er stehen und blickte sich kurz um. Auch Sir James und Suko hatten Zeit, sich den Mafioso zu betrachten. Der Kälte entsprechend trug er einen Pelzmantel aus bestem Fell, der sicherlich ein kleines Vermögen gekostet hatte. Er hatte den Mantel nicht geschlossen, sodass er aufschwang und die beiden Hälften an lange Fahnen erinnerten.

Darunter trug Costello einen blaugrauen Anzug. Das Hemd war weiß, die Krawatte dezent gemustert. Sein Gesicht konnte man als hager bezeichnen. Die Augen blickten kalt und ohne Gefühl, und die Lippen bildeten nur einen Strich.

Sir James blieb höflich. »Ich bin erfreut, dass Sie den Weg zu uns gefunden haben, Mr Costello.«

Der Mafioso winkte ab, wobei drei Ringe an den Fingern aufblitzten. »Sparen Sie sich die Floskeln. Sagen Sie mir lieber, weshalb man meine Leute unten festgehalten hat.«

»Es war vereinbart, dass Sie allein kommen. Deshalb mussten Ihre Leute unten bleiben.« Sir James gestattete sich ein Lächeln. »Zudem sind Sie hier in Sicherheit.«

»In Sicherheit? Die Polizei bietet keine Sicherheit.«

»Das ist Ansichtssache. Trotzdem können Sie ruhig Platz nehmen.«

»Ich habe nicht vor, lange zu bleiben.«

»Das müssen Sie schon uns überlassen.« Sir James blieb höflich, doch seine Stimme klang bestimmt, und die Härte darin war auch für Costello nicht zu überhören.

Der Mafioso deutete auf Suko. »Was will der denn hier?«

»Mr Suko ist Inspektor bei Scotland Yard. Er hat ebenfalls einige Fragen an Sie.«

»Ein gelber Inspektor? Das darf doch nicht wahr sein«, erwiderte der Gangsterboss. »Ihr scheint an Personalmangel zu leiden.«

»Ich habe Sie nicht kommen lassen, um mit Ihnen über innerbetriebliche Probleme zu reden, Mr Costello. Wenn Sie sich daran vielleicht halten würden?«

»Schaumacher«, knurrte Costello, nahm aber dennoch Platz. Er schlug die Beine übereinander, grinste schief und überheblich und sagte: »Jetzt seid ihr mit eurem Latein am Ende – oder?«

Sir James hatte wieder hinter seinem Schreibtisch Platz genommen. Seine Finger spielten mit einem Bleistift. Nur wer ihn kannte, der wusste, dass dies ein Zeichen übergroßer Nervosität war, und Suko kannte ihn. »Ich gebe zu, Mr Costello, dass wir momentan einige Schwierigkeiten haben, deshalb ...«

»Ach, hören Sie doch auf! Sie stecken in der Scheiße, Mann. Und zwar bis zu den Ohren. Das ist es doch. Und ich soll Sie nun herausziehen.«

»Wenn Sie es so formulieren, kann ich Ihnen nur bedingt recht geben, Mr Costello.«

»Ihr wollt Sinclair wiederhaben, nicht wahr?«

»Sie wissen also, dass er verschwunden ist?«

»Ja und nein. Ich hatte ihm ja eine Bedingung gestellt. Anscheinend hat er sie nicht erfüllen können. Allerdings hat er noch einige Stunden Zeit. Es besteht kein Grund zu einer vorschnellen Panik, Powell.«

»Aus welchem Grund haben Sie Glenda Perkins entführen lassen?«

»Ich?« Costello machte ein erstauntes Gesicht. »Ich habe damit nichts zu tun.«

»Aber Sie wissen, wo sich Miss Perkins befindet?«

»Nein.«

»Mit anderen Worten, Sie stellen sich stur.«

»Das brauche ich gar nicht, weil ich nämlich nicht weiß, was Sie von mir wollen.« Er reckte sich ein wenig. »Ich bin sogar hergekommen, obwohl wir beide keine Freunde sind. Aber Ihre Probleme müssen Sie schon allein lösen.«

»Ihr letztes Wort?«, fragte Sir James.

»Fast.«

»Und wieso fast?«

»Nun, wie ich vorhin schon andeutete, gibt es zwischen uns nicht gerade das Gefühl einer Freundschaft. Sie halten mich für einen Verbrecher und stören meine Geschäfte, obwohl das wirklich nicht auf mich zutrifft. Nun, da habe ich mir etwas ausgedacht, Sir James.« Er betonte das Sir sehr spöttisch, was der Superintendent jedoch mit unbewegtem Gesicht entgegennahm.

»Reden Sie weiter, Mr Costello.«

»Nun, es ist manchmal wirklich unangenehm, wenn die Geschäfte eines Mannes behindert werden. Ich habe oft genug erlebt, dass mich Ihre Leute zu Unrecht verdächtigten und meine Partner dies mit sehr großem Misstrauen sahen, sodass ich gezwungen war, einige Geschäftsverbindungen einzustellen. Sie verstehen, was ich meine, Sir James Powell?«

»Noch nicht.«

»Dann will ich weiterreden. Sie sitzen in der Klemme, ich spreche von Belästigungen. Es wäre doch möglich, dass wir uns irgendwie einigen können. Das heißt, ich gebe Ihnen hin und wieder einen kleinen Tipp, und Sie belästigen mich nicht mehr oder geben Aktionen früh genug bekannt. Ist das nicht eine gemeinsame Basis, auf der wir arbeiten könnten?«

Das Gesicht des Superintendenten versteinerte. Von Sekunde zu Sekunde wurde es härter. Das sah auch Suko, der seinen Chef genau beobachtete. Was Costello da vortrug, war nichts anderes als ein eiskalter Bestechungsversuch. Nicht mehr und nicht weniger. Nur in wohl formulierte Sätze verpackt.

»Muss ich noch mehr sagen?«, fragte der Mafioso.

»Nein, Mr Costello, das brauchen Sie nicht.«

»Dann haben Sie mich also verstanden?«

»Sehr gut sogar.«

»Wie haben Sie sich entschieden?«

Sir James' Gesichtsfarbe hatte einen fahlen Ton angenommen. Die Finger spannten sich noch härter um den Bleistift. Suko hatte das Gefühl, als würde er zerbrechen.

Und er zerbrach.

Costello lachte. »Soll ich das hier eben als ein Zeichen werten, was unsere Beziehungen angeht?«

»Das können Sie.«

Die Augen des Mafioso wurden schmal. »Also keinen Kompromiss, Powell?«

»Nein, ich lasse mich nicht bestechen.«

»Ihr Pech. Denn von Bestechung war nie die Rede. Bestechung ist etwas anderes. Es wäre nur ein beiderseitiges Entgegenkommen gewesen. Ich habe Ihnen doch kein Geld angeboten. Wie käme ich dazu, einen echten Sir bestechen zu wollen?« Costello lachte hämisch. »Dazu noch vor Zeugen, auch wenn der Zeuge nur ein Chinese ist.«

»Gehen Sie«, sagte Sir James.

»Dann ist Ihnen das Leben des Geisterjägers nichts wert?«

»Ich kann Sie festnehmen lassen, Costello, wenn …«

»Erzählen Sie doch keinen Mist, Powell. Sie müssten mich sehr schnell wieder laufen lassen.« Der Mafioso stand auf. »Schade. Ich hatte gedacht, dass Sie vernünftiger wären. Tut mir leid, so können wir nicht ins Geschäft kommen.« Er ging zur Tür.

Sir James gab Suko einen Wink. Der Chinese verstand. Er würde Costello nach unten begleiten.

Mit dem Lift fuhren sie nach unten. Costello versuchte es noch einmal. »Viel verdienen Sie ja beim Yard auch nicht«, bemerkte er spöttisch. »Ich kenne die Gehälter.«

»Für mich reicht's.«

»Das sagt sich so einfach. Sie sollten auch an später denken. Da kommen Sie vielleicht mit dem Geld nicht aus.«

Suko schaute Costello an, der frech grinste. »Von Ihnen nehme ich nichts.«

»Und ich dachte immer, Sinclair wäre Ihr Freund.«

Als Costello den Namen des Geisterjägers erwähnte, hatte er bei Suko einen wunden Punkt berührt. Die Hand des Chinesen schoss vor. Er bekam den Mafioso am Kragen seines teuren Mantels zu fassen und drehte ihn herum. »Ein Wort noch, Costello, und es geht Ihnen dreckig. Darauf können Sie sich verlassen. Wir kriegen Sie, und mag es auch noch so lange dauern. Irgendwann gehen Sie uns ins Netz, darauf können Sie sich verlassen. Und dann helfen Ihnen weder Ihre schmutzigen Millionen noch Ihre Beziehungen und Rechtsanwälte. Verlassen Sie sich auf meine Worte, Costello.«

Suko ließ den Mann los. Sie waren inzwischen im Erdgeschoss angelangt. Die Lifttüren schoben sich auseinander. Rot vor Wut im Gesicht und beinahe fluchtartig verließ der Mafioso den Lift. Suko wartete noch, bis er die Halle verlassen hatte, dann fuhr er wieder nach oben.

Sir James stand in seinem Zimmer und schaute aus dem Fenster. Als Suko die Tür öffnete, drehte er sich um. Noch immer war er sehr erregt.

»Das hat noch niemand gewagt, mich zu bestechen.«

Der Chinese schloss die Tür. »Im Lift hat er es bei mir auch versucht, Sir.«

»Was haben Sie getan?«

»Nur geantwortet, Sir, obwohl es in meinen Fäusten juckte, wie Sie sich bestimmt vorstellen können.«

»Natürlich. Aber es ist gut, dass Sie sich nicht haben zu irgendetwas hinreißen lassen.«

»Nein, Sir, ich bin nicht dumm.« Suko holte tief Luft. »Und was machen wir jetzt?«

»Ich weiß es nicht.«

Von Sir James hätte Suko diese Antwort nicht erwartet. Sie bewies ihm jedoch, dass der Superintendent auch nur ein Mensch war und keine Maschine, wie manche scherzten.

Ich war weiterhin ein Gefangener und Umherirrender in diesem verdammten Labyrinth. Und ich traute dem Dämon Raan nicht über den Weg. Beide hatten wir den gellenden Schrei vernommen. Für mich stand fest, dass es nur Glenda Perkins gewesen sein konnte. Und sie wollte ich finden. Ich musste nur aufpassen, dass mich Raan nicht in die Irre führte. Das durfte auf keinen Fall geschehen.

Der Dämon lief tatsächlich schneller. Abermals wischten wir um Ecken, tauchten ein in schmale, lange oder kurze Gänge, aber unser Ziel erreichten wir nicht.

Ich hörte wieder den Schrei.

Allerdings konnte ich nicht herausfinden, ob er in der Nähe aufgeklungen war oder immer noch so weit von mir entfernt wie beim ersten Mal.

Ich packte Raan und schleuderte ihn herum, sodass er gegen die grüne Wand fiel und teilweise darin verschwand. Sein Kopf schaute noch hervor, und die Schwertklinge zeigte genau auf seine Kehle. »Wo steckt sie?«

»Ich – ich …«

Mein Gesicht verzerrte sich. »Auf dem schnellsten Wege will ich zu ihr. Und den wirst du mir zeigen, du verfluchter Dämon.«

»Es geht nicht so einfach. Wir können nicht …«

»Dann gehen wir eben quer!«, brüllte ich ihn an und zeigte ihm gleichzeitig, was ich damit meinte.

Mit dem Schwert räumte ich auf. Ich zerhackte diese verdammte Würmerwand vor mir. Mit Kreuzschlägen verschaffte ich mir freie Bahn, und die unzähligen kleinen Tiere trockneten aus, bevor sie für alle Zeiten vergingen.

Ich legte Kraft, Wut und Hass hinter meine Schläge. Links und rechts zerhieben sie die Wand. Ich schlug eine Bresche, durch die wir uns bewegen konnten.

Als sie groß genug war, riss ich Raan mit. Dann standen wir wieder vor der nächsten Wand.

Ich schlug weiter.

Nur so konnten wir abkürzen, und ich hoffte, dass wir auch genau die Richtung eingeschlagen hatten, die uns ans Ziel führte, denn protestiert hatte der Dämon bisher nicht.

»Ist dieser Weg korrekt?«, fragte ich ihn.

»Ich glaube schon.«

»Glauben heißt nicht wissen.«

»Ja, doch.«

Okay, ich machte weiter. Dabei kam ich mir vor wie ein Held aus der Antike, der sich mit dem Schwert einen Weg durch ein unheimliches Land bahnt.

Es war eine Freude zu sehen, wie die verfluchten Würmer zusammenfielen. Meine Schuhsohlen zertraten sie zu grauem Staub. Die Sekunden vergingen, und ich hatte noch immer keine Spur von Glenda Perkins gefunden. Nach der nächsten Wand gelangten wir in einen etwas breiteren Gang. Ich drehte mich um. Raan befand sich dicht hinter mir. »Führt der Gang zum Ziel?«

»Möglich.«

»Verdammt, rede! Sonst schneide ich dir die verfluchten Streifen einzeln aus dem Gesicht!«

Freunde, ich war in Rage. Bisher hatte man mich zum Narren gehalten. Das wollte ich mir nicht länger gefallen lassen.

»Ja, ja«, sagte Raan schnell.

Also wandte ich mich in die Richtung, wo der Gang nicht schon nach wenigen Yards endete, sondern eine Kurve beschrieb. Raan musste an meiner Seite bleiben.

Irgendwie spürte ich es, dass wir uns dicht vor dem Ziel befanden. Es war so ein Gefühl, das einfach von mir Besitz ergriffen hatte und das man nicht beschreiben konnte. Vielleicht war es in all den Jahren gewachsen, hatte sich herauskristallisiert, und ich hoffte inständig, dass es nicht trog.

Wieder ein Schrei.

Diesmal sogar nah.

Wir waren auf dem richtigen Weg.

Ich huschte um die Ecke des Ganges, hatte nun freie Sicht, sah auch die Mauern und eine schwarzhaarige junge Frau, die ich verflixt gut kannte.

Glenda Perkins!

Doch in welch einer Lage befand sie sich! Es war schlimm. Zwei Monster hatten sie eingekreist, und das mussten die Horis' sein, von denen Raan gesprochen hatte.

Der Dämon gab mir gleich die Bestätigung.

»Die Horis'«, hechelte er, »das sind sie. Sie fressen alles. Menschen, Tiere! Nichts entgeht ihren Reißzähnen!«

Er brauchte es mir gar nicht so deutlich zu sagen, denn aus einem Maul ragte noch eine Hand hervor, deren Finger zuckten.

Ein Anblick, der mir unter die Haut ging.

Der zweite Horis lauerte dicht an der grünen Wand. Er fixierte Glenda und hatte sich zum Sprung geduckt. Es lag auf der Hand, dass er sich gleich abstoßen würde.

So weit sollte es nicht kommen.

»Glenda!«, brüllte ich.

Ein Ruf wie Donnerhall, wirklich, Freunde. Er wurde auch gehört, und Glenda Perkins riss den Kopf herum.

Ich sah genau, wie ihre Augen groß wurden und Unglauben sowie Fassungslosigkeit in ihren Blick traten.

»Joohhnnn ...!«

Auch die Horis' hatten ihren Schrei vernommen. Der eine, der geduckt vor Glenda hockte, schwang herum und fixierte mich.

Er sollte nur kommen.

»Joohhnnn ...« Wieder schrie Glenda Perkins meinen Namen, und irgendwie schaffte sie es, sich von der Stelle zu lösen. Sie rannte auf mich zu und flog in meine Arme.

Glendas Reaktion war zwar verständlich, aber sie half mir im Augenblick nicht, denn meine Sekretärin klammerte sich in ihrer übergroßen Angst an mir fest.

»Jane«, keuchte sie, »Jane!«

Verdammt, was meinte sie damit? Warum sprach sie jetzt ausgerechnet von Jane Collins? Hatte sie vielleicht den Verstand verloren? War sie von irgendwelchen wilden Träumen befallen?

Zeit, um das herauszufinden, hatte ich nicht. Ich drängte Glenda zur Seite und schob sie hinter mich, sodass sie von mir gedeckt wurde.

Einen schnellen Blick warf ich noch nach links. Dort stand Raan, der Dämon mit dem Streifengesicht. Er ließ uns keinen Augenblick aus den Augen.

Auch ich war vorsichtig und zuckte zusammen, als der Horis sein Maul ein Stück weiter öffnete. Im nächsten Augenblick war die Hand verschwunden.

Er hatte sie verschluckt!

Durch die Nase holte ich Luft. Das war ein Schock gewesen. Vor meinen Augen ...

»Jane!«, keuchte Glenda wieder. »Es war Jane Collins ...«

Plötzlich rastete etwas in meinem Kopf aus. »Was hast du da gesagt, Mädchen?«

»Die Tote war Jane Collins!«

Kennen Sie das Gefühl, das man haben kann, wenn nichts mehr läuft?

Wenn ja, dann können Sie sich vorstellen, wie mir zu Mute war. Jane Collins tot? Vor meinen Augen verschluckt von diesem verfluchten Monster?

Das konnte doch nicht sein, das ...

»Glenda, verdammt, Sie lügen!« Ich sagte in meiner Erregung einmal Sie und dann wieder du zu ihr.

»Nein, John. Sie war es!«

Ich stierte das Monster an. Noch einmal sah ich, wie es schluckte und wie sich die Kiefer bewegten. Heiß stieg es in mir hoch. Ich kannte doch die verdammten Dämonen, und ich kannte auch mein Gefühl, das mich jetzt umklammert hielt. Es waren die Wut und der Hass, die ihren Weg fanden, begleitet von einer unbeschreiblichen Trauer.

Jane Collins war tot!

Wenigstens, wenn ich Glenda Perkins glauben durfte. Man hatte Jane auf eine schreckliche Art und Weise umgebracht, einfach verschluckt.

Ein Lachen durchbrach meine Gedanken. Das war Raan, der so hämisch kicherte. »Ich habe es dir doch gesagt, die Horis' sind Kannibalen, Geisterjäger, und sie sind noch längst nicht satt ...«

»Halt dein Maul!«, brüllte ich in maßloser Wut und fuhr zu ihm herum.

Raan zuckte zusammen. Er duckte sich sogar und hielt auch den Mund, was besser für ihn war.

Ich aber ging auf den Horis zu. Genau schaute ich mir das Monster an. Es herrschte in diesem Labyrinth, gehörte zu den Wesen, die alles vernichteten. Jetzt wollte ich den Horis vernichten.

Wir starrten uns an. Der Zweite hielt sich im Hintergrund. Er stieß nur hin und wieder seltsame Laute aus, die mich an das Grunzen unserer heimischen Schweine erinnerten.

Wahrscheinlich war es die Vorfreude auf die neue Beute, aber die würde ich den beiden versalzen, darauf konnten sie Gift nehmen.

Der Reihe nach wollte ich sie mir vornehmen. Einen nach dem anderen.

»Achte du auf Raan«, zischte ich Glenda Perkins zu, »damit er mir nicht in den Rücken fällt!«

Sie nickte. Glenda hatte die Lippen zusammengepresst. Wie eingemeißelt lag die Angst auf ihrem Gesicht. Kalkweiß war ihre Haut, über die ein Schauer nach dem anderen rann.

Ich glitt vor. Meine Beine taten mir weh. Ich hatte mich innerlich verkrampft, denn ich war mit den Gedanken überhaupt nicht bei der Sache. Immer wieder sah ich das letzte, grausame Bild vor mir, wie die Hand verschwand.

Eine Hand, die Jane Collins gehörte!

Jetzt hatte ich Jane verloren. Die Mächte der Finsternis hatten triumphiert. Ich hatte es nicht verhindern können, ja, ich musste mich damit abfinden.

Diese Gedanken quälten mich, machten mich unsicher. Deshalb reagierte ich auch so spät, als nicht ich das Monster angriff, sondern es mich. Der Arm wurde plötzlich verdammt lang. Schlangengleich schob er sich vor, zu schnell für mich, und plötzlich umklammerte er meinen Arm dicht über dem Handgelenk.

Es war ausgerechnet das rechte, in dem ich das Schwert hielt. Die Kraft des Horis' zwang mich nicht nur in die Hocke, sondern auch zu Boden.

Ein Gebrüll, das den Triumph ausdrückte, den der Horis empfand, grollte in meinen Ohren, während diese Bestie meinen Arm noch weiter durchbog.

Ich musste nachgeben, wenn mir dieses Monster nicht den Arm brechen sollte.

Ich hörte Glenda Perkins schreien und Raan lachen. Beide sahen mich auf der Verliererstraße, und beide wurden von unterschiedlichen Gefühlen beherrscht.

Der eine wollte meinen Tod, die andere bangte um mein Leben.

Verflucht, ich konnte das Schwert nicht mehr halten. Bisher war es mir eine große Stütze gewesen. Ich hatte mir mit seiner Hilfe den Weg freigekämpft. Jetzt brachte mich der Horis dazu, es loszulassen.

Dann lag es neben mir.

Krallen fetzten meinen Jackenärmel auf. Wütende Prankenschläge, gegen die ich nichts ausrichten konnte. Meine Angst wurde größer. Überdimensional tauchte das aufgerissene Maul der Bestie vor mir auf. Ich sah die messerscharfen, grässlichen Zähne, die so gnadenlos zubeißen konnten und kein Pardon kannten.

Mordlust wütete in den Augen der Bestie. Sie schienen sich noch vergrößert zu haben, während sich der Horis über mich beugte, meinen Arm noch immer festhielt und mich daran hinderte, den Dolch zu ziehen.

Ich nahm die Linke.

Damit hämmerte ich zu.

Die Faust klatschte gegen den Körper. Ebenso gut hätte ich auch gegen einen harten Stein schlagen können, denn eine Reaktion erfolgte nicht. Der Horis steckte den Schlag kurzerhand weg.

Meine Knöchel schmerzten. Die Haut des Monsters war

schuppig, rau und hart. Ich befand mich wirklich in einer schwierigen Lage. Wenn ich in den nächsten zwei Sekunden keine Lösung fand, dann war nicht nur ich verloren, sondern auch Glenda Perkins.

Noch lag ich auf der Seite, eine ungünstige Stellung. Aber dann drehte ich mich auf den Rücken, was mir nur unter großen Mühen gelang. Der Horis war so mit sich und seinem Triumphgefühl beschäftigt, dass er auf die Veränderung meiner Lage überhaupt nicht achtete. Das war gut so, denn nun konnte ich ein Bein heben – es war das linke – und es voll nach vorn rammen.

Treffer!

Meine Schuhsohle klatschte in das Gesicht der Bestie und traf es in seiner gesamten Länge. Der Kopf wurde zurückgeworfen. Unwillkürlich lockerte der Horis seinen Griff um mein Gelenk, und mir bot sich die große Chance.

Zwar schmerzten meine rechte Hand und der Arm höllisch. Trotzdem kam ich an den Dolch heran.

Ich riss ihn aus der Scheide und hielt ihn so, dass die Klinge nach oben zeigte.

Wenn er jetzt kam, dann …

Der Horis zögerte. Irgendwie schien er gemerkt zu haben, dass es nicht mehr so glatt ging wie zuvor. Er war überrascht. Schließlich hatte ich – ein Mensch – mich befreien können. So etwas war ihm wohl noch nie passiert.

Zwei Sekunden Ratlosigkeit!

Diese Blöße durfte er sich bei mir nicht geben. Ich warf mich vor. Voller Hass und Zorn. Alles legte ich in diesen Sprung, wobei die Klinge auf seine Brust zeigte. Plötzlich strahlte sie dicht vor seinem Körper auf.

Bis zum Heft drang sie in ihn hinein.

Es war ein Gefühl, das ich nicht beschreiben konnte. Endlich hatte ich ihn erwischt.

Endlich!

Und ich ließ den Dolch in seinem Körper, hielt weiterhin nur den Griff fest, sodass wir uns aus einer Handbreite Entfernung anstarrten. Ja, ich wollte ihn sterben sehen. Mein

Zorn war einfach zu groß, denn er hatte mir Jane Collins genommen.

Nun traf ihn meine Rache, obwohl die mir Jane auch nicht zurückgab.

Das Weiße in seinen Pupillen schien plötzlich zu explodieren. Es wurde größer und größer, bis es schließlich den gesamten Augapfel erfasste. Ein Zittern lief durch seine Gestalt. Er stellte sich auf die Zehenspitzen. Das Gesicht zerlief. Es wurde regelrecht breiig, und die Haut nahm einen völlig anderen Schimmer an.

Sie zeigte ein stumpfes und brüchiges Grau, durch das sich Risse zogen wie bei einem gewaltigen Netz.

Der Horis verging.

Dann sprang ich zurück, denn die verdammte Bestie zerbrach vor meinen Augen. Der Körper wurde buchstäblich zerrissen, und nun erlebte ich mit eigenen Augen eine der grauenhaftesten Sekunden in meinem gesamten Leben.

Aus der vergehenden Gestalt quoll nicht nur eine weißbraune Masse, die an feuchtes Sägemehl erinnerte, sondern auch die Teile eines Menschen.

Jane Collins!

Ich stöhnte vor Angst und Entsetzen!

Das durfte nicht wahr sein, aber es blieb eine Tatsache. Ich sah den Körper der Detektivin.

Doch kein Blut!

Kein Blut? Meine Gedanken liefen in die Irre, ich war wie vor den Kopf geschlagen. Irgendwo tief in meinem Gehirn entstand eine Verbindung zwischen diesem Vorfall und dem, den ich erlebt hatte, als es zwischen mir und Asmodina zu dem Tausch gekommen war.

Man hatte mir Glenda Perkins in die Arme geworfen. Eine Glenda Perkins, die zwar so aussah wie sie und trotzdem nicht die echte gewesen war.

Hier sah ich Jane Collins.

Und kein Blut!

Sollte etwa auch hier …?

Ich wagte überhaupt nicht weiterzudenken, sondern bückte mich und griff nach ihr.

Es war ein Arm.

Sie können sich vorstellen, welche Gefühle mich in diesem Augenblick beherrschten. Die Umwelt hatte ich vergessen. Ich sah nur noch den Arm, hob ihn hoch, packte fester zu und spürte gleich darauf, wie er unter meinem Griff zerfiel.

Er zerbröselte, und die Reste sanken zu Boden, wo sie liegen blieben.

Jane Collins war nicht echt. Nur eine Imitation.

Sie ist nicht echt – nicht echt!

Diese Sätze schrien förmlich in meinem Innern. Die schwarze Magie hatte es geschafft. Durch teuflische Kräfte brachte sie die Menschen zum Wahnsinn. Hier konnte man dem Irrsinn anheim fallen, und wenn es so weit war, dann schlugen die Dämonen eiskalt zu und töteten.

Gleichzeitig, als das Gefühl des Wissens vorbei war, brach sich die Erleichterung in mir freie Bahn. Ich konnte endlich durchatmen. Tief und fest.

Dabei bemerkte ich kaum, wie das Monster verging. Es wurde zu einer widerlichen Masse, die langsam zerrann und erst vor meinen Füßen zur Ruhe kam.

Einen Teilsieg hatte ich errungen. Leider gab es da noch andere. Ich dachte an den zweiten Horis, und ich dachte auch an Raan, der ja ebenfalls zu ihnen gehörte.

Ich kreiselte herum.

Glenda Perkins hatte es nicht mehr ertragen können. Sie war ohnmächtig geworden. Wie tot lag sie zu den Füßen des Dämons mit dem gestreiften Gesicht.

Er aber hatte sich gebückt, seinen Mund aufgerissen, und die gefährlichen Zähne befanden sich nur eine Fingerbreite vom Hals meiner Sekretärin entfernt …

Diese Glenda war echt, keine Attrappe. Wenn Raan zubiss, dann war Glenda verloren. Nichts und niemand konnte sie noch retten, auch ich nicht, obwohl ich alles dafür gegeben hätte.

So blieb ich stehen.

Schwer atmend, und ich hörte in meinem Rücken das Klagen des zweiten Monsters. Es trauerte um seinen Artgenossen, denn es hatte ihn sterben sehen.

Und es würde einen unbeschreiblichen Hass auf mich haben.

»Weg mit dem Dolch!« Raan flüsterte die Worte. Sie drangen tief aus seiner Kehle, und er blieb in der Stellung hocken, die er eingenommen hatte.

Ich ließ auch meine zweite Waffe fallen. Jetzt hatte ich nur noch die Beretta.

Hoffentlich dachte der Dämon nicht daran. Ich zitterte innerlich mit – und wurde enttäuscht.

»Du hast noch die Pistole!«, zischte er. »Nimm sie, und wirf sie weg. Aber hübsch vorsichtig, damit ich nicht nervös werde. Glenda ist verurteilt, und sie wird sterben. Noch nie ist jemand entkommen, das sage ich dir!«

»Okay, du hast gewonnen.« Ich hoffte, mit dieser Antwort die Situation ein wenig zu entkrampfen.

Und ich schaffte es, denn ich sah, wie sich Raan entspannte. Das war gut.

Vorsichtig hob ich die rechte Hand. Der Daumen strich dabei an meinem Jackett entlang, die Finger näherten sich dem Jackenausschnitt und krochen langsam hinein.

Weiter, immer weiter.

Jetzt berührten die Spitzen schon den Griff der Beretta. Eins war sicher. Wenn ich die Waffe tatsächlich hervorholte und sie wegwarf, dann beraubte ich mich selbst sämtlicher Chancen. Dann konnten Raan und der andere Horis wüten.

Deshalb musste ich diesmal alles wagen und natürlich alles auf eine Karte setzen.

»Mach schon!« Raan war nervös. Auch Dämonen litten. Sie hatten Gefühle wie Menschen, wenn auch nicht so stark ausgeprägt, aber wenn sie etwas wollten, dann waren sie nicht zu halten.

Wie jetzt …

»Nur keine Aufregung«, erwiderte ich. »Du bekommst die Waffe ...«

Hinter mir hörte ich tappende Schritte. Der zweite Horis näherte sich mir.

Eine Gänsehaut strich über meinen Körper. Ich hatte im Rücken keine Augen, leider, muss ich sagen, aber ich spürte die schlimme dämonische Aura, die mich berührte wie ein kalter Hauch.

Ein tödlicher ...

Jetzt befand ich mich in der Zwickmühle.

Vor mir ein Monster und auch hinter mir. Und das vordere – Raan also – hatte noch eine Geisel.

Ich durfte mich von meiner Waffe nicht trennen. Auf keinen Fall konnte ich das tun.

Schweiß lag auf den Innenflächen meiner Hände. Auch meine Fingerspitzen waren feucht. Ich atmete durch die Nase, die Erregung in mir wuchs. Vor dieser großen Entscheidung war ich verflixt nervös. Aber es musste sein, kein Weg ging daran vorbei.

Jetzt hatte ich die Waffe. Im Normalfall riss ich sie hervor, zielte kurz und schoss.

Hier war es nicht möglich. Ich konnte und durfte mich nicht erst lange mit dem Zielen aufhalten. Ich musste sofort schießen.

Plötzlich zuckte ich zusammen, denn die spitzen Klauen des zweiten Horis' hatten meine Schultern berührt. Sie hielten auch fest, wollten nicht loslassen – und ...

Da zog ich.

Es war wirklich ein günstiger Augenblick, denn Raan konzentrierte sich nicht nur auf Glenda, sondern auch auf mich. Der Blick seiner Augen wieselte zwischen uns beiden hin und her. Auch ein Dämon konnte sich nicht auf zwei Dinge gleichzeitig konzentrieren. Er besaß zwar immense Fähigkeiten, doch so etwas schaffte er nicht.

Der Schuss peitschte auf. Die geweihte Silberkugel versengte sogar noch den Stoff meiner Jacke, was jedoch nichts ausmachte, denn der Treffer saß.

Raan wurde in den Kopf getroffen.

Schräg hieb die Kugel hinein, und sie zerstörte ihn. Alles ging so schnell, dass der Dämon nicht dazu kam, seine Zähne in Glendas Kehle zu schlagen.

Er starb, noch bevor seine Überreste den Boden berührten. Das alles sah ich, als ich mich bereits zur Seite warf und die Krallen des Monsters über meine Kleidung rissen, wobei sie das Jackett regelrecht zerfetzten.

Ich tauchte sofort weg, drehte mich dabei und sah zu, dass ich den zweiten Horis vor meine Mündung kriegte.

Der letzte Eindruck, den ich von ihm mitnahm, war das Erschrecken in seinen Augen. In einem wilden Reflex zog ich den Zeigefinger zurück, und die geweihte Kugel hatte freie Bahn.

Sie traf voll.

Der Horis flog zurück, taumelte, torkelte und prallte mit dem Rücken gegen die grüne Mauer aus Würmern.

Er verschwand darin. Die Würmer gerieten in Bewegung. Der Horis schlug noch in seinen letzten Reflexen um sich, dann wurde er buchstäblich von der Wand aufgesaugt.

Ich hatte gewonnen!

Ein paar Sekunden blieb ich mit schussbereiter Waffe in der leicht gebückten Haltung stehen. Tief atmete ich durch, denn ich musste erst einmal meine flatternden Nerven beruhigen. Dieses Nervenflattern pflanzte sich fort, denn meine Hände zitterten ebenfalls, genau wie die Beine. Meine Knie schienen aus einem weichen Material zu bestehen. Ich schloss die Augen und versuchte, nicht mehr an die zurückliegenden Ereignisse zu denken.

Das gelang mir nur schwer, denn ein Mensch ist keine Maschine, und ich bin es auch nicht. Dass ich die Auseinandersetzung für mich entschieden hatte, konnte ich nur als ein großes Glück bezeichnen. Etwas anderes fiel mir nicht ein.

Die Horis' waren tot.

Aber auch Raan.

Und das war das Schlimme. Er hätte einen Weg aus dem Irrgarten des Schreckens gewusst. Nun existierte er nicht mehr. Ich hatte ihn töten müssen, um das Leben von Glenda Perkins zu retten. So lebten wir beide noch.

Ich ging zu ihr. Meine Schritte waren schleppend, als hätte ich unter einer schweren Last zu tragen. Ich bückte mich und schaute auf Glenda hinab.

Sie war noch immer ohnmächtig. Ihre Nerven hatten nicht mehr mitgespielt, was wirklich kein Wunder war. Selbst ich fühlte mich mies.

Die Horis' waren erledigt, und auch Raan existierte nicht mehr. Ich war allerdings sicher, dass die Schrecken dieses Irrgartens damit nicht ausgestanden waren.

Irgendwo würden weitere lauern. Tief in den gefährlichen, lebenden Wänden, und ich dachte an Asmodina, die meine Taten sicherlich nicht so ohne weiteres hinnehmen würde. Sie würde sich zeigen und furchtbar rächen wollen.

Neben Glenda kniete ich mich hin. Sie durfte hier nicht liegen bleiben. Zudem besaß ich auch nicht mehr die Kraft, sie durch das Labyrinth zu schleppen.

Mit dem Handrücken tätschelte ich ihr Gesicht. Zweimal links, zweimal auf die rechte Wange, wobei ich ihr Gesicht stets unter Beobachtung hielt.

Mein leichtes Schlagen zeigte Erfolg, denn Glendas Augenlider zuckten. Sie kam zu sich.

Ich hob ihren Kopf genau in dem Moment an, als sie ihre Augen öffnete. Die Pupillen zeigten eine gewisse Ratlosigkeit. Sie wusste nicht, wo sie sich befand, das war ihr sofort anzumerken. Dann erkannte sie mich.

»John!«

Diesmal war es kein wilder Angstschrei, den sie ausstieß. Ein Wort der Erleichterung drang über ihre Lippen, und sie warf die Arme hoch, wobei sie sie hinter meinem Nacken verschränkte und sich fest an mich klammerte.

Glenda stammelte Worte, die ich nicht wiedergeben möchte. Sie drückten eben ihre Gefühle aus, die sie in diesen Momenten empfand. Sie war gerettet. Wenigstens vorläufig …

Obwohl die Zeit drängte, ließ ich Glenda so lange in Ruhe, bis sie sich wieder gefangen hatte.

»Ich muss schrecklich verheult aussehen«, sagte sie.

Da wusste ich, dass es ihr wieder besser ging. Auch mein Lachen klang befreiend.

Allerdings war es eine reine Schauspielerei. In meinem Innern sah es anders aus. Ich hätte mich am liebsten irgendwo verkrochen, doch das konnte ich Glenda ja nicht zeigen. Für sie war ich der Strohhalm, an den sie sich klammern konnte.

»Wir müssen weiter«, sagte ich zu ihr.

Aus großen, dunklen Augen schaute sie mich an. »Aber wohin?«

»Den Ausgang finden.«

»O Gott.« Sie presste eine Hand gegen ihren Mund und nahm sie dann wieder fort. »Das schaffen wir nicht. Nein, niemals! Dieses Labyrinth ist tödlich ...«

»Nun warte erst einmal ab. Bisher haben wir uns ja tapfer geschlagen, oder nicht?« Ich machte auf Optimismus, und Glenda nickte. Als ich einen Arm um ihre Schulter legte, da presste sie sich eng an mich. Ich spürte ihr Zittern.

Wir gingen.

Nur – wohin? Da sah alles gleich aus. Gänge, Wände, dunkle Tunnels. Der Irrgarten des Teufels.

Meine Waffen hatte ich wieder an mich genommen. Das Schwert trug ich nach wie vor in der rechten Hand. Den Arm konnte ich auch normal bewegen. Der Druck, den das Monster auf mein Handgelenk ausgeübt hatte, war verschwunden.

»Da ist noch etwas«, sagte Glenda plötzlich und blieb stehen. Über ihren Körper lief eine Gänsehaut.

»Ja?«

»Diese beiden Monster waren nicht allein. Sie kamen direkt nach ihr.«

»Nach wem?«

»Die – die Höllenschlange«, flüsterte Glenda.

»Was?«

Meine Sekretärin nickte. »Ja, ich habe Apep, die Höllenschlange, gesehen. Sie schlängelte sich durch das Labyrinth und stand dicht vor mir. Sie hatte ihren Rachen aufgerissen. Es war schrecklich. Ich dachte, sie würde mich verschlingen.«

»Wann war das?«

»Bevor die beiden Monster auftauchten.«

»Und sie hat sich zurückgezogen?«

Glenda nickte.

»Nein, sie ist noch hier!«

Beide hörten wir die kalte, grausame Stimme, und beide erschraken wir zutiefst. Ich kannte die Stimme besonders gut, denn sie gehörte Asmodina, der Teufelstochter.

Und sie war gleichzeitig Apep, die Höllenschlange.

Sofort schob ich Glenda zurück und starrte angestrengt nach vorn, denn dort war die Stimme aufgeklungen.

Ich sah Apep nicht.

Eine Täuschung?

Nein! Eine Sekunde später wurden wir eines Besseren belehrt, denn nicht weit vor uns brach de Wand zusammen, und dahinter erschien das gewaltige Maul einer Schlange.

Nicht nur dieses Ungeheuer war da. Die Riesenschlange wurde von mehreren Todesengeln umschwirrt, die ihre Pfeile bereits auf die Bögen gelegt hatten …

Myxin und Kara versuchten alles.

Sie befanden sich innerhalb der Flammenden Steine und versuchten, Kontakt mit den jenseitigen Reichen aufzunehmen. Irgendwo musste es doch eine gemeinsame Verbindung geben, doch die magischen Strahlen, zusätzlich gestärkt durch das Schwert mit der goldenen Klinge, stießen ins Leere.

»Nichts«, flüsterte Kara und ließ den Kopf sinken. »Ich bekomme keinen Kontakt.«

Myxin schaute auf die Steine. Hoch ragten sie vor ihm auf, doch den Namen flaming stones verdienten sie momentan nicht. Sie hatten nicht die glühendrote Farbe angenommen, sondern sahen völlig normal aus.

Grau, fast schwarz …

»Sie haben sich zu gut abgeschottet«, erklärte Kara. »Als wüssten sie genau, dass wir es versuchen.«

Myxin nickte. Sein Blick schweifte hinüber zu den Hügeln, die das kleine Tal mit den Flammenden Steinen umgaben. Sie hörten auch das Plätschern des Baches. Er durchfloss das Tal und war irgendwie ein Symbol der Lebendigkeit zwischen den vier hohen Klötzen.

Langsam wandte er den Kopf und schaute Kara an. »Können wir noch etwas tun?«

»Kaum.«

»Aber es muss doch eine Verbindung geben.« Der kleine Magier stampfte mit dem Fuß auf. »Wir haben es sonst auch immer geschafft.«

»Vielleicht gibt es eine Chance.«

»Und welche?«

Kara hob die schmalen Schultern. »Ich wage es kaum auszusprechen, doch wir sollten versuchen, einmal das Kreuz einzusetzen. Das Kreuz gehört zu John Sinclair wie die Hörner zu Asmodina. Vielleicht können wir mit seiner Hilfe einen magischen Bogen spannen und ihm von hier aus zur Seite stehen.«

»Ist das dein Ernst?«

»Mein voller.«

»Dann holen wir es.«

Kara schüttelte den Kopf. »Nicht wir, sondern ich. Du bleibst hier. Ich werde mich nach London teleportieren und das Kreuz dort an mich nehmen.«

Myxin nickte und schaute zu, wie sich Kara in den Mittelpunkt des Quadrats stellte, dort niederkniete und ihre Hände um den Schwertgriff legte.

Sie konzentrierte sich, rief die Kräfte einer uralten atlantischen Magie an und schaffte die Teleportation. Ihr Körper flimmerte für einen winzigen Augenblick, dann war er verschwunden.

Myxin blieb allein zurück.

Er wusste nicht, wie lange es dauern würde, bis Kara

zurückkehrte. Er drückte ihr, sich und John Sinclair die Daumen, damit alles glatt über die Bühne lief.

Es war wirklich die letzte Chance, mit John Sinclair Kontakt aufzunehmen. Das Kreuz war gewissermaßen ein Teil von ihm. Die beiden gehörten zusammen, und wenn man es aktivierte, würde es vielleicht nicht nur den Weg zum Geisterjäger zeigen, sondern ihn auch aus der Welt des Schreckens zurückholen.

Trübe, aber auch hoffnungsvolle Gedanken durchzuckten den Magier. Er war wirklich gespannt, ob Kara es schaffte.

Und sie kam zurück.

Wieder entstand das Flimmern. Diesmal von oben nach unten. Aus dem Nichts entstand es und fiel förmlich vom Himmel, konzentrierte sich dicht über dem Boden, und eine Gestalt entstand.

Kara!

Sie war zurückgekehrt.

Myxins Augen begannen zu strahlen. So rasch es ging, eilte er auf Kara zu. »Hast du es?«

Das Mädchen aus dem Totenreich musste sich erst umdrehen. Dann streckte sie den Arm aus, öffnete die rechte Hand, und Myxin sah das Kreuz.

Sie hatte es geholt!

Myxins Augen glänzten, als er das Kruzifix erblickte. »Endlich«, flüsterte er.

»Sei nicht so optimistisch«, wehrte Kara ab.

»Ich muss es wagen. Es ist die einzige Chance, Verbindung mit John Sinclair aufzunehmen.« Der kleine Magier war völlig aus dem Häuschen. Er schluckte, und so aufgeregt hatte Kara ihn noch nie gesehen. »Wie machen wir es denn?«, fragte er.

»Das Kreuz und mein Schwert müssen eine Verbindung schaffen«, erklärte die Schöne aus dem Totenreich. »Vielleicht hilft uns die Magie, die einmal Atlantis groß gemacht hatte.«

»Ich hoffe es.«

Kara blieb dort stehen, wo sie sich materialisiert hatte. Es war genau der Mittelpunkt der flaming stones.

Sie hob ihre Waffe mit beiden Händen hoch und rammte sie dann hart in den Boden.

Die Klinge verschwand fast zu einem Drittel. Wie ein Denkmal blieb das Schwert stehen.

Kara hob den rechten Arm. In der Hand hielt sie nach wie vor das Kreuz.

Es sah völlig normal aus, reagierte nicht, strahlte nicht und zeigte nichts von seiner ungeheuren Kraft, die in ihm wohnte.

Es blieb normal!

Kara sah Myxins angstvollen Blick und winkte ab. »Keine Panik«, sagte sie ziemlich locker. »Das wird schon noch klappen.«

»Wie denn?«

»Hiermit!« Kara hatte den rechten Arm ausgestreckt und auch ihren Zeigefinger. Damit deutete sie auf ein Zeichen, das sich direkt über dem Pentagramm mit dem Kreis befand.

Es war das Dreieck mit dem Allsehenden Auge in der Mitte!

»Damit willst du es schaffen?«

»Ja. Bereits im alten Atlantis spielte das magische Allsehende Auge eine große Rolle, bevor es von den Ägyptern übernommen wurde. Wenn es eine Chance gibt, dann nur über das Auge, denn es kann in die Welten hineinsehen.«

»Du bist dir sicher?«

Kara nickte. »Was vor Tausenden von Jahren funktioniert hat, muss auch heute noch möglich sein.« Sie sagte dies mit so einer Bestimmtheit, dass Myxin nickte.

»Ich hoffe es.«

»Das kannst du auch.«

Kara kniete sich dicht vor dem im Erdreich steckenden Schwert zu Boden. Dann beugte sie den Kopf vor und presste ihre Stirn gegen die Schwertklinge.

So blieb sie für einen Moment in stiller Andacht hocken, während sich ihre Hände fest um die beiden waagerechten Enden des Kreuzes klammerten.

Ihr Blick war dabei starr auf das Allsehende Auge fixiert, und sie konzentrierte auch ihre Gedanken darauf.

Noch einmal holte sie tief Atem.

Dann begann sie mit der Beschwörung …

»Jetzt ist es aus!«

Diese Worte sagte Glenda Perkins, und verdammt noch mal, sie sprach mir damit aus der Seele. Eine Chance sah ich kaum noch. Vor uns die Höllenschlange, die ihren Rachen so weit, wie es ging, geöffnet hatte und von sechs Todesengeln bewacht wurde, die sie wie Vögel umschwirrten.

Ich dachte an die Engel, die uns hatten töten wollen. Wir waren mit ihnen fertig geworden, leicht sogar. Aber hier stand ich allein, befand mich in einer fremden, unheimlichen Umgebung, und auf Glenda Perkins konnte ich nicht zählen.

Sie hatte zu viel durchgemacht und würde mir wohl kaum eine Hilfe sein. Also musste ich mich Apep allein stellen, bewaffnet mit einem Schwert, meiner Beretta und dem Dolch.

War sie damit zu besiegen?

Kaum, denn Apep war Asmodina. Um sie zu töten, musste man härtere Geschütze auffahren. Wirkliche, weißmagische Bomben, wie es mein Kreuz war, aber das befand sich nicht hier, und es hatte keinen Zweck, lange darum zu trauern.

»Ich muss dir ein Kompliment machen, John Sinclair«, drang es aus dem Maul der Höllenschlange. »Du hast dich bisher tapfer geschlagen. Wirklich. Du hast die Horis' vernichtet, was wohl keinem anderen gelungen wäre, denn sie waren einfach zu stark. Du bist auch auf die beiden Bluffs nicht reingefallen, zuerst Glenda Perkins, dann Jane Collins. Aber du hast dich in eine Lage manövriert, aus der es für dich keinen Ausweg gibt.«

»Das ist nicht sicher«, hielt ich Asmodina trotz all meiner Befürchtungen entgegen.

»Mut hast du, das erkenne auch ich an, aber du hast deine Aufgabe leider nicht gelöst. Und das ist dein persönliches Pech, John Sinclair. Tut mir leid.«

»Was verlangst du eigentlich?«, rief ich laut. »Du bist doch selbst nicht in der Lage, Dr. Tod und dessen Mordliga zu vernichten. Du musst dabei über deinen eigenen Schatten springen und deinen Todfeind herholen, damit er für dich die Aufgabe übernimmt. Ist das einer Tochter des Teufels würdig?«

»Ich verstehe deine Worte, Geisterjäger«, gab Asmodina zurück. »Aber du kannst mich nicht aus der Reserve locken. Ich mache, was ich will, und ich bestimme, was gespielt wird. Noch bin ich hier die Herrin. Diese Dimension gehört mir, mir allein, begreifst du das? Und sie wird dich verschlingen, Geisterjäger.«

»Dann ist niemand mehr da, der für dich das Versteck von Solo Morasso sucht.«

»Na und? Denkst du, es wäre tragisch? Nein, mein Lieber.« Sie lachte. »Ich sehe das anders. Wenn ich dich erledigt habe, kann ich mich umso besser auf Solo Morasso konzentrieren, denn dann wird niemand mehr da sein, der mir in die Quere kommen könnte. So musst du das sehen, John Sinclair.«

Da hatte sie recht, denn wir beide hatten schon einige harte Kämpfe hinter uns. Bisher war ich mit viel Glück der Sieger geblieben.

Jetzt versuchte sie es.

Ich schaute direkt in den aufgerissenen Höllenrachen hinein. Für mich war er ein widerlicher dunkelroter Schlund, in dem es arbeitete und zuckte. Er sonderte Sekrete ab, die auf das Innere des Unterkiefers tropften und dort zischend verdampften, wobei sie einen widerlichen Qualm ausstießen, der aus dem Rachen drang und uns als Dampf entgegenwehte.

Sie hatte mich. Daran gab es keinen Zweifel. Ich dachte an Glenda und sah wirklich nicht ein, dass auch sie sterben sollte. Deshalb versuchte ich es.

»Mir ist bekannt, dass meine Chancen gesunken sind und ich wohl kaum freikomme. Aber Glenda Perkins hat damit nichts zu tun. Ich für meinen Teil habe unseren Handel eingehalten. Du hast den Nagel bekommen. Lass sie frei.«

»Nein!«

Die Antwort hatte ich erwartet. Ich wollte aber trotzdem noch eine Erklärung haben. »Und warum nicht?«

»Weil sie von Maddox verurteilt worden ist. Wenn der Dämonenrichter das Urteil einmal ausgesprochen hat, dann muss es vollstreckt werden. Es geht kein Weg daran vorbei. Die Gesetze des Schattenreichs werden auf jeden Fall eingehalten.«

»So sieht also das Wort eines Dämons aus«, spottete ich. »Na ja, ich hätte es mir denken können.«

»Du hast eben zu früh aufgegeben.«

»Nein, Asmodina.« Heftig schüttelte ich den Kopf. »Zu früh habe ich nicht aufgegeben. Ich hätte mich nur nicht auf den Handel mit dir einlassen sollen, das ist es doch.«

»Dein Pech.«

»Leider.«

Ich spürte Glendas Finger an meiner Schulter. Sie hatte Angst. Ich konnte es ihr nicht verübeln, aber ich sah keine Chance, sie aus dem Dilemma zu befreien.

»Worauf wartest du noch?«, fragte ich in einem Anfall von Wut.

»Du willst sterben?«

»Nein, das nicht, aber ich will endlich eine Entscheidung. Stell dich, Asmodina. Stell dich zum Kampf, damit ich dich vernichten kann!« Die Worte brüllte ich ihr entgegen und hob sofort mein Schwert, damit sie sah, dass ich bereit war und auf keinen Fall aufgeben wollte.

»Na denn!«, drang es aus dem weit geöffneten Maul, und im nächsten Augenblick schob sich der Körper der Schlange vor.

Genau in unsere Richtung, sodass uns das Höllenmaul der Riesenschlange verschlingen konnte …

Kara leistete wirklich Übermenschliches!

Zusammengekauert saß sie da. An ihren Händen, die den Kreuzgriff umklammert hielten, sprangen die Knöchel hart und spitz hervor. Ihr Gesicht war bleich, die Haut wirkte durchsichtig. Myxin, der sie genau beobachtete, konnte sogar die dünnen bläulichen Adern sehen.

Er stand wie unter Strom. Der kleine Magier hatte nicht nur Angst um John Sinclair, sondern auch um Kara. Denn alles wies darauf hin, dass sie sich zu sehr anstrengte, dass ihre Physis und auch Psyche nicht mehr mitmachten.

Um sie herum war es kälter geworden. Ein Zeichen, dass die Luft weißmagisch aufgeladen wurde. Und Myxin sah es auch an den Steinen. Sie verloren ihre graue Farbe. Ein erstes rosa Schimmern zeigte sich im Gestein. Im Anfang schwach, doch als Kara anfing zu sprechen, da wurde es stärker.

Alte, uralte Worte benutzte sie. Aus ihrem Mund drang eine Beschwörung, die ihr Vater Delios sie noch gelehrt hatte und die in keinem Buch jemals niedergeschrieben worden war, sondern nur mündlich überliefert wurde.

Die Worte klangen dumpf, kehlig, erinnerten vielleicht ein wenig an die orientalischen Sprachen, und sie waren doch nicht schlimm oder voller Hass, wie es oft in der Sprache der Dämonen zu vernehmen war. Man spürte in ihnen eine gewisse Sanftheit, und sie verlangten nach einem großen Respekt, den man dieser alten Sprache zollen sollte.

Kara konzentrierte ihren Blick fest auf das Allsehende Auge. Von ihm sollte die alte Magie ausgehen. Dieses Auge sollte sie umsetzen und eine Brücke zwischen dem Diesseits und dem Jenseits schaffen. Das war das große Wunder, das Kara kraft ihrer Beschwörung vollbringen wollte.

Noch zeigte das Kreuz keine Reaktion, lag es irgendwie blass in den Händen der geheimnisvollen Frau.

Und es wurde noch blasser. Das silberfarbene Flair schien zurückzuweichen, als würde das Schwert dem Kreuz sämtliche Magie entziehen, aber dies war ein Irrtum.

Plötzlich geschah es. Von einem Augenblick zum anderen wurde die Magie wirksam, und Kara, die alles auf eine Karte gesetzt hatte, wurde für ihre Mühe belohnt.

Das Allsehende Auge bewegte sich. Eine regelrechte Kaskade, strömte daraus hervor.

Silbrig, grell, leuchtend …

Und diese Lichtkaskade fand ihr Ziel in der Klinge des goldenen Schwertes!

Das war es!

»Die Brücke!«, rief Myxin. »Die magische Brücke, sie funktioniert!« Seine Augen leuchteten, denn er sah, dass sich ein silberfarbener Streif mit haarfeinen, goldenen Fäden aus der Klinge abspaltete, sich verzweigte und jeweils die vier jetzt hellrot entflammten Steine traf.

Ein Netz aus Magie lag über den flaming stones. Die uralten Beschwörungen der Atlanter waren voll wirksam geworden. Sie hatten nichts von ihrer Macht verloren.

Kara saß weiterhin im Mittelpunkt des magischen Zentrums. Sie hatten den Kopf zurückgeworfen. Der Mund stand halb offen, und nur mit allergrößter Beherrschung hielt sie die magische Brücke aufrecht, denn sie durfte auf keinen Fall zusammenbrechen. Dann war alles umsonst.

Alles hing von ihr ab, von einem Wesen, das in dieser mächtigen magischen Sperrzone irgendwie verloren wirkte und Dinge leistete, die mit Worten kaum noch zu beschreiben waren.

Würde sie es schaffen?

Myxin, der kleine Magier, fieberte, und er hoffte, dass Kara durchhielt …

Schwert gegen Riesenschlange!

Konnte ich es schaffen? Reichten mein Mut und die magische Klinge aus, um Asmodina zu töten? Oder würden ihre Helfer eingreifen und mir als auch Glenda ihre tödlichen Pfeile in den Rücken schießen?

Nein, sie behielten sie auf den Bögen, hatten die Sehnen gespannt, aber sie zogen nicht ab.

Ich führte den ersten Schlag. Damit er kräftig genug wurde, hielt ich das Schwert mit beiden Händen fest. Ich vollführte einen Rundschlag, der über den Rand des unteren Kiefers fetzte und eine tiefe Wunde hinterließ, aus der grünes Dämonenblut schäumte.

Und noch ein Schlag.

Diesmal von unten nach oben gezogen, hineingestochen in das klaffende Maul, bevor es zuschnappen konnte.

Das geschah sofort danach.

Zum Glück war ich voll konzentriert und sah es früh genug. Mit einem raschen Sprung brachte ich mich in Sicherheit, fiel dabei gegen Glenda Perkins und riss sie mit.

Gemeinsam landeten wir in der grünen Wand aus Würmern. Es war wie das Hineintauchen in zähen Sirup. Schon einmal hatte ich in dieser Wand gesteckt, und jetzt war es ebenso schlimm wie beim ersten Mal. Das Getier krabbelte überall hin.

Ich schüttelte mich, versuchte mich zu befreien, stach mit dem Schwert zu und schaffte es, mir einen Tunnel in die Wand zu schneiden, sodass ich durch ihn schauen konnte.

Apep folgte uns.

Glenda klammerte sich an mich. Sie schrie wie von Sinnen, bis ihre Schreie in einem dumpfen Röcheln erstickten, weil ihr das Gewürm in den Mund gedrungen war.

Die Höllenschlange wollte es wissen. Mit einem gewaltigen Schlag ihres Körpers verschaffte sie sich freie Bahn, und die gegenüberliegende Wand wurde von ihr regelrecht platt gewalzt.

Die Todesengel schossen die ersten Pfeile ab. Es waren lautlose Todesboten. Nicht einmal ein Zischen hörten wir. Sie waren auf uns gezielt, sollten die Höllenschlange unterstützen, doch nun erwies es sich als ein Vorteil, dass wir uns innerhalb dieser Würmerwand befanden, denn die Pfeile blieben stecken.

Sie erreichten uns gar nicht, und wir wurden nicht einmal an der Haut geritzt.

Ich versuchte wegzukriechen. Mit der linken Hand hielt ich Glenda fest, die rechte umklammerte weiterhin den Griff des Dämonenschwerts.

Apep bahnte sich ihren Weg. Sie war durch nichts aufzuhalten. Keine Mauer, keine Wand konnte sie stoppen, wenn sie ihre urwüchsige Kraft ausspielte.

Feuer!

Plötzlich sah ich Flammen auflodern. Dicht vor uns schoss eine gewaltige Lohe hoch. Ein Brausen ertönte.

Unzählige Würmer wurden erfasst und verbrannten.

Die nächste Feuerladung würde uns treffen, daran bestand kein Zweifel, denn Apep kam näher.

Halb lagen wir auf dem Boden. Verzweifelt presste sich Glenda Perkins an mich. Ich vernahm ihr trockenes Schluchzen, das mir wie ein Messer ins Herz schnitt, und ich konnte ihr doch nicht helfen, mein Gott!

»Glenda«, schrie ich, »wir müssen …«

Was wir mussten, erfuhr sie nie, denn ich merkte plötzlich, wie sich mein Körper aufbäumte. Ich sah etwa in der Mitte, wo mein Dolch steckte, einen hellen, silberfarbenen Fleck, der sich gedankenschnell vergrößerte und eine Verbindung fand mit einem aus dem Nichts kommenden Strahl, der eine regelrechte Brücke schuf und mich an einen Regenbogen erinnerte.

Und dann war es, als griffen unsichtbare Hände nach uns. Ich geriet in einen mörderischen Kreisel, der immer weiter um sich griff und nicht nur mich, sondern auch Glenda mitzog, hochhob und auf die Brücke zu schleuderte.

Wir schwebten plötzlich, konnten aber noch nach unten schauen, und der letzte Eindruck, den ich aus dieser Welt mitnahm, war so schaurig wie das gesamte Labyrinth.

Apep spie noch eine gewaltige Flammensäule aus, die uns jedoch nicht mehr erreichte, dafür aber einige ihrer Todesengel. Sie wurden vom Feuer erfasst und verglühten wie Kometen.

Dann brach das Labyrinth auseinander. Urkräfte wüteten, rissen den Boden auf, zerstörten Mauern und Wände. Es gab regelrechte Explosionen, und gewaltige Dampfwolken stießen als riesige Pilze in die Höhe.

Uns machte es nichts mehr aus. Wir befanden uns längst auf dem Weg in Sicherheit.

Ein Bann war gebrochen. Das Labyrinth der Angst, Asmodinas teuflischer Urgarten, existierte nicht mehr. Eine Welt der schrecklichen Illusionen war zerstört, weil zwei Menschen es geschafft hatten, diesem Wahnsinn zu entkommen.

Das Labyrinth hatte seine Existenzberechtigung damit verloren. Und das war gut …

Als wir zwischen den Flammenden Steinen standen, kippte Kara um. Sofort brach die magische Brücke zusammen. Die letzte Beschwörung war über ihre Kräfte gegangen.

Myxin schaute uns an. »Ihr seid da?«, flüsterte er.

Wir nickten, denn sprechen konnten wir nicht. Erst einmal mussten wir uns erholen.

Dann kümmerte sich der kleine Magier um Kara, während ich Glenda Perkins festhielt, die ebenfalls kaum begriffen hatte, dass sie gerettet worden war.

»Ist es wirklich wahr?«, fragte sie nach einer Weile.

»Ja, es stimmt. Du brauchst dir keine Sorgen mehr zu machen.«

»Du?«

»Warum nicht?«, lächelte ich.

»Da müssten wir dies ja eigentlich mit einem Brüderschaftskuss besiegeln.«

»Meinetwegen.«

Diesen Kuss gaben wir uns. Und ich muss ehrlich gestehen, er hätte ruhig länger dauern können, doch Myxin störte uns, indem er mir auf die Schulter klopfte.

»Könnt ihr das nicht zu Hause fortsetzen?«, fragte er. »Wir haben nämlich keine Lust, noch länger hier zu bleiben.«

Ich lächelte Glenda an. »Mal sehen, was sich machen lässt.«

Als Glenda rot wurde, wechselte ich das Thema.

»Auf jeden Fall können wir sicher Weihnachten feiern.«

ENDE

SATAN MIT VIER ARMEN

Seit drei Tagen schon schlief Stan Willard nur mit einem geladenen Revolver unter dem Kopfkissen, falls er überhaupt in diesen schwülen Nächten ein Auge zu tat, denn er fürchtete um sein Leben.

Auch in dieser Nacht lag er wieder wach. Schwach nur drang der Mondschein durch das schmale Fenster und vergrößerte die dünnen Maschen des Moskitonetzes zu einem verwirrenden Muster, das sich deutlich von dem hellen Bettlaken abhob, unter dem sich die Umrisse eines männlichen Körpers abzeichneten.

Willard lag wach und lauschte.

Im Dschungel war die Nacht nie ruhig. Tausend Geräusche durchbrachen sie, die Tiere der Dunkelheit waren wach und gingen auf Beutezug, während andere schliefen …

An die Geräusche hatte sich Willard gewöhnt. Sie waren natürlich, gehörten einfach dazu. Etwas anderes jedoch waren die Trommeln.

Und die schlugen seit drei Tagen.

Ein dumpfes, unheimliches Stakkato lag über dem tropischen Regenwald, meist monoton und gleichmäßig, hin und wieder aber von einem hämmernden Rhythmus unterbrochen, der eine gewisse Aggression andeutete, die Stan Willard auch genau verstand.

Dann kamen sie, dann hörte er ihre Schritte um das alte Haus schleichen, aber noch war die Zeit nicht reif, und es traute sich niemand, die Wohnung des Europäers zu betreten.

Willard war allerdings sicher, dass sich dies bald ändern würde. Sie hatten die drei Tage genutzt und sich genug in Stimmung gebracht, und sie würden kommen, sie mussten es einfach, denn morgen war der Tag seiner Abreise nach England.

Stan Willard lag auf dem Rücken. Er bewegte sich nicht, schaute nur durch das Moskitonetz und spürte den kalten Schweiß überall auf der Stirn. Unter der Decke drehte sich zwar ein batteriegetriebener, müder Ventilator, doch Kühlung brachte er kaum. Seine drei Flügel verteilten die Luft nur, mehr war nicht drin.

Der 43-jährige, hoch gewachsene blonde Mann sehnte den nächsten Tag herbei, dann konnte er diesem verfluchten Land, das sich Sri Lanka nannte und früher Ceylon hieß, den Rücken kehren.

Noch trennten ihn fünf Stunden.

Eine normalerweise kurze, für ihn aber lange Zeit, denn die anderen mussten etwas unternehmen. Sie konnten es nicht zulassen, dass er ihnen das weggenommen hatte, was ihnen gehörte.

So wartete er.

Völlig auf sich allein gestellt, nur seinen 38er Smith & Wesson unter dem Kopfkissen und das geladene Gewehr neben dem Bett. Solange die Trommeln noch schlugen, befand er sich in Sicherheit, hörten sie erst mal auf, konnte er sich kampfbereit machen.

Und Willard wollte kämpfen. Nicht umsonst hatte er monatelang gesucht und war endlich fündig geworden.

Er hatte das gefunden, wovon er sein Leben lang geträumt hatte.

Den vierarmigen Satan!

Er stand in seinem Zimmer. Wenn Stan den Kopf nach rechts drehte, konnte er ihn sehen. Es war eine Gestalt des Schreckens, und sie hatte tatsächlich vier Arme. Dabei sah sie aus wie ein Affe, wenigstens glich das Fell dem eines Affen. Es schimmerte hellgrau und an der Brust etwas weiß. Und genau dort, wo die Achselhöhlen der normalen Arme aufhörten, wuchsen die beiden zusätzlichen Arme aus dem Körper. Die beiden oberen Arme waren jeweils mit drei furchtbaren, messerscharfen Krallen versehen, die unteren nur mit einer.

Auf den Schultern, die keinen Hals aufwiesen, saß ein schrecklicher Schädel. Er erinnerte an den eines Krokodils, mit einer langen, breiten Schnauze, einem gefährlichen Gebiss und hervorquellenden Kugelaugen, die sich etwas unterhalb der beiden aus dem Schädel sprießenden Hörner befanden.

Das war der Satan mit den vier Armen. Von den Eingeborenen hatte er einen anderen Namen bekommen.

Sie nannten ihn Sogg-Ra, den Affenteufel!

Wieder einmal holte Willard tief Luft. Das letzte Päckchen Lucky Strike lag neben ihm. Er riss die Hülle auf, entfernte einen Teil des Silberpapiers und klopfte ein Stäbchen hervor, das er sich zwischen die Lippen schob. Als er das Feuerzeug anschnickte, stellte er fest, dass sich das Zittern seiner Hände auf die Flamme übertrug. Er war eben sehr nervös.

Die Zigaretten waren die einzigen Dinge, die ihn immer an die Zivilisation erinnerten, und er hatte sie sich so eingeteilt, dass er bis zum letzten Tag genau ausgekommen war.

Er sog den Rauch tief in die Lungen und ließ ihn durch die Nasenlöcher wieder ausströmen. Für einige Minuten vergaß er die Situation, in der er sich befand, und dachte an London.

In seinem Club würden sie Augen machen. Er hatte die Wette gewonnen. Niemand wollte glauben, dass es jemandem gelang, den Affenteufel zu holen. Er hatte es geschafft, und einige tausend Pfund waren ihm sicher. So hoch beliefen sich auch die Kosten der Expedition in den Dschungel von Sri Lanka.

Im Club sollte die Trophäe dann ausgestellt werden, auch wenn sich einige dagegen sträubten, aber sie waren von den übrigen Mitgliedern, der Mehrheit, überstimmt worden. Dann erst konnten sie feststellen, ob der Affenteufel tatsächlich magische Kräfte besaß, wie ihm nachgesagt wurde und wie man in den entsprechenden Büchern nachlesen konnte.

Der Aschenbecher stand auf seinem Bauch. Als Stan Willard die Zigarette ausdrückte, da stutzte er plötzlich. Etwas hatte sich verändert. Im ersten Augenblick wusste er nicht, was es war. Schließlich fiel es ihm ein.

Er hörte den Klang der Trommeln nicht mehr!

Genau, das war es. Stille, regelrecht beängstigend, hatte sich über den Dschungel gelegt.

Seit drei Tagen mit nur wenigen Unterbrechungen zum ersten Mal Ruhe.

Darauf hatte er lange gewartet, denn nun musste es zur Entscheidung kommen. Stan Willard hob seinen Kopf so weit an, dass er die Hand unter das Kissen schieben konnte. Seine Finger holten die Waffe hervor, glitten über das Metall, und Willard stellte fest, dass auch der Revolver feucht und klamm war, wie eigentlich alles, was man in dieser verdammten Hölle anfasste.

Ein Brutherd für Krankheiten. Willard wunderte sich, dass es ihn nicht auch erwischt hatte. Mit einer Hand drückte er das Moskitonetz beiseite und richtete sich auf. Seine Bewegungen, mit denen er die Beine aus dem Bett schwang, wirkten müde und abgeschlafft. So kam er sich auch vor, ausgebrannt, denn die Wochen hier hatten ihn regelrecht fertiggemacht.

Willard schlief immer in seiner Khakikleidung, ein Zeichen, dass er Tag und Nacht auf dem Sprung war. Er brauchte nur noch in die Stiefel zu schlüpfen.

Das war schnell geschehen. Der nächste Griff galt dem Gewehr. Dann fuhr er sich mit allen fünf Fingern durch sein graublondes Haar und mit dem Handrücken über das schweißnasse Gesicht.

Er wartete …

Manchmal waren sie gekommen und hatten auf Geräusche nicht geachtet, vielleicht würde es heute anders sein. Deshalb nahm er sich den einzigen Stuhl im Zimmer und stellte ihn so, dass er die Tür als auch das Fenster beobachten konnte.

Das Gewehr lag auf seinen Knien. Die Mündung wies zum Fenster hin, während er den schweren Revolver in der rechten Hand hielt.

So blieb er sitzen und lauschte den Geräuschen der Nacht, die ihm inzwischen so vertraut geworden waren.

Abermals erklang die Trommel. Sie wurde hart und schnell geschlagen, ein Zeichen, dass es den anderen nun ums Ganze ging.

Und sie waren schon da.

Obwohl sich Stan Willard sehr konzentriert hatte und auch aufmerksam gewesen war, wurde er von ihrem Auftauchen überrascht. Die Tür, die man nicht abschließen konnte, flog so heftig auf, dass sie mit der Klinke gegen die Wand dahinter krachte und wieder zurückgeworfen wurde.

Ein Fuß stoppte sie.

Der Fuß gehörte dem Anführer der Horde, einem bulligen Medizinmann, der seine »Arbeitskleidung« angelegt hatte. Auf dem Kopf trug er einen bunten Federschmuck, das Gesicht war mit grellen Farben bemalt, die sich auf dem Hüfttuch wiederholten.

Ängstlichen Gemütern konnte er schon Angst einjagen, und er hielt in der rechten Hand seinen Zauberstab, ein schmales, bemaltes Rohr, das mit zwei langen Federn versehen war. Die Eingeborenen sprachen diesem Stab eine große magische Kraft zu. Was daran stimmte, wusste Willard nicht. Es interessierte ihn auch nicht besonders. Ein viel größeres Augenmerk richtete er auf die beiden Gestalten, die den Medizinmann begleiteten und schreckliche Affenmasken über ihre Gesichter gezogen hatten.

Es waren die Leibwächter des Medizinmannes und die Vortänzer des Dorfes.

Dicht hinter der Schwelle blieben die Besucher nebeneinander stehen, und Willard dachte daran, dass er alle drei mit schnellen Schüssen erledigen konnte, wenn es hart auf hart kam.

»Was wollt ihr?«, fragte er, obwohl er es genau wusste.

»Sogg-Ra«, erklang es dumpf aus dem Mund des Medizinmannes, der nur gebrochen Englisch sprach.

Willard schüttelte den Kopf. »Er gehört mir.«

»Nein, du gestohlen.«

»Ich habe ihn euch abgekauft«, erwiderte der Engländer, wobei er Daumen und Zeigefinger gegeneinander rieb. »Sogar für Geld.«

»Du kannst es wiederhaben.«

Da lachte Willard auf und schüttelte den Kopf. »Ist nicht drin, Meister. Geschäft ist Geschäft. Verschwindet jetzt, der Affenteufel gehört mir.«

»Nein!«

Die Antwort klang verdammt endgültig, und Willard hob seinen Arm mit dem Revolver. Er zielte auf den Medizinmann und hielt dabei genau zwischen die Augen. Als ehemaliger Soldat hatte er es gelernt, ein Ziel zu treffen.

»Reicht das als Antwort?«, fragte er.

Der Medizinmann sagte nichts, er blieb zwar auf dem Fleck stehen, aber er bewegte sich unruhig.

Irgendetwas war mit ihm, das wusste auch Willard. Dieser Kerl schien was in der Hinterhand zu haben, und als er den Kopf nach rechts drehte, da wusste Willard Bescheid.

Das Fenster!

Diese Hundesöhne wollten ihn reinlegen, aber da hatten sie sich getäuscht. Willard bewahrte die Nerven. Erst als sich der Mund des Medizinmannes öffnete, drehte er sich auf seinem Stuhl nach rechts, sah das bemalte Gesicht am Fenster und auch das schmale Blasrohr, dessen Öffnung in den Raum wies.

Willard wusste, dass die Eingeborenen wahre Meister im Umgang mit dem Blasrohr und den giftigen Pfeilen waren. Die schossen einer Schmeißfliege das Auge aus, deshalb musste er schneller sein. Stan Willard schoss zweimal.

Die Schüsse krachten in dem engen Zimmer überlaut. Er hatte sehr gut gezielt. Nicht ein Schrei war zu vernehmen, als die Kugeln ins Ziel trafen. Plötzlich war das Gesicht am Fenster verschwunden, nur ein paar Blutspritzer klebten dort als ein schauriges Andenken.

Sofort nach den Schüssen schwang Willard seinen Arm wieder herum und richtete die Waffenmündung auf die drei vor der Tür stehenden Männer.

Die konnten es kaum fassen, dass Willard so schnell gewesen war. Sie standen da wie festgeleimt.

Der Engländer lachte kalt. »Ihr habt mich reinlegen wollen, ihr dummen Kanaken.« Er nannte in seiner widerlichen Überheblichkeit alle Eingeborenen so. »Aber das ist euch nicht gelungen, da müsst ihr früher aufstehen, ihr Reisfresser. Los, haut ab!«

Die Sätze waren scharf hervorgestoßen worden und verfehlten ihre Wirkung nicht.

Die Männer drehten sich um, doch alle wollte Willard nicht gehen lassen.

»Du, Medizinmann, bleibst bei mir. Als Beschützer oder Geisel, mein Freund!«

Der Medizinmann hörte die Worte wohl, doch er ging weiter. Erst als Willard eine Kugel dicht neben seinem Kopf in die Wand jagte, da begriff er, dass es dem Weißen Ernst war.

Mit zitternden Beinen kam er zurück, während seine beiden Begleiter flohen und er selbst fast die Petroleumlampe umgestoßen hätte, die auf einem kleinen, kniehohen Tisch stand.

»Bleib da stehen!«, verlangte Willard.

Der Eingeborene gehorchte, und der Engländer entspannte sich ein wenig. Das war soeben noch mal gut gegangen. Er hatte es sich schlimmer vorgestellt. Allerdings fragte er sich, ob das wirklich schon alles gewesen war und die Nacht nicht noch mehr Überraschungen für ihn parat hielt.

Stan Willard stand auf. Das Gewehr nahm er mit, als er zum Bett ging und sich auf der Kante niederließ. Er wusste zwar jetzt das Fenster schräg in seinem Rücken, aber er saß ziemlich im toten Winkel, sodass sich ein Schütze schon verrenken musste, um ihm das Lebenslicht auszublasen.

Von draußen vernahm er den Lärm. Zahlreiche Stimmen schnatterten durcheinander. Wahrscheinlich trugen sie jetzt den Toten weg.

Zitternd stand der Medizinmann im Raum. Willard musste grinsen, denn ihm fiel auf, dass der Kerl einen viel zu dicken Bauch hatte. Er wusste, dass der Mann heimlich billigen Brandy und Whisky soff und so manche Nacht volltrunken in seiner Hütte lag.

»Zigarette?«, fragte er.

Der Medizinmann schaute misstrauisch auf die Hand, die sich ihm da entgegenstreckte und aus der die Schachtel ragte. Er wusste nicht, wie er sich verhalten sollte.

Willard grinste, zündete zwei Stäbchen an und warf eines dem Medizinmann zu. Der ließ es zu Boden fallen, hob es dann auf und paffte gierig.

Der Engländer ließ ihn drei Züge machen, dann fragte er mit bedauernd klingender Stimme: »Warum habt ihr euch nur so dumm benommen, ihr Idioten?«

»Sogg-Ra.«

Willard winkte ab. »Ich weiß ja, dass ihr ihn haben wollt. Dann hättet ihr ihn mir erst nicht zu verkaufen brauchen.«

»Wir müssen ihn töten.«

Stan grinste schief. »Wirklich? Das finde ich aber gar nicht gut, mein Dickerchen. Weshalb so plötzlich?«

»Er muss in den Sumpf.«

»Und wieso?«

»Die Zeit des Affen ist da. Du hättest nicht warten sollen, jetzt ist es zu spät.«

»Werde mal deutlicher!«, verlangte der Engländer und inhalierte Zigarettenqualm.

»Die Jahre sind um. Er wird sich Opfer holen. Menschenopfer. Wir wissen das.«

Willard knetete seine Nase und schaute auf den seltsamen Dämon mit dem großen Maul. »An dir wird er sich wohl den Magen verderben, Dicker.«

»Er ist gefährlich!«, wisperte der Medizinmann. »Wir wissen es. Bring ihn weg, schnell ...«

»Nein, ich will meine Wette gewinnen. Ich schaffe ihn nach England.«

»Dann werden alle sterben!«

Willard lachte nur und ließ sich auf das Bett fallen, während der Medizinmann den Affenteufel mit einem scheuen Blick bedachte. Das Abbild des vierarmigen Dämons lag im Halbschatten. Für einen Affen war er ziemlich groß, denn er hatte in der Tat die Größe eines Menschen. Auch die Haut fühlte sich echt an, ebenso die Zähne, die Augen und der Kopf. Es war schon sehr, sehr seltsam. Auch ging von ihm irgendwie eine böse Atmosphäre aus, das gestand sich selbst der ansonsten realistisch denkende und eiskalte Willard ein, der sein Geld mit dubiosen Geschäften verdiente und auch als Waffenhändler tätig war. Er begann tatsächlich nachzudenken. Schließlich schalt er sich einen Narren, legte sich zurück aufs Bett und wollte eigentlich nur sein Kreuz durchdrücken, da erlitt er förmlich einen Anfall von Müdigkeit. Er hatte plötzlich Mühe, seine Augen offen zu halten, wollte den Kopf drehen, doch das schaffte er nicht mehr. Eine unheimliche, nicht erklärbare Kraft hatte sich über den Raum gelegt und erfüllte ihn bis in den letzten Winkel.

Während der Medizinmann davon nichts spürte, bekam Willard das Fremde voll mit.

Er fühlte sich plötzlich leicht und unbeschwert. Seine Gedanken ließen sich nicht mehr festhalten, sie gingen auf die Reise, und auch die gesamte Atmosphäre um ihn herum veränderte sich.

Willard fühlte sich wie in einer tiefen Trance, obwohl er noch alles mitbekam, was sich in seiner Nähe abspielte.

Er sah das Zimmer, die Wände, das Fenster, aber alles schien seltsam verdreht und verkehrt. Zudem war von dem schmutzigen Weiß nichts mehr zu sehen. Seltsame Farben hatten sich auf die Wände gelegt. Pastellartige Töne, lange Schleifen, Schlieren, Kreise und Spiralen. Sie blieben nicht auf den Wänden, sondern lösten sich, schwebten im Raum umher und bildeten ein verwirrendes Muster, das sich vor den Medizinmann und den Affenteufel legte.

Genau dort, wo Sogg-Ra stand, verdichteten sich die Farben, da konzentrierten sie sich. Und plötzlich erschienen aus dem bunten Wirrwarr zwei schlangengleiche Arme mit gefährlichen Krallen, die sich unaufhaltsam dem Medizinmann näherten, der seinen Mund weit aufriss, um zu schreien, aus dessen Kehle sich allerdings kein Laut löste.

Wie hypnotisiert starrte er auf die beiden gefährlichen Arme und vergaß dabei, dass es nicht die Einzigen waren, sondern dass es noch andere gab.

Der Affenteufel hatte vier!

Und die restlichen zwei erschienen ebenfalls aus dem Wirrwarr der Farben, bewegten sich lautlos in Schienbeinhöhe über den Boden und griffen plötzlich zu.

Noch weiter riss der Medizinmann seinen Mund auf. Es schien, als würde ein Schrei auf seinen Lippen ersticken, denn er fühlte sich gepackt und angehoben.

Er wehrte sich nicht einmal, als er hineintauchte in das seltsame Farbenspiel. Dann war er verschwunden.

Stan Willard beobachtete den Vorgang. Er reagierte jedoch

ebenso wenig wie der Medizinmann. Völlig apathisch lag er auf dem Bett. Der Revolver war ihm aus der Hand gerutscht. Jeder hätte ihn vom Boden aufheben können.

Aber es kam niemand. Das Haus, in dem alles passierte, war eine Tabu-Zone.

Die Zeit verging, die Farben verblassten, traten völlig zurück, und der Raum sah wieder so normal aus, als wäre nichts geschehen.

Nur der Medizinmann blieb verschwunden …

Stan Willard erwachte urplötzlich. Er schlug die Augen auf und setzte sich ruckartig hin. Viel zu heftig, denn nach dem langen Liegen und dem fast todesähnlichen Schlaf spielte sein Kreislauf verrückt. Die kleine Welt drehte sich vor seinen Augen. Er presste seine Handballen gegen die Stirn, blieb auf dem Bett hocken und dachte nach.

Was war geschehen?

Verdammt, er war eingeschlafen. So plötzlich, wie es ihm noch nie passiert war. Das musste an diesem verdammten Klima liegen und an den Umständen. Auch jetzt war er noch ziemlich down, und ihm fiel wieder der Traum ein, den er gehabt hatte.

Irgendetwas völlig Verrücktes, Unrealistisches hatte er geträumt. Eine irre, dumme Geschichte, in der Farben die Hauptrolle spielten und das Zimmer und natürlich der Affenteufel.

Letzterer ganz besonders.

Mit einer heftigen Bewegung drehte er sich um, stieß gegen das aufgestellte Gewehr, das durch die Berührung polternd zu Boden fiel.

Willard wollte es aufheben, als ihn der heiße Schreck durchfuhr. Neben dem Gewehr lag sein Revolver. Er musste ihm während des Schlafes aus der Hand gerutscht sein.

Das hätte ins Auge gehen können. Wenn der Medizinmann dies gesehen hätte …

Seine Gedanken stockten. Der Bursche war nicht mehr da.

Er hatte sich still und heimlich verkrümelt und seine Chance, den verhassten Fremden zu töten, nicht genutzt.

Willard lachte auf. Besser so als anders. Er verstaute den Revolver wieder im Gürtel, schaute auf seine Uhr und stellte fest, dass es Zeit war, aufzubrechen.

Totenstill war es im Zimmer. Auch vom Dorf her hörte er keinen Lärm. Seltsam, sehr seltsam …

Ein kalter Schauer kroch über seinen Rücken, und so etwas wie Furcht packte den Mann. War da doch einiges schiefgelaufen?

Er schaute sich seine Trophäe an.

Sogg-Ra stand noch auf seinem Platz. Er hatte sich nicht verändert. Bis auf eine Kleinigkeit.

Aus seinem weit geöffneten Rachen schauten fünf gekrümmte Finger hervor. Sie gehörten zur Hand des Medizinmannes …

Das war ein Schock!

Augenblicklich dachte der Engländer wieder an seinen Traum. Er hatte so etwas Ähnliches geträumt, aber das war keine Realität gewesen.

Wie ein gewaltiger Schwall kam der Schweißausbruch, und Willard konnte nicht anders, er musste auf den Affenteufel schauen und dessen weit geöffnetes Maul.

Die Hand war verschwunden!

Es klatschte, als sich Stan Willard mit der flachen Hand gegen die Stirn hieb. »Bin ich denn volltrunken?«, knurrte er, sprang vom Bett hoch und lief auf den Affenteufel zu.

Alles war normal. Er sah aus wie am letzten Abend, nichts hatte sich verändert, und er sah auch keine Spur mehr von der Hand, als er in das Maul blickte.

Wie ein Dieb in der Nacht, so schlich Stanley Willard um Sogg-Ra herum, wobei er nach Indizien für seinen ersten Eindruck nach dem Erwachen suchte. Sosehr er sich auch bemühte, er fand keine.

»Ein Glück, dass ich hier bald rauskomme«, murmelte er

und schüttelte sich, »da wird man ja noch verrückt und dreht durch.« Er holte eine Zigarette aus der Packung, steckte sie an und ging rauchend nach draußen.

Vor seinen Augen lag ein menschenleeres Dorf. Die Bewohner hatten ihre Hütten verlassen, die sich um einen freien Platz gruppierten, auf dem sonst die großen Palaver abgehalten wurden. Nur drei Dorfköter schlichen mit eingezogenen Schwänzen über den Platz.

Hinter den Hütten begann der Dschungel. Es war noch ziemlich früh. Die Sonne hatte sich eben erst über den Horizont geschoben, doch sie knallte bereits mit ihren Strahlen auf den tropischen Regenwald, aus dem Nebelwolken in die Höhe stiegen und auch über den Dorfplatz trieben, wo sie sich schließlich auflösten.

Stan Willard spürte das Frösteln auf seiner Haut. Er traute sich nicht weiter von seiner Hütte weg, sondern verfolgte die aus dem Dorf und die in den Dschungel führende Piste nur mit seinen Blicken. Irgendwo dort hinten hatten sich die Bewohner verkrochen, und sie würden nicht eher zurückkehren, bis der Affenteufel nicht mehr existierte.

Willard hob die Schultern. Mit gemächlichen Schritten ging er einmal um sein Haus herum. Als er das Fenster erreichte, von wo aus auf ihn geschossen werden sollte, sah er das Blut.

Für einen Moment presste er hart die Lippen zusammen, bevor er weiterging.

Dann blieb er abrupt stehen. Aus der Hütte, in der er übernachtet und gelebt hatte, war ein Geräusch gedrungen.

Ein feines, helles Lachen oder Kichern. Höhnisch, hämisch und wissend zugleich.

Willard zog den Kopf ein, als hätte jemand über seine Haare gestrichen. Er wollte die Hütte nicht betreten, aber er konnte durch das Fenster schauen.

Die Waffe hielt er schussbereit. Sie blieb immer in Kopfhöhe, als er durch die Öffnung peilte.

Der Affenteufel stand günstig. Willard schaute ihn an und hatte das Gefühl, als würde sich dessen Maul bewegen. Auch die Arme waren nicht ruhig, sie zuckten, als würden Stromstöße durch sie jagen.

Stan Willard wollte es nicht glauben. Die Erinnerung war wieder da. Er hatte die Hand gesehen, die aus dem Maul des Affendämons ragte, deutlich erinnerte er sich daran. Für ihn war das kein Traum gewesen, nein, hier ging etwas vor, das man mit dem normalen Verstand nicht begreifen konnte.

»He, Stan!« Mit einem Schrei auf den Lippen zuckte Willard herum und hätte fast noch geschossen.

Der Mann, der ihn angesprochen hatte, sprang hastig zurück und streckte abwehrend seine Arme vor. »Schießen Sie nicht auf Diplomaten«, rief er entsetzt, »lieber auf Pianisten.«

Willard hob die Schultern und ließ die Arme sinken. »Sorry, Amos, aber ich war so nervös …«

Amos Burke nickte. »Das habe ich bemerkt. Du hast uns nicht einmal kommen hören, obwohl das Dorf menschenleer ist.«

»Das habe ich in der Tat nicht.«

Burke deutete in die Runde. Nur auf dem Marktplatz hatten sich die Männer versammelt, die von dem Diplomaten mitgenommen worden waren. »Wo stecken die alle?«

»Sie sind verschwunden.«

»Haben sie vor dir Angst?«

Stan Willard schaute in das gerötete Gesicht seines Gegenübers. »So kann man es nennen«, erklärte er. »Sie sind geflohen, weil ich den Affenteufel in Besitz habe.«

»Du hast ihn tatsächlich gefunden?«

»Warum nicht? Es war doch einfach.«

»Wo ist der denn?«

Willard deutete auf den Hauseingang, und Burke von der Botschaft folgte ihm.

Dicht hinter der Tür blieben beide Männer stehen und schauten sich die Figur an.

Burke nickte anerkennend. »Sieht verdammt echt aus«, bemerkte er.

»Ist auch echt.«

»Wieso?«

Stan Willard verzog das Gesicht. »Dein Tipp war goldrichtig. Das hier ist ein echter Dämon. Ich werde ihn mit nach England nehmen und die Leute im Club das kalte Entsetzen lehren. Die werden sich noch wundern, mein Lieber.«

»Ich fahre ja auch nach England«, murmelte Burke und schaute seinen Bekannten dann fest an. »Hast du das im Ernst oder im Spaß gemeint?«

Willard grinste schmal. »Im Ernst, mein lieber Amos, denn Spaß kann ich nicht vertragen, obwohl ich glaube, dass wir ihn noch kriegen werden«, fügte er nachdenklich und mit leiser Stimme hinzu ...

Suko schob mir einen Zettel über den Schreibtisch. Es war ein Zollformular.

»Was soll ich damit?«

»Lesen.«

»Als Toilettenpapier ist es zu klein.«

»Das ist eine Bestätigung«, erklärte mir mein Partner.

Ich war an diesem Tag wirklich faul und hatte am frühen Nachmittag bereits keine Lust mehr, irgendetwas anzupacken, was mit Arbeit zu tun hatte.

Mein Partner merkte das und hatte Erbarmen. »Das ist eine Zollbestätigung, mein lieber John.«

»Aha, wenigstens etwas. Und wofür?«

»Für die Einfuhr eines Dämons!«

Mit dieser Antwort riss mich mein Partner tatsächlich vom Schreibtischstuhl hoch. Dass man zahlreiche Dinge, auch unnütze, einführte, war mir nicht neu. Aber dass ein Dämon importiert wurde, schlug doch dem Fass den Boden aus. Wer hatte sich denn diesen Scherz erlaubt? Ich nahm das Formular an mich, las die ausgefüllten Vermerke und schüttelte den Kopf.

Suko hatte nicht gelogen. Da war doch tatsächlich ein Dämon importiert worden. Und zwar von einem Mann namens Stan Willard, der dem vornehmen INDUSTRY CLUB angehörte.

»Rosa Zeiten für Dämonen«, murmelte Suko. »Jetzt kommen sie sogar noch offiziell ins Land und kriegen einen Stempel. Wenn das keine Großzügigkeit ist …«

»Die Frage ist nur, warum man gerade uns diesen komischen Zettel geschickt hat.«

»Vielleicht kennt man dich am Zoll und weiß von deinem Job«, vermutete Suko.

»Unsinn. Der Zettel muss irgendwie anders hergekommen sein. Ich werde Glenda fragen.«

»Die ist nicht da.«

»Wo steckt sie denn?«

»Sie wollte ein Eis essen. Da der Alte ebenso vor zehn Minuten nicht im Raum war wie du, habe ich es ihr erlaubt.« Der Chinese grinste und freute sich diebisch über mein dummes Gesicht, auf dem sich deutlich die Unlust abzeichnete.

Ich hatte mal wieder einen völlig lustlosen Tag erwischt. So drei- bis viermal im Jahr, da packte es mich, da hatte ich einfach keine Lust. Vielleicht lag es auch am Wetter. Es war urplötzlich wieder warm geworden. Diese Umschwünge verkraftet nicht jeder. Zudem steckten mir die letzten Fälle noch in den Knochen, wo es verdammt hart zugegangen war.

Ich schaute mir die Zollbescheinigung an. Ich drehte sie so lange in der Hand herum, bis Glenda wieder auftauchte und ihren schwarzen Wuschelkopf durch den Bürotürspalt steckte.

»Hat's geschmeckt?«, rief ich.

»Danke, sehr gut.«

»Man sieht's.«

»Wieso?«

»Deine Lippen sind noch klebrig.«

Glenda verschwand wieder und wollte wohl jetzt in ihren Taschenspiegel schauen.

Suko aber meinte breit grinsend: »Du hättest ihr einen Kuss geben können, dann wäre mit ihren Lippen alles klar gewesen.«

»Ich bin im Dienst.«

»Jetzt tust du, als ob du Glenda nicht …« Er schwieg, denn unsere Sekretärin kehrte zurück.

»Jetzt zufrieden, großer Meister?«, fragte sie.

Ich schaute sie an. Appetitlich sah sie aus in ihrer gelben Leinenhose und dem blauen T-Shirt. Das brachte ihre Figur so richtig zur Geltung, und die war spitze. Glenda hatte die Rundungen genau dort, wo die Männer es mochten. Ihr Haar hatte sie sich vor drei Tagen umfrisieren lassen. Sie trug jetzt eine Afrolook-Frisur. Sie stand ihr gut.

»Fast, meine Liebe«, erwiderte ich. »Bis auf diese Kleinigkeit.« Dabei hob ich die Hand mit der Zollbestätigung.

»Ach die«, sagte Glenda. »Ja, die habe ich dir auf den Schreibtisch gelegt. Oder vielmehr Suko.«

»Und was ist mit diesem Dämon-Import?«

»Darauf hat mich Bill Conolly aufmerksam gemacht. Er steckt irgendwie in der Sache drin.«

Da fiel es mir ein. Bill gehörte ebenfalls zu diesem komischen INDUSTRY CLUB. Getreu nach dem Motto: Kein Engländer ohne Club. Bis auf wenige Ausnahmen, und dazu gehörte ich.

»Was hat Bill gesagt?«

Glenda hob die Schultern. »Nichts weiter. Du möchtest ihn mal anrufen, dann würde er dir mehr darüber mitteilen.«

Ich schaute auf das Formular. Entweder war es ein Witz, oder es steckte was dahinter. Ich schüttelte meine Lethargie ab und griff zum Telefonhörer.

Bei den Conollys wurde auch abgehoben. Aber nicht von den beiden Erwachsenen, sondern von Johnny.

»Onkel John!«, piepste mein Patenkind in den Hörer. »Onkel John. Wann kommst du denn mal?«

Ja, das war eine gute Frage. In der letzten Zeit hatte ich mich kaum bei den Freunden sehen lassen. Ich hatte einfach zu viel zu tun gehabt.

»Ich komme bestimmt, Johnny, glaube mir. Ich werde …«

»Keine leeren Versprechen!«, vernahm ich eine andere Stimme. »Dir glaubt man bei uns nicht mehr.« Bill hatte seinem Sohn den Hörer aus der Hand genommen.

»Schämst du dich nicht, deinen Sohn gegen seinen Patenonkel aufzuhetzen?«, fragte ich.

»Was heißt aufhetzen? Das stimmt doch – oder?«

»In gewisser Hinsicht schon. Aber ich habe ja dich, der mir hin und wieder eine Nachricht zukommen lässt. Auch wenn es nur ein Zollformular ist wie heute.«

»Ha, ha, der Fisch hat angebissen.«

»Also ist es keine Finte.«

»Nein, John, da hat tatsächlich ein Mitglied aus dem Club einen Dämon nach England geholt. Es ging da um eine Wette. Der Mann ist nach Sri Lanka gefahren und hat es tatsächlich geschafft, den Dämon aus dem Dschungel zu schaffen.«

»Was ist das denn für einer?«

»Er heißt Sogg-Ra. Man nennt ihn auch den Affenteufel.«

»Hast du ihn gesehen?«

»Nein, noch nicht.« Bill räusperte sich. »Das soll am Abend geschehen. Sheila und ich werden hinfahren. Wir können übrigens auch Gäste mitbringen.«

»Und du dachtest an mich.«

»Genau.«

»Wer ist denn dieser Knabe, der den Dämon aus dem fernen Asien rübergeholt hat?«

»Willard, Stan Willard.«

»Ja, der Name stand auf dem Formular.« Ich überlegte einige Sekunden. »Müsste ich den Burschen kennen? Irgendwie habe ich das Gefühl, den Namen des Mannes nicht zum ersten Mal zu hören.«

»Willard macht Geschäfte.«

Das war ein Stichwort. »Vielleicht auch Waffen?«

»Es ist nichts bewiesen«, erwiderte Bill. »Man munkelt nur so einiges. Aber lassen wir Willard mal aus dem Spiel. Kommst du oder kommst du nicht?«

Normalerweise hätte ich sofort zugesagt, aber an diesem Tag hatte ich zu nichts Lust. »Mal sehen.«

»Ich brauche eine klare Antwort.«

»Bis wann?«

»Wenn es geht, sofort.«

»Kann ich auch jemanden mitbringen?« Dabei dachte ich an Glenda.

»Ja, wenn Suko Lust hat.«
»Ihn meinte ich gerade nicht. Aber ich rufe dich gleich zurück.«
»Okay, lass dir nur nicht zu viel Zeit.«
Ich sprach mit Suko über die Sache. Er hatte wirklich keine Lust, sondern wollte sich an diesem Abend mit seiner Harley Davidson beschäftigen. Die Maschine musste mal richtig gesäubert werden.
»Nimm ruhig deine Glenda mit.«
»Sie ist nicht meine Glenda«, erwiderte ich bissig, stand auf und ging ins Vorzimmer, wo Glenda auf ihrer Schreibmaschine herumhackte.
Innerhalb von zehn Sekunden war alles klar. Glenda hatte für den Abend nichts vor und wollte mich begleiten. Zudem interessierte sie der Club.
Ich rief den Reporter wieder an und sagte zu.
»Klasse, das wird ein Fest. Für Essen und Trinken ist gesorgt. Willard hat sich den Spaß was kosten lassen.«
»Wie fahren wir?«
»Wenn wir vier Personen sind, können wir den Bentley nehmen, da ist meine Flunder zu klein.«
»Einverstanden.«
Wir verabredeten noch, dass Bill bei mir vorbeikommen sollte. Er konnte den Porsche dann in der Tiefgarage abstellen.
Suko grinste mich an.
»Was hast du?«, fragte ich bissig.
»Einen Affenteufel habe ich auch noch nicht gesehen. Pass nur auf, John!«
»Wieso und wovor soll ich aufpassen?«
Sukos Grinsen wurde noch breiter. »Dass du nicht vom Affen gebissen wirst. So etwas endet meist hinter verschlossenen Türen …«

Pete Dryer war zwar ein Mann, er wurde aber trotzdem als Mädchen für alles bezeichnet. Das machte ihm nichts aus, denn als Hausmeister beim INDUSTRY CLUB hatte er einen krisenfesten Job. Die Clubs existierten in England sowohl in den guten als auch in den schlechten Zeiten, und Dryer arbeitete bereits seit über zwölf Jahren hier. Wenn es irgendwelche technischen Probleme gab, dann war Dryer zur Stelle und löste sie.

Man konnte den grauhaarigen Mann mit der Nickelbrille und dem Spitzbart als kleines technisches Genie bezeichnen. Der brachte es fertig und bastelte eine Waschmaschine in einen Computer um.

Dryer kannte jeden im Club. Und er wusste auch von den Marotten der einzelnen Mitglieder.

Aber was er an diesem Tag für eine Aufgabe zu erledigen hatte, das war ihm noch nie passiert. Da hatte doch tatsächlich jemand einen Dämon aus Asien mitgebracht. Dryer hatte auch den Namen gehört. Affenteufel nannte er sich.

So ein Unsinn …

Aber Stan Willard nahm die Sache ungemein ernst. Vor zwei Tagen hatte er sich mit Dryer zusammengesetzt und die Pläne für den technischen Aufwand mit ihm durchgesprochen, denn Willard wollte es sehr feierlich und aufregend machen.

Da spielte die Beleuchtung eine große Rolle. Dryer hatte dem Industriellen Vorschläge unterbreitet, wie man durch Licht die richtige Atmosphäre zaubern konnte, und der Auftraggeber war davon so begeistert gewesen, dass er Dryer eine 50-Pfund-Note in die Hand drückte.

Das war ein sehr nobles Trinkgeld.

Mit Feuereifer machte sich der Hausmeister an die Arbeit. Die nötigen Geräte waren schnell gekauft – alles ging auf Willards Rechnung –, und zusammen mit einem Bekannten sorgte Dryer für die nötige Installation. In einem Tag hatten sie alles fertig. Am Abend waren sie ziemlich geschafft, doch bis zum großen Fest waren es noch 24 Stunden. Dryer hatte genügend Zeit, noch in den Nachmittagsstunden alles genau zu überprüfen.

Er schlief in der Nacht zuvor besonders gut im Bett seiner

Junggesellenbude und ging erst gegen Mittag in den Club, um die Anlagen einer letzten Inspektion zu unterziehen.

Der komische Dämon stand bereits im großen Clubraum, dessen Tür abgeschlossen war. Allerdings besaß der Hausmeister einen Schlüssel.

Bevor er in die Kellerräume ging, schaute er noch dort hinein, wo sich der Dämon befand.

Da Vorhänge die Fenster bedeckten, fiel nur wenig Licht in den Raum. Zudem hatte es Willard sehr spannend gemacht und die Figur, oder was immer es auch sein mochte, mit einem schwarzen Tuch verhängt.

Dryer schüttelte sich. Irgendetwas störte ihn plötzlich. Es war so ein Gefühl, das er sich nicht genau erklären konnte, aber es ging von dieser seltsamen Statue aus, das stand für ihn fest.

Vielleicht auch nur Einbildung, sagte er sich, hob die Schultern und verließ seinen Platz, um in den Keller zu gehen. Dort gab es genügend Räume, die inspiziert werden mussten.

Er überprüfte die Heizungsanlage und auch den großen Sicherungskasten. Durch das Anlegen der Zusatzleitung wurden die Sicherungen strapaziert, und der Hausmeister wollte nicht, dass sie ihm durchschlugen. Er überprüfte die Stärke und war zufrieden.

Im Keller lagerten auch die Getränke. Alte Weine aus besten Lagen, hinzu kamen edle Champagner und auch die allerbesten Whiskysorten.

Alles lag an Ort und Stelle. Wenn am späten Nachmittag das Personal eintraf, würde es gefüllte Regale vorfinden.

Im Moment herrschte noch Ruhe im Club. Er war in einem altehrwürdigen Haus in Mayfair untergebracht, das einem reichen Clubmitglied gehörte. Eigentlich trafen sich nur immer Männer hier, aber am heutigen Abend waren auch Damen zugelassen. Stan Willard hatte darauf bestanden. So etwas kam sehr selten vor. Es war ihm nur genehmigt worden, weil er die extravagante Wette gewonnen hatte.

Pete Dryer stiefelte wieder die Treppen hoch. Er dachte dabei an das fürstliche Trinkgeld, das er erhalten hatte. Wenn die anderen am Abend feierten, dann wollte er in sein Stamm-Pub gehen und ebenfalls einen draufmachen, wobei es in der Kneipe sicherlich lustiger als in dem vornehmen Club zuging. So ein Clubleben war nichts für ihn. Wahrscheinlich musste man in den entsprechenden Kreisen geboren sein, um es gut zu finden.

Wieder oben angelangt, wandte er sich nach rechts. Seine Schritte wurden schon bald von dem dicken Teppich verschluckt, mit dem der Gang ausgelegt war.

Durch die große Doppeltür betrat er die Bar, wo die schweren grünen Ledersessel standen und eine Tür zu dem Raum führte, in dem der seltsame Dämon stand.

Affenteufel wurde er genannt.

Ein sehr außergewöhnlicher Name, wie Dryer fand. So etwas hatte er noch nie im Leben gehört, aber wer wurde schon aus den Gebräuchen und Sitten ferner Kulturen schlau? Er jedenfalls nicht.

Pete holte den Schlüssel aus der rechten Kitteltasche und schloss die Mahagonitür auf, damit er den Raum betreten konnte, wo der Dämon stand. Er wollte noch einmal die Beleuchtung überprüfen und wandte sich nach links, wo er einen Zusatzschalter angebracht hatte, von dem aus die Lichtanlage zu steuern war.

Auf das kleine Podest, wo der Dämon stehen sollte, achtete er nicht. Sein Weg führte ihn direkt zum Schalter, den er mit einem Griff umlegte.

Sofort flammte das Licht auf.

Es waren scharf gebündelte Strahlen, allerdings gedämpft und mit farbigen Filtern versehen. Sie stießen von allen Seiten auf ein bestimmtes Ziel zu – das Podest.

Pete Dryer drehte sich um, schaute auf den Mittelpunkt, wo sich die Strahlen sammelten, und seine Augen weiteten sich vor Staunen und auch vor Schreck.

Das Podest war leer!

Eine Weile tat der Hausmeister überhaupt nichts. Er stand nur da und staunte mit offenem Mund. »Das gibt es doch nicht!«, flüsterte er. »Das ist unmöglich – nicht zu fassen …«

Er schüttelte den Kopf, hob dabei die Schultern, als würde er frösteln, und ging langsam auf das Podest zu.

Leer war es nicht. Dort lag das Tuch, das bis vor kurzem noch die seltsame Trophäe eingehüllt hatte.

Und jetzt war der Dämon verschwunden.

Als Pete Dryer das Podest erreichte, hob er das Tuch hoch. Vielleicht lag da der Affenteufel, aber er sah nur das dunkel angestrichene und leere Holzgestell.

Ansonsten war nichts vorhanden.

Dryer stöhnte auf. Dabei schüttelte er den Kopf. So etwas hätte er sich nie träumen lassen. Das war ein Ding der Unmöglichkeit. Da wurde man ja direkt verrückt und konnte an Gespenster glauben. Das wiederum wollte Pete Dryer nicht. Deshalb drehte er sich um und ging wieder zur Tür. Für ihn gab es nur eine Möglichkeit. Jemand hatte den Affenteufel klammheimlich gestohlen.

Nur – wer sollte das getan haben?

Eine sehr berechtigte Frage, denn Dryer hatte sich in der letzten halben Stunde im Haus aufgehalten und keinen Dieb gesehen. Dabei hätte er einen Eindringling bemerken müssen. Zudem war der menschengroße Dämon nicht leicht zu transportieren.

In Luft konnte er sich auch nicht aufgelöst haben. Blieb also nur der Einbrecher und Dieb.

Petes Knie begannen zu zittern, als er daran dachte, dass er nun Stan Willard anrufen musste. Er kannte Willard zwar nicht sehr genau, aber er wusste von seinem Jähzorn.

Der Mann würde ihn fertigmachen.

Pete brach der Schweiß aus, Angst stieg in ihm hoch.

Wie er Mr Willard den Diebstahl beibringen sollte, das wusste er nicht. Die nötigen Worte würden ihm fehlen, davon war er fest überzeugt, und er spürte, dass sein Herzschlag raste. Weich wurde ihm in den Knien. Er steuerte einen der Ledersessel in der Bar an und ließ sich hineinfallen.

In den zwölf Jahren war ihm noch nie so etwas passiert. Dabei hatte er geglaubt, einen krisenfesten Job zu haben, doch nachdem diese Panne passiert war, würden sie ihn feuern.

Stan Willard besaß Einfluss im Club. Es kostete ihn nur ein Fingerschnippen, und Dryer war seinen Job los.

So sah es aus.

Die Rufnummern der Mitglieder kannte er zwar nicht auswendig, er wusste jedoch, wo sie aufgeführt waren. Hinter der Theke in der rechten Schublade lag eine Kladde mit den entsprechenden Informationen.

Pete Dryer stemmte sich wieder hoch. Er hatte sich noch nicht richtig hingestellt, als er das Geräusch vernahm.

Es war ein Schaben oder Atmen. Und es war innerhalb des Raumes aufgeklungen, in dem er sich befand.

Geduckt blieb Pete stehen.

Hier in der Bar waren zwar keine Vorhänge vor den Fenstern, aber die Scheiben bestanden aus dickem grünlichem Glas, waren innerhalb des Rahmens nur kleine Teilstücke, die ein Ganzes bildeten. Sie absorbierten einen Teil des Tageslichts, sodass der Raum nie in strahlender Helligkeit lag.

Pete Dryers Hände wurden feucht. Seine Zungenspitze huschte nervös über die Lippen, über seinen Rücken kroch eine Gänsehaut, und er musste sich erst die Kehle frei räuspern, bevor er fragen konnte: »Ist hier jemand?«

Natürlich erhielt er keine Antwort. Der Dieb, falls er sich tatsächlich im Raum aufhielt, würde sich hüten, etwas zu erwidern. Der wartete ab und lauerte.

Jetzt hätte Pete Dryer gern eine Waffe gehabt, aber er hatte es immer versäumt, sich eine Pistole zu besorgen. Nun machte er sich große Vorwürfe.

Bis jetzt hatte er das Geräusch nur einmal gehört, und er wollte schon an eine Täuschung glauben, als er es ein zweites Mal vernahm. Diesmal allerdings anders klingend.

Da war ein widerliches Schlürfen zu vernehmen, das in ein Hecheln überging und bei dem Hausmeister eine Gänsehaut erzeugte.

Also doch!

Dryer schielte zur Tür. Flucht! Sollte er weglaufen und alles im Stich lassen?

Er wusste es nicht, und er stellte fest, dass er doppelte

Angst hatte. Erst einmal vor dem Unbekannten, das hier lauerte, und dann auch vor Stan Willard, dem er den Diebstahl seiner Trophäe irgendwie erklären musste.

Wenn er jetzt nachschaute, konnte er vielleicht den Dieb erwischen, und Willard würde nichts erfahren.

Innerlich zitterte er, als er an der äußeren Seite der Mahagoni-Theke entlang schlich, wobei er sich nicht traute, darüber zu schauen. Er wollte erst hinter die Theke blicken, wenn er das Ende erreicht hatte.

Mit einem halben Schritt konnte er sie umrunden. Noch tiefer duckte er sich, ging den halben Schritt vor, schaute in den Gang zwischen rückwärtiger Bar und Theke, sah einen seltsamen Umriss und spürte plötzlich die Berührung an seinem Bein.

Da hatte der andere ihn.

Es war ein eisenharter Griff, der Dryer so plötzlich gepackt hielt, dass er unfähig war, sich zu bewegen. Als er etwas unternehmen wollte, da griff die nächste Hand zu. Sie erwischte ihn am linken Bein, und er spürte eine dritte und eine vierte Hand an den Schultern.

Im nächsten Augenblick wurde er wuchtig nach vorn gerissen. Er fiel hart auf den Boden. Abstützen konnte er sich nicht. Deshalb schlug er mit dem Gesicht auf, und aus seiner Nase rann sofort das Blut.

Pete Dryer stöhnte vor Schmerzen auf. Er merkte kaum, dass ihn die Hände losließen, einen Sekundenbruchteil später jedoch wieder an einer anderen Stelle seines Körpers waren. Er fühlte sie überall. Sie wechselten blitzschnell, und eine Hand griff noch einmal zu, als sie über seine Brust kroch und sich seinem Hals näherte.

Plötzlich bekam der Mann keine Luft mehr. Pete Dryer wollte noch atmen. Nicht einmal ein Röcheln drang über seine Lippen. Der eisenharte Griff hatte ihm die Luftzufuhr abgeschnürt. Wenn der andere ihn weiterhin so festhielt, dann würde er ersticken.

Sogg-Ra, der Affendämon, stieß hechelnde Laute aus. Dazwischen knirschte er mit seinem Gebiss.

Dryer hörte das Geräusch. Es gelang ihm, den Kopf zu drehen. Zum ersten Mal sah er das Gesicht oder vielmehr die unheimliche Schnauze seines Gegners.

Es war grauenhaft …

Wie das Maul eines Krokodils sah die Schnauze aus, vielleicht sogar noch größer, als der Affenteufel sie jetzt aufriss und den entsetzten Pete Dryer in einen mörderischen Rachen schauen ließ.

Es war das Letzte, was der Hausmeister in seinem Leben wahrnahm. Er wurde noch einmal hochgerissen. Das Maul öffnete sich bis zum Anschlag, und im nächsten Augenblick schoben die drei anderen Klauen den Menschen Pete Dryer weiter auf die Öffnung zu, wo er mit dem Kopf zuerst verschwand.

Dann ging alles blitzschnell. Die Hände arbeiteten wie Roboter. Sie stießen und drückten, sodass der Körper des Hausmeisters immer mehr verschwand.

Niemand war Zeuge dieses grausamen Vorfalls, und keiner hörte die schrecklichen Laute …

Ich wusste, was ich bei so einem Besuch im Club mir selbst und den anderen schuldig war, denn blamieren wollte ich mich nicht. Also stieg ich in meinen dunkelblauen Anzug mit feinen Nadelstreifen, ein frisches Hemd hatte ich sowieso übergestreift, und band die dezente schmale Krawatte. Richtig wohl fühlte ich mich nicht. Vor allen Dingen bei der abendlichen Wärme wollte ich nicht gern in so einem Anzug herumlaufen, und deshalb öffnete ich den obersten Hemdknopf, um mir ein wenig Erleichterung zu verschaffen.

Ich war kaum in die Jacke gestiegen, als es schellte. Die Conollys waren pünktlich.

Durch die Sprechanlage hörte ich Bills Stimme. »Sollen wir raufkommen?«

»Nein, nicht nötig. Außerdem bekäme Sheila einen Anfall, wenn sie sähe, wie es bei mir aussieht.«

»Du solltest heiraten, mein Junge.«

»Ja, aber in meinem zweiten Leben.«

Etwas hatte ich noch vergessen. Es war die Beretta. Ich hatte mir angewöhnt, nie mehr ohne sie irgendwohin zu fahren, denn die Vergangenheit hatte mich gelehrt, mehr als vorsichtig zu sein. Ich war früher waffenlos zu Feiern oder Festen gegangen und hatte böse Überraschungen erlebt.

Der Lift brachte mich schnell in die Tiefgarage. Dort wurde ich von den Conollys begrüßt.

Bill trug ein weißes Dinnerjackett und eine schwarze Hose. Die weinrote Fliege saß korrekt, aber dem verkniffenen Gesicht meines Freundes merkte ich an, dass er sich nicht wohl fühlte. Da hatte Sheila bei ihm mal wieder zugeschlagen.

Mich bedachte sie mit einem sehr kritischen Blick.

»Reizend siehst du aus, Mädchen«, sagte ich und drückte ihr zwei Küsse auf die Wangen.

»Und bei dir ist der oberste Hemdenknopf nicht geschlossen«, bemerkte sie spitz, was Bill zu der Erwiderung veranlasste: »Wo rohe Kräfte sinnlos walten, da kann kein Knopf die Hose halten!«

Sheila schaute ihn schräg an. »Lässt du im Club auch solche Sprüche los?«

»Ja. Warum fragst du?«

»Dann wundert es mich, dass sie dich noch nicht rausgeworfen haben, mein Lieber.«

»Die brauchen ja einen Pausenclown«, sagte ich.

»Jetzt fällst du mir auch noch in den Rücken«, beschwerte sich Bill und kletterte in seinen Porsche, um ihn zur Seite zu lenken.

Ich fuhr den Bentley aus der Lücke, Bill fuhr seinen Porsche hinein, und danach stiegen die Conollys bei mir ein.

Sheila hatte sich ebenfalls sehr schick gemacht. Weiß war ja die Modefarbe des Sommers. Sie trug ein einfaches weißes Kleid, das in seiner Schlichtheit bestach. An der Taille wurde es von einem Goldgürtel umrahmt, der wie eine Sonne strahlte, wenn er vom Licht getroffen wurde.

Wie immer war sie dezent geschminkt, ihr Parfüm war leicht und roch irgendwie erfrischend.

Wir fuhren erst noch bei Glenda vorbei, holten sie ab, und ich konnte mir ein anerkennendes Nicken nicht verkneifen, als ich meine Sekretärin in ihrem Zweiteiler sah. Blauweiß war der Rock gestreift. Dazu trug sie ein knallrotes Sonnentop mit dünnen Trägern und eine leichte, kurze Jacke, in Farbe und Material gleich wie der Rock.

Auf einen BH hatte Glenda verzichtet. Unter dem Sonnentop malten sich die Formen ihres Busens ab. Nur gut, dass sie hinten eingestiegen war und neben Sheila saß. Sie hätte mich doch zu leicht ablenken können.

Bill sprach eine alte Wahrheit gelassen aus. »Weißt du, dass die Kurven, die neben dir sitzen, zumeist die gefährlichsten für einen Autofahrer sind?«

Worauf Sheila meinte: »Du willst doch nicht behaupten, Bill, dass du Kurven hast.«

»Doch, eckige«, gab ich zurück. »Er ist eben paradox.«

Wir flachsten ein wenig herum. Ich sah zu, dass wir auf die Regent Street kamen. Westlich dieser bekannten Straße liegt der Stadtteil Mayfair.

Wir überquerten noch die New Bond Street, erreichten über die Grosvenor Street das Roosevelt Memorial, fuhren daran vorbei und bogen nach links ab, wo es schon in Richtung Hyde Park ging.

Unser Ziel lag in der Deanery Street. Zwar nahe am Park, aber nicht so von dem sommerlichen Trubel erfasst, der den Park um diese Zeit Tag und Nacht erfüllte.

Natürlich hatte der Club einen eigenen kleinen Parkplatz. Sogar ein uniformierter Wärter winkte uns ein, nachdem Bill seinen Clubausweis gezeigt hatte. Ich steuerte den Bentley in die Lücke zwischen einem Rolls und einem flaschengrünen Jaguar.

Es stand auch noch ein Bentley da, aber ein neueres Modell als es meiner es war.

Um das Haus zu betreten, brauchten wir den Parkplatz nicht erst zu verlassen, sondern schritten durch eine Hintertür, über der ein schmaler Baldachin seinen Halbkreis warf.

Wieder empfing uns ein Livrierter. Mein Gott, war das

vornehm. Auch die schon anwesenden Gäste sprachen nur gedämpft. In die Stimmen klang hin und wieder das Klingen von Gläsern, die gegeneinander gestoßen wurden.

Wir gingen in den großen Barraum. Glenda hatte sich bei mir eingehängt. Manchmal drückte sie sich bewusst gegen mich. Ich spürte ihren Körper und musste ein paar Mal tief schlucken.

Bill stieß mich an. »Komm mit, John, ich werde dich mit einigen Clubfreunden bekannt machen!«

Wir gingen zur Bar. Ältere Frauen warfen Glenda schiefe Blicke zu. Was meine Sekretärin hatte, versuchten sie, durch Schminke und andere kosmetische Zugaben zu erreichen.

Ich erfuhr einige Namen, sah Männer, die ich von Zeitungsfotos kannte, und entdeckte Größen aus der Stadtpolitik und der Wirtschaft. Adlige waren kaum vertreten, die hatten andere Clubs, denn sie gehörten wieder einer anderen Schicht an.

Dann kam Stan Willard, dem wir den Trubel zu verdanken hatten. Einen hellblauen Smoking trug er und hatte das blonde Haar geföhnt. Das Gesicht hatte genau die richtige Urlaubsbräune.

Sein Lächeln zeigte das Strahlen des geborenen Siegers. Er war breitschultrig, hatte schmale Hüften, und man konnte ihn als Bild von Mann bezeichnen. Allerdings befand er sich nicht in weiblicher Begleitung.

Wir standen mit den Conollys an der Bar. Die Frauen schlürften Champagner. Bill und ich nippten an unseren Whiskys.

Ich stieß Glenda an, und sie hob den Blick. »Wie gefällt er dir so als Mann?«

Glenda schaute für einen Moment hinüber. Gleichzeitig guckte auch Stan Willard, und in seinen Augen blitzte plötzlich Interesse auf. Er drehte sich ein wenig um, schaute sofort wieder weg, lenkte allerdings seine Schritte auf die Bar zu.

Glenda hob die Schultern. »Ich weiß nicht so recht«, sagte sie.

»Wieso?«

»Rein äußerlich ist er der Typ, bei dem Frauen zittrige Knie kriegen, aber davon soll man sich nicht täuschen lassen. Sein Lächeln ist eine Maske, denn die Augen reden eine völlig andere Sprache.«

Das hatte sie gut gesagt. Ich dachte ähnlich, hatte Glenda allerdings in ihrem Urteil nicht beeinflussen wollen. Natürlich wurde Willard begrüßt. Ich sah einige Frauen, die ihn verstohlen anhimmelten.

Sheila dagegen blieb ziemlich gelassen und schaute skeptisch. Ich tippte ihr auf die Schulter, und sie drehte sich um.

»Kennst du ihn näher, Sheila?«

Sie schüttelte den Kopf. »Dreimal habe ich ihn höchstens gesehen. Ein arroganter, widerlicher Bursche. Du wirst es sicherlich noch merken, John.«

»Bin gespannt.«

Willard hatte uns fast erreicht. Sein Strahlemann-Lächeln vertiefte sich noch mehr, als er Sheila begrüßte und mit seinen Augen auf Glenda Perkins schielte. Dann tat er so, als würde er sie erst jetzt entdecken. Fast enthusiastisch rief er: »Ein neues Gesicht auf meinem kleinen Fest. Nein, das freut mich.«

»Och, das Gesicht habe ich schon über zwanzig Jahre«, konterte meine Sekretärin, und ich hätte vor Lachen fast den guten Whisky ausgespien.

Für den Bruchteil einer Sekunde verzerrten sich seine Mundwinkel, dann hatte er sich entschlossen, die Antwort als einen Scherz aufzufassen, und erwiderte: »Klug, schön und schlagfertig. So etwas findet man selten. Darf ich mich vorstellen? Mein Name ist Stan Willard. Sie können mich Stan nennen.«

Auch Glenda nannte ihren Namen. Dann wurde ich von dem Mann begrüßt. Er tat es fast widerwillig, obwohl Bill bei der Vorstellung meinen Beruf nicht erwähnte.

»Auch ein neues Clubmitglied?«

»Nein, Stan, ein Gast von mir.«

»Aha. Welche Branche?«

Ach je, da fing er schon mit Geschäften an. Ich war gerade in Form und gab ihm die richtige Antwort. »Kühlschränke.«

Er wiegte den Kopf. »Nicht sehr zukunftssicher, die Konkurrenz ist zu stark. Exportieren Sie?«

»Natürlich.«

»Wo liegen Ihre Märkte?«

»Grönland und Antarktis«, erwiderte ich mit dem ernstesten Gesicht der Welt.

Das kriegte er natürlich in die falsche Kehle. Fast hätte er Gift und Galle gespuckt. Da die anderen jedoch lachten, blieb ihm nichts anderes übrig, als es auch zu tun. Glenda stieß mich zweimal an. Ein Beweis, dass ihr meine Antwort sehr gefallen hatte.

Ich entschuldigte mich für einen Moment. Es war mir in der Bar zu heiß geworden, und ich wollte mich ein wenig frisch machen. Wo es zu den Waschräumen ging, erfuhr ich von einem Angestellten.

Ich betrat einen Flur und sah am Ende zwei Mahagonitüren. Eine für Männer und die andere für Frauen.

Eine steril wirkende Bläue nahm mich auf. Die Fliesen wirkten blass. Sie waren hellweiß von der Grundfarbe her, nur die blauen, schlierenartigen Einschlüsse lockerten diese Kälte ein wenig auf.

Zur Toilette brauchte ich nicht, ich wollte mich nur ein wenig erfrischen. Da ich mich allein im Waschraum befand, konnte ich mein Jackett ruhig ausziehen. Niemand würde die Waffe im Holster erkennen.

Das Wasser floss erst aus dem Kran, wenn man mit dem Fuß auf einen Kontaktknopf am Boden trat. Über dem Waschbecken nahm die große Spiegelfront die gesamte Wand ein. Ich schaute mehr in den Spiegel und konzentrierte mich zudem auf das Waschen der Hände, anstatt nach unten zu blicken. Das hätte ich besser tun sollen. So wurde ich völlig überrascht, als etwas gegen meine Knöchel stieß.

Ich trat einen Schritt zurück, schaute nach unten und glaubte, meinen Augen nicht trauen zu können.

Vor mir auf dem Boden lag eine abgeschlagene Hand.

Und sie bewegte sich!

Es war ein makabres Bild. Obwohl die Hand nicht mehr mit einem Arm verbunden war, lebte sie. Und sie wollte nach meinem Fuß fassen.

Blitzschnell reagierte ich und zog das Bein zur Seite. Die fünf Finger, bereits im Begriff, eine Klaue zu bilden, fassten ins Leere. Nägel schabten über die Fliesen, kratzten an den Rändern entlang, und zwei von ihnen brachen.

Als ich zurückgesprungen war, endete auch der Wasserstrahl, und ich konnte mich auf die Hand konzentrieren.

Der Waschraum war durch das Licht der Leuchtstofflampe unter der Decke strahlend hell. Zusätzlich befand sich noch über der Spiegelfront eine Lichtleiste, sodass ich jede Einzelheit dieser makabren Hand erkennen konnte.

Die Haut hatte einen bräunlichen Schimmer, der bewies, dass sie nicht von einer hellhäutigen Person stammen konnte. Sie war allerdings auch nicht alt wie die einer Mumie oder stockig, wie ich es von Zombies kannte, sondern völlig normal. Als sich die Finger wieder streckten, fielen mir die Fingernägel auf. Sie hatten keine runde Form, sondern waren länglich, fast oval. Deutlich stachen die hellen Halbmonde hervor. An der Trennstelle, wo die Hand mit dem Arm verbunden gewesen war, erkannte ich einen glatten Schnitt, als hätte sie jemand mit einem Messer kurz durchgehackt.

Eine schreckliche Szene, ein Bild zum Fürchten, für mich ein kalter, nackter Horror, der nicht nur dann auftrat, wenn man sich in irgendwelchen Burgen, Grüften oder finsteren Friedhöfen herumtrieb, sondern hier besonders deutlich wurde.

Ich musste etwas tun, denn die Hand war darauf programmiert, mich anzugreifen.

Ich trug die Beretta bei mir und natürlich das Kreuz. Die Pistole wollte ich nicht einsetzen, also musste es mein Kreuz tun. Den Krawattenknoten riss ich weiter auf, öffnete auch die nächsten Hemdknöpfe und konnte das Kruzifix hervorziehen. Ich war gespannt, wie die Klaue auf eine Berührung reagierte.

Vorsichtig streifte ich die Kette über den Kopf und behielt das Kreuz locker in der Hand. Dabei bückte ich mich und näherte meine weißmagische Waffe der auf dem Boden liegenden Klaue, die sich noch immer nicht gedreht hatte, sondern mir nach wie vor ihren Rücken zeigte. Intervallweise ging ich in die Hocke. Dabei achtete ich darauf, immer so viel Abstand zu halten, dass ich noch ausweichen konnte, wenn mich die Hand angriff.

Und sie griff an.

Plötzlich wuchtete sie sich vom Boden hoch, flog auf mich zu und wollte mich packen.

Ich war schneller. Meinen Arm nahm ich zur Seite, stieß ihn sofort wieder vor, und als die Hand zupackte, hinderte ich sie nicht mehr daran, denn da griffen ihre Finger genau in das aus meiner Faust ragende Kreuz.

Jetzt musste es geschehen!

Es geschah aber nichts.

Das Kreuz zeigte überhaupt keine Wirkung. Die Hand hielt es umklammert, zerrte daran und versuchte, es mir aus der Faust zu reißen.

Zum ersten Mal spürte ich die Kraft dieser Klaue. Sofort befürchtete ich, dass sie stärker sein würde als ich. Ich hielt dagegen, doch ihrem Druck konnte ich nicht standhalten.

Sie riss mich förmlich weiter.

So etwas hatte ich selten erlebt, und ein gewaltiger Kampf um das Kreuz entbrannte.

Ich nahm meine andere Hand zu Hilfe, hämmerte sie auf die Klaue und wollte, dass sie das Kreuz losließ.

Sie tat es nicht.

Immer wieder schleuderte die Hand nach oben oder unten, versuchte sich aus meinem Griff zu winden, doch ich hatte jetzt mit beiden Händen zugepackt und dachte nicht im Traum daran, loszulassen.

Ihre Kräfte waren enorm. Schon bald erfüllte mein Keuchen den Waschraum. Die Klaue machte mir unheimlich zu schaffen. Sie schleuderte mich hin und her, von einer Seite zur anderen. Ich stolperte, krachte gegen die Wand, wurde wieder nach vorn gezogen und geriet in die Nähe der Waschbecken, wogegen ich auch mit der Hüfte stieß.

Konnte ich diese verdammte Hand überhaupt besiegen?

Einmal streckte ich beide Arme aus, hob die Klaue hoch und rannte mit ihr zwischen den Fingern auf die Wand zu, wo ich sie hart gegen hieb.

Eine normale menschliche Hand hätte das nicht überstanden. Sämtliche Finger wären ihr gebrochen worden, aber das große Wunder geschah. Ich spürte den Aufprall – und mein Kreuz war frei.

Plötzlich hielt ich es wieder fest, weil sich die Finger der Klaue gelöst hatten.

Vor Erleichterung stöhnte ich auf und ging erschöpft in die Knie. Damit hatte ich nicht gerechnet. Eine längere Pause wollte ich mir nicht gönnen. Außerdem wusste ich nicht, ob ich die Klaue tatsächlich besiegt hatte. Mein Kreuz steckte ich sicherheitshalber in die Tasche.

Die Hand kroch über den Boden. Ihre Finger bewegten sich schnell und glitten auf den Ausgang des Waschraums zu, dessen Tür in diesem Moment aufgestoßen wurde.

Eine Gestalt stand auf der Schwelle.

War ich vorhin schon überrascht worden, so erlebte ich jetzt die zweite Überraschung. Der Mann auf der Türschwelle passte nicht nach Europa, sondern in einen anderen, fernen Erdteil. Er trug die Kleidung eines Medizinmannes, und er hatte den rechten Arm ausgestreckt, wobei man nur von einem Stumpf sprechen konnte, denn ihm fehlte die Hand …

Dieses Bild hatte mich so erschreckt, dass ich nicht fähig war, auf den anderen zuzulaufen. Ich blieb stehen und starrte ihn an.

Sein Gesicht war mit Farben bemalt, sodass ich von seiner eigentlichen Haut nichts sah, rechnete allerdings damit, dass sie die gleiche Farbe hatte wie die Hand.

Im Moment spielte es keine Rolle. Wenn jemand mehr wusste, dann dieser Medizinmann.

Ich startete.

Wieder einmal legte mich der andere rein. Die Klaue hatte

mich schon genarrt, und der seltsame Medizinmann tat das Gleiche. Bevor ich mich versah, hatte er kehrtgemacht und die Tür des Waschraums zugerammt. Ich flog dagegen, denn meinen eigenen Schwung konnte ich nicht rechtzeitig stoppen.

Dadurch verlor ich wertvolle Sekunden, fand schließlich die Klinke, hämmerte sie nach unten und riss die Tür auf. Einen Herzschlag später stand ich in einem leeren Gang. Von dem seltsamen Medizinmann war nichts zu sehen.

Es gab allerdings nur eine Richtung, in die er gelaufen sein konnte. Nach links, und diese Richtung schlug ich ebenfalls ein. Wie ich schon erwähnte, auf dem Boden lag ein dicker Teppich, sodass meine Schritte so gut wie nicht zu hören waren. Allerdings hatte mein Gegner den gleichen Vorteil.

Wie ein Irrwisch hetzte ich um die Ecke und wäre fast mit einem Mann zusammengestoßen, der mir plötzlich im Weg stand.

Rechtzeitig genug konnte ich abstoppen, sodass ich ihn nur an der Schulter streifte.

Ich murmelte eine Entschuldigung.

Der Mann im grauen Kittel nickte und rückte seine Brille zurecht. »Wo wollen Sie denn hin, Sir?«

Ich hatte schon weiterlaufen wollen, hielt jetzt allerdings inne und dachte daran, dass der andere vielleicht meine Fragen beantworten konnte.

Ich holte tief Luft, während ich an ihm vorbeischaute. »Hören Sie, stehen Sie hier schon lange?«

»Ja und nein. Wie man es nimmt. Ich bin nämlich der Hausmeister und für den technischen Ablauf verantwortlich sowie für die Dinge, die hier so passieren.«

»Haben Sie vielleicht einen Mann gesehen, der folgendermaßen aussah?« Ich gab ihm eine genaue Beschreibung des Medizinmannes und kam mir dabei lächerlich vor, weil der Kerl so komisch aussah.

Der Hausmeister aber blieb ernst und fragte: »Den Mann suchen Sie also? Ja, den habe ich gesehen.«

»Wo?«

»Er ist hier in meiner Nähe vorbeigelaufen.«

»Und wo finde ich ihn jetzt?«

Der Hausmeister runzelte die Stirn und fasste an seine Brille. »Wissen Sie, Mister.« Er lächelte. »So richtig habe ich nicht hingeschaut, aber ich kann mir vorstellen, dass er sich verkrochen hat. Vielleicht im Keller.«

»Wie komme ich dorthin?«

Er schaute mich scharf an. »Ich weiß nicht, ob ich Sie so einfach in die Kellerräume ...«

»Doch, Sie können«, erwiderte ich, holte meinen Ausweis hervor und hörte gleichzeitig, wie in dem großen Barraum laut geklatscht wurde. Dort ahnten die Versammelten wohl kaum, was sich in der Nähe abgespielt hatte.

»Polizei?« Er fragte es nicht einmal erschrocken oder ängstlich, sondern eher verwundert.

»Ja.«

»Sind Sie ...?«

»Ich bin Gast hier«, entgegnete ich scharf. »Und nun zeigen Sie mir bitte den Keller.«

»Wie Sie wünschen, Sir.« Der Hausmeister deutete sogar eine Verbeugung an. Mir war der Kerl nicht geheuer. Nicht vom Äußeren her, aber seine Antworten gefielen mir nicht. Vom Gefühl her traute ich dem Kerl nicht über den Weg, obwohl ich mich jetzt auf ihn verlassen musste, denn er wollte mir den Keller zeigen, wo sich angeblich dieser seltsame Medizinmann versteckt hielt.

Während des Gesprächs hatte ich mich hin und wieder umgeschaut. Die makabre Hand war nicht mehr zu sehen gewesen. Einfach verschwunden. Vielleicht hatte sie sich versteckt, wer konnte das wissen?

»Bitte sehr.« Der Hausmeister deutete nach vorn, ein Zeichen, dass ich ihm folgen sollte.

Das tat ich auch. Wir stiegen nicht über eine Treppe in den Keller hinab. Die gab es sicherlich auch, aber wie es sich für einen Club dieser Art gehörte, existierte auch ein Fahrstuhl. Er war für Lasten konstruiert und dementsprechend breit.

Der Hausmeister musste kräftig ziehen, um die Eisentür aufzubekommen.

Ich ließ den Mann vorgehen. Er nickte, lächelte seltsam und betrat den Fahrstuhl. Auch die Trittfläche bestand aus Metall. Einzelne Stücke waren zusammengenietet worden.

»Bitte, ziehen Sie die Tür zu, Sir«, bat er mich.

Ich tat es, wobei ich ihm noch einen schrägen Blick zuwarf. Er stand mir gegenüber an der Rückwand, und ich hielt mich dort auf, wo sich die Knopfleiste befand.

Ich vergrub den untersten Knopf unter meinem Finger. Die Kabine schüttelte sich, als hätte eine Riesenfaust auf sie geschlagen, und im nächsten Augenblick öffnete sich unter mir der Boden …

Ich wurde überrascht wie selten in meinem Leben. Der Fußboden teilte sich in zwei Hälften, eine klappte unter meinen Füßen weg, wobei ich Glück im Unglück hatte, denn ich konnte mich noch nach vorn werfen und meinen Arm ausstrecken.

Zuerst klatschte meine Hand gegen die innere Seite der Fahrstuhltür und rutschte nach unten. Dann griff ich hart zu, sodass ich den Türgriff zu fassen bekam.

An ihm hielt ich mich fest.

Ich schielte an meinem Körper hinab. Nicht der gesamte Boden war nach unten geklappt. An den Innenseiten befand sich ein schmaler Randstreifen, nicht breiter als mein Schuhabsatz. An ihm konnte ich mich abstützen. Einen sicheren Halt fand ich aber nicht auf Dauer, denn mein linker Fuß baumelte über dem Abgrund. Langsam zog ich ihn heran.

Nun stand ich mit beiden Füßen auf der schmalen Leiste und hatte mich an den Türgriff geklammert. Es war eine miese Position. Ich konnte nicht gerade stehen, sondern kauerte und klammerte mich dabei fest.

Ich musste an den Hausmeister denken, der sich sicherlich nicht hatte halten können, und rief nach ihm.

Eine Antwort erhielt ich nicht. Allerdings wollte ich wissen, was mit ihm geschehen war. Dazu musste ich den Kopf drehen und in die Tiefe schauen.

Eine nicht einfache Sache, denn den Griff durfte ich auf keinen Fall loslassen.

Endlich konnte ich etwas sehen.

Der Hausmeister war ebenfalls gefallen. Er stand unter mir, wurde von einer seltsamen Lichtaura umhüllt, hatte seinen Kopf in den Nacken gelegt und starrte zu mir hoch.

Ein widerliches Grinsen lag auf seinem Gesicht und machte mir klar, dass dieser Mann nicht so harmlos war, wie er sich gegeben hatte. Er steckte mit den anderen, meinen unbekannten Gegnern, unter einer Decke. Zudem gab er mir noch einen schaurigen Beweis.

Er griff in seine rechte Tasche und holte etwas hervor, das ich noch nicht erkennen konnte. Erst als er seinen Arm hochhielt, sah ich, was er zwischen den Fingern hielt.

Es war die Hand, die mich hatte erwürgen wollen!

Die Clubmitglieder hatten die ersten Hemmungen überwunden, und da sich Stan Willard die Sache etwas hatte kosten lassen, sprachen die Gäste dem Champagner zu.

Nur die beiden Conollys und Glenda Perkins hielten sich zurück. Ihnen war anzumerken, dass sie sich Gedanken machten, denn Bill schaute immer öfter auf die Uhr.

»Also, das verstehe ich nicht«, sagte er und schüttelte den Kopf. »Der kann doch nicht ins Klosett gefallen sein.«

Sheila musste ein wenig lächeln, doch es war nur ein Zucken der Mundwinkel. Zu mehr war sie nicht in der Lage, denn auch ihr war das Fernbleiben des Geisterjägers nicht geheuer.

Glenda schaute auf ihr Glas. »Vielleicht ist ihm etwas passiert.«

Daran hatte natürlich jeder gedacht, obwohl es niemand so recht aussprach. Auch Bill wehrte sich noch dagegen, indem er erwiderte: »Was soll denn hier passieren? Wir sind ein Club und kein Hort für Dämonen oder irgendetwas.«

»Glaubst du daran?«, fragte Sheila.

»Wie …?« Bill zeigte sich ein wenig verwirrt.

»An deine Worte.«

»Sicher, ich habe es ernst gemeint.«

Sheila winkte ab. »Du konntest schon immer schlecht lügen, mein Lieber. Ich sehe das anders.«

»Und wie?«

»Du kennst deinen Freund John sehr lange. Ihr beide zieht die Dämonen an wie das Licht die Motten. Dafür könnt ihr nichts, aber es ist so.«

Sheila Conolly schaute zu Glenda hin, die ostentativ nickte.

»Du siehst, Glenda ist auch meiner Ansicht. Deshalb möchte ich dich bitten, nachzuschauen.«

Bill hob die Schultern. »Meinetwegen, obwohl John wirklich kein Kindermädchen braucht. Vielleicht hat er eine Magenverstimmung, sodass es deshalb länger dauert.«

»Soll ich gehen?«, fragte Sheila.

Bill grinste zwar, schüttelte jedoch den Kopf, wobei er gleichzeitig vom Hocker rutschte. »Nein, nein, meine Lieben. Ich schaue schon nach. Onkel Bill macht alles.«

Kaum war der Reporter verschwunden, als Glenda und Sheila hinter sich eine Bewegung wahrnahmen. Und schon vernahmen sie die Stimme Stan Willards.

»Es ist eine Schande von dem guten Bill, zwei so schöne Frauen allein zu lassen.«

»Mein Mann kommt gleich zurück«, erwiderte Sheila.

»Das kann ich mir vorstellen.« Willard lächelte breit. »Da allerdings auch Mr Sinclair fehlt, wird es mir ein besonderes Vergnügen sein, Ihnen Gesellschaft zu leisten.« Er wandte sich Glenda zu. »Besonders Sie machen mir einen etwas deprimierten Eindruck.«

»Das täuscht, ich fühle mich sehr wohl.«

»Ich würde gekränkt sein, wenn sich auf meinem Fest jemand nicht wohl fühlt.« Er lächelte in seiner altbewährten Manier und schaute auf die fast leeren Gläser. »Sie haben nichts zu trinken. Das muss geändert werden.« Willard hob den rechten Arm und schnippte mit den Fingern. Der Barkeeper kannte das Zeichen, und er beeilte sich, drei gefüllte Gläser zu bringen. Der Champagner schäumte noch. In den Gläsern stiegen die Perlen in langen Reihen der Oberfläche entgegen.

Sheila und Glenda wollten nicht unhöflich sein. Sie nahmen ihre Gläser, und Stan Willard sagte: »Auf die schönsten Frauen, die hier versammelt sind.«

»Lassen Sie das nur nicht die anderen Damen hören«, entgegnete Sheila Conolly.

»Die laufen außer Konkurrenz.«

Sie tranken. Über den Glasrand hinweg schielte Willard immer wieder auf Glenda. Sie war nicht dumm und erkannte deutlich die Begierde in den Augen des Mannes. Dieser Kerl wollte sie besitzen, aber Glenda sah nicht ein, dass sie die Sammlung des Mannes vervollständigen sollte.

Sie setzten die Gläser ab. Stan Willard schaute auf seine protzige Golduhr, um deren Zifferblatt einige Diamantsplitter funkelten. »An und für sich ist es an der Zeit, das Geheimnis zu lüften. Jeder soll sehen, dass ich meine Wette eingelöst habe und den Affenteufel wirklich aus Sri Lanka hierher brachte.« Er drehte sich um und schaute auf die geschlossene Tür zum Nebenraum. »Dahinter habe ich ihn aufbewahrt. Noch ist er verdeckt, aber bald werde ich das Geheimnis lüften.«

»Tun Sie sich keinen Zwang an«, sagte Glenda, weil sie wieder die Blicke des Mannes auf sich gerichtet sah.

»Doch, den tue ich mir an. Ich möchte nämlich das Tuch nicht zurückziehen. Die Enthüllung des Affenteufels soll einer Lady vorbehalten bleiben, wobei ich mir herausnehme, diese Lady auszusuchen. Und ich habe meine Wahl bereits getroffen.«

»Meinen Sie mich?«, fragte Glenda.

»Ja.«

Mit Ähnlichem hatte Glenda gerechnet. Sie holte tief Luft. Im Moment wusste sie nicht, wie sie sich verhalten sollte, denn sehr wohl war ihr bei der Sache nicht. Sie stand Stan

Willard ablehnend gegenüber. Andererseits konnte sie den Wunsch des Mannes schlecht ablehnen. Er war der Gastgeber, sie der Gast, und da musste man ein gewisses Maß an Höflichkeit bewahren.

Stan Willard stellte sein Glas zur Seite. »Ich hoffe, Sie erfüllen mir den kleinen Wunsch, Miss Perkins.«

»Wenn Sie es unbedingt möchten …«

»Natürlich. Hätte ich Sie sonst erwählt? Und noch etwas. Diejenige, die das ferne Dschungelgeheimnis lüftet, wird für einen Abend die Königin des Festes. Freuen Sie sich darauf …«

Es waren vorerst die letzten Worte, die Willard zu Glenda sprach, denn zwei Mitglieder aus dem Club redeten ihn an. Willard entschuldigte sich und ging.

»Ein widerlicher Typ«, sagte Glenda.

Sheila lächelte. »Wem sagst du das? Der versucht es bei jeder.«

»Verheiratet ist er nicht?«

»Dreimal geschieden.«

»Kann ich mir denken.«

»Warum hast du eigentlich zugestimmt?«, wollte Sheila Conolly wissen. Sie waren ohne große Förmlichkeiten zum Du übergegangen, und alle fanden das gut.

»Es geht mir eigentlich gegen den Strich, aber ich wollte nicht unhöflich sein. Vielleicht hätte ich als Clubmitglied anders reagiert, und auch wenn John dabei gewesen wäre, aber so konnte ich schlecht ablehnen. Zudem hat mich der Knabe auch irgendwie überfahren. Das ging alles sehr schnell.«

Sheila nickte und rutschte vom Barhocker. Ihr Glas hatte sie geleert, und der Barkeeper warf ihr einen fragenden Blick zu, doch Sheila schüttelte den Kopf. Sie wollte nichts mehr trinken, sie brauchte einen klaren Kopf.

Glenda sprach das aus, woran Sheila schon die ganze Zeit über gedacht hatte. »Jetzt kommt Bill auch nicht zurück.«

»Da ist was passiert«, sagte Sheila leise.

»Aber was?«

»Ich traue dem Braten nicht, ehrlich, Glenda. Ich kenne die beiden. Wo sie auftauchen, ziehen sie das Seltsame, das Unerklärliche wie magisch an.«

»Was soll denn hier los sein?«

»Das kann ich dir auch nicht sagen.«

Glenda nahm sich eine Zigarette aus den gefüllten Kristallgläsern, die überall verteilt standen. Ein aufmerksamer Keeper gab ihr Feuer.

»Dieser Stan Willard war in Ceylon. Er hat eine sehr seltsame Wette gewonnen und einen Affenteufel nach London geholt. Kennst du dich in der Magie dieser Naturvölker aus?«

»Nein.«

»Dann kann es doch möglich sein, dass hinter dem Affenteufel mehr als nur fauler Dschungelzauber steckt.«

Sheila bewegte sich, als würde sie frösteln. »Diese Befürchtung habe ich auch, wagte aber nicht, sie auszusprechen.«

»Und ich sehe da eine Verbindung zwischen dem Verschwinden der beiden Männer und dem Affenteufel.« Glenda ließ sich von ihrer Meinung nicht abbringen.

»Glaubst du, dass John etwas entdeckt hat?«

»Das ist möglich, und nicht nur das, auch Bill wird sich …«

»Da ist er ja.«

Glenda drehte sich um, als sie Sheilas Worte vernommen hatte. Beiden Frauen fiel erst einmal ein Stein vom Herzen, doch als sie Bills Gesicht sahen, da wussten sie, dass etwas schiefgelaufen war. Der Reporter schaute sehr deprimiert aus der Wäsche, die Lippen hatte er fest zusammengepresst, und er schüttelte den Kopf, als er sich neben die beiden Frauen stellte.

»Nichts gefunden?«, fragte Sheila trotzdem.

»Genau. Wie vom Erdboden verschluckt«, erklärte der Reporter.

»Und jetzt?«

Bill schaute seine Frau als auch Glenda Perkins an. Auf seinem Gesicht war Ratlosigkeit zu lesen. »Ich weiß es nicht und bin diesmal echt überfragt.«

»Sollen wir Willard Bescheid geben?«

Bill blickte erst seine Frau an und drehte dann den Kopf. »Ich bin nicht dafür. Er fühlt sich als der große Held und würde uns kaum unterstützen, wobei er bestimmt froh wäre, wenn John verschwunden bliebe.«

»Das stimmt«, sagte Glenda.

»Was tun wir dann?«

»Sheila, wir müssen abwarten. Wir können hier nicht die Leute verrückt machen. Vielleicht klärt sich noch alles als eine völlig harmlose und normale Sache auf.«

»Daran glaube ich nicht mehr«, hielt Glenda dagegen. »Dieser seltsame Affenteufel, der enthüllt werden soll, hat bestimmt etwas mit irgendeiner Magie zu tun. Kennst du dich in der Magie fremder Völker aus?«

»Nein«, gab Bill ehrlich zu, schwächte dann allerdings ab und meinte: »Kaum.«

»Was weißt du denn über Affen?«

»Dass der Mensch angeblich vom Affen abstammen soll«, erwiderte Bill.

»Das hätte mir auch ein Blinder sagen können«, gab Sheila etwas ärgerlich zurück. »Gibt es keine Affenmagie?«

»Wird es schon, aber ich kenne mich da wirklich nicht aus. Was meinst du, wie viele Stämme es in Sri Lanka gibt? Jeder Stamm hat eine eigene Mythologie. Der eine verehrt die Affen, der andere die Schlangen, wieder ein anderer frönt dem Totenkult, das ist alles so vielschichtig, dass man es kaum erfassen kann.«

»Es bleibt uns also nichts anderes übrig, als nichts zu tun«, fasste Sheila zusammen.

»Wahrscheinlich«, gab Bill zu. »Ich habe John jedenfalls nirgendwo entdecken können. Vielleicht klärt sich alles auf. Hier ist er noch, denn ich habe sogar auf dem Parkplatz nachgesehen. Dort stand noch immer der Bentley, er ist also nicht weggefahren.«

»Vielleicht hat man ihn entführt«, vermutete Glenda.

»So einfach ist das nun auch nicht«, erwiderte Bill. »John weiß sich seiner Haut zu wehren. Zudem ist er bewaffnet, die Beretta nimmt er immer mit.«

»Und du hast deine Beretta nicht eingesteckt?«, wandte sich Sheila an ihren Mann.

»Nein, warum?«

»Vielleicht wäre es besser gewesen.«

Bill warf Sheila einen schrägen Blick zu. »Das musst ausgerechnet du sagen«, entgegnete er. »Du bist es doch immer, die sich dagegen wehrt, dass wir in einen Fall mit hineingezogen werden …«

»Streitet euch nicht«, mischte sich Glenda ein. »Denkt lieber daran, dass Stan Willard sein großes Geheimnis gleich lüftet und mich als Partnerin ausersehen hat.«

Bill war überrascht. »Dich?«

»Ja, ich soll …«

Was Glenda sollte, erfuhr der Reporter nicht mehr von ihr, denn Willard unterbrach die Versammlung. Er hatte sich breitbeinig aufgestellt, beide Arme erhoben und um Aufmerksamkeit gebeten.

Es wurde ruhig.

»Liebe Freunde«, begann Stan Willard. »Wir haben eine Wette abgeschlossen, von der fast jeder der Anwesenden überzeugt war, dass ich sie nicht gewinnen könnte. Ich habe sie gewonnen …«

»Moment, Stan!«, rief ein schwergewichtiger Mann mit spiegelnder Glatze. »Bisher haben wir nichts gesehen.«

»Das weiß ich, aber in einigen Minuten wird es so weit sein. Lasst euch die Gläser füllen, danach gehen wir in den Nebenraum, wo alles vorbereitet ist …«

Die Mitglieder nebst Damen waren gespannt. Die beiden Ober hatten alle Hände voll zu tun. Jeder wollte sein Glas so rasch wie möglich voll haben, denn endlich wurde bewiesen, ob der andere gelogen hatte oder nicht.

Glenda und Sheila wollten nichts trinken, während Bill einen Whisky nahm.

Die Doppeltür war bereits geöffnet worden. Freie Sicht in den Nebenraum. Die Gäste drängten sich vor der Tür zusammen.

Allerdings konnten die Anwesenden von dem seltsamen Affenteufel nichts sehen. Ein Tuch verdeckte ihn.

Sheila, Glenda und Bill waren die Letzten, die den Barraum verließen. Der Reporter warf noch einen Blick zurück, doch John Sinclair kam nicht. Die Enthüllung musste also ohne ihn stattfinden.

Während auf den Gesichtern der übrigen Gäste gespannte Erwartung lag, blieben die der drei Freunde sorgenvoll. Irgendetwas war geschehen, von dem noch keiner eine Ahnung hatte ...

Die drei hatten recht, wenn sie sich um mich Sorgen machten, denn ich befand mich in einer schlimmen Situation. Noch immer stand ich auf dem schmalen Metallrand und klammerte mich verzweifelt an dem gebogenen Türgriff fest.

Den Kopf hielt ich weiterhin gedreht, sah unter mir den seltsamen Hausmeister stehen, und der hielt die Klaue fest, die mich fast umgebracht hätte.

Er machte sich sogar noch einen Spaß, sein diabolisches Lächeln blieb, und die Finger der Hand bewegten sich wie die eines Klavierspielers.

Es war der reine Hohn, denn der Hausmeister wusste genau, dass ich mich nicht ewig an dem Türgriff festklammern konnte. Irgendwann musste ich loslassen und würde ihm genau vor die Füße fallen, worauf er sicherlich wartete.

Wie ich schon erwähnte, wurde der Hausmeister von einer seltsamen Lichtaura umflort. Dies wiederum bewies mir, dass ich es mit einem magischen Phänomen zu tun hatte, und ich dachte an den Affenteufel, dem dieses Fest gewidmet war. Dabei gelangte ich zu der Folgerung, dass der Affenteufel nicht irgendein Dschungel-Hokuspokus war, sondern prall mit echter schwarzer Magie gefüllt war. So sah es aus.

Und ich dachte auch an die zahlreichen Gäste, die schutzlos waren und sich wohl kaum verteidigen konnten wie ich, der ich meine Erfahrungen gesammelt hatte.

Der Hausmeister grinste noch breiter, bevor er mich ansprach. »Du wolltest doch denjenigen sehen, dem die Hand fehlt. Jetzt kannst du es. Du brauchst nur zu springen.«

»Einen Teufel werde ich tun«, erwiderte ich.

»Irgendwann kannst du dich nicht mehr halten und wirst fallen. Darauf warte ich, aber ich möchte den Vorgang beschleunigen. Einmal bist du der Hand entwischt, mal sehen, ob du es jetzt auch noch schaffst.« Kaum hatte der Kerl die Worte gesprochen, als er die Hand losließ. Sie fiel nicht zu Boden, wie man es eigentlich hätte erwarten können, sondern blieb in der Luft stehen.

Noch befand sie sich weit genug von mir entfernt, sodass ich noch etwas unternehmen konnte. Soweit es die Lage erlaubte, rüttelte ich am Griff der Tür.

Nein, da hatte ich keine Chance. Die Fahrstuhltür blieb verschlossen.

Ich stecke in der Falle, daran ging kein Weg vorbei. Und meine Gegner hielten alle Trümpfe in der Hand.

Zwar hatte ich jetzt mit beiden Füßen Halt gefunden, aber dieser Halt war mehr als trügerisch. Eine falsche Bewegung nur, dann rutschte ich ab und landete dort, wo der Hausmeister es haben wollte.

»Ich bin übrigens Pete Dryer«, hörte ich die Stimme des Mannes. »Merke dir den Namen gut. Vielleicht ist es das erste Mal, dass du mit einem Toten sprichst.«

Wenn ich mich ihm jetzt geschockt zeigen sollte, dann hatte er sich geirrt. Mit Toten, oder besser gesagt, Untoten hatte ich schon des Öfteren geredet. Das war für mich nichts Neues mehr. Sozusagen eine makabre Routine in meinem Job, aber ich dachte daran, dass sich die Hand gegen die weißmagische Kraft des Kreuzes gestemmt hatte, und es lag der Verdacht nahe, dass Pete Dryer ähnlich reagieren würde.

Trotz meiner gefährlichen Lage arbeitete mein Verstand analytisch und logisch.

Stan Willard hatte irgendetwas aus Sri Lanka mitgebracht, in dem das Böse stecken musste. Aber etwas Unheimliches, das wir mit unseren Waffen kaum bekämpfen konnten, etwas, von dem ich noch nie gehört hatte.

Aber was?

Es war müßig, sich darüber den Kopf zu zerbrechen.

Zunächst musste ich mich um die nähere Gefahr kümmern.

Und das war die Hand!

Eine sehr gefährliche Klaue, die nicht mehr unbeweglich in der Luft stand, sondern sich langsam höher schob, wie ich mit Entsetzen erkannte, als ich mich ein wenig nach links drehte.

Die Finger bewegten sich. Ich hatte das Gefühl, als würden sie ausprobieren, wie geschmeidig sie waren, um mich brutal und hart zu packen.

Meine Lage war mehr als bescheiden. Wenn mich die Hand in dieser Stellung erwischte, war es aus. Dann konnte ich wirklich einpacken, denn nach unten würde ich nur als Toter fallen, mit der eisenharten Klaue um meine Kehle.

Deshalb war es besser, wenn ich der Aufforderung des untoten Hausmeisters folgte und freiwillig sprang.

Noch wartete ich. Meine Muskeln waren nicht nur gespannt, sondern schon überstrapaziert. Mein gesamtes Körpergewicht war zu schlecht verteilt. Deshalb begann ich zu zittern, und mir war klar, dass ich mich nicht mehr lange halten konnte.

Die Hälfte der Distanz hatte die gefährliche Hand bereits hinter sich gelassen. Ich aber wollte noch warten, denn der Klaue sollte es nicht gelingen, mich im Sprung zu packen.

Deshalb wartete ich, auch wenn es immer schlimmer wurde und die Anstrengung mich stärker zittern ließ.

Ein paar Mal drehte sich die Klaue. Sie zeigte mir dabei die Seite, die einst in Verbindung mit dem Arm gestanden hatte. Ein scheußlicher Anblick, der sich mir da bot, und ich wartete so lange, bis sich die Hand etwa in Höhe meiner Füße befand.

Sekunden wurden zu einer Ewigkeit. Noch hielt ich mich fest, wartete ab, und im nächsten Augenblick schoss die Hand vor. Die Finger spreizten sich dabei, so weit es ging, sie zielten nach meiner Kehle, und ich reagierte goldrichtig.

Als die Klaue zugreifen wollte, ließ ich los. Sie streifte mich zwar noch, es gelang ihr allerdings nicht, meine Kehle zu packen. Die sich schließenden Finger griffen ins Leere, und ich fiel in die Tiefe …

»Was ist denn mit dir?«, fragte Sheila Conolly verwundert, als sie sah, dass sich ihr Mann abwandte und den Raum nicht betrat.

»Ich muss telefonieren.«

»Wirklich?«

»Ja. Mir geht die Sache nicht aus dem Kopf. Irgendetwas ist mit John. Bevor ich aber hier den Laden auf den Kopf stelle, will ich Verstärkung haben. Ich hole Suko her.«

»Das ist eine gute Idee«, sagte Sheila.

Auch Glenda hatte Bills Worte vernommen. Sie nickte heftig und zeigte somit ihr Einverständnis.

Während die Frauen den Raum betraten, ging der Reporter noch einmal zurück zur Bar und ließ sich von dem Keeper das Telefon geben. Bill zog sich in die hinterste Ecke zurück. Er wollte nicht, dass der Mann etwas hörte.

Sukos Nummer kannte Bill auswendig. Er hoffte, dass der Chinese zu Hause war und nicht auf der Harley durch die Gegend kutschierte. Ungeduldig wartete er. Ein paar Mal läutete es durch, und Bill wollte die Hoffnung schon aufgeben, als trotzdem noch abgehoben wurde.

Er hörte Shaos gehetzt klingende Stimme. »Ja, bitte, mit …«

»Bill hier.«

»Ach, du bist es. Himmel, hast du mich erschreckt. Ich war gerade in der Badewanne und …«

»Wo ist Suko?«

»In der Garage. Du weißt ja, seine Maschine …«

»Hat er sie fertig?«

»Ich glaube, ja. Vorhin war er mal kurz oben und sagte, dass er bald zurückkommen würde.«

»Gut, dann rufe ich in fünf Minuten noch einmal an.«

»Nein, Bill, das brauchst du nicht. Er kommt …«

Shao legte den Hörer zur Seite, und Bill Conolly hörte die

Chinesin im Hintergrund mit ihrem Freund sprechen. Wenig später hatte er Suko an der Strippe.

»Ja, was ist denn los?«

»Wahrscheinlich der Dämon«, erwiderte der Reporter und meinte es nicht spaßig.

»Ist was passiert?«

Bill Conolly berichtete Suko, was vorgefallen war und welchen Verdacht sie hatten. Er bat den Chinesen auch, Waffen mitzubringen. Und Suko, der genau zuhörte, unterbrach Bill Conolly mit keinem Wort.

»Wann kannst du hier sein?«, erkundigte sich der Reporter noch.

»Vielleicht in zwanzig Minuten.«

»All right, ich erwarte dich vor dem Eingang, sonst lässt man dich nicht rein.«

»Nur werde ich nicht eben gesellschaftsfähig angezogen sein«, gab Suko zu bedenken.

»Das spielt keine Rolle.«

Wie Suko legte Bill den Hörer auf. Die Lippen hatte er fest zusammengepresst, sein Gesicht war eine Maske, in den Augen lag ein harter Glanz. Am liebsten hätte er sich wieder auf die Suche nach John begeben, aber das wäre aufgefallen, und so etwas wollte er auf keinen Fall.

Deshalb wandte er sich scharf und trotzdem widerwillig ab. Er war gespannt, was die Enthüllung des Dämons bringen würde …

Bill zog die Tür leise hinter sich zu. Er wollte nicht stören.

Fragend schaute Sheila ihren Mann an.

»Hast du ihn erreicht?«

»Ja.«

»Und?« Das Wort zitterte ein wenig. Sheila war nervös, doch Bill winkte ab.

»Suko kommt natürlich. Ich hole ihn vor dem Club ab.«

Sheila atmete auf und griff nach Bills Hand.

»Da bin ich erst einmal beruhigt.«

Bill sah sich um. Die Gäste hatten einen Halbkreis gebildet, sodass jeder dorthin blicken konnte, wo der geheimnisvolle Affenteufel verdeckt stand.

Willard hatte es spannend gemacht und ein schwarzes Tuch um seine Trophäe gebreitet.

Die Gäste waren von einer Art Spannung erfasst worden. Man unterhielt sich nur wispernd. Jeder hatte eine andere Vermutung darüber, was sich unter dem dunklen Tuch wohl verbergen könnte.

Der Reporter stieß seine Frau an. »Wo ist Glenda?«

»Sie steht bei Willard.«

»Wieso?«

»Sie soll ihm doch bei der Enthüllung helfen.« Sheila lächelte. »Glenda war eben zu höflich dem Gastgeber gegenüber, um abzulehnen.«

Bill Conolly nickte. »Wenn dieser Typ irgendetwas im Schilde führt, kaufe ich ihn mir.«

»Glenda wird sich schon allein wehren können.«

»Aber nicht, wenn es gegen Dämonen oder andere finstere Geschöpfe geht. Daran kann ich nicht glauben.«

»Nun warte erst einmal ab.«

»Du hast Nerven«, wisperte der Reporter. »Abwarten ist nicht gerade meine starke Seite, vor allen Dingen dann, wenn ich weiß, dass sich ein Freund in Gefahr befindet.« Bill schaute auf die Uhr. »Am liebsten würde ich von hier verschwinden.«

»Dadurch kommt Suko auch nicht früher.«

Der Reporter hob die Schultern. Seine Aufmerksamkeit wurde abgelenkt, als Stan Willard vortrat und beide Arme hob. Er hatte sich vor die Trophäe gestellt und Glenda Perkins einen Platz daneben angewiesen. Die dunkelhaarige Sekretärin fühlte sich nicht wohl. Sie sah zahlreiche Blicke auf sich gerichtet, manche ziemlich eindeutig. Da sie im Scheinwerferlicht stand, war sie der Blickfang. Man sah ihr an, dass sie bereute, dem Vorschlag des Gastgebers zugestimmt zu haben.

Natürlich genoss Stan Willard seinen Auftritt. Er vergaß

auch nicht, sich entsprechend zu produzieren. In seiner Rede ging er auf die Anfänge der Wette ein, sprach dann über die Schwierigkeiten, die ihm in Sri Lanka begegnet waren, und dass es nicht so einfach gewesen war, den Eingeborenen das abzuschwatzen, worüber sie bei einem Clubabend gesprochen und gelesen hatten.

»Aber den Affenteufel gab es«, fügte er mit wohl betonten Worten hinzu. »Es gab ihn, und vielleicht wird es ihn immer geben, denn meine Trophäe ist nicht irgendeine, nein, sie ist mit Magie durchsetzt. Mit gefährlicher schwarzer Magie, die in den fernen Erdteilen wahre Urständ feiert. Ich habe selbst erlebt, wie der Affenteufel jemanden geschluckt hat. Ich saß dabei, konnte mich aber nicht bewegen, weil ich gefangen war im Kreislauf schwarzer Magie. Und so möchte ich euch vor dem Affenteufel warnen, wenn ich Miss Perkins gleich bitten werde, das Tuch wegzuziehen. Es kann gefährlich werden. Deshalb meine Warnung. Wer will, kann den Raum verlassen.«

Nach seinen Worten herrschte zunächst einmal Schweigen. Die Gäste schauten sich an. Vielleicht waren die Damen ein wenig blasser unter ihrer Schminke geworden und hatten die Lippen zusammengekniffen, sonst aber war nichts geschehen.

Die Männer grinsten. Sie kannten Stan Willard, und sie rechneten damit, dass es einer seiner üblichen Scherze sein würde.

Jemand rief: »He, Stan, du willst doch nur ablenken. Vielleicht hast du die komische Figur bei einem Trödelhändler in Soho gekauft.«

Der Mann erntete einen Lacherfolg. Er war besonders bei den weiblichen Gästen ausgeprägt. So löste sich bei ihnen die Spannung.

Willard lachte nicht. Ebenso wie die beiden Conollys. Sie ahnten, dass der Mann vor ihnen nicht gelogen hatte. Es steckte etwas dahinter, die Worte waren nicht so dahingesagt. Bill beschloss, auf der Hut zu sein.

»Ich weiß ja, dass ihr gern die Wette gewinnen wollt, aber

ich habe für Beweise gesorgt, dass ich meinen Wettgewinn nicht irgendwo auf einem Trödelmarkt gekauft habe. Ich lege euch diese Beweise gleich vor.«

»Mach's doch nicht so spannend!«, rief ein hagerer Mann, der sein Geld im Verlagsgeschäft verdiente.

Stan Willard ließ sich nicht beirren. Locker stand er vor seinem Publikum. »Es ist also niemand hier, der den Raum verlassen will? Jeder möchte zuschauen?«

Zustimmendes Nicken war die Antwort.

»Dann haltet euch, meine Freunde, mal gut an den Gläsern fest, denn ihr werdet eine Überraschung erleben.« Er lachte, drehte sich um und schritt auf Glenda Perkins zu. Während er sie ansprach, blieb sein Lächeln wie festgeleimt in den Mundwinkeln. »Diese junge Lady hier zeigt besonders viel Mut, denn sie hat sich bereit erklärt, das große Geheimnis zu lüften. Ich finde, sie hat einen Beifall verdient.«

Die Gäste klatschten. Glenda wurde ein wenig verlegen, und Willard sonnte sich in dem Beifall. Er verbeugte sich vor Glenda und sagte: »Sie sehen, meine Liebe, wie man Sie einschätzt. Beweisen Sie Ihren Mut, zeigen Sie den Gästen, vor allen Dingen den Männern, dass auch eine Frau in der Lage ist, etwas Großes zu tun. Lüften Sie endlich das Geheimnis meiner Wette.«

»Haut der auf den Putz!«, hauchte Sheila. »Ein Schaumann, wie er im Buche steht.«

Bill nickte nur. Willard wusste genau, wie er die Leute zu nehmen hatte. Da konnte ihm der Reporter nur ein Kompliment machen.

Stan Willard zog die Enthüllung noch ein wenig hin. Er holte tief Luft und stellte sich so, dass keinem der Gäste die Sicht auf seinen Wettgewinn versperrt war.

Dann streckte er den Arm aus und wies auf Glenda. »Wenn ich Sie nun bitten dürfte ...«

Glenda nickte. Einen halben Schritt trat sie näher, streckte den Arm aus und griff nach dem Tuch, das den Gegenstand noch verhüllte.

»Jetzt!«, sagte Willard.

Da zog Glenda an dem Tuch. Sie machte es nicht so spannend und schleuderte es mit einem Ruck von der seltsamen Trophäe. Das Tuch war leicht. Es flatterte nach und schwebte dem Boden entgegen.

Ein, zwei Sekunden geschah nichts. Die Menschen waren zu geschockt, und auch Stan Willard wurde blass wie eine Kinoleinwand.

Was er und die anderen zu sehen bekamen, war ungeheuerlich. Im weit aufgerissenen Maul des Affenteufels steckte ein Kopf!

Ich kannte die Regeln. Sehr tief war es nicht bis zum Aufschlag. Aber ein ungeübter Springer hätte sich auch bei dieser Distanz ein Bein brechen können.

Ich aber rollte mich praktisch in der Luft zusammen, lockerte die Muskeln, streckte dann die Beine vor, berührte den Grund und ließ mich nach vorn fallen, sodass der Hausmeister hastig zur Seite springen musste, damit er nicht getroffen wurde.

Über die Schulter rollte ich mich ab. Ich spürte zwar den Aufprall, der mich durchschüttelte, aber ohne Schwierigkeiten gelangte ich wieder auf die Beine.

Blitzschnell schaute ich mich um.

Ich stand im Keller. Der Hausmeister hatte nicht gelogen. Es gab tatsächlich einen großen Vorratskeller unter den normalen Räumen. Im Hintergrund lagerten Sektflaschen, Weine, Biere, und ich sah auch Kisten mit Whisky und Cognac.

Zum Glück war es nicht dunkel. Lampen spendeten Licht, das jeden Winkel mit einem rötlichgelben Schein erfüllte.

Den ersten Teil hatte ich überstanden.

Der Hausmeister wunderte sich, als ich plötzlich mit gezogener Beretta vor ihm stand. Sein Gesicht verzerrte sich. Er schielte hoch zur Hand, und ich folgte mit den Augen seinem Blick.

Die Klaue hatte sich gedreht. Ihre Attacke gegen mich war erfolglos gewesen. Jetzt wollte sie es anders versuchen und schwebte von oben auf mich zu.

Momentan war sie mein gefährlichster Feind, denn sie hatte ich im Waschraum kennen gelernt. Ein kurzer Blick zu Pete Dryer bewies mir, dass er nicht daran dachte, einzugreifen, sodass ich meinen Arm heben konnte, damit die Mündung der Pistole in einer schrägen Linie nach oben zeigte.

Das Ziel bildete die Hand.

Dann schoss ich.

Der helle, peitschende Klang der Beretta war in diesen Augenblicken wie Musik in meinen Ohren, und ich hatte gut gezielt, denn die geweihte Silberkugel hieb gegen die Mörderhand.

Was das Kreuz nicht geschafft hatte, das gelang ihr. Die Kugel wuchtete in die Klaue und riss ein Loch. Sie jagte durch die Hand, wurde nicht von ihr gestoppt, und ich sah, dass sich zwei Finger lösten, die zu Boden fielen.

War die Hand erledigt?

Ich sprang zurück, um sie besser erkennen zu können.

Noch drei Finger hatte sie. Sie sahen aus wie dicke Würmer. Dabei bewegten sie sich auf und nieder, bevor die Hand endgültig den Boden erreichte und dort liegen blieb.

Sofort drehte ich mich um und richtete die Mündung der Waffe auf den Hausmeister.

Der starrte mich durch die Gläser seiner Brille an. Seine Augen waren seltsam vergrößert, und sie glitzerten gefährlich. Dieser Mann lebte, aber er lebte trotzdem nicht. Das hatte er mir selbst gesagt. Jetzt wollte ich es noch einmal bestätigt sehen.

»Sie haben mitbekommen, was meine Kugel angerichtet hat«, sagte ich hart. »Bisher haben Sie mich zum Narren gehalten, jetzt drehe ich den Spieß um. Was wird hier gespielt?«

Er gab keine Antwort. Nur seinen Blick behielt er bei.

»Da Sie nicht leben, macht es mir nichts aus, Ihnen eine Kugel in den Schädel zu schießen. Also reden Sie!«

Wieder schüttelte er den Kopf. Ein Zucken lief durch seine Gestalt, er legte den Kopf zurück und begann zu lachen.

Es war kein lautes Lachen, sondern ein Glucksen, ein

hämisches Kichern, und er schüttelte dabei den Kopf. Schließlich breitete er die Arme aus und zischte: »Er ist stärker. Sogg-Ra wird auch dich vernichten!«

»Heißt so der Medizinmann?«

»Nein, ihn hat er nur mitgebracht.«

»Wie das?«

Der Hausmeister zuckte zusammen, stand still und legte den Kopf schief, als würde er nach irgendetwas horchen. »Jetzt!«, hauchte er. »Jetzt ist es so weit …«

»Was ist so weit?«

»Sie sehen ihn. Alle sehen ihn, und alle sehen den Schädel.« Wieder kicherte er.

Ich war es leid, ging einen Schritt vor und drückte ihm die Mündung der Waffe genau zwischen die Augen. »Was wird hier gespielt? Verdammt, rede, ich will es endlich wissen!«

»Er hat Sogg-Ra geweckt. Er hat nicht auf die alten Warnungen gehört. Der Affenteufel wird sich furchtbar rächen. Er tötet alle, die ihn in seiner Ruhe stören.«

»Und wie?«

»Sogg-Ra verschlingt sie!«

Unwillkürlich zuckte ich zurück. Die Antwort trieb mir eine Gänsehaut über den Rücken, und ich fragte mit leiser Stimme: »Hat er Sie auch verschlungen?«

»Ja, das hat er.«

»Aber Sie leben.«

»Natürlich lebe ich. Ich werde auch weiterleben. Jedes Teil von mir wird das. Meine Hand, mein Fuß, mein Arm, mein Kopf, denn die Magie des Affenteufels ist unschlagbar. Du wirst es erleben. So, wie die Hand des Medizinmannes gelebt hat, so werde auch ich weiterleben. Jedes Teil von mir.«

»Wie hat der andere das angestellt?«, wollte ich wissen. »Und wie sieht der Affendämon aus? Wo kann ich ihn sehen?«

»Oben, er ist oben bei den Menschen. Dort gehört er hin. Willard hat ihm die Opfer gebracht, ohne es zu wissen. Er hat den Dschungeltod ins Haus geholt, und keiner kann ihm entfliehen.«

»Wir müssten also hoch.«

»Ja.«

»Gut.« Ich nickte. »Dann gehst du vor, Hausmeister. Und wenn du eine falsche Bewegung machst, werde ich dich vernichten.«

Da lachte der Mann. Es war ein wissendes, hämisches Lachen. Als ich es vernahm, kam ich mir wie ein dummer Junge vor, aber ich wollte mich nicht fertigmachen lassen.

»Geh los!«

Der untote Hausmeister hob die Schultern. Mir war jetzt auch aufgefallen, dass er nicht mehr atmete. Was da genau geschehen war und wieso es kam, dass der Hausmeister so von der Stärke des Affenteufels überzeugt war, das wusste ich nicht. Ich kannte mich in den Mythologien fremder Völker kaum aus, aber dass sie sehr stark waren, hatte ich schon am eigenen Leib erlebt.

Ich sah das Lächeln auf Dryers Gesicht, als er sich umdrehte und an mir vorbeischritt. Er tat so gut wie überhaupt nichts. Er schien sich nicht wehren zu wollen, sondern fügte sich in sein Schicksal, während er langsam voranschlurfte, wobei er kaum die Füße vom Boden hochhob.

Mit dem Fahrstuhl konnten wir nicht hoch, also mussten wir die Treppe nehmen. Um sie zu erreichen, gingen wir durch den Keller, und der war nicht gerade klein.

Pete Dryer leistete keinen Widerstand. Er ging mit gesenktem Kopf vor mir her, seine Schultern bewegten sich hin und wieder, wobei ich manchmal auch das Gefühl hatte, als würde er lachen und sich seines Sieges freuen.

Ich konnte mir nicht helfen. Irgendwie hatte ich das Gefühl, dass er noch nicht alle Trümpfe ausgespielt und einige in der Hinterhand behalten hatte.

Ob sich in den großen Fässern, die wir passierten, etwas befand, wusste ich nicht. Sie interessierten mich auch nicht sonderlich. Für mich waren die Lücken zwischen ihnen wichtiger, denn dort konnte sich gut jemand versteckt halten.

Im Hinterkopf dachte ich noch immer an den Medizinmann, den ich schließlich verfolgt hatte und dem die Hand gehörte. Bis jetzt hatte ich nichts von ihm gesehen, und ich fragte mich, wo er sich aufhielt. Befand er sich noch im Keller, oder hatte er einen geheimen Fluchtweg genommen?

Sogg-Ra hieß der Affenteufel, der seine Opfer verschlang und sie dann wieder ausspie, denn sonst würden sie kaum in der Lage sein, für ihn zu kämpfen.

Auf diese makabre Art und Weise machte er sie zu seinen Dienern. So etwas hatte ich noch nicht erlebt. Man lernte in meinem Job nicht aus.

Ich wusste, dass es noch unzählige fremde Magien auf der Welt und in anderen Dimensionen gab, von denen ich noch nichts gehört hatte. Mit einer dieser Magien war ich nun konfrontiert worden.

Die Fässer ließen wir hinter uns, ohne dass ich angegriffen wurde. Es war ein seltsamer Keller, denn auf den langen Regalreihen, die nach den Fässern begannen, lag kein Stäubchen. Hier wurde vom Personal oft gesäubert.

Um den Weinkeller hätte so mancher Restaurantbesitzer den Club beneidet, und auch alle guten Whiskysorten waren vertreten.

Der Gang führte bald nicht mehr geradeaus weiter, sondern links um eine Ecke. Meine Geisel bewegte sich noch immer vorsichtig. Der Untote hütete sich, eine falsche Bewegung zu machen – hatte er doch Angst vor meiner Waffe.

Vor uns sah ich die Umrisse einer Tür. Sie wurde von einer Lampe erfasst, die über der Tür angebracht war und deren Licht schräg nach unten fiel.

Vor der Tür blieb der Hausmeister stehen und drehte den Kopf. Seine Brille war etwas nach unten gerutscht, der Mund hatte sich verzogen, und er sagte: »Noch hast du Zeit, es dir zu überlegen!«

»Geh weiter!«

Der Hausmeister hob die Schultern und lächelte diabolisch, bevor er sich wieder umwandte und die Tür öffnete. Sie war gut geölt. Fast lautlos schwang sie zurück.

An meinem Gegner vorbei konnte ich in den Flur schauen, der düster vor mir lag. Den Befehl, das Licht einzuschalten, brauchte ich nicht erst zu geben. Der Hausmeister drehte sich um und tastete mit der Hand an der Wand entlang.

Ich hörte das leise Klicken, dann wurde es hell.

Vor uns lag eine Treppe.

Steinstufen führten nach oben. Sie waren ziemlich breit und nahmen ihren Anfang in einem kleinen viereckigen Flur, von dem einige Türen abzweigten. Ich hatte kein Interesse daran, nachzusehen, was hinter den Türen lag, ich wollte so rasch wie möglich nach oben und endlich dem verfluchten Affenteufel gegenüberstehen.

Deshalb stieß ich meinem Gegner den Waffenlauf in den Rücken. Er verstand das Zeichen und setzte sich in Bewegung.

Das Geländer befand sich an der linken Seite. Es war dunkel gestrichen und hatte einen Handlauf aus Kunststoff. An ihm hielt sich der Hausmeister fest.

Er nahm die ersten beiden Stufen. Als er auf der dritten stand, folgte ich ihm, denn ich wollte zwischen uns immer einen angemessenen und auch schusssicheren Zwischenraum lassen.

Ohne auf irgendwelche Tricks zurückzugreifen, ging er weiter – bis zur fünften Stufe, und dort genau blieb er stehen.

»Weiter!«, drängte ich.

Er rührte sich nicht von der Stelle. Dafür spielte er seine Trümpfe aus, und es geschah etwas Furchtbares …

In den ersten Sekunden waren die Anwesenden viel zu entsetzt, um überhaupt reagieren zu können. Ohne Ausnahme starrten die Menschen auf das, was das Tuch enthüllt hatte.

Stan Willard erging es nicht anders. Sein Gesicht schien eingefroren zu sein, denn mit diesem schrecklichen Bild hatte niemand gerechnet.

Der Affenteufel sah noch so aus, wie Willard ihn in Erinnerung hatte. Die vier widerlichen Arme, das graue Fell, die lange Schnauze, die mehr an die eines Krokodils erinnerte, die Glotzaugen und die beiden Hörner, die aus dem Kopf wuchsen.

Offen stand das Maul, und zwischen den Zähnen befand sich der Kopf eines Menschen.

Ein bunt bemaltes Gesicht. Streifen und Kreise waren auf die Haut gepinselt worden, verdrehte Augen und ein breiter Mund, dessen dicke Lippen hervorstachen.

Dass der Kopf in dem Maul steckte, war schon schlimm genug, aber er bewegte sich dabei. Die Augen rollten, der Mund zuckte, und die Zunge fuhr hervor, um sofort wieder zurückzuschnellen, damit sie das Spiel von vorn beginnen konnte.

Das Wesen war geschlechtslos, und seine vier Arme bewegten sich, wobei sich die oberen Klauen mit den drei Greiffingern öffneten und schlossen.

Eine ältere Frau schrie zuerst. Wie in Zeitlupe öffnete sie den Mund, bevor der spitze, gellende Schrei über ihre Lippen drang.

Es war wie ein Signal.

Jetzt begannen auch die anderen mit ihren Schreien, und niemand war da, der sie stoppte. Die Panik konnte sich freie Bahn verschaffen.

Auch die Männer wurden fast wahnsinnig. Sie sprachen wild durcheinander, wollten alle auf einmal in Richtung Tür, sodass Bill und Sheila, die in der Nähe standen, sich plötzlich einer Woge aus Menschenleibern gegenübersahen. Sie konnten nicht mehr ausweichen. Hart brandeten die Leiber gegen sie.

Bill und seine Frau wurden zurückgedrückt. Der eine kannte den anderen nicht mehr, die Panik war vollkommen.

»Seid ihr wahnsinnig?«, schrie Bill in das Chaos hinein. Er riss seine Frau an sich, schützte sie mit seinem Körper und versuchte, durch eine Drehung der menschlichen Woge zu entgehen.

Er bekam einige Schläge ab, bevor er zusammen mit Sheila gegen die Wand flog.

Auf einmal übertönte der gellende Schrei einer Frau die

allgemeine Panik. Die Frau stand nahe der Tür, rüttelte an der Klinke, hatte den Kopf in den Nacken geworfen und schrie: »Abgeschlossen, es ist abgeschlossen! Wir kommen nicht raus!«

Sie hielt die Klinke nach wie vor fest, drehte sich jetzt und wandte ihr verzerrtes Gesicht den übrigen Anwesenden zu.

Ein breitschultriger Mann drängte sich vor. Sein Haar war nicht mehr so gut frisiert. Es bildete auf dem Kopf ein wirres Durcheinander. Der Mann packte die Frau hart an der Schulter, bevor er sie von der Tür wegriss und es selbst probierte.

Er hämmerte wütend die Klinke nach unten, riss an ihr herum, doch er bekam die Tür nicht auf.

Andere traten gegen das Holz. Sie holten sich nur schmerzende Füße. Die Tür blieb zu. Sie war zu stabil.

Bill hatte sich mit Sheila zurückgedrängt. Sie wollten nicht in das allgemeine Chaos hineingeraten, und der Reporter sah das Entsetzen im Gesicht seiner Frau.

»Was sollen wir tun, Bill?«

Conolly war ratlos. Er dachte aber auch an Glenda Perkins und drehte sich um. Sheila zog er dabei mit.

Wie angewachsen stand Glenda auf der Stelle, hatte die Arme halb erhoben und starrte auf den grausamen Affenteufel mit der langen Schnauze eines Krokodils. Der Kopf befand sich noch immer zwischen den Zähnen, die Augen rollten, der Mund bewegte sich weiter. Es war ein schlimmes, makabres Bild.

»Glenda!« Bills Stimme übertönte den gewaltigen Lärm.

Er wurde auch gehört, denn die schwarzhaarige Frau drehte sich um.

»Moment!«, sagte Bill, ließ seine Frau los und hetzte auf Glenda zu. Er wollte sie aus dem unmittelbaren Dunstkreis des Affenteufels weghaben, denn es bestand die Gefahr, dass der Dämon seine Arme ausstreckte und Glenda somit erreichte.

Bill jagte auf sie zu und riss sie an sich.

»Bleib nur bei uns!«, keuchte er, bevor er sie wieder losließ, sodass sie neben Sheila stehen blieb.

Waffenlos war der Reporter zu dieser Einladung gegangen. Jetzt ärgerte er sich maßlos darüber, aber es war nicht mehr zu ändern. Er hätte nie gedacht, dass es zu einer Eskalation kommen könnte. Nun aber sah er sich getäuscht und machte sich Vorwürfe.

»Was sollen wir tun?«, fragte Sheila.

»Abwarten.«

»Bill, ich will hier weg!«

Der Reporter schaute seine Frau an. »Ich auch«, sagte er. »Aber im Moment ist es schlecht.«

»Dann schlag die Scheiben ein!«

Sheila hatte eine gute Idee gehabt. Bill hatte daran im Moment nicht gedacht. Er nickte und schaute sich nach einem Gegenstand um, mit dem er Sheilas Vorschlag in die Tat umsetzen konnte.

Sein Blick traf auch den Initiator des Ganzen, Stan Willard. Der machte den Eindruck, als wäre er ebenfalls von den Ereignissen überrascht worden. Wie die anderen, so zeigte sich auch Stan Willard entsetzt und geschockt.

Kreidebleich, mit hängenden Armen, unfähig, sich zu rühren, stand er noch dort, wo er seine großartige Rede gehalten hatte. Nur war jetzt nichts Großartiges mehr an ihm zu sehen. Er war überfordert. Auch ihn hatte das Grauen schlagartig getroffen.

»Ich nehme meinen Schuh«, sagte Bill und nickte entschlossen, weil er keinen anderen Gegenstand entdeckte, mit dem er die Scheibe hätte einschlagen können.

Eine Antwort der Frauen wartete er nicht erst ab, bückte sich und zog den rechten Schuh aus.

Dann hetzte er los.

In diesem Augenblick bewegte sich auch der Affendämon. Es war wirklich ein Glück, dass sich die Menschen nicht in seiner Nähe, sondern an der Tür befanden, sonst hätte der Affendämon mit seinen vier Armen vier Opfer zugleich fangen können.

So stand nur einer in seiner Nähe.

Stan Willard!

Willard wollte noch weg, aber er war zu langsam, denn zwei Arme schnellten plötzlich vor wie Peitschenschnüre. Der Mann hatte sich zwar noch umgedreht, allerdings zu spät, denn die Arme griffen gnadenlos zu.

Zwei erwischten ihn, während die anderen beiden dicht an seinem Kopf vorbeiglitten.

Das alles bekam Bill Conolly mit. Er wollte noch eingreifen, warf sich auch vor, doch es war zu spät. Der Affenteufel war schneller. Bevor Bill überhaupt nur versuchen konnte, ihm das Opfer zu entreißen, hatte der Dämon den Mann schon in die Höhe geschleudert und hielt ihn eisern fest.

Die vier Arme konnte er unabhängig voneinander bewegen. Das war das Teuflische. Während zwei von ihnen Stan Willard umklammert hielten, griffen die anderen beiden nach Bill Conolly.

Das sah auch Sheila. Sie bekam Angst, rannte vor und warf sich gegen ihn. »Lass es, Bill. Du kannst ihm nicht helfen ...«

»Doch, ich muss, ich ...«

Ein Krachen und Splittern unterbrachen ihn. Mehreren Männern war es in einer gemeinsamen Aktion gelungen, die Tür einzudrücken. Das Holz splitterte, krachte, eine Öffnung entstand, die von zahlreichen Fäusten vergrößert wurde. Keiner wusste, aus welchem Grund die Tür nicht mehr zu öffnen gewesen war. Für die Gäste zählte allein, dass sie dem Monster entkamen.

Nur einer würde es nicht schaffen. Es war der Mann, der den Stein ins Rollen gebracht hatte. Er hatte den Wind gesät und musste nun den Sturm ernten.

Willard schrie.

Die Arme standen nicht still. Sie hielten ihn umklammert und schleuderten ihn hin und her. Willard hatte keine Chance, sich zu befreien oder befreit zu werden. Die dämonische Seite war ihm an Kräften haushoch überlegen.

Aber Bill wollte trotzdem nicht aufgeben. Er musste Willard retten, auch wenn er keine Waffen besaß.

Sheila merkte an Bills gespannter Haltung, was in ihrem

Mann vorging. Sie versuchte alles, um ihn zurückzuhalten.

»Nicht!«, rief sie. »Du schaffst es nicht, Bill!«

Der Reporter schüttelte nur den Kopf.

Auch Glenda stellte sich auf Sheilas Seite. »Sie hat recht, Bill, tu es nicht, bitte!«

Der Reporter blieb stur. Er konnte nicht anders reagieren. Es ging ihm wider die Natur, mit ansehen zu müssen, wie ein Mensch vor seinen Augen starb.

Er schüttelte die beiden Frauen ab. Geduckt schlich er näher, hütete sich jedoch, zu nahe an das Monster heranzukommen, denn die Arme waren schnell und die Krallen griffsicher.

»Lass ihn los!«, brüllte Bill, womit er Willards Schreien übertönte. »Verdammt noch mal, lass ihn los!«

»Bill!«, schrie Willard mit sich überschlagender Stimme und fuchtelte dabei mit den Armen. »Bitte, hilf mir. Ich werde wahnsinnig, der frisst mich, der – uaahhh …« Sein Schrei war grauenhaft, denn er musste bemerkt haben, dass Sogg-Ra tatsächlich seine Drohung in die Tat umsetzte.

Den Kopf des Medizinmannes hielt er nicht mehr im Maul. Er hatte ihn verschluckt.

Jetzt war der andere an der Reihe.

Die Füße schob der Affenteufel zuerst in sein gewaltiges Maul. Er hatte die Klauen halb erhoben, sie unter die Brust des Mannes gestemmt, damit er ihn nicht nur festhalten, sondern auch richtig nachschieben konnte.

Willards Angst steigerte sich ins Unfassbare. Noch hatte er die Hände frei und schlug verzweifelt um sich. Er wollte nicht sterben, nicht auf so schreckliche Art und Weise. Wobei er vielleicht ahnte, dass es kein Tod sein würde, sondern der Übergang zu einem anderen, schrecklichen Leben.

Bis zu den Hüften steckte er schon im Rachen des Affenteufels. Sein Oberkörper schaute noch hervor, sein Gesicht war eine so verzerrte Maske, wie Bill sie selten in seinem Leben gesehen hatte.

Er versuchte, näher an Willard heranzukommen, aber auch der Affenteufel merkte dies und reagierte entsprechend.

Seine unteren Arme glitten immer wieder in Bills Richtung. Dem Reporter gelang es nur durch Sprünge und geschicktes Ausweichen, diesen Angriffen zu entgehen.

Er konnte dem anderen nicht helfen. Nicht ohne Waffe, denn an körperlichen Kräften war ihm der Dämon überlegen. In ihm steckte eine unfassbare Kraft. Der Reporter konnte seinen Gegner höchstens mit Faustschlägen attackieren, was bei Bill ebenfalls zur Niederlage geführt hätte.

So musste er mit ansehen, wie Stan Willard von dem Affenteufel verschlungen wurde.

Aber Willard sollte ihm noch etwas sagen. Bill Conolly wollte wissen, woran er mit diesem Dämon war. Er schrie: »Wie kann ich ihn besiegen, Willard? Es muss eine Waffe geben. Du weißt mehr über ihn. Woher? Wo steht es? Rede!«

Zuerst schien es, als hätte der Mann die Worte überhaupt nicht verstanden. Er schrie nur, starrte Bill an, und der Reporter sah Tränen in seinen Augen, die die Pupillen ausfüllten und an den Wangen hinabliefen, wo sie feuchte Streifen hinterließen.

»Helft mir!«, schrie er. »So helft mir doch!«

Bill schüttelte den Kopf. »Es geht nicht, Willard, verdammt, es geht nicht. Aber du kannst mir noch einen Gefallen tun. Sag uns, sag mir, wie ich diesen Teufel besiegen kann. Bitte ...«

»Neiinnn!«

»Willard!«, brüllte Bill. »Du musst reden, verdammt! Du weißt mehr über ihn. Ich habe es gehört. Wie können wir ihn töten? Woher kommt er? Sag es uns!«

Plötzlich schien ein Ruck durch Willards Gestalt zu gehen. Er bäumte seinen Oberkörper hoch, die Hände ballten sich zu Fäusten, sein Gesichtsausdruck veränderte sich, und Bill erkannte, dass die sich darin abzeichnenden Schmerzen verschwanden.

»Rede!«, schrie der Reporter noch einmal.

»Zu Hause. Bei mir zu – ein Buch. Du musst es finden, darin steht es. Das Buch – ich ...« Er konnte nicht mehr weitersprechen, denn der Affendämon stieß ein Geräusch aus, das an ein gewaltiges Schlürfen erinnerte. Es war jedoch kein Schlürfen, sondern ein Saugen, und es drang aus seinem Rachen.

Die Gestalt des Mannes begann zu zittern. Noch einmal sammelte er seine Kräfte, wollte sich aus dem geöffneten Rachen des Affenteufels stemmen, doch gegen die Kraft dieses unheimlichen Gegners kam er nicht an.

Sogg-Ra machte ein Ende.

Der gefährliche Sog packte Stan Willard und riss ihn hinein in den düsteren Rachen. Zuletzt schaute noch eine Hand aus dem Maul, dann war auch sie verschwunden, und einen Atemzug später klappte die Schnauze der Bestie zu.

Nichts mehr war von Stan Willard zu sehen, auch von dem Schädel des Medizinmannes nicht.

Bill Conolly wankte zurück. Er schüttelte den Kopf und atmete tief durch. Weiß war er im Gesicht. Auf seiner Haut lag ein Schauer, der nicht weichen wollte. Die Knie zitterten, und er atmete keuchend und schnell. Damit hatte er nicht gerechnet. Vor seinen Augen hatte das Grauen eiskalt zugeschlagen.

»Komm her, Bill!« Wie durch einen Filter gedämpft, hörte der Reporter die Stimme seiner Frau. Schwerfällig drehte er sich um, sah die Frauen zusammenstehen und stellte fest, dass sie die Einzigen waren, die sich noch im Zimmer aufhielten.

»Wir müssen weg, Bill!«, drängte auch Glenda.

»Ja, ja.« Der Reporter nickte, ohne Sogg-Ra aus den Augen zu lassen. Der Affenteufel bewegte sein Maul. Die Zähne lagen jetzt übereinander. Es gab keine Schluckbewegungen, und Bill konnte sich auch nicht vorstellen, dass Sogg-Ra sein Opfer tatsächlich verspeiste. Nein, da musste es etwas anderes geben, und dieses Rätsel war zu lösen. Mit den letzten Worten hatte ihm Willard noch sagen können, wo er nachzuschauen hatte.

In dessen Wohnung!

Bill zog seinen Schuh wieder an. Er hatte ihn bisher wie einen völlig nutzlosen Gegenstand in der Hand gehalten. Während er sich bückte, ließ er Sogg-Ra nicht aus den Augen.

Mit dem Affenteufel geschah etwas Seltsames. Zuerst

streckte er sich, er reckte seine vier Arme in die Höhe, öffnete das Maul, sodass Bill in einen leeren Rachen schauen konnte, und dann schüttelte sich der Affendämon, als hätte er einen kalten Wasserguss abbekommen.

Im nächsten Augenblick legte sich ein bunter Schleier um seine Gestalt. Farbige Wirbel entstanden, die den Affendämon spiralenförmig umwehten, von Sekunde zu Sekunde schneller wurden, sodass von dem Dämon so gut wie nichts mehr zu sehen war.

Nur noch ein rotierendes buntes Etwas kreiste an der Stelle, wo der Dämon gestanden hatte.

Bill, Sheila und Glenda schauten gebannt auf die Stelle, wo sich der Wirbel sekundenlang drehte und schließlich von einem Atemzug zum anderen verschwunden war.

Ein leeres Podest lag vor den Augen der drei Betrachter. Keine Spur mehr von Sogg-Ra.

Bill wischte sich über die Augen. Er fühlte sich wie gerädert und drehte sich schwerfällig zu den Frauen um.

In ihren Augen stand das Nichtbegreifen. Glenda hielt ein weißes Taschentuch in der Hand. Sie zerknüllte es mit den Fingern, ohne es wohl richtig zu bemerken.

Über Sheilas Gesichtshaut hatte sich eine kalkige Blässe ausgebreitet. Wie winzige Perlen lagen die Schweißtropfen auf ihrem Gesicht, die Augen blickten seltsam stumpf.

»Und?«, fragte Glenda.

Bill hob die Schultern. Es war die einzige Antwort, die er geben konnte. Er verstand nichts. Der gesamte Vorgang war so rätselhaft, wie er selten einen Fall erlebt hatte.

Ohne ein ersichtliches Motiv hatte das Grauen voll zugeschlagen. Aber Bill schwor sich, das Motiv noch herauszubekommen, denn auch Dämonen taten nichts ohne Grund.

»Lasst uns gehen«, sagte der Reporter. Er hob die Arme und legte sie auf die Schultern der beiden Frauen.

»Und der Affenteufel?«, fragte Sheila, als die drei den Raum verließen.

»Das ist das Problem«, erwiderte der Reporter offen und ehrlich. »Ich weiß auch nicht weiter.«

Sie blieben dort stehen, wo sich die Bar befand. In diesem Raum sah es schlimm aus. Die fliehenden Gäste hatten in ihrer wilden Panik einige Sessel und Tische umgeworfen. Bis auf einen Bediensteten waren alle verschwunden.

Und der Mann schaute Bill Conolly sowie die beiden Frauen gequält und fragend zugleich an.

»Ich habe abgeschlossen«, flüsterte er. »Verdammt, ich habe abgeschlossen und weiß nicht, weshalb ich es getan habe. Da war plötzlich etwas in mir, das mir befahl …«

Bill Conolly winkte ab. »Schon gut«, sagte er. »Es ist ja alles vorbei.«

Der Mann hob die Schultern und ging davon. An der Tür stieß er fast mit jemandem zusammen, der mit Riesenschritten in die Bar hetzte.

Es war Suko.

Er trug noch seine Motorradkluft. Allerdings hatte er die Jacke offen und den Helm abgenommen. Bill hatte ihn gebeten, Waffen mitzubringen. Daran hatte sich der Chinese gehalten. Er trug sogar das Schwert des ehemaligen Dämonenhenkers. Mit ihm würden sie aufräumen.

Suko blieb stehen und schaute sich um. Er lächelte knapp, als er feststellte, dass den beiden Frauen und Bill nichts passiert war.

»Alles klar?«, erkundigte er sich.

»Fast. Der verdammte Dämon ist aber verschwunden.«

»Hat es Opfer gegeben?« Suko schaute sich um. »Hier ist alles so still, wie tot …«

»Sie haben sich alle retten können«, erklärte Bill Conolly. »Bis auf einen. Stan Willard ist ein Opfer des Dämons geworden.«

»Mein Gott – und John?«

Da schlug sich Bill gegen die Stirn. »Himmel, ihn habe ich völlig vergessen. Wir wissen nicht, was mit ihm ist – ehrlich …«

»Dann suchen wir ihn«, erwiderte Suko hart.

Es war wirklich furchtbar, was sich meinen Augen darbot. Der Arm löste sich plötzlich vom Körper des Hausmeisters. Er fiel aber nicht ab, weil sich die Finger der linken Hand am Geländer festklammerten. Da der Arm fast waagerecht blieb, bildete er zum Handlauf des Geländers hin einen fast rechten Winkel.

Ich war entsetzt.

Viel hatte ich schon in meinem Leben gesehen. Viel Schreckliches, Grauenhaftes, Grausames, aber so etwas noch nicht. Ein Mensch ging vor mir her und verlor seinen Arm, ohne dass er sich darum kümmerte. Stattdessen stieg er die Treppe weiter hoch.

Schnell überwand ich die trennende Distanz zu dem Hausmeister und musste schon Sekunden später feststellen, dass ich einen Fehler begangen hatte.

Die Hand ließ den Lauf blitzschnell los, drehte sich und wollte nach mir greifen.

Ich war zu sehr auf den Hausmeister fixiert. Deshalb reagierte ich zu spät, und die Finger krallten sich an mir fest.

Eine kurze Berührung, dann drehte die Klaue den Stoff meiner Jacke zusammen, um mich zu sich heranzuziehen.

Ich stemmte mich dagegen und hatte Glück, dass der Stoff aus den Fingern rutschte.

Im selben Augenblick drehte sich der Hausmeister um.

Hatte er bisher nur seinen Arm verloren, so zerfiel jetzt sein übriger Körper in Einzelteile.

Zuerst löste sich das rechte Bein. Es ging ziemlich langsam. Ich bekam fast Stielaugen und sah mit an, wie es langsam zur Seite schwebte.

Auch das andere Bein blieb nicht mehr mit dem Körper verwachsen, es löste sich ebenfalls.

Nur noch der Rumpf und der Kopf schwebten vor mir. Wenn sich der Schädel jetzt auch noch lösen würde, dann …

Ich hatte den Gedanken kaum ausformuliert, als es schon geschah. Der Kopf trennte sich vom Körper.

Beides schwebte vor mir.

Es war ein makabres Bild. Da hatte sich jemand innerhalb von weniger als einer Minute geteilt. Seine Gliedmaßen schwebten in der Luft!

Kaum zu fassen ...

Das Gesicht des Hausmeisters verzog sich zu einem Grinsen. Es erschien mir wie ein Abziehbild des Teufels, und die Stimme des Unheimlichen fragte mit höhnischem Unterton: »Wen willst du zuerst töten? Den Kopf, das Bein, den Körper, einen Arm?«

»Deinen Schädel!«, schrie ich, hob die Waffe und wollte feuern.

Der Hieb erwischte mich unter dem Handgelenk. Genau in dem berühmten Sekundenbruchteil, als ich abdrückte. Die Kugel traf nicht den Kopf, sondern hieb nach oben, wo sie in die Decke klatschte, und ich hatte ein Silbergeschoss nutzlos verfeuert.

Die Hand aber ließ nicht los. Der in der Luft schwebende Arm musste unhörbaren Befehlen gehorchen, denn er drückte meinen Arm der Decke entgegen, und er erhielt von dem zweiten augenblicklich Unterstützung. Dieser allerdings packte nicht am Handgelenk zu, sondern in Höhe des Oberarms, sodass beide Klauen zu einem regelrechten Hebelgriff ansetzen konnten.

Sie wuchteten nicht nur meinen rechten Schussarm herum, sondern auch mich.

Ich kippte nach hinten. Es gelang mir nicht mehr, mich auf den Stufen zu halten. So verlor ich das Gleichgewicht und wäre gefallen, wenn ich mich nicht selbst nach rechts geworfen hätte und gegen das Geländer geprallt wäre, das mich aufhielt.

Die Schusswaffe konnte ich nicht mehr einsetzen, denn die beiden Hände drückten den rechten Arm mit der Beretta nach hinten, und sie wurden noch von einem in der Luft schwebenden Bein unterstützt.

Es trat zu. Dabei war es so schnell, dass ich nicht ausweichen konnte und den Treffer an der Hüfte kassierte.

Diesmal hielt mich das Geländer nicht mehr. Ich wurde

nach vorn katapultiert. Auch mit einem Sprung schaffte ich es nicht, mich auf den Beinen zu halten, denn unglücklicherweise trat ich mit dem linken Fuß auf die Kante der letzten Stufe und fiel der Länge nach hin.

Schräg krachte ich gegen die Wand. Und zwar mit der Schulter und dem Arm, der nicht von den beiden Händen festgehalten wurde. Der Aufprall schüttelte mich durch. Ich saugte pfeifend die Luft in meine Lungen und versuchte, wieder auf die Beine zu kommen, doch die beiden Klauen bogen meinen Arm so weit nach hinten, dass ich zwangsläufig mit dem Körper folgte.

Es wurde knapp.

Sosehr ich mich auch anstrengte, ich konnte den Griff nicht sprengen. Ich sorgte nur durch Gegendruck dafür, dass die beiden Hände mich nicht noch weiter nach hinten pressen konnten, sodass mein Arm in der Haltung blieb.

Den linken hatte ich noch frei. Nur mit ihm würde ich mich gegen die Angreifer wehren müssen.

Die Beine schwebten auf mich zu.

Ein groteskes Bild bot sich meinen Augen, wie sie sich über die Treppe bewegten und genau Maß nahmen. Hinter ihnen erkannte ich den grinsenden Schädel des Hausmeisters, der über der Treppe schwebte und meine verzweifelten Bemühungen beobachtete.

Es war schlimm, denn der erste Tritt erwischte mich gleich in der Magengegend und jagte mir die Luft aus den Lungen. Den zweiten Tritt musste ich ebenfalls nehmen. Er richtete mich wieder auf, wie man so schön sagt, denn ich war nach vorn gefallen.

Bewusstlos wurde ich nicht, aber ich war schwer angeschlagen, atmete keuchend und krümmte mich.

Mein Gegner merkte natürlich, dass mit mir nicht mehr allzu viel los war, und er wollte es zu einem Ende bringen. Ich erwartete den nächsten Angriff der über dem Boden schwebenden Beine, doch die Attacke erfolgte von einer ganz anderen Seite.

Mein rechter Arm wurde herumgewuchtet und gegen die

Wand geschlagen. Darauf war ich nicht gefasst gewesen. Von meinen Lippen löste sich ein Schrei, der Schmerz wühlte von meiner Hand aus aufwärts, und ich musste die Pistole fallen lassen.

Blitzschnell war ein Bein da und kickte sie weg.

Das andere trat nach meinem Gesicht.

Es war eine Reflexbewegung, mit der ich meinen linken Arm hob, Glück hatte und das Bein zu fassen bekam. Wütend schleuderte ich es herum und hörte gleichzeitig das Lachen meines Gegners. Der Mund in dem in der Luft schwebenden Schädel hatte sich geöffnet. Das Lachen war hämisch, klang triumphierend, aber auch grausam. Es sollte mein Ende begleiten, denn während ich noch mit dem angreifenden Bein beschäftigt gewesen war, hatte einer der Arme einen anderen Befehl erhalten.

Mit Schrecken sah ich, dass die Hand meine eigene Beretta, die bis gegen die unterste Treppenstufe gekickt worden war, hochhob. Der Daumen und drei Finger umklammerten den Griff, einer lag am Abzug.

Ich schaute in die Mündung.

Starr stand ich auf dem Fleck und erlebte das Gefühl, das bei mir immer dann eintritt, wenn ich in das dunkle Loch einer Waffenmündung schaue. Sie sah so verdammt harmlos aus, aber aus ihr konnten jeden Augenblick Tod und Verderben schießen.

Ich hielt die Luft an, mein Magen zog sich zusammen, die einzelnen Teile des Körpers sahen plötzlich verschwommen aus. Ich wusste, dass es die Tränen waren, die meinen Blick verschleierten.

»Ich hatte dir eine Chance gegeben!«, hörte ich die Stimme des Hausmeisters. »Du hast sie nicht genutzt. Was nun geschieht, dafür trägst du allein die Verantwortung.«

Der Mund hatte die Worte kaum ausgesprochen, als ich hinter dem Schädel etwas aufblitzen sah, und noch in derselben Sekunde peitschte der Schuss …

Ich hatte mich nicht bewegt. Aus dieser kurzen Entfernung hätte ich dem Geschoss doch nicht entgehen können. Wie die Waffe gehalten worden war, so hätte mich das Geschoss in die Brust oder in den Kopf treffen müssen. Dies allerdings geschah nicht. Ich spürte auch keinen Einschlag an einer anderen Stelle des Körpers, hörte nicht einmal das Pfeifen der Kugel oder nahm den Luftzug wahr, sondern starrte wie gebannt auf den Arm und somit auch auf die Hand, die meine Beretta hielt.

Sie hatte sich verändert.

In ihr steckte ein Dolch!

Ein geweihter Dolch – mein Dolch.

Und geschleudert hatte ihn Suko, der Chinese. Er stand hinter dem in der Luft schwebenden Schädel am Ende der Treppe. Suko war im letzten Augenblick erschienen, hatte den Dolch geworfen, einen Treffer erzielt, und die geweihte Waffe war durch die in der Luft schwebende Hand gefahren, genau in dem Augenblick, als sich der Finger um den Abzug krümmte.

Vielleicht zwei Atemzüge war alles wie erstarrt. Dann kam Leben in Suko, und nicht nur in ihn. Außer mir reagierte noch jemand. Bill Conolly war es, der sich an dem Chinesen vorbeidrängte. Festlich gekleidet stürmte er die Treppe herunter, aber mit seinen Händen hielt er ein Schwertgriff umklammert, und er hatte die schwere Waffe hoch über seinen Kopf geschwungen, um sie im nächsten Augenblick nach unten sausen zu lassen.

Der in der Luft schwebende Schädel wollte noch ausweichen. Er sah die große Gefahr, aber so schnell war er auch nicht. Die Klinge erwischte ihn, bevor er sich bewegen konnte.

Ich glaubte sie sogar pfeifen zu hören, so wuchtig hatte der Reporter zugeschlagen, und er teilte den Schädel in zwei Hälften.

Damit nicht genug. Bill hatte so viel Kraft in seinen Hieb gelegt, dass die Schwertklinge durch den Kopf fuhr und als nächstes noch den Rumpf zerstörte.

Auch er fiel auseinander. Die beiden Hälften kippten nach verschiedenen Seiten weg, und wie beim Kopf, den Armen oder den Beinen sahen wir auch hier keinen Tropfen Blut.

Bill Conolly, noch immer in Fahrt, fand auf den Stufen keinen Halt mehr und fiel fast die Treppe hinunter, wobei ich Angst hatte, dass er sich noch selbst mit dem Schwert verletzen konnte.

Es ging zum Glück alles glatt. Neben mir prallte er gegen die Wand und grinste.

Um die restlichen Körperteile brauchten wir uns nicht mehr zu kümmern. Das Gehirn war zerstört worden. Sie gehorchten jetzt keinen Befehlen mehr, fielen zur Seite und blieben liegen.

Ein mehr als schauriges Bild. Ich musste mich mit Gewalt davon losreißen und mir immer wieder sagen, dass wir es hier mit keinem Menschen zu tun gehabt hatten, sondern mit einem Wesen, das nur wie ein Mensch aussah. Mehr auch nicht.

Bill Conolly atmete schnell und heftig. Er hob die Schultern und schluckte. Dann grinste er bissig. »Verdammt großes Glück gehabt, John.«

»Und wie«, gab ich ihm recht.

»Hast du eine Erklärung?«, fragte er mich.

»Nein, ich kann mich nur bei euch bedanken. Verdammt, die Sache hier hätte mich fertiggemacht. Und das für immer.«

Bill schlug mir auf die Schulter. »Komm mit hoch, uns ist allen nichts passiert.«

Ich ging die Treppe hoch und hatte dabei das Gefühl, auf Eiern zu laufen, so seltsam war mir zumute. Auch Suko reichte ich die Hand und sah dann die beiden Frauen.

Glenda fiel mir in die Arme. Ich fing sie auf, spürte ihr Zittern und merkte, wie froh sie war, dass wir alles überstanden hatten. Sheila lächelte ebenfalls glücklich, ich aber drückte Glenda von mir und lehnte mich an die Kellerwand.

»Was ist denn nun mit diesem Affenteufel?«

»Er ist entwischt«, antwortete Bill.

»Was?«

»Ja, auch Stan Willard, der ein Opfer dieses unheimlichen Dämons geworden ist.«

»Das gibt's nicht.«

»Doch, John. Ich lüge dir da nichts vor.« In wenigen Sätzen berichtete Bill Conolly, was sich zugetragen hatte, und ich hörte aufmerksam zu.

Mir blieb nur eine Reaktion: den Kopf zu schütteln.

»Was gibt das für einen Sinn?«, fragte ich verzweifelt. »Wer oder was steckt dahinter?«

»Das fragen wir uns auch«, meinte Suko.

Bill sagte: »Irgendeine schreckliche Magie, von der wir noch nie etwas gehört haben. Aber es gibt da ein Buch in Willards Wohnung, das sollten wir uns holen.«

»Wieso ein Buch?«

»Willard hat es mir in den letzten Sekunden seines Lebens gesagt, bevor das Untier ihn verschlang.«

»Hat es das wirklich?«

»Es gibt keine andere Möglichkeit, John.«

»Doch, mein Lieber. Dieser Affenteufel hat seine Opfer zwar verschlungen, aber nicht, um sie zu verspeisen, sondern um mit ihnen eine Umwandlung vorzunehmen. Alle Menschen, die bisher in seinem gefräßigen Rachen verschwunden sind, waren nicht tot in unserem Sinne. Sie kamen als Untote zurück, das solltest du wissen. Auch der Hausmeister hier, mit dem ich in den Clinch geraten bin, das Gleiche gilt für den Medizinmann, dessen Hand mich im Waschraum überfallen hat …«

Bill unterbrach mich. »Medizinmann hast du gesagt?«

»Ja.«

»Den haben wir gesehen. Oder seinen Kopf. Er steckte im Rachen des Affenteufels, sein Gesicht war sehr bunt bemalt, das muss er gewesen sein.«

Da gab ich dem Reporter recht. »Aber wie ist der Hausmeister in seinen Bann geraten?«

»John, ich weiß ebenso viel wie du. Und Suko noch weniger, ihn habe ich aus lauter Not angerufen.«

»Was sicher die beste Idee war, die du seit Langem hattest«, gab ich zurück und hieb dem Chinesen auf die Schulter, sodass selbst Suko einknickte.

Sheila hatte einen berechtigten Einwand. »Müssen wir eigentlich hier stehen bleiben? Der Anblick ist nicht gerade erfreulich. Ich jedenfalls bin so etwas nicht gewohnt.« Sie wandte sich schaudernd ab und wurde von Bill in die Arme genommen.

Sheila hatte ein wahres Wort gesprochen. Wir brauchten nicht länger zu bleiben und auch nicht innerhalb des Clubs. Was es jetzt noch zu tun gab, das würde sich sowieso nicht im Club, sondern ganz woanders abspielen.

Suko blieb bei Glenda und mir. »Weißt du eigentlich genau, worum es geht, John?«, fragte er mich.

Ich schüttelte den Kopf. »Nein. Ich habe nur von diesem Affendämon gehört, das ist alles.«

»Dann bist du noch genauso schlau wie im Büro?«

»So ungefähr.«

Den Keller hatten wir verlassen und hörten vom Eingang her die Stimmen von Polizisten. Ich sah die Männer zwar nicht, konnte allerdings die Befehle und Anordnungen hören. Wie sie gesprochen wurden, das ließ Rückschlüsse darauf zu, wer hier den Ton angab.

Schon stürmten sie in die Halle. Ich wusste nicht, wer sie alarmiert hatte, jedenfalls würden sie zu spät kommen. Ich war in London inzwischen ziemlich bekannt unter meinen uniformierten Kollegen. Auch Sukos Eintritt bei der Polizei hatte sich herumgesprochen, besonders deshalb, weil er ein Chinese war und sich nicht im Streifendienst befand wie die meisten farbigen Kollegen.

»Sir!«, grüßte der Streifenführer und baute sogar noch Männchen. »Wir sind so rasch wie möglich gekommen und …«

Ich winkte ab. »Sie können sich Ihre Mühe sparen, Mann. Hier gibt es für Sie nichts mehr zu tun. Aber Sie können der Mordkommission Bescheid geben.«

»Gab es Tote, Sir?«

»Einen.«
»Sollen wir nicht doch …?«
Ich schüttelte den Kopf. »Der Mörder ist längst über alle Berge, mein Lieber. Wenn irgendwelche Fragen auftauchen, Sie wissen ja, wo Sie Inspektor Suko oder mich erreichen können.«
»Ja, Sir.«
Wir verließen den Club. Es war etwas kühler geworden, und die Frauen zogen fröstelnd die Schultern hoch.
Bill wollte sich einen Wagen rufen, doch dagegen hatte ich etwas. »Nein, ihr fahrt mit mir. Suko wird die Harley nehmen. Bei mir zu Hause besprechen wir, wie es weitergehen soll.«
Mein Vorschlag fiel auf fruchtbaren Boden. Glenda war ebenfalls einverstanden.
Suko wollte mit seiner Harley während der Fahrt hinter uns bleiben. Allerdings kamen wir noch nicht dazu, in den Wagen zu steigen, denn nicht nur wir hielten uns auf dem Parkplatz auf, sondern auch noch andere Gäste.
Man bestürmte uns mit Fragen. Kein Wunder, schließlich waren wir am längsten innerhalb des Clubs geblieben.
Die Antworten gaben wir nur spärlich, wenn überhaupt. Auch Bill hielt sich zurück und musste sich dafür so manchen Vorwurf gefallen lassen.
Die Frauen waren schon eingestiegen. Suko hockte im Sattel seines heißen Ofens und stülpte seinen Helm auf. Das Schwert hatte ich wieder an mich genommen und im Kofferraum verstaut.
Sheila schaute aus dem Fenster. »Kommt endlich! Mein Bedarf an Aufregung ist in dieser Nacht gedeckt.«
Als ich mich anschnallte, sprach ich nach hinten in den Fond, wo die Conollys saßen. »Sag mal, Bill, hast du eigentlich gewusst, was uns da erwartete?«
»Nein.«
»Ehrlich nicht?«
»Ich schwöre es dir, John. Ich habe zwar aufgehorcht, als Willard von einem Affenteufel sprach, aber dass es so dick kommen würde, damit habe ich nicht gerechnet.«

»Okay.«

Langsam ließ ich den Bentley über den Platz dem Ausgang zurollen, wo der Bedienstete winkte.

Hinter uns fuhr Suko. Das Knattern seiner Maschine übertönte das Geräusch unseres Motors.

»Hast du schon einen Plan?«, erkundigte sich Bill.

»Du warst es doch, der mir das Stichwort gegeben hat«, erwiderte ich.

»Ja, die Wohnung des Toten.«

»Eben. Dort müssten wir das geheimnisvolle Buch finden. Ich bin gespannt, ob wir tatsächlich das Rätsel lösen werden.«

»Frag mich mal.«

Der Verkehr hatte merklich abgenommen, sodass die Fahrt zu meiner Wohnung ohne irgendwelche Zwischenfälle verlief. In meinem Apartment machten uns die Frauen etwas zu trinken. Suko kam auch. Er brachte Shao mit, die nicht geschlafen und sich einen Bademantel übergestreift hatte. Sie war froh, dass wir alle gesund zusammensaßen.

Wir hockten auf der Couch und den Sesseln. Ich hatte mit ein paar Griffen herumliegende Kleidungsstücke weggeräumt. Im Gespräch fassten wir die Ereignisse noch einmal zusammen und kamen zu dem Ergebnis, dass wir es mit mehreren Gegnern zu tun hatten.

»Das sind dann drei«, resümierte Bill Conolly. »Der Affenteufel, dieser Medizinmann und auch Willard.«

Ich gab meinem Freund recht.

»Ist der nicht tot?«, fragte Sheila.

»Sicher, der ist verschluckt worden und kehrt irgendwann als Untoter wieder zurück …«

Sheila schaute mich an, als ich die Worte gesagt hatte. Sie hatte eine Gänsehaut bekommen. »John, das kann ich nicht begreifen, so leid es mir tut.«

»Ich auch nicht«, gab ich ehrlich zu. »Wir werden schlauer sein, wenn wir das Buch haben.« Ich blickte Bill an, der das beschlagene Glas zwischen seinen Händen drehte. »Hast du vielleicht den Titel des Buchs gehört?«

»Nein.«

»Warst du schon mal bei Willard?«

»Auch nicht. Ich habe mit ihm keinen Kontakt gepflegt. Du weißt selbst, wie man von ihm redet.«

»Das ist leider wahr.« Ich stand auf und holte zwei gewaltige Schwarten aus einem kleinen Container. Dort bewahrte ich die Telefon- und Adressbücher auf. »Wir werden sehen, wohin sich dieser Affendämon zurückgezogen hat«, sagte ich und begann zu suchen.

Bill Conolly stand auf und schaute mir über die Schulter, während mein Finger über die Spalten fuhr, in denen die einzelnen Namen aufgeführt waren.

Meine Güte, es gab vielleicht viele Willards, wie ich es nie gedacht hätte. Da konnte man nur den Kopf schütteln. Auch unter Stan Willard fanden sich acht Namen.

Im Telefonbuch, das Suko an sich genommen hatte, wurden wir fündig. Willard hatte seinen Namen nicht fett gedruckt herausstellen lassen, aber die Berufsbezeichnung Exportkaufmann ließ darauf schließen, dass wir es mit dem Richtigen zu tun hatten.

»Und wo wohnt er?«, fragte ich den Chinesen.

»Da müssen wir ein ziemliches Stück fahren. Unten in Southfields.«

Bill pfiff durch die Zähne. »Das ist ja noch weiter als unsere Adresse, fast schon in Wimbledon.«

»Hilft trotzdem nichts, wir müssen hin«, sagte ich und klappte das Buch zu.

»Jetzt noch?«, fragte Glenda.

»Natürlich.«

»Du kannst mit zu uns kommen«, bot sich Sheila an.

»Kann ich nicht hier bleiben?«, fragte Glenda. »Ich könnte Shao Gesellschaft leisten. Außerdem bin ich dann nicht so weit von meiner eigenen Wohnung entfernt, in die ich mich allerdings nicht traue, bevor nicht alles vorbei ist.«

Shao nickte sofort heftig. Das war also klar. Bill und Sheila vereinbarten noch, dass sie den Porsche nahm und in das Haus zurückfuhr. Sie wollte den kleinen Johnny nicht zu lange allein lassen.

Gemeinsam fuhren wir nach unten. Diesmal nahm Suko ebenfalls im Bentley Platz. Wir ließen Sheila zuerst hinaus, dann gab ich Gas, und fragte mich was uns am Ziel wohl erwarten würde …

Mit dem Export, was immer man darunter auch verstand, ließ sich wohl viel Geld verdienen, denn Stan Willards Besitz konnte sich schon sehen lassen. Den Rest des Weges fuhren wir über eine Privatstraße und erwarteten eigentlich, ein altenglisches Landhaus oder einen Herrensitz zu sehen. Weit gefehlt. Als sich der Wald öffnete und den Blick freigab, sahen wir auf einem künstlich angeschütteten Hügel ein bungalowähnliches Gebilde stehen, das die Form eines Weihnachtssterns aufwies.

Das Zentrum wurde von einem Kreis gebildet. Von ihm aus stachen jeweils vier Arme in alle Richtungen, wobei die Arme zum größten Teil aus Glas bestanden und mit dem Wort Zimmer umschrieben werden konnten.

Wir stiegen aus und staunten.

»Das habe ich auch noch nicht gesehen«, murmelte Bill. »Und ich bin verdammt viel herumgekommen.«

»Da kannst du dir mit deiner Hütte eine Scheibe von abschneiden.«

Bill hob die Schultern. »Was soll der ganze Protz? Zu viel des Guten ist ungesund.«

Womit er im Prinzip recht hatte. Was wir vor uns sahen, war zwar nett anzuschauen, zudem wurde es noch angestrahlt, aber mein Fall wäre es nicht gewesen.

Der Eingang lag zwischen zwei »Wohnarmen«. Eine Tür, die aus Glas und gehämmertem Kupfer bestand. Die Glaseinfassung zeigte eine Trübung. Wir sahen dahinter allerdings einen Schatten und wurden vorsichtig.

Ich hatte Bill Conolly mein Schwert gegeben. Er legte seine Hand auf den Griff, Suko huschte zur Seite weg, nur ich blieb und sah mit an, wie die Tür geöffnet wurde.

»Wer ist da?«, hörten wir eine barsche Männerstimme.

Zu unseren dämonischen Gegnern schien die Person nicht zu gehören, deshalb gab ich dem Frager eine konkrete Antwort. »Scotland Yard!«, rief ich.

Der Mann drückte die Tür weiter auf und stand im Freien. Er wartete ab. Ich sah ein Gewehr in seiner Hand und erkannte an der dunklen Kleidung, dass es sich bei dem Knaben um einen Butler handeln musste. So etwas fehlte Willard natürlich nicht.

Über den plattierten Weg schritt ich auf den Eingang zu, während Bill und Suko mir folgten. Das Gewehr wurde nicht gesenkt. Anscheinend traute der Butler dem Frieden nicht, und ich zog sicherheitshalber meinen Ausweis.

Er las ihn und nickte. »Bitte kommen Sie herein.«

Wir betraten das Haus und sahen eine runde Diele. Da der Maler Salvador Dali sich ein rundes Haus gebaut hatte und Willard ein Fan von ihm gewesen war, wir sahen es an den Bildern, hatte er sich ebenfalls eine runde Empfangshalle bauen lassen.

Unsere Schuhe versanken in einem fast weißen Teppich. Hell waren auch die Möbel. Weiches Leder, weiße Tische, nur die Hi-Fi-Anlage fiel da etwas aus dem Rahmen.

»Ich habe gehört, was passiert ist«, erklärte uns der Butler und senkte die Mündung. »Ist er wirklich tot?«

»Ja«, erklärte ich.

Das Gesicht des Mannes verzog sich, sodass auf der Haut ein Faltenmuster entstand. Er strich über sein graues Haar und schüttelte den Kopf. »Einmal musste es ihn ja erwischen.«

»Wie meinen Sie das?«, fragte Suko.

»Er hatte eben zu viele Feinde, das ist es.«

»Inwiefern?«

Der Butler lächelte. »Jetzt tun Sie so, als ob Sie es nicht wüssten. Man hat ihm oft den Tod angedroht. Bei seinen Geschäften, über die man munkelte, kein Wunder.«

Ich schüttelte den Kopf. »Der Tod Ihres Brötchengebers hat mit dessen krummen Waffengeschäften nichts zu tun. Es gibt da einen anderen Grund.«

»Nichts?« Der Butler zeigte sich überrascht. »Aber welchen Grund sollte es geben?«

»Kennen Sie den Affenteufel?«

»Dieses widerliche Monstrum? Sicher, es hat lange genug hier gestanden. Ich war froh, als es aus dem Haus kam. Glauben Sie mir, meine Herren.«

Das konnten wir uns gut vorstellen. »Trotzdem müssen wir noch einmal auf den Affenteufel zurückkommen, denn er hat unmittelbar mit dem Tod Ihres Arbeitgebers zu tun. Es ist da die Rede von einem Buch gewesen. Wissen Sie etwas darüber?«

»Nein, Sir!«

»Sie kennen das Buch also nicht?«

»Ich sagte Ihnen doch, dass ich mich um die privaten Dinge von Mr Willard nie gekümmert habe.«

»Aber vielleicht wissen Sie, wo das Buch unter Umständen sein könnte«, sagte Bill und trat einige Schritte näher.

Der Butler schaute den Reporter an. »Es gibt eine Bibliothek. Sie ist gleichzeitig das Arbeitszimmer. Wenn Sie da nachschauen wollen, bitte ...«

»Danke sehr.«

Der Butler wandte sich um und geleitete uns auf eine Tür zu, die in der Nähe lag. Er selbst öffnete sie, sodass wir einen Blick in den langen Wohnschlauch werfen konnten. Der Butler schaltete höflicherweise das Licht ein, und wir konnten uns ein anerkennendes Nicken nicht verkneifen.

Die Bibliothek und das Arbeitszimmer bildeten eine prachtvolle Einheit. Alt und neu harmonierten hervorragend miteinander. Es gab einen modernen Computer und daneben Regale mit alten Büchern. Die waren sogar zahlreich vertreten, sodass uns eine Suche nicht erspart bleiben würde.

Wo keine Regale standen, reichten die Scheiben fast bis zum Boden. Wir hatten einen freien Blick in den dunklen Park.

Ich dachte an die Gefahr, die unter Umständen auf uns zukommen könnte, und bat den Butler, das Haus zu verlassen.

Er schaute mich an, stellte auch keine weiteren Fragen, sondern machte wortlos kehrt und ging davon.

»So, und nun können wir mit der Suche anfangen«, stöhnte Bill Conolly, wobei er langsam die Regale abschritt und den Kopf gehoben hatte, damit er sämtliche Buchrücken erkennen und die Titel darauf lesen konnte.

Suko ging zum Schreibtisch. Ein kostbares Stück aus der Zeit des französischen Sonnenkönigs. Die Platte war nicht aufgeräumt. Da lagen Schnellhefter übereinander, Notizzettel und auch Bücher. Letztere interessierten Suko besonders.

Er nahm das erste vom Stapel, drehte es herum und lachte auf.

Ich hatte mir die zweite Seite mit den Regalen vorgenommen und drehte mich jetzt um. »Was ist los?«

»Wir brauchen nicht mehr weiterzusuchen. Ich habe das Buch gefunden.« Suko hielt es hoch, als wir uns umdrehten.

»Ein Glücksgriff«, sagte Bill.

Wir erreichten den Chinesen gleichzeitig und schauten auf den Titel. Das Buch war älter, denn Sri Lanka wurde noch als Ceylon bezeichnet.

»Götter und Dämonen auf Ceylon«, las Bill halblaut vor. »Er war in Sri Lanka. Das muss das Buch sein.«

Wir nickten, als Bill es aufschlug und im Inhaltsverzeichnis nachschaute.

Würden wir das Rätsel jetzt lösen?

Bills Finger fuhr die einzelnen Kapitelspalten entlang und stoppte plötzlich, sodass wir das Wort Affenmagie lesen konnten.

»Das muss es sein«, sagte auch Suko.

Der Reporter schlug die Seite 58 auf. Er klappte beide Buchhälften auseinander, und sofort sahen wir das Bild, das sich für uns schon zu einem Albtraum entwickelt hatte.

Es zeigte den Affendämon Sogg-Ra in grellen Farben. Täuschend echt war er dort abgebildet, und in seiner Krokodilschnauze steckte ein weibliches Opfer.

»Nimm mal die nächste Seite«, sagte ich.

Bill schlug um. Dahinter begann die Erklärung. Gemeinsam lasen wir, was der Autor über die gefährliche Affenmagie geschrieben hatte …

Der Butler war nicht überrascht gewesen, dass ihm die Polizei einen Besuch abgestattet hatte. Er trauerte auch nicht um Stan Willard. Der Butler dachte nur an den Job, den er verlor, und an das Geld. Er hatte es in dem Haus, das ihm von der Architektur her überhaupt nicht gefiel, nur ausgehalten, weil sich sein Brötchengeber des Öfteren auf Reisen befand. Zudem brauchte er nicht in dem Haus zu wohnen. Er lebte in einem Gebäude, das am Rande des Grundstücks stand und früher ein Gartenhaus gewesen war. Man hatte es umgebaut, und die drei kleinen Zimmer reichten dem Mann.

Selbstverständlich machte er sich seine Gedanken, als er das Haus ansteuerte. Er wusste nicht, wie Willard gestorben war, doch mit rechten Dingen schien es dabei nicht zugegangen zu sein, sonst wäre die Polizei nicht gekommen. Zudem musste es mit der seltsamen Trophäe zu tun haben, die Willard mitgebracht und vor der sich der Butler gefürchtet hatte. Sie war ihm nie geheuer gewesen, und war sie vielleicht der Grund für den Tod seines Arbeitgebers gewesen?

Darüber dachte er nach, aber schon bald verscheuchte er die Mutmaßungen und Folgerungen wieder. Was ging ihn das überhaupt alles an? Willard war erledigt und damit fertig.

Sein Haus war von der Grundstückseinfahrt nicht zu sehen. Es lag im Schatten hoher Bäume. Hier verirrte sich kaum ein Mensch hin, und wenn der Butler mal nachts über Telefon gerufen wurde, dann konnte er, um die Entfernung schnell zu überbrücken, ein Elektroauto nehmen, das ihm zur Verfügung stand.

Der Butler glaubte daran, dass die Polizisten nichts mehr von ihm wollten. Deshalb hatte er beschlossen, schon in der Nacht zu packen, denn sicherlich musste er so schnell wie möglich das Grundstück verlassen.

Die Tür hatte er nicht abgeschlossen. Er stieß sie mit dem

Gewehrlauf nach innen, trat über die Schwelle, war mit den Gedanken schon bei seiner Abreise und machte Licht.

Unter der Decke strahlte die runde Lampe hell auf. Sie erleuchtete den rechteckigen Flur und die drei Türnischen, die an zwei Seiten abzweigten.

In der rechten stand jemand.

»Hallo, George«, sagte eine Männerstimme, die dem Butler sehr bekannt vorkam.

Im ersten Augenblick wollte er schreien, dann glaubte er, sein Herz würde stehen bleiben, und eine Sekunde später verlor er sämtliche Farbe, denn vor ihm stand ein Toter.

Stan Willard war zurückgekehrt!

George, der Butler, war zum Denkmal erstarrt. Er vergaß sogar das Atmen. Nur seine Augen lebten, sie zeigten einen von Panik erfüllten Ausdruck.

»Sie?«, keuchte er.

»Ja, ich.«

»Nein!«, flüsterte George. »Das ist nicht möglich. Sie sind tot. Sie können nicht hier stehen, Sir.« Sein Gesicht verzerrte sich, und er riss das Gewehr hoch, während seine zitternden Finger versuchten, den Abzug zu finden.

»Nicht, George!«

Der Butler hörte nicht und musste erleben, wie sein Chef plötzlich reagierte. Auf einmal löste sich ein Arm von seinem Körper, machte sich selbständig und war gedankenschnell bei dem Butler, der nicht mehr abdrücken konnte, denn mit einer kurzen Drehung hatte der andere ihm das Gewehr entrissen und hielt es so hoch, dass George nicht mehr daran kam.

Den Butler packte das kalte Entsetzen. Er wagte kaum, der in der Luft schwebenden Waffe mit seinem Blick zu folgen, denn was er da sah, war unglaublich und gehörte in ein Horror-Kabinett.

»Ich spinne!«, flüsterte er. »Verdammt, ich drehe durch …« Er schlug die Hände vor sein Gesicht und wankte zurück, wobei er noch das leise Lachen seines Arbeitgebers hörte.

»Nein, mein lieber George, du spinnst nicht. Ich bin es in der Tat.«

»Aber Sie sind tot!«

»Bin ich das wirklich? Sieh mich an!«

Wie unter Zwang ließ der Butler seine Hände sinken und sah, dass der andere wieder normal wirkte. Der Arm befand sich dort, wo er hingehörte, nur das Gewehr hatte Willard an sich genommen, und dies bewies dem Butler, dass er sich vorhin nicht getäuscht hatte.

George fing sich nur mühsam. Verständnislos schüttelte er den Kopf. »Warum haben denn die Polizisten vorhin gesagt, Sie seien tot?«

»Welche Polizisten?«

»Die in Ihrem Haus!«

»Sie sind gekommen?«

»Ja, zu dritt.«

Da lachte Willard. Es war ein böses, gemeines Lachen. Als er aufhörte, verzerrte sich sein Gesicht. »Es läuft ja besser, als ich gedacht habe. Sogg-Ra wird zufrieden sein, das kannst du mir glauben. Ehrlich, mein Freund ...«

»Was wollen Sie tun?«

»Töten«, erwiderte Willard kalt. »Ich werde Sie töten. Alle müssen sterben ...«

Der Butler vernahm die Worte. Besonders eines hallte in seinem Schädel nach.

Töten!

War Willard noch ein Mensch? Er glaubte nicht mehr daran, bei allem, was er mitbekommen hatte. Nein, vor ihm stand kein Mensch mehr, sondern eine Bestie, die töten wollte.

Auch ihn?

In den Augen des anderen las der Butler keinen Funken Gefühl. Sie strahlten eine gnadenlose Kälte aus. Unbarmherzig waren sie, der Blick erinnerte an die Schärfe von Messern.

George überlegte.

Die Tür stand offen. Und sie war nicht einmal sehr weit von ihm entfernt. Wenn er sich selbst überwand, konnte er sie mit zwei langen Sprüngen erreichen.

Noch einmal holte er tief Luft, tat so, als wollte er etwas sagen, dann stieß er sich ab und hetzte auf die Tür zu.

Willard bewegte sich nicht – oder kaum. Aber plötzlich löste sich das linke Bein, und bevor sich der Flüchtling versah, entdeckte er das schräg gestellte Bein vor sich.

Ausweichen konnte er nicht mehr. Das Bein bildete eine Stolperfalle, in die der Butler voll hineinfiel. Er riss noch die Arme hoch, bevor er nach vorn katapultiert wurde und der Länge nach zu Boden schlug.

»Du bist verrückt!«, hörte er hinter sich die Stimme seines Arbeitgebers. »Regelrecht wahnsinnig. Willst du wirklich so mir nichts, dir nichts dein Leben hingeben?«

Nein, das wollte George nicht. Er spürte unter seinen Fingern das nachtfeuchte Gras, winkelte die Arme an und versuchte, sich in die Höhe zu stemmen.

Halb hoch kam er, dann war der andere bei ihm.

Und der schlug zu.

Mit dem Gewehrkolben traf Willard seinen Butler am Hinterkopf. Ein dumpfer Laut erklang. George stöhnte noch einmal, dann sank er zusammen und blieb liegen.

»Narr«, sagte Stan Willard nur. »Verdammter Narr.« Er sah jetzt wieder normal aus. Sein Bein befand sich dort, wo es hingehörte. Vorsichtig blickte er sich um.

Unter den Bäumen, wo die Schatten am tiefsten waren, bewegte sich etwas.

Zwei Gestalten schälten sich aus der Dunkelheit. Sie glitten lautlos auf Willard zu.

Es waren der bunt bemalte Medizinmann und der unheimliche Affenteufel, der Satan mit den vier Armen.

Er hatte sie vorgestreckt und bewegte die Krallen. Ein Zeichen, dass er endlich eine Entscheidung wollte. Halb offen stand die gefährliche Schnauze, das Gebiss leuchtete in der Dunkelheit.

»Sie sind da«, erklärte Willard ihnen. »Die drei Männer aus dem Club.«

Der Affendämon hörte die Worte. Dabei drehte er langsam den hässlichen Schädel und schaute dorthin, wo das protzige Haus lag und Licht durch die Finsternis schimmerte.

Der Medizinmann hob seine rechte Hand. Die Klaue war

verkrümmt, ihre Krallen hingen nach unten. Sie hatte den Schlag gegen die Wand des Waschraums doch nicht so gut überstanden.

Willard nickte. Er fühlte sich als der Anführer, denn er kannte sich hier aus. Und niemand protestierte, als er den Anfang machte und losmarschierte.

Die anderen folgten ihm schweigend, aber voller Hass gegen die drei Opfer …

Das Kapitel über den Affenteufel begann mit einer Warnung. Der Verfasser warnte die Menschen davor, die uralten Formeln auszusprechen, die seit Tausenden von Jahren ihre Gültigkeit besaßen und von den großen, unbekannten Göttern aufgestellt waren.

»Könnten das die Großen Alten gewesen sein?«, fragte Suko.

Ich hob die Schultern. »Möglich ist alles. Vielleicht sogar wahrscheinlich.«

»Lies mal weiter, Bill«, forderte der Chinese den Reporter auf.

Ich will hier nicht im Einzelnen nacherzählen, was dort alles gestanden hat, denn das Kapitel war sehr lang. Es lief über acht eng bedruckte Seiten, durch die wir uns regelrecht ackern mussten. Zum Verständnis jedoch möchte ich zusammenfassen.

Woher der Affendämon kam, wusste niemand. In den Überlieferungen sprach man nur von alten Göttern und davon, dass er, der Affenteufel, in einer Höhle gelebt hätte.

Tief unter der Erde war sein Versteck, wo er die Magie seiner Schöpfer konservieren konnte. Eines Tages jedoch stieg er aus seiner Höhle an die Oberwelt. Er fand sie leer und verlassen vor. Nur Krokodile lebten an und in den großen Flüssen. Als sie den Affenteufel sahen, erkannten sie in ihm einen Feind. Sie rotteten sich gegen den aus der Höhle gekommenen Dämon zusammen und verlangten seine Unterwerfung. Daran dachte der Affenteufel nicht, sodass an einer Entscheidung einfach nichts mehr vorbeiging. Es musste ausgekämpft werden.

Der Sage nach schickten die Krokodile ihren stärksten Artgenossen. Es kam zum Kampf, der drei Tage und drei Nächte dauerte. Einen Sieger gab es nicht, aber der Affendämon musste zuletzt hinnehmen, dass aus ihm eine grässliche Mutation geworden war. Zwar hatte er seine vier Arme behalten, aber der Schädel des Krokodils war auf seinen Schultern gewachsen. Aus dem Affenteufel wurde ein Zwitter. Nicht nur den Schädel des Krokodils hatte er bekommen, auch dessen Gebiss und dessen unheilvolle Tiermagie. Krokodile zerbeißen ihre Feinde. Von diesem Augenblick an tat der Affendämon dies auch. Jedoch vermischten sich die beiden Magien miteinander. Während der Affenteufel die Kräfte von den alten Göttern erhalten hatte, die mehr auf einer starken magischen Basis standen, war die Magie des Krokodils auf die sofortige Vernichtung programmiert. Sogg-Ra konnte, wenn die alten Zauberformeln gesprochen wurden, Tote wieder zurück ins Leben holen. Das Krokodil zerbiss sie. So kam es zu einer Einigung. Die beiden Magien bekämpften sich nicht mehr, sondern gingen zusammen. Was die Magie des Krokodils zerstörte und tötete, wurde von der des Affendämons wieder ins Leben gerufen. So konnten Menschen weiterleben, die von der Schnauze verschluckt worden waren. Der Affenteufel spie sie wieder aus, damit sie als seine Diener und in seinem Namen ein untotes Leben fortsetzten. Ob Hände, Arme, Beine, alles war prall gefüllt von der Magie des Affendämons. Sie konnte man nicht töten. Hackte man einen Arm ab, so lebte er trotzdem weiter, denn er gehorchte nur der Magie, die innerhalb des Gehirns konzentriert war.

So ungefähr lautete die Erklärung. Eine relativ komplizierte Materie, das mussten wir alle drei zugeben, und Bill Conolly war es, der die Frage stellte: »Kommst du klar, John?«

»So einigermaßen.«

»Das heißt, wir müssen den Kopf zerstören, wenn wir etwas erreichen wollen«, sagte Suko.

»Aber die alten Formeln? Wo sind sie?«, fragte der Reporter und blätterte weiter im Buch, ohne sie jedoch zu finden.

»Ich glaube kaum, dass Willard darüber Aufzeichnungen besitzt«, gab ich zur Antwort. »Die waren ihm sicherlich zu brisant.«

»Das ist möglich.«

»Vielleicht sollten wir noch einmal nachsehen«, nahm Suko den Faden wieder auf. »Wir haben ja nichts zu verlieren.«

Ich ging ein paar Schritte zur Seite, blieb dicht vor der Scheibe stehen und schaute in die Dunkelheit. Das im wahrsten Sinne des Wortes. Ich konnte nämlich nichts erkennen, höchstens Schatten, die von den hohen und dicht belaubten Kronen der Bäume erzeugt wurden. Wir aber standen im Hellen, gewissermaßen auf dem Präsentierteller, und das wollte mir überhaupt nicht gefallen.

Hinter mir hörte ich Suko und Bill sprechen, auch das Rascheln von Papier, denn die beiden blätterten das Buch weiter durch. Ich aber ging zum Schalter und löschte das Licht.

Wie ein Sack fiel die Dunkelheit auch über uns.

»He«, beschwerte sich Bill. »Was ist los?«

Ich stand noch an der Tür und rief: »Schalte lieber die Schreibtischlampe ein, schließlich müssen wir mit Besuch rechnen.«

»John hat recht«, hörte ich Suko reden. »Lassen wir es lieber, Bill.«

»Meinetwegen.« Der Reporter knipste die Leuchte am Schreibtisch an. Das Licht war so eingestellt, dass es nur auf die Platte fiel und dort eine helle Insel schuf.

Eine seltsame Atmosphäre hatte sich innerhalb des Zimmers ausgebreitet. Sie war kaum zu beschreiben. Man konnte sie vielleicht als gespannt und gleichzeitig bedrückend bezeichnen.

Über meinen Rücken lief es kalt. Ich spürte auch den Schweiß auf meiner Stirn, der sich zu kleinen Tropfen verdichtet hatte. Irgendetwas lag in der Luft, daran ging kein Weg vorbei.

»Behaltet mal das Gelände vor dem Haus im Auge«, sagte ich mit leiser Stimme.

»Hast du etwas gesehen?«, fragte Bill.

»Noch nicht, aber was nicht ist, kann noch werden.«

Ich sah einen Schatten, der durch das Zimmer glitt. An den

Umrissen erkannte ich Sukos Gestalt. Der Chinese suchte sich einen besseren Standort aus, von dem er einen optimalen Überblick hatte.

Wir standen jetzt gut verteilt. Wenn jemand von uns angegriffen wurde, musste er damit rechnen, von zwei anderen Seiten unter Beschuss genommen zu werden.

Da es sehr still wurde, hörte ich erst jetzt das Ticken der Uhr. Sie hing irgendwo an der Wand, denn gesehen hatte ich sie zuvor noch nicht.

Und dann schlug sie.

Keine dumpfen Schläge, sondern hell und irgendwie rein. Jeder Schlag klang nach, wobei sich in sein Echo der folgende mischte.

Ich warf ebenfalls einen Blick auf das Zifferblatt der alten Rolex.

Mitternacht!

Geisterstunde!

Würde sie auch für uns zutreffen? Elfmal hatte die kleine Uhr geschlagen, dann erfolgte der zwölfte, der letzte Schlag.

Aus!

Im selben Augenblick zersplitterte die Scheibe neben mir, und das Unheil kam über uns wie ein gewaltiger Wolkenbruch …

Die großen, starken Glasscherben flogen in das Innere des Zimmers, prallten gegeneinander, überschlugen sich, zersplitterten weiter und fielen als gefährlicher Regen zu Boden.

Wir blieben natürlich nicht stehen, sondern wie von selbst schienen uns die Waffen in die Hände zu springen.

Suko schleuderte die Riemen der Peitsche aus der Grifföffnung. Bill Conolly griff zum Schwert, ich hielt die Beretta in der einen und den Bumerang in der anderen Hand.

Wer hatte die Scheibe zertrümmert?

Diese Frage blieb nicht sehr lange unbeantwortet, denn dem Splitterregen folgte eine Gestalt, die nicht von diesem Erdteil stammte, sondern aus dem tiefsten Asien.

Es war der Medizinmann!

Ich sah ihn, wie er das Zimmer betrat, und ich sah auch seine rechte Hand, die seltsam schief nach unten hing. Das hatte er mir zu verdanken.

Er schaute nicht nach links und rechts, ging geradeaus und bewegte sich auf den Lichtschein zu.

Ich hatte ein paar Splitter abbekommen, allerdings nicht so viele, als dass ich verletzt gewesen wäre. So konnte ich mich wie auch meine Freunde voll und ganz auf den Eindringling konzentrieren.

Dazu sollte es nicht kommen.

Die nächste Scheibe zersplitterte. Es war diejenige, bei der Suko stand. Und er hatte nicht das große Glück. Er bekam die Ladung in den Rücken. Ich sah ihn zu Boden fallen und erschrak.

Gleichzeitig ging auch die dritte Scheibe in Trümmer. Sie bildete den Abschluss dieses seltsam langen und schmalen Arbeitszimmers, und sie war von Stan Willard, dem angeblich Toten, in Trümmer geschlagen worden. Der Mann trug noch immer seine festliche Kleidung. Hoch aufgerichtet stand er inmitten der Scherben, sein Gesicht schimmerte als weißer Fleck, und er wirkte wie der große Sieger.

Dem wollten wir allerdings einen Riegel vorschieben.

An meiner Seite hatte der Medizinmann die Scheibe zerstört. Gegenüber, wo sich Suko auf dem Boden wälzte, war der Affenteufel aufgetaucht. Und auf ihn schritt der Medizinmann zu.

Ich hatte meinen Bumerang, und ich dachte daran, dass man das Gehirn der Bestien zerstören musste, um sie zu vernichten. Würde es auch reichen, wenn meine silberne Banane ihm den Schädel vom Körper schlug?

Ich musste es versuchen.

Zwar hätte ich lieber auf meinen eigentlichen Feind, den Affenteufel, gezielt, doch der hielt sich in einer sehr ungünstigen Position auf und stand zudem weit im Schatten.

Ich holte aus und schleuderte die Waffe.

Ein Strahl schien durch das Zimmer zu wischen, der sich gedankenschnell drehte und auf sein Ziel zujagte.

Er traf prächtig.

Ich hörte noch den dumpfen Aufschlag, sah einen unheimlich schnell rotierenden Kreis und erkannte, wie der Kopf des Medizinmannes wankte, zitterte und zur Seite kippte.

Der Bumerang hatte seine Aufgabe hervorragend erfüllt. Ich rechnete damit, dass er zu mir zurückkehren würde, doch der Wunsch erfüllte sich leider nicht.

Die silberne Banane jagte weiter.

Ein neues Ziel.

Der Affenteufel!

Mir blieb fast das Herz vor Spannung stehen. Sollte ich mit einem Wurf gleich zwei Gegner ausschalten können? Es wäre zu schön gewesen, um wahr zu sein.

Ich hatte nicht mit der ungeheuren Stärke und Raffinesse des vierarmigen Satans gerechnet.

Zwei seiner Arme riss er in die Höhe, und mit beiden Klauen griff er zu, bevor ihn die Waffe erreichte. Nein, sie sägte sie ihm nicht auseinander, wie ich gehofft hatte, es gelang ihm tatsächlich, den Bumerang aufzufangen.

Für einen winzigen Moment, der mir jedoch unheimlich lang erschien, fror die Zeit ein. Ich wollte einfach nicht glauben, was ich da sah, und doch war es eine verdammte Tatsache. Der Affendämon hatte mir eine Waffe abgenommen, und nicht nur das, er wollte sie auch einsetzen.

Wie man das anstellte, das hatte ich ihm schließlich sehr gut vorgeführt.

Die beiden rechten Arme riss er hoch. Es sah grotesk aus, war aber sehr gefährlich.

Und er fand ein Ziel.

Nicht mich, sondern Bill, der sich abwenden wollte, um Stan Willard zu attackieren.

»Biiillll!« Mein gellender Schrei raste durch das Zimmer und riss den Reporter herum.

Im selben Augenblick schleuderte der Affenteufel die silberne Banane …

Es waren schreckliche Momente, die ich durchmachte, denn Bill Conolly befand sich in höchster Lebensgefahr. Auch einem Menschen konnte der Bumerang den Schädel vom Körper schlagen. Wenn nicht ein Wunder geschah, war Bill verloren.

Es geschah zwar kein Wunder, aber vielleicht konnte man Bills Reaktion als ein Wunder bezeichnen.

Der Schrei zitterte noch in der Luft, als der Reporter von seinem eigentlichen Gegner abließ und so schnell wie selten in seinem Leben auf der Stelle herumwirbelte.

Sein Schwert machte diese Bewegung mit. Er hatte es hochgestellt, die Spitze wies in die Luft, und er hielt es etwa eine halbe Armlänge von seinem Körper weg.

Da traf ihn der Bumerang.

Ich hörte das Klirren, als das geweihte Silber des Bumerangs gegen das Schwert hieb und sich in einem rasenden Wirbel um die Klinge drehte, wobei die Waffe einen Kreis bildete, der immer schneller rotierte, plötzlich rötlichweiß aufleuchtete und dieses Leuchten sich auf die gesamte Klinge übertrug.

Sie strahlte auch etwas von ihrer Helligkeit ab, sodass ich Bill Conollys Gesicht erkennen konnte. Es zeigte all den Schrecken und das Staunen, das der Reporter in diesen Augenblicken empfand.

Bill stand wie ein Denkmal auf dem Fleck. Die Augen hatte er verdreht und schielte an der Klinge des Schwertes hoch, das einmal Destero, dem Dämonenhenker, gehört hatte.

Jetzt nicht mehr.

Aber wie es schien, sollte es bald keinem von uns gehören, denn zwei unterschiedliche Waffen waren aufeinandergeprallt.

Eine weiß- und eine schwarzmagische.

Welche war stärker?

Ich wusste von der Stärke des Bumerangs, der, im Verein mit meinem Kreuz, sogar den Schwarzen Tod erledigt hatte.

Auch durch das Schwert waren zahlreiche Dämonen

gestorben. Es steckte ebenfalls voll magischer Kräfte, und nun bekämpften sich durch einen irren Zufall unsere Waffen gegenseitig.

Und das Schwert verlor …

Jeder von uns musste mit ansehen, wie es aufglühte und wegschmolz. Es wurde kleiner, das Metall nahm die flüssige Form an und tropfte zu Boden.

»Neiinnn!« Ich hörte Bills heulenden Schrei, denn er sah ebenfalls, was dicht vor seinen Augen geschah, und er gab sich bestimmt die Schuld daran.

Mich hielt nichts mehr auf dem Platz. Ich startete, sprang über die Scherbenreste und jagte mit einem gewaltigen Satz über den kostbaren Schreibtisch.

»Lass es los, Bill!«

Der Reporter hörte mich nicht. Bis ich ihn anrempelte und hart auf sein Handgelenk schlug.

Da erst öffnete er den Griff. Das glühende Reststück des Schwertes fiel zu Boden und blieb auf dem Teppich liegen, wo der Teppich bereits durch die heißen Tropfen Feuer gefangen hatte.

Das ging blitzschnell. Bill konnte ich noch zur Seite schieben. Dann riss ich den Bumerang an mich, dem zum Glück nichts geschehen und der auch nicht glühend geworden war. So wurde ich von Willard angegriffen.

Bei ihm lösten sich weder die Arme noch die Beine. Er warf sich mit seinem gesamten Körper auf mich zu, und ich schnellte aus gebückter Haltung hoch und hämmerte ihm den Bumerang quer durch das Gesicht.

Da ging einiges zu Bruch, aber das störte mich nicht. Er war kein Mensch mehr.

Der Treffer schmetterte ihn nach hinten. Halten konnte er sich nicht mehr. Er kippte zurück und fiel auf den Teppich, wo die Flammen ein regelrechtes Feuermeer gebildet hatten.

Rücklings fiel er hinein, streckte die Arme hoch und brüllte. Ja, er brüllte, denn gegen vieles war er immun, aber Feuer, das vernichtete ihn gnadenlos.

Ich konnte nicht stehen bleiben, sonst hätten mich die Flammen ebenfalls erfasst, und mir wäre es so ähnlich ergangen wie Stan Willard, der nur noch ein zuckendes, zum Teil schon schwarzes Bündel inmitten der Flammen war.

Fast stolperte ich über den Schädel des Medizinmannes, dessen Mund weit offen stand und durch meinen Tritt geschlossen wurde. Der Schädel rollte weiter und wurde von den Flammen erfasst.

Wo befanden sich meine Freunde?

Bill sah ich draußen. Seinen Armbewegungen entnahm ich, dass er sich gegen den Affendämon verzweifelt wehrte, und ich konnte nicht genau sagen, ob der Satan mit vier Armen ihn schon gepackt hielt.

Und Suko?

In meiner Eile hatte ich nicht gesehen, dass der Schreibtisch umgekippt worden war.

Hinter ihm tauchte Suko auf.

Wie ein Monster sah er aus, denn im Gesicht blutete er aus zahlreichen Schnittwunden. Als er grinste, wurde es noch schlimmer.

»Wir müssen weg, John!«

Ich ließ Suko den Vortritt und stürmte hinter ihm aus dem Haus. Bevor ich es verlassen hatte, erfasste mich ein kalter Guss. Die Sprinkleranlage spie aus zahlreichen kleinen Düsen das kalte Wasser, um das Feuer zu löschen.

Ein wenig spät, wie mir schien. Ich tauchte in die ersten Dampfwolken ein, fand die Lücke in der Scheibe und war hindurch.

Der Affenteufel trieb den Reporter Bill Conolly in die Enge, der dem Dämon nicht entwischen konnte, weil der ungemein schnell war.

Bill stand breitbeinig, versuchte nach rechts wegzutauchen. Der Affenteufel griff zu. Seine Krallen verhakten sich in Bills Kleidung und rissen den Reporter zu sich heran.

Wie ein Schatten war Suko da.

Da Sogg-Ra mit sich und Bill zu tun hatte, gelang es dem Chinesen, in den Rücken des Dämons zu gelangen. Noch im

Sprung holte er aus und schlug mit der Dämonenpeitsche zu.

Die drei Riemen klatschten in den Rücken des Affenteufels. Was mein Kreuz nicht geschafft hatte, das erledigte die Peitsche. Sie riss den Affendämon buchstäblich entzwei.

Sogg-Ra schnellte in die Höhe. Seine Klauen öffneten sich. Er ließ Bill Conolly los, der zu Boden fiel und sich sofort wegrollte, damit er aus dem unmittelbaren Gefahrenbereich gelangte.

Der Affendämon riss sein Maul auf. Er drehte sich dabei um, zeigte uns seinen Rücken, und wir schauten auf eine einzige Wunde. Die Haut war abgerissen. Darunter kam etwas zum Vorschein, das wie ein graugrünes Gewürm aussah und sich bewegte.

»Noch einmal!«, brüllte ich.

Und Suko hämmerte wieder zu.

Diesmal wurde Sogg-Ra an der Seite getroffen, und auch dort rissen die drei Riemen seinen Körper auf.

Er brach in die Knie.

Weit hatte er seine Krokodilschnauze aufgerissen, sodass wir seine gefährlichen Zähne sehen konnten, und Suko haute ihm einen dritten Schlag mitten auf das Maul, dass es in Fetzen davonflog.

Nichts mehr rettete den Affendämon.

Er war erledigt.

Wir sahen zu, wie sein Körper austrocknete und verging. Zum Schluss waren nur noch Reste übrig, grau in der Farbe. Mit dem Fuß ließen sie sich zertreten.

Sogg-Ra gab es nicht mehr.

Eine große Gefahr war gebannt worden.

Wie von selbst gingen wir aufeinander zu. In allen drei Gesichtern stand der gleiche Ausdruck.

Ein erschöpftes, aber freudiges Lächeln.

»Das war's dann wohl«, sagte Bill, wurde aber schnell wieder ernst, denn er dachte an das Schwert, das ich nun verloren hatte. »John, es tut mir leid, aber …«

»Halt ja den Mund, Dicker. Lieber ein zerstörtes Schwert als einen toten Bill Conolly.«

Bill nickte. »Es freut mich, dass du so denkst …«

»Sonst wäre ich ein verdammt schlechter Freund«, erwiderte ich und schaute zum Haus hin, aus dessen zerstörten Fenstern dicke Rauchschwaden quollen.

Der Butler wurde noch rechtzeitig gefunden und mit einer schweren Gehirnerschütterung ins Krankenhaus eingeliefert. Für uns gab es nicht mehr viel zu tun. Mit einem Taxi fuhr Bill schon nach Hause. Suko und ich blieben länger, weil wir mit der Polizei noch einiges zu klären hatten.

Als wir schließlich nach Hause fuhren, ging es auf drei Uhr zu, und im Osten wurde es langsam hell.

»War das eine Nacht«, sagte der Chinese, als er sich vor der Wohnungstür verabschiedete.

»Da sagst du was«, erwiderte ich, schloss auf, ging in meine Bude und schleuderte mir die Kleidung vom Leib. Was ich jetzt brauchte, war eine Dusche.

Die Wechselbäder machten mich wieder fit, und ich spürte einen nicht gelinden Durst. Nach dem Duschen zog ich meinen Bademantel an, holte mir eine Flasche Bier aus dem Kühlschrank und wälzte mich in einen Sessel, die Beine dabei hochgelegt.

Ich dachte an Sogg-Ra, erlebte den Fall noch einmal und nahm hin und wieder einen Schluck.

Dabei war ich so sehr in Gedanken, dass ich nicht merkte, wie die Tür zum Schlafzimmer geöffnet wurde. Erst als der Luftzug mich traf, wurde ich aufmerksam, drehte den Kopf – und sah Glenda Perkins!

Himmel, an die hatte ich überhaupt nicht mehr gedacht. Klar, sie war ja noch bei mir und schien in meinem Bett gelegen zu haben. Ich musste wohl sehr dumm aus der Wäsche geschaut haben, denn Glenda begann zu lachen.

»Was ist los, John?«

»An dich hatte ich nicht mehr gedacht, ehrlich.«

Sie lächelte. »Bin ich so leicht zu übersehen?«

Mein Hals wurde trocken, denn Glenda war wirklich nicht

zu übersehen. In Ermangelung irgendwelcher Nachtkleidung hatte sie sich meine Schlafanzugjacke übergezogen. Sie reichte ihr bis zu den Hüften und war nur nachlässig geschlossen.

Barfuß kam Glenda näher. Neben dem Sessel blieb sie stehen und legte eine Hand auf die Lehne.

Ich stellte die Bierflasche zur Seite. Als ich mich wieder zurückbeugte, berührte meine linke Hand die Außenseite ihres Oberschenkels, und mich durchschoss ein siedendheißer Strom. Zuerst hatte ich die Hand wieder wegziehen wollen, aber ich schaffte es nicht und spürte auch den leichten Gegendruck.

»Und jetzt?«, fragte ich mit rauer Stimme.

»Soll ich gehen?«

Ich drehte mich im Sessel und stand auf. Auch ich trug nur meinem Bademantel, wobei er ebenfalls ein wenig nachlässig zugeknotet war. »Ich kann ja eine junge Dame zu solch einer Stunde schlecht aus dem Haus schicken«, erwiderte ich.

Glenda nickte ernst. »Ja, das wäre schlimm.«

»Und das andere ist unmoralisch.«

»Wieso?«

»Chef und Sekretärin ...«

»Das kommt in den besten Familien vor.«

»Was machen wir denn da?«, fragte ich und legte schon meine Arme auf ihre Schultern.

Sie bewegte sich unter meiner Berührung so hin und her, dass es mir heiß und kalt wurde. »Ich wüsste schon einen Ausweg!«, flüsterte sie, und ihr Mund näherte sich meinen Lippen.

Es kam, wie es kommen musste, und es ging auch noch weiter. Mein Gott, wir beide waren erwachsen, hatten uns nichts vorzuwerfen und waren nicht fest gebunden.

Es erfasste uns wie ein Rausch. Und Glenda wehrte sich auch nicht, als ich ihr meine Schlafanzugjacke aufknöpfte und ihr den dünnen Stoff über die Schultern streifte.

Nicht einmal einen Slip trug sie. Glenda stand vor mir, wie Gott sie erschaffen hatte.

Zum ersten Mal sah ich sie so. Es waren Gefühle, wie man sie kaum beschreiben konnte. Unsere Hände waren überall am Körper und erforschten jeden Winkel.

Ich strich mit den Fingerspitzen über die glatte Haut, spürte Glendas Lippen an meinem Ohr und hörte sie flüstern: »Ich hätte nicht gedacht, dass ein Geisterjäger so zärtlich sein könnte.«

»Ich bin sogar noch zärtlicher.«

»Dann beweise es mir doch.«

»Nicht hier.«

Sie kraulte meinen Nacken. »Und wo?«

»Mein Bett ist sicherlich noch warm!«

»Aber nur, wenn wir uns beeilen«, sagte sie.

ENDE